Peter Brighton

Der Tod des Lächelns

Peter Brighton

Der Tod des Lächelns

Roman

Aus dem Englischen übersetzt
von Heinz-Peter Baecker

Econ

Der Econ Verlag ist ein Unternehmen
der Econ & List Verlagsgesellschaft,
Düsseldorf undMünchen.

ISBN 3-430-11559-0

Satz: Franzis-Druck, München
Druck und Bindung: Graphischer Großbetrieb Pößneck

Mein Dank gilt allen
Rechercheuren und Informanten,
insbesondere B.J., U.St. und M.B.

Peter Brighton

I

Jedesmal, wenn der Jeep durch ein Schlagloch fuhr und der Motor anschließend laut aufheulte, warf der Fahrer einen schnellen Blick in den Rückspiegel. Dabei überzog sein Gesicht für ein paar Sekunden ein breites Grinsen. Er trug sein buntes Hemd über beigen Shorts offen. Auf seiner braungebrannten haarlosen Brust hüpfte ein undefinierbares Metallgebilde, ein Amulett, das er an einem langen, schmalen Lederriemen um den Hals hängen hatte.

So ging es an diesem Spätnachmittag Anfang August 1997 bereits seit einer halben Stunde. Das Gaspedal fast ständig durchgetreten, steuerte der Mann – er war indianischer Abstammung – das Fahrzeug den schmalen Bergpfad hinauf. Rechts und links schlugen immer wieder Äste krachend gegen das Fahrzeug.

Edward saß im Fond, ohne mit der Wimper zu zucken. Keine Bewegung verriet, was in ihm vorging. Edward, Mitte Vierzig, war groß und hager, sein schmales Gesicht blaß, seine schwarzen Haare kurz geschnitten. Trotz seiner wachen, lebendigen Augen wirkte er wie jemand, den nichts aus der Ruhe bringen konnte. Edward hatte vor dem Einsteigen sein Jackett ausgezogen, es sorgsam über die Lehne des Beifahrersitzes gehängt und die beiden obersten Knöpfe seines Hemdes geöffnet. Der kleine braune Koffer neben ihm hüpfte bei jedem Schlagloch auf und ab. Edward schaute weder nach rechts noch nach links, sondern starrte durch die Frontscheibe auf den Weg, um sich physisch und psychisch auf das nächste Schlagloch vorzubereiten. Doch der Fahrer ließ ihm wenig Chancen. Immer wieder riß er plötzlich aus unerklärbaren Gründen das Lenkrad herum und steuerte ein neues Schlagloch an. Es machte dem Mann mit dem scharf geschnittenen Profil und der Adlernase offenbar ein himmlisches Vergnügen, Edward auf der Fahrt so lange wie möglich zu quälen.

»Ist das der einzige Weg zu Mr. Red?«, erkundigte sich Edward in feinstem Oxford-Englisch, ohne den Blick von den zu erwartenden Schlaglöchern abzuwenden.

»Das ist kein Weg, Sir. Das ist ein altes Flußbett«, antwortete der Indianer. »Der offizielle Weg ist doppelt so lang und auch nicht viel besser, Sir.«

Im gleichen Moment donnerte etwas gegen den Boden des Wagens. Der Indianer war über einen Haufen Geröll gefahren, und einige Steine schlugen gegen den Boden des Fahrzeugs.

»Ist es noch weit?«

»Nein, Sir. Wenn Sie sich hinauslehnen, können Sie das Haus schon sehen.«

Edward warf einen kurzen Blick auf seine Armbanduhr. Dann starrte er wieder auf das steinige Flußbett und ergab sich seinem Schicksal.

Kurze Zeit später lenkte der Indianer das Fahrzeug plötzlich scharf nach rechts aus dem Flußbett heraus, und sie landeten mit einem Satz in einem Gebüsch, durch das sich die Reifen des allradgetriebenen Fahrzeugs nur widerwillig einen Weg bahnten.

Zum ersten Mal seit Beginn der Fahrt drehte sich der Fahrer zu ihm um.

»Gleich haben wir es geschafft«, gelobte er grinsend und trat das Gaspedal erneut durch. Der Jeep landete jetzt tatsächlich auf einem Weg, der aber nicht weniger schmal war als das Flußbett. Auch was die Schlaglöcher betraf, hatte der Indianer recht. Vielleicht waren sie nicht so tief, aber mindestens so zahlreich wie die im Flußbett.

»Soll ich auf Sie warten, wenn wir da sind?« rief der Indianer nach hinten.

Edward überlegte einen kurzen Moment. »Vielleicht ein paar Minuten, bis ich Mr. Red gefunden habe. Ich weiß nicht einmal, ob er zu Hause ist.«

»Oh, Mr. Red ist oft lange Zeit nicht da, Sir. Aber ich glaube, heute haben Sie Glück.«

Wieder riß der Fahrer das Lenkrad herum, dieses Mal nach links, und vor dem Jeep wurde so etwas wie eine Auffahrt sichtbar, an deren Ende sich ein gut zwei Meter hoher Drahtzaun befand. Der Fahrer brachte den Wagen zum Stehen und drehte sich wieder grinsend zu Edward um.

»Näher darf ich nicht heranfahren, sonst wird Mr. Red böse, Sir. Er ist gern allein und will nicht gestört werden, verstehen Sie?«

Edward nickte nur kurz. Dann öffnete er die Fahrzeugtür und stieg aus. Dabei merkte er, daß sein Rücken ihm die Fahrt mit dem Indianer übelgenommen hatte. Vorsichtig dehnte er sich. Schließlich beugte er sich in den Jeep und holte sein Jackett und seinen kleinen Koffer hervor.

»Sie warten, bitte«, sagte er kurz und schlug die Tür hinter sich zu. Er hängte sich das Jackett lose über die Schultern und machte sich langsam auf den Weg in Richtung Zaun.

Von einem Haus war weit und breit nichts zu sehen. Aufmerksam suchten seine Augen das dichte Grün ab, das hinter dem Zaun lag. Plötzlich nahm er ein leises, aber durchdringendes Zirpen wahr. Offenbar wurde Reds Anwesen durch einen Elektrozaun geschützt. Edward hielt automatisch den nötigen Abstand und folgte dem Zaun, an dem ein schmaler, wenig benutzter Pfad den Hang entlang führte, instinktiv in südliche Richtung.

Die Luft war feucht, aber glücklicherweise nicht so heiß wie unten im Tal. Ein leichter Wind war zu spüren, so daß das Rauschen der Blätter das leise Zirpen des Elektrozauns weitgehend übertönte.

»Suchen Sie jemanden?«

Edward blieb stehen und blickte in die Richtung, aus der die Stimme gekommen war. Zwischen den Bäumen sah er einen Mauervorsprung, auf dem breitbeinig und mit verschränkten Armen ein Mann stand. Er war mittelgroß, breitschultrig und etwas untersetzt, sein rundes Gesicht war braungebrannt, sein dunkles, volles Haar bereits stark meliert.

Edward hielt seine Hand als Schutz gegen die blendende Sonne vor die Augen.

»Sind Sie Mr. Red?«

»Red? Ich kennen keinen Mr. Red. Wer soll das sein?« kam es als Antwort von oben.

»Nun, ich habe unten im Dorf nach Mr. Red gefragt, und da hat man mich mit dem Auto hierher gebracht.«

Von oben war eine Art Grunzen zu hören.

»Nur, weil man Sie hierher fährt, muß hier kein Mr. Red wohnen«, sagte der Mann, wobei er das »Mister« ironisch betonte.

»Schade«, meinte Edward und zog sein verrutschtes Jackett wieder zurecht. »Ich hatte eine Nachricht für … Red.«

»Nachrichten hört man im Radio, im Fernsehen oder man liest sie in der Zeitung. Gehen Sie wieder nach Hause. Hier gibt es keinen Mr. Red«, kam es gelangweilt von oben. Es schien, als wolle sich der Mann zum Gehen abwenden.

»Nachrichten von Uncle Sam bekommt man nicht über die Medien«, antwortete Edward ruhig und war sich absolut sicher, daß der Mann dort oben Red sein mußte. Wie zu seiner Bestätigung drehte dieser sich wieder zu ihm hin.

»Was für Nachrichten hat denn Uncle Sam für diesen ominösen Mr. Red?«

»Ich soll Red zur Geburtstagsfeier von Uncle Sam einladen!«

»Aha, und wie alt wird der gute Onkel?«

»Siebenundsechzig Jahre.« Edward versuchte, eine Reaktion im Gesicht des Mannes zu erkennen. Aber er war zu weit weg.

»Wann hat denn dieser Onkel Geburtstag?« kam es von oben.

Auf diese Frage hatte Edward gewartet. Er antwortete schnell und deutlich. »Onkel Sam wurde am 14. November 1930 in Kingston im Staat New York geboren. Das liegt genau auf dem 74. Längengrad.«

Der Mann musterte ihn einen kurzen Moment abschätzend. Dann blickte er nachdenklich in Richtung des Tals, aus dem Edward gekommen war.

»Sind Sie mit dem Indianer gekommen?« fragte er, nun schon etwas freundlicher.

»Ja.«

»Schicken Sie ihn fort und gehen Sie in die andere Richtung am Zaun entlang. Dort finden Sie ein Tor.«

Mit diesen Worten verschwand der Mann. Edward griff nach seinem kleinen Koffer, den er während der Unterhaltung abgestellt hatte, und machte sich auf den Weg zurück. Plötzlich trat eine merkwürdige Stille ein. Das Zirpen des Zaunes hatte aufgehört. Ein Lächeln huschte über Edwards Gesicht. Red schien sich seiner Sache sehr sicher zu sein.

Langsam zeichneten sich zwischen den Büschen die Umrisse des Jeeps ab. Der Fahrer war ausgestiegen und stand an die Wagenseite gelehnt. Er hatte sich eine Zigarette angezündet und grinste Edward entgegen.

»Mr. Red ist da, nicht wahr, Sir? Ich hatte recht.«

Edward nickte nur kurz und überlegte einen Moment. »Wie kann ich Sie erreichen, wenn ich wieder abgeholt werden will?«

»Mr. Red weiß, wo ich zu erreichen bin. Sie müssen ihm nur sagen, wann Sie wieder abreisen wollen.«

Wieder nickte Edward. Im Umdrehen hielt er noch einmal kurz inne. »Wie heißen Sie eigentlich wirklich?«

Der Mann zuckte mit den Schultern

»Hab ich vergessen. Alle nennen mich nur ›Indianer‹.«

Ohne ein weiteres Wort schwang er sich auf seinen Fahrersitz und startete den Motor. Mit einem Satz setzte sich der Jeep in Bewegung und hinterließ eine stinkende Abgaswolke.

2

Edward ging langsam zu dem Grundstück zurück. Diesmal wählte er den Weg links den Zaun entlang. Auch hier war der Pfad nur wenig benutzt. Nach gut zwanzig Metern ging es etwas bergauf. Dann kam ein scharfer Rechtsknick, und eine hohe Mauer mit einem großen Eisentor wurde sichtbar, dessen oberer Rand gezackt und wie die Mauer mit Stacheldraht versehen war. Das Tor stand einen kleinen Spalt offen. Vorsichtig drückte Edward es weiter auf. Weder Red noch das Haus waren zu sehen. Edward betrat das Grundstück und wollte eben das Tor schließen, als sich ein harter Gegenstand, vermutlich der Lauf einer Waffe, zwischen seine Schulterblätter bohrte. Eine starke Hand ergriff seinen freien Arm, und ohne daß er es verhindern konnte, wurde er mit Gewalt frontal gegen das Tor gedrückt. Es fiel mit lautem Knall ins Schloß. Sein Koffer glitt ihm aus der Hand, und er konnte einen leisen Schmerzensschrei nicht unterdrücken. Blitzschnell tastete eine Hand seinen Körper ab und griff dann nach seinem Koffer. Gleichzeitig löste sich der Lauf der Waffe langsam von seinem Rücken.

»Sie können sich jetzt wieder umdrehen.«

Der Mann trat zurück. Er steckte die 38er in sein Schulterhalfter zurück und öffnete, ohne zu fragen, den Koffer. Genauso schnell, wie er Edwards Körper abgetastet hatte, durchwühlte er jetzt sein Gepäck. Offenbar zufrieden, schloß er den Koffer wieder und hielt ihn Edward entgegen.

»Herzlich willkommen. Ich bin Red.«

»Edward.«

Edward reckte sich erneut und mußte feststellen, daß nunmehr nicht nur sein Kreuz schmerzte, sondern auch der linke Arm, den Red ihm auf den Rücken gedreht hatte.

»Seien Sie mir nicht böse. Aber ich kann mir ungebetene Gäste nicht leisten. Berufsrisiko!« Red lachte laut und herzhaft und schaute Edward aufmunternd an. »Sie sind wohl kein Frontmann, mehr ein Schreibtischtäter, oder?«

Edward nickte etwas verlegen und versuchte ein verbindliches Lächeln.

»Aber Sie sind nicht bei der CIA?«

Langsam gewann Edward seine Selbstsicherheit wieder.

»Nein.«

»Mehr nicht?«

»Nein.«

»Aha. Aber Sie hatten mit Uncle Sam ein Gespräch?«

Red ging nun einen schmalen Pfad entlang, Edward folgte ihm.

»Wir haben von der CIA nur den Hinweis, daß Sie unser Mann sein könnten, außerdem Ihren Namen und diese Adresse hier.«

Red drehte sich um und lachte kurz auf. »Das genügt meinen Auftraggebern in der Regel. Aber Sie sagten ›wir‹. Darf man wissen, wer sich dahinter verbirgt?«

»Nein.«

»Aha.« Red drehte sich wieder um und setzte seinen Weg fort. Zwischen den Büschen wurde ein kleines weißes Haus sichtbar. Eigentlich paßte dieses schmucke Häuschen nicht in die wilde Landschaft. Es sah sehr sauber und gepflegt, fast gediegen aus. Hinter den Scheiben waren hübsche Gardinen zu erkennen. Vor der Eingangstür standen rechts und links zwei weiße Figuren, die vermutlich den Frühling und den Sommer symbolisierten, und auf dem Dach blitzte ein silberner Wetterhahn in der Sonne. Dies alles paßt ebenso wenig in die Landschaft wie in das Leben dieses Mannes, der hier wohnt, dachte Edward.

Red hatte offenbar die überraschten Blicke von Edward bemerkt. Er blieb stehen und schaute zum Haus hinüber.

»Ja, das ist meine private Welt. Man baut sie sich im Laufe der Jahre so zusammen. Souvenirs, Geschenke und ein bißchen Kitsch fürs Herz. Das Kontrastprogramm zu meinem Job.«

Er ging auf die Haustür zu und schloß sie auf. Edward folgte ihm. Der Flur war mit Perserteppichen ausgelegt, echten, wie Edward sehr schnell erkannte. Hinter einem zur Seite geklappten Ölgemälde an der Flurwand befand sich ein großer Schaltkasten. Red betätigte einen der vielen Schalter, und Edward ahnte, daß der Zaun jetzt wieder zu zirpen begann.

»Wir wollen doch ungestört bleiben, Edward?«

Edward nickte. »Unbedingt.«

»Dann zeige ich Ihnen jetzt mal mein Gästezimmer. Sie werden sich sicherlich nach der Reise etwas frisch machen wollen.«

»Fabelhafte Idee. Ich weiß nicht, ob Sie schon mal

erlebt haben, was man bei der Fahrt mit dem Indianer alles so mitmacht.«

Red grinste. »Nein, ich hatte noch nicht das Vergnügen. Aber ich glaube, diese Erfahrung kann ich mir ersparen.« Er legte sein Schulterhalfter mit der 38er ab und hängte es im Vorübergehen an den Haken eines schweren Garderobenständers. Dann deutete er zur Treppe und ließ Edward vorgehen. Im ersten Stock öffnete der Hausherr die erste Tür auf der rechten Seite und betrat das Zimmer. Edward folgte ihm und taxierte den Raum mit einem kurzen Blick. Er war sehr geräumig und luxuriös eingerichtet und hätte sich ebenso in einem der großen Fünf-Sterne-Hotels in New York, London oder Paris befinden können. Nur eine kleine Ecke, gleich neben der Verandatür, unterschied das Gästezimmer von üblichen Hotelzimmern dieser Kategorie. Hier waren dicht neben- und übereinander ein Computer, ein Telefon, Faxgerät, Kopierer und ein Funkgerät aufgebaut.

»Steht alles zu Ihrer Verfügung. Funktioniert garantiert abhörsicher und verschlüsselt über Satellit. In der Schublade rechts liegen Bedienungsanleitungen, wenn es Probleme geben sollte«, erläuterte Red.

»Ich glaube nicht, daß ich die Anlage brauchen werde. Aber es scheint bei Ihnen Gäste zu geben ...«

Red unterbrach ihn. »Viele Gäste! Denn hier werden oft große Entscheidungen getroffen. Sind Sie auch mit den entsprechenden Entscheidungsbefugnissen ausgestattet?«

»Beschränkt«, antwortete Edward zurückhaltend. »Aber darüber werden wir sicher bald reden. Ich bin nicht zum Vergnügen gekommen.«

Red schaute seinen Gast, der fast einen halben Kopf

größer war als er, verbindlich lächelnd an. »Machen Sie sich jetzt erst einmal frisch. Ich warte unten auf der Terrasse auf Sie.«

Er wandte sich zum Gehen, drehte sich aber in der Tür noch einmal um. »Ach, haben Sie für das Abendessen besondere Wünsche? Sie müssen sich allerdings mit meinen Kochkünsten begnügen. Eine Fahrt hinunter ins Dorf lohnt nicht, denn das Essen dort ist auch nicht besser.«

Edward schüttelte den Kopf. »Nein, ich habe keine Wünsche, solange Sie mir nicht Schlangen, gegrillte Spinnen oder ähnliches servieren.«

»Keine Bange. So exotisch lebe ich hier oben nun auch wieder nicht.«

Nachdem Red das Zimmer verlassen hatte, stellte Edward seinen kleinen Koffer auf dem Couchtisch ab und öffnete ihn. Das Innenleben war durch Reds Suche nach einer Waffe erheblich in Unordnung geraten. Sorgfältig räumte Edward seine Kleider in den Kleiderschrank aus hochpoliertem Mahagoni. Dann betrat er das angrenzende Badezimmer, das ebenso luxuriös ausgestattet war wie das Gästezimmer. Marmor, Spiegel und vergoldetes Messing beherrschten den Raum. Er zog sich aus, stieg in die Dusche und regulierte so lange den Thermostat der Mischbatterie, bis ihm die Wassertemperatur angenehm erschien.

Red hatte in der Zwischenzeit wieder auf der Terrasse in einem großen Korbsessel Platz genommen, in dem er bereits vor Ankunft seines Gastes den halben Nachmittag verbracht hatte. Rechts und links von ihm lagen auf dem Boden ein Stapel Zeitungen und Zeitschriften – auf der einen Seite die gelesenen, auf der anderen die ungelesenen. Wenn beide Stapel die gleiche Höhe erreicht hatten, verlor Red allerdings meist die Lust, da sich die Informationen bis auf ein paar kleine Varianten wiederholten.

Er blinzelte in den blauen Himmel und überlegte, ob der Besuch seines Gastes einem Ereignis oder einer Person galt, über das oder die er in den letzten Wochen in diesen Zeitungen und Zeitschriften gelesen hatte. Edward war offenbar kein Amerikaner. Red tippte auf Engländer oder einen Europäer, der in England studiert hatte oder dort lebte. Noch ganz in Gedanken versunken, stand Red auf und holte sich sein Glas von der Fensterbank. Zwei oder drei Fliegen waren inzwischen in dem Saft ertrunken. Red goß den Rest mit einem Schwung über die Steinbrüstung der Terrasse und ging ins Wohnzimmer. Dort nahm er aus der Vitrine ein zweites Glas, stellte in der Küche beide Gläser nacheinander in den Crash-Eis-Geber der linken Kühlschranktür und füllte sie fast bis zur Hälfte mit Eis. Dann öffnete er die rechte Kühlschranktür und schüttete aus einer bereitstehenden Karaffe Orangensaft darüber.

Auf dem Weg zurück zur Terrasse traf er Edward.

»Folgen Sie mir unauffällig«, sagte Red zu ihm. »Ich nehme an, daß auch Sie lieber auf der Terrasse sitzen, als hier im Zimmer zu schwitzen. Außerdem habe ich mir erlaubt, Ihnen einen Orangensaft mitzubringen. Sie mögen doch Orangensaft?«

Edward nickte. Der Hausherr setzte sich auf der Terrasse in seinen Sessel und bat auch Edward, Platz zu nehmen. Doch Edward ging bis an die Brüstung und schaute in die Weite des Grüns vor sich.

»Eine wunderschöne Gegend, Red. Seit wann leben Sie hier?« fragte er, ohne sich zu seinem Gastgeber umzudrehen.

»Manchmal kommt es mir vor, als wäre ich hier geboren. Aber es sind erst knapp dreißig Jahre. Früher waren die Bäume dort hinten noch nicht so hoch, da konnte man noch ein gutes Stück hinunter ins Tal schauen.«

Edward drehte sich um und setzte sich halb auf die Brüstung.

»Haben Sie das Haus selber bauen lassen?«

Red grinste. »Ursprünglich wurden mir das Grundstück und das Haus sozusagen zugeteilt. Ich mußte damals für einige Zeit verschwinden. Da habe ich die Zeit genutzt und vieles verändert, um- und angebaut. Später habe ich mir dann mit jedem Auftrag ein Stück Luxus mehr gegönnt und mir hier oben so langsam meine eigene Welt geschaffen. Sozusagen als Ausgleich für die berufsbedingt verlorene Freiheit.« Red deutetet auf das Glas mit Orangensaft, das er auf einen kleinen Tisch gestellt hatte. »Bitte bedienen Sie sich.«

Edward nahm das Glas und ließ sich in den Sessel unmittelbar neben Red sinken. Er trank einen Schluck und stellte das Glas wieder auf den Tisch.

»Wie sind Sie zur CIA gekommen?« fragte er unvermittelt.

Red hatte die Augen geschlossen und die Hände vor seinem Bauch gefaltet. Der Wind strich durch seine graumelierten Haare. Es dauerte eine Weile, bis er antwortete. Auch Edward schloß die Augen und lehnte sich bequem in seinen Korbsessel zurück.

»Ich weiß nicht, wie Sie darauf kommen, daß ich bei der CIA war. Die haben mich immer nur kurzfristig engagiert oder benutzt. Ich war nie bei der CIA und auch bei keinem anderen Geheimdienst. Ich arbeite für sie alle, basta. Und mit der Zeit habe ich mich daran gewöhnt, daß ich mit einigen wenigen Arbeitstagen im Jahr nicht nur meinen Lebensunterhalt verdienen, sondern mir auch einen gewissen Luxus leisten kann.« Er machte eine kurze Pause. Dann fragte er: »Sie kommen aus Großbritannien?«

»Richtig. Aus London. Aber ich bin in Liverpool geboren und zur Schule gegangen, später war ich dann auf der Militärakademie.«

»Wo haben Sie gedient?«

»Marine!«

»Aha, Falkland-Einsatz?«

Edward nickte, ohne die Augen zu öffnen. Ein kurzes Lächeln huschte über sein Gesicht. »Sam hat Sie bereits angerufen?!«

Red schüttelte den Kopf. »Keineswegs. Aber der Werdegang einer bestimmten Sorte von Menschen ist doch immer der gleiche. Bei mir war es Vietnam, bei Ihnen Falkland. In der nächsten Generation werden es der Golfkrieg und Bosnien sein. Was soll's?«

»Und seit Vietnam machen Sie diesen Job?«

Wieder schüttelte Red den Kopf. »Nein, bereits dort hat man meine Talente entdeckt und genutzt. Und seither läßt mich der Job nicht mehr los.«

Beide hingen eine Weile schweigend ihren Gedanken nach. Endlich richtete sich Edward auf und griff wieder nach seinem Glas.

»Gewöhnt man sich eigentlich an diese Arbeit?«

Red öffnete die Augen und schaute seinen Gast nachdenklich an. Langsam richtete er sich auf und zuckte mit den Schultern. »Daran gewöhnen? Am Anfang habe ich tage- und wochenlang darunter gelitten. Aber irgendwann habe ich mir dann gesagt: Wenn es *solche* Menschen gibt, muß es auch *solche* geben. Und einer von denen bist du.«

Er machte wieder eine Pause und strich sich mit der rechten Hand durchs Haar.

»Als ich als junger Soldat merkte, daß man auch mit Kriegen die Welt nicht verbessern kann, sondern höchstens verändern, war das, als würden alle Ideale zusammenbrechen, die mir meine Eltern mit auf den Weg gegeben hatten. Ich sehe die beiden noch, wie sie mich voller Stolz verabschiedet haben. Ich, der für Amerika kämpfen durfte. Ich, der ein Volk befreien sollte. Ich, der ein Held werden mußte. Alles Scheiße. Ich bin in die Hölle geraten. Und das habe ich in einem Schnellkurs über Nacht kapiert.«

Red machte erneut eine Pause und lehnte sich wieder in seinen Sessel zurück. Er warf einen Blick zu Edward hinüber, der wieder die Augen geschlossen hatte und ihm völlig emotionslos zuzuhören schien.

»Sie haben nach meinem Job gefragt. Zu dem kam ich wie die Jungfrau zum Kind. Ich war damals bereits knapp zwei Jahre in Vietnam. Meine Truppe war in der Nähe von Que Nhou stationiert. Als Bataillonskommandant und Maschinenbauingenieur hatte ich mit meiner Truppe dafür zu sorgen, daß das mobile Gerät immer einsatzbereit war. Alles, was nicht kaputtgeschossen oder ausgebrannt war. Nachdem Pleiku und Que Nhou von dem Vietcong unter Beschuß genommen worden waren, hatten die obersten Befehlshaber ihre Treffen von Zeit zu Zeit in unser Lager verlegt. Das lag ein bißchen abseits und war ziemlich unbekannt. Ein solches Treffen stand an diesem einen Tag wieder mal an. Ich weiß heute nicht mehr genau, worum es eigentlich gehen sollte. Ich weiß nur noch, daß ich mich abends auf die Ladefläche eines LKW gelegt hatte, um nach einem anstrengenden Tag den Nachthimmel zu betrachten, als plötzlich in der Dunkelheit zwei Gestalten auftauchten. Sie unterhielten sich zwar leise, aber laut genug, daß ich da oben auf meinem LKW alles mitbekam. Es waren beides hochrangige und hochdekorierte Leute, die ich da im Mondschein erspähte. Einer der Befehlshaber dieses Treffens war offenbar ›außer Kontrolle‹ geraten, wie sie so schön formulierten. Er war deshalb zu einem Sicherheitsrisiko geworden. Und die beiden diskutierten darüber, wie man sich dieses Mannes unauffällig entledigen könnte. Sie dachten daran, Sprengstoff in seinem Auto anzubringen. Ich weiß nicht mehr wieso, aber plötzlich knarrte es bei mir oben auf der Ladefläche. Die beiden entdeckten mich und zerrten mich herunter. Ich dachte, mein letztes Stündchen hätte geschlagen. Doch einer der beiden erkannte mich, und sie schleppten mich an eine Stelle außerhalb des Lagers. Tja, und dann ging alles recht schnell. Nachdem man merkte, wer ich war, kam die Idee mit dem Unfall auf. Die haben sich natürlich vorgestellt, daß ich irgendwas am Auto basteln könnte. Das habe ich abgelehnt, denn der Verdacht wäre sofort auf mich oder einen von meiner Truppe gefallen. Aber nach dem, was ich von meinem Versteck aus gehört hatte, war ich bereit, den beiden bei ihrem Problem zu helfen. Und dann hatte ich die Idee mit den Rücklichtern.«

Edward beugte sich interessiert vor. »Ich dachte immer, Unfälle erzeugt man mit angebohrten Bremsleitungen oder präparierten Lenkrädern. Aber mit Rücklichtern?«

Red ignorierte die plötzliche Neugier seines Gastes. Er

stand auf, nahm sein leeres Glas und verschwand durch die Terrassentür. Edward hörte, wie in der Küche Eis in das Glas gefüllt wurde. Kurz darauf erschien Red wieder auf der Terrasse und nahm in seinem Korbsessel Platz.

»Wo war ich stehen geblieben? Ach, ja, die Sache mit den Rücklichtern. Ich wußte, daß nach einem Kommandeurstreffen aus Sicherheitsgründen immer einzeln und in unterschiedlichen Abständen abgefahren wurde, für den Fall, daß der Vietcong uns doch mal finden und ins Visier nehmen sollte. Dabei mußten alle Fahrzeuge immer einen kurzen Teil der Strecke den gleichen Weg fahren. Aus Sicherheitsgründen, weil diese Straße an einem steilen Hang entlang führte und kaum eingesehen werden konnte. Sie endete etwa fünfhundert Meter nach einer scharfen Rechtskurve. Von da aus konnte man dann auf verschiedenen Wegen weiterfahren. Die meisten wurden dort aber von Hubschraubern abgeholt und zu ihren Standorten gebracht. Genau oberhalb dieser Rechtskurve stand ein mächtiger, weit ausladender Baum. Ich hatte die Idee, zwei Rücklichter auf ein Holzbrett zu montieren, das ich dann direkt über dem steilen Abgrund hinter der Kurve baumeln lassen wollte, um so die Rücklichter des Begleitfahrzeugs und eine Fahrspur vorzutäuschen. Der sichere Tod für jeden, der sich daran orientierte.«

Edward lachte laut auf. »Sie wollen mir doch wohl nicht weismachen, daß das funktioniert hat, oder?«

Red schwenkte grinsend sein Glas. »Und ob das funktioniert hat, so simpel und idiotisch die Idee auch war. Allerdings müssen Sie dazu wissen, daß die Kommandeure immer noch von einem zweiten Wagen eskortiert wurden, der vor ihnen herfuhr. Außerdem fuhren die Kommandeursfahrzeuge auch bei Nacht aus Sicherheitsgründen ohne Licht, während die Begleitjeeps mit abgedeckten Scheinwerfern fuhren. Sinn der Übung war, daß mögliche Guerillakämpfer nur dieses eine Fahrzeug ausmachen und angreifen konnten. Mein einziges Problem war, daß das Treffen der Kommandeure nur noch zwei Tage dauern sollte. Ich hatte also wenig Zeit, um alles vorzubereiten. Und außer mir und meinen beiden Verbündeten durfte natürlich niemand etwas von dem Plan wissen.«

Red nahm einen kräftigen Schluck aus seinem Glas und stand auf. Langsam ging er die Brüstung entlang und stellte sein Glas auf ihr ab. Dann drehte er sich wieder zu Edward um, dessen Blicke ihm schweigend gefolgt waren.

»Am folgenden Tag machte ich mit einem der Jeeps eine kleine, als Ausflug getarnte Probefahrt. Dabei inspizierte ich die scharfe Rechtskurve und fertigte eine grobe Skizze von den örtlichen Gegebenheiten an. Nach Einbruch der Dunkelheit begann ich sofort mit der Arbeit. Ich montierte auf ein Brett im richtigen Abstand die zwei Rücklichter, besorgte mir Seil, Kabel und eine Autobatterie und kletterte mit all diesen Utensilien oberhalb des Weges den Berg entlang bis zu dem großen Baum. Meter für Meter, denn in dieser Nacht war es stockfinster. Ich tastete mich über die Äste vor, bis ich über dem Abgrund neben der scharfen Rechtskurve hing. Dort befestigte ich meine Batterie am Baum und ließ das Brett probeweise hinab bis auf die vermutliche Höhe der Stoßstange eines dort fahrenden Autos. Alles verdammt amateurhaft, aber am nächsten Morgen konnte ich vermelden: Aktion vorbereitet.«

Red strich sich wieder durch die Haare.

»Ich weiß noch heute nicht, wie ich den darauffolgenden Tag überlebt habe. Mein Hirn arbeitete wie verrückt, und ich wiederholte in Gedanken immer wieder jeden Schritt und jeden Handgriff, die in der kommenden Nacht von mir erwartet wurden. Das einzige, was mir damals wirklich Gewissensbisse bereitete, war, daß zwangsläufig auch der Fahrer mit draufgehen mußte.« Er unterbrach sich kurz und schaute Edward plötzlich sehr ernst an. »Ich sollte nicht verschweigen, daß wir vereinbart hatten, ich müßte mich in den Abgrund fallen lassen, wenn etwas schief ging. Schon beim ersten Auftrag stand also mein Leben auf dem Spiel.«

In der Ferne war plötzlich ein leises Motorengeräusch zu hören; Red schaute erschrocken auf die Uhr. »Ach, sorry. Ich habe vergessen, daß heute Mittwoch ist. Mittwochs kommt immer Lucy.«

Als er den beunruhigten Blick von Edward sah, setzte er sofort hinzu: »Keine Bange. Lucy interessiert sich nur für mich und nicht für meinen Job oder meine Besucher. Ich werde Sie als Sohn eines alten Vietnam-Kameraden vorstellen, einverstanden?«

Edward nickte zustimmend, obwohl ihm die Situation nicht ganz geheuer war. Aber welche Möglichkeiten hatte er, die Begegnung mit dieser Lucy zu vermeiden?

»Es wird noch eine Weile dauern, bis Lucy hier oben ist. Lassen Sie mich kurz zu Ende erzählen.« Red nahm sein Glas und ging wieder zu seinem Korbsessel zurück, in den er sich hineinfallen ließ. Der Sessel knarrte unter seinem Gewicht.

»Einer der beiden Kommandanten hatte auf meine Bitte hin veranlaßt, daß an diesem Abend die Begleitfahrzeuge mit einem etwas größeren Abstand zu ihrem

Kommandeursfahrzeug fuhren. Nach Einbruch der Dunkelheit schlich ich mich also wieder auf den Baum. Ich wußte, die Zielperson würde mit dem Hubschrauber abgeholt werden, und hatte deshalb ein kleines Funkgerät dabei. So konnte ich hören, wenn seine Ankunftszeit durchgegeben würde. Denn erst dann verließen die beiden Fahrzeuge das Lager. Es dauerte lange, bis sich der Hubschrauber endlich meldete. Ich ließ also das Brett in die gähnende Leere unter mir hinab und wartete. Dann kam das Begleitfahrzeug. Der Fahrer konnte mein Brett nicht sehen, denn die abgedeckten Scheinwerfer leuchteten nur das Stück Weg unmittelbar vor dem Fahrzeug aus. In dem Moment, als der Jeep um die scharfe Rechtskurve gebogen war, tauchte auch schon das Kommandeursfahrzeug auf. Ich legte blitzschnell auch das zweite Kabelende an die Batterie und sah unter mir die Rückscheinwerfer auf meinem Brett aufleuchten. Es schien mir eine Ewigkeit zu dauern, bis ich das Aufheulen des Motors hörte: Die Räder des Wagens drehten plötzlich durch, sie hatten keinen Bodenkontakt mehr. Das Klirren und Scheppern des zerschellenden Fahrzeuges habe ich noch wochenlang in den Ohren gehabt. So schnell ich konnte löste ich das Kabel wieder von der Batterie, zog mein Brett hoch und versteckte die Utensilien im dichten Blattwerk. Dann rutschte ich rückwärts den Ast zurück und kletterte hinunter. Die Soldaten des Begleitfahrzeuges hatten das Ausbleiben des Kommandeurwagens schon bemerkt und kamen zu Fuß den Weg zurück. Erst am Morgen wurden die Trümmer des Fahrzeugs und die beiden Leichen gefunden. In der nächsten Nacht schlich ich mich noch mal zu dem Baum, um meine Utensilien verschwinden zu lassen.«

Red schaute Edward erwartungsvoll an. Doch den schien der Rest der Geschichte weniger zu interessieren als die bevorstehende Ankunft dieser Frau namens Lucy. Red ging auf Edward zu und hockte sich vor ihn, so daß sie beide in gleicher Augenhöhe waren.

»Das ist die einzige Geschichte, die ich meinen Auftraggebern immer erzähle«, grinste Red. »Denn in ihr sind bereits alle Elemente enthalten, die auch meine späteren Erfolge ausgemacht haben. Nicht das Drehen an irgendwelchen Schräubchen ist entscheidend, sondern die Fähigkeit, natürliche Gegebenheiten zu erkennen und sie so zu nutzen und zu arrangieren, daß es zu einem Unfall kommen kann. Alles andere funktioniert nicht.«

Mit einem Ruck richtete Red sich wieder auf.

»So, und jetzt lassen wir uns von Lucy bekochen. Sie brauchen übrigens keine Angst zu haben. Sie werden nicht auffliegen, denn Lucy will von Vietnam und dem Krieg und all dem nichts wissen. Sie müssen mich jetzt nur einen kurzen Augenblick entschuldigen.«

Red eilte ins Haus, und Edward ahnte, daß sein Gastgeber jetzt wieder zu dem Schaltkasten gehen würde, damit Lucy ungefährdet das Haus betreten konnte.

3

Wenige Minuten später tauchte Red mit Lucy im Arm wieder in der Terrassentür auf.

Lucy war deutlich jünger als Red, den Edward auf Ende

fünfzig schätzte. Mit ihrem blonden Haar und ihren beachtlichen Kurven wirkte sie wie die schlanke Ausgabe eines Marilyn-Monroe-Doubles. Über ihren engen Jeans trug sie ein buntes T-Shirt.

Edward stand auf und begrüßte Lucy mit einer leichten Verbeugung. Sie streckte ihm mit einem herzlichen Lächeln die Hand entgegen.

»Sind wir uns schon mal begegnet?«

»Ich glaube nicht, ich besuche Red hier zum ersten Mal«, antwortete Edward noch etwas unsicher.

»Oh, dann haben Sie ihn sicherlich schon lange nicht mehr gesehen?«

»Es ist eine halbe Ewigkeit her, mein Schatz.« Red gab Lucy einen Kuß auf die Stirn.

»Dann darf ich wohl heute für uns drei kochen?«

»Richtig, und Edward wird ein höflicher Gast sein und sich über deine Kochkünste nicht beschweren.«

»Ein Glück, daß ich genug eingekauft habe. Red hat mir nämlich nicht gesagt, daß er Besuch erwartet.«

»Ich bin auch völlig unangemeldet gekommen«, entschuldigte sich Edward.

»Ach, das macht nichts. Ich bin immer froh, wenn Red jemanden hat, mit dem er sich über alte Zeiten unterhalten kann. Ich selbst will die Geschichten gar nicht hören. Ich finde, Männer gehören nicht in den Krieg, sondern ins Bett.«

Red grinste. So war Lucy nun mal, und ihm gefiel ihre oftmals leicht frivole und manchmal auch unverschämt freche Art. Er überlegte, wie der steife Engländer diese kesse Bemerkung aufgenommen hatte, aber Edward schien recht locker und wenig überrascht.

Merkwürdigerweise dachte im gleichen Moment auch Edward über Red nach. Es mußte schon ein hohes Tier gewesen sein, das er da in Vietnam liquidiert hatte, sonst hätte die CIA ihn später nicht gefördert und offenbar auch gut bezahlt. Und doch schien aus Red kein Berufskiller im üblichen Sinn geworden zu sein.

Von der Küche her hörte man das Scheppern von Töpfen. Lucy war also bereits in voller Aktion.

»Was treiben Sie eigentlich, wenn Sie keinen aktuellen Auftrag haben?« fragte Edward.

Red breitete die Arme aus und reckte sich in seinem Korbsessel. »Ich lese sehr viel. Meistens Fachbücher über Motorentechnik und allgemeine Mechanik, moderne Elektronik. Zwischendurch auch mal einen schönen Roman. Lucy bringt mir die Lektüre mit, damit ich geistig nicht verkomme, wie sie sagt. Und sie hat einen sehr guten Geschmack, was Literatur betrifft. Und dann ist natürlich Basteln mein großes Hobby. Nicht, daß ich alles, was ich entdecke oder mir ausdenke, sofort verwirklichen kann«, fuhr Red fort und fügte hinzu: »Aber die meisten Ideen konnte ich in irgendeiner Form dann doch bei einem Job anwenden.«

Lucy begann den Tisch am anderen Ende der Terrasse zu decken.

»Trinken Sie mit uns kalifornischen Rotwein?« rief sie Edward zu.

»Gern.«

»Dann können wir in fünf Minuten essen.«

»Ich hoffe, Sie haben sich wegen mir nicht allzu große Umstände machen müssen«, rief Edward.

»Sie werden es nicht glauben«, lachte Lucy, »wir hätten

auch gegessen, wenn Sie nicht gekommen wären.« Dabei legte sie für jeden ein Besteck auf den Tisch und eilte in die Küche zurück. Edward hatte sich den Besuch bei Red ganz anders vorgestellt, mehr geschäftsmäßig, in kühl-sachlicher Atmosphäre. Nun erlebte er das Gegenteil.

Kurze Zeit später kam Lucy mit einer Rotweinflasche und drei Gläsern auf die Terrasse. Dann trug sie das Essen auf einem großen Tablett auf: Mais und Kidney-Bohnen, kleine, fritierte Kartoffeln, große T-Bone-Steaks, umrahmt von Zwiebeln.

»Es schmeckt ganz ausgezeichnet«, stellte Edward fest. Lucy bedankte sich für das Kompliment mit einem zugeworfenen Küßchen.

»Dein Gast ist sehr charmant«, sagte sie zu Red. »Ich glaube, du mußt auf mich aufpassen.«

Es war dunkel und kühl auf der Terrasse geworden. Red hatte Edward eine Strickjacke geliehen und sich selbst einen grob gestrickten Pullover übergezogen. Die beiden Männer saßen immer noch draußen, während Lucy offenbar die Küche aufräumte.

»Ich denke, wir sollten mit unserem Thema warten, bis Lucy nach oben gegangen ist. Hätten wir von Ihrem Kommen gewußt, wäre sie heute gar nicht erst hergekommen.« Red tauchte eine Zigarre kurz in den Bourbon, den Lucy ihm als Digestif gebracht hatte.

Edward war beim Rotwein geblieben, der ihm hervorragend schmeckte. »Ich habe Zeit«, antwortete er. Er wartete, bis Red sich die Zigarre angezündet hatte und die erste Rauchwolke in die Nacht blies.

»Lucy ist Ihre ...«

Red unterbrach ihn sofort. »Wir schlafen miteinander. Sie kommt jedes Wochenende und einmal in der Woche. Und das seit vielen Jahren. Aber an Heiraten oder ähnliches haben wir nie gedacht. Ich glaube sogar, sie ist noch verheiratet. Wir sprechen nie darüber, weil wir auch nie über mich sprechen. Und das ist gut so. Sie respektiert, daß ich von Zeit zu Zeit für ein paar Tage oder auch länger weg bin. Sie fragt nicht, wohin ich gehe, wie lange ich bleibe und was ich mache. Aber wenn ich zurückkomme, ist sie wieder da, und alles ist wie immer.«

Er machte eine kleine Pause und schaute zu Edward hinüber. »Sind Sie verheiratet?«

»Nein. Wahrscheinlich aus den gleichen Gründen wie Sie. Ich wohne eine knappe Autostunde von London bei meiner Mutter. Mein Vater ist einer der 265 Soldaten gewesen, die beim Falkland-Einsatz ums Leben gekommen sind. Es war ein schrecklicher Schlag für meine Mutter. Sie ist froh, daß ich nicht mehr beim Militär bin.« Er lächelte. »Meine Mutter glaubt, daß ich im diplomatischen Dienst bin. Das reicht ihr, um stolz auf mich zu sein. Und da sie seit dem Tod meines Vaters sehr zurückgezogen lebt, habe ich mich dieser Lebensweise einfach angeschlossen.«

»Sie stehen im Dienste Ihrer Majestät?« fragte Red.

Edwards Gesicht wurde wieder ernst und bekam einen starren Ausdruck. Die Antwort kam schnell und präzise. »Ich diene Großbritannien!« Er griff hastig nach seinem Glas und nahm den letzten Schluck.

Red, der Edwards Reaktion genau beobachtet hatte, füllte dessen Glas wieder. »In der Regel interessiere ich mich wenig für meine Auftraggeber. Aber Sie waren mir auf Anhieb sympathisch. Bitte entschuldigen Sie meine Neugier.«

»Ich wußte gar nicht, daß man sich in unserem Job Sympathien leisten kann«, stellte Edward fest, jetzt wieder etwas gelöster.

»Ich habe so viel erlebt und so viele Leute kennengelernt, daß ich eine Situation oder eine Person sehr schnell beurteilen kann. Außerdem ...« Red unterbrach sich, weil Lucy auf der Terrasse erschien.

»Hallo, ihr beiden. Ich nehme an, daß ihr noch weiterreden wollt, oder?«

Red stand auf und nahm Lucy in den Arm. »Mein Schatz. Du bist eine Hellseherin. Edward und ich wollen tatsächlich noch etwas in unserer Vergangenheit spazierengehen.«

Lucy gab Red einen Kuß und löste sich aus seinen Armen.

»Dann entschuldigt mich. Ich gehe schon mal ins Bett. Vielleicht weckst du mich ja, wenn du noch Lust hast?« Sie zwinkerte Red zu und streckte Edward die Hand entgegen. Der sprang etwas unbeholfen auf.

»Ach, so förmlich sollte das aber nicht werden«, lachte sie, zog Edward an sich und gab ihm einen Kuß auf die Wange.

»Ich werde Lucy nach oben begleiten.« Red legte den Arm um die schmale Taille seiner Freundin und verschwand mit ihr im Haus.

Edward hörte, wie die beiden lachend die Treppe nach oben gingen, und lehnte sich in seinem Sessel zurück. Er wußte Red nicht recht einzuordnen. Das mahnte ihn zu besonderer Vorsicht. Aber er war offensichtlich »sein

Mann«. Zumindest hatte man Red als solchen empfohlen. Von oben kamen einige verdächtige Geräusche. War es ein fröhliches Lachen, oder waren es leise Lustschreie? In Anbetracht der verstreichenden Zeit entschied er sich für letzteres. Deshalb wunderte er sich auch nicht, daß es fast zwanzig Minuten dauerte, bis Red wieder herunterkam. Er hatte sich umgezogen und trug jetzt blaue Jeans und ein dunkelblaues T-Shirt.

4

»Kommen Sie«, sagte Red und nahm sein Whiskeyglas. Edward stand auf, nahm ebenfalls sein Glas und folgte ihm ins Haus. Mitten im Flur blieb Red plötzlich stehen. Edward hörte nur ein leises Knacken, dann war es um ihn herum stockdunkel. Er spürte Reds kräftigen Griff an seinem linken Handgelenk. »Keine Panik, halten Sie sich dicht an mich«, sagte Red und Edward spürte, wie sich Reds andere Hand auf seine rechte Schulter legte und ihn durch die Dunkelheit führte. Einige Schritte gingen sie in der Dunkelheit. Irgendetwas bewegte sich vor ihnen, kühlere Luft strömte ihnen entgegen. Wahrscheinlich hat er eine Tür geöffnet, dachte Edward. »Stufen abwärts, vorsichtig«, sagte Red leise. »Es wird etwas eng. Orientieren Sie sich an der Wand rechts.«

Edward ertastete tatsächlich mit der rechten Hand eine Wand. Red führte ihn eine sehr schmale Treppe hinunter. Die Wand war rauh und kalt.«Zweiundzwanzig Stufen«, sagte Red, und Edward begann in Gedanken zu zählen. Es roch nach Öl, die Luft wurde immer kälter. Ein gleichmäßiges, leises Brummen war zu hören und wurde mit jedem Schritt lauter. Was hatte Red mit ihm vor, wohin führte er ihn?

»Kopf einziehen«, kam Reds Kommando. Edward durchzuckte kurz der Gedanke, ob er in eine Falle geraten war, aber er verwarf ihn gleich wieder. Vor ihm im Dunkeln tauchten ein paar kleine Lichter auf. Rote und grüne. Ansonsten konnte er nichts erkennen. Seine Augen hatten keine Zeit, sich an die Dunkelheit zu gewöhnen. Reds Hände zwangen Edward, stehenzubleiben. Wieder knackte es leise, und sofort flammte Licht auf.

Sie befanden sich in einem großen Raum. Die grünen und roten Lichter entpuppten sich als Kontrollampen eines Computers, der etwa vier oder fünf Meter von Edward entfernt auf einem großen Schreibtisch stand.

»Sie entschuldigen«, sagte Red freundlich und zog Edward einen Rollsessel heran. »Nehmen Sie Platz und erholen Sie sich erst einmal von dem Schrecken. Aber es ist für jeden der einzige Weg, in mein Arbeitszimmer zu gelangen. Nur mit mir und nur auf diese Weise.«

Edward schaute sich in dem Raum um, in den Red ihn geführt hatte, eine seltsame Mischung aus Büro, Werkstatt, Lager und Labor. An der einen Wandseite stand ein riesiges Buchregal, vollgestopft mit Aktenordnern, Büchern und Zeitschriften. Daneben der Schreibtisch mit Computer, Drucker, Telefon, Fax- und Funkgerät. Im hinteren Teil des Raumes befand sich eine große Werkbank, darüber an der Decke ein Flaschenzug an einer Gleitschiene. Neben der Werkbank war ein großes Regal mit

Maschinenteilen aller Art, von denen Edward aber keines einer ihm bekannten Maschine zuordnen konnte. Und schließlich standen gegenüber der Werkbank auf einem Labortisch Reagenzgläser, Bunsenbrenner und über ein Dutzend große und viele kleine Flaschen, wie man sie aus Apotheken oder Chemielabors kennt. Ganz hinten in der Ecke entdeckte Edward schließlich auf einer Sackkarre einen Schweißbrenner, daneben eine Art Staubsauger, nur viel größer, und einen riesigen Metallkasten mit einem feinen Maschendraht vor einer großen, schwarzen Öffnung. Von diesem Kasten her kam das Brummen, das Edward schon im Dunkeln gehört hatte. Offenbar eine Klima- oder Luftabsauganlage.

»Das ist das Herz meines Reiches«, lachte Red, der sich an den erstaunten und neugierigen Blicken seines Gastes zu erfreuen schien. »Hier werden Ideen geboren und mit diesen Ideen Realitäten geschaffen.«

»Sie sind nicht nur auf Autos spezialisiert?« fragte Edward und sah sich interessiert um. Dabei entdeckte er immer wieder neue Dinge, die ihn verblüfften und faszinierten.

»Nein. Ich sagte Ihnen doch, ich bin Maschinenbauingenieur von Beruf. Ich tüftele an allem, aber meine große Leidenschaft sind tatsächlich Autos. Mich interessieren natürlich nur die, mit denen ich vielleicht einmal arbeiten muß, in erster Linie Nobelkarossen. Dort drüben im Regal finden Sie von allem, was ›man‹ fährt, Literatur, Baubeschreibungen, Serviceanleitungen. Ob Rolls, Mercedes oder die Großen von Toyota. Kaum ein Fahrzeugtyp, der von Staatsmännern, Industriebossen, der Mafia oder VIP-Leuten gefahren wird, den ich nicht in- und auswendig kenne, einschließlich aller Sondermodelle und -ausstattungen. Aus meinem Job ist in all den Jahren aber auch ein Hobby geworden. Sie glauben gar nicht, was alles für Anfragen kommen. Es sind nicht immer die Dienste, von denen ich meine Aufträge erhalte, auch große Industriefirmen oder reiche Privatleute, die über bestimmte Kanäle auf mich zukommen. Viele Leute haben keine Ahnung, wie gefährlich sie leben, daß man ihnen nach dem Leben trachtet und Wege sucht, sie auf ›natürliche‹ Art zu beseitigen. Meistens sind es politische Hintergründe, aber ich habe auch Fälle von Werkspionage bearbeitet, wo man in letzter Minute den Verräter durch einen Unfall ›beseitigen‹ mußte, bevor er Schaden anrichten konnte.«

Red griff wahllos einen dicken Ordner aus dem Regal und hielt ihn hoch. »Hier finden Sie alles Wissenswerte über das berühmte ›Papa-Mobil‹. Nein, nein«, wehrte er ab, »ich habe nicht vor, morgen den Papst zu liquidieren. Aber es soll bekanntlich solche Fälle gegeben haben. Oder gehören Sie zu den Menschen, die immer noch glauben, daß der Vorgänger des jetzigen Papstes ohne ›Nachhilfe‹ gestorben ist?« Er unterbrach sich kurz und schaute Edward abwartend an. »Keine Bange, ich war es nicht. Aber es spricht doch alles dafür. Als man plötzlich merkte, den Falschen gewählt zu haben – schwupp, war er tot. Der natürliche Tod ist doch was Normales, was Praktisches. Wie schlimm ist da ein Attentat. Man wirbelt nur Staub auf; und Verdächtigungen, Gerüchte und Mutmaßungen schaden nur.«

Er stellte den Ordner wieder ins Regal und griff nach einem nächsten. »Diesen Wagen fährt zur Zeit Mubarak. Seinen Vorgänger Sadat hat man noch brutal beseitigt.

Die Ermordung hat Wirbel gemacht, das ganze Land war in Aufruhr. Nicht, daß Sie jetzt glauben, ich habe den Auftrag, Mubarak zu beseitigen. Aber ich sage mir, vielleicht wird das mal ein Auftrag. Der Mann hat Feinde, viele Feinde. Also bereite ich mich vor.« Er grinste Edward an, der ihm staunend zuhörte. »Wieviele verdienen an Liebe, Zuneigung und Treue? Von den Kirchen über die Blumenläden, Geschenkboutiquen bis zu Bordellen und Nutten. Unser Berufsstand, der zugegeben wesentlich kleiner ist und wahrscheinlich nur aus ein paar Dutzend Leuten besteht, verdient am Gegenteil. Haß, Neid, Mißgunst. Sind wir dafür schlechter? Wir schaffen den Ausgleich, wir bieten ein ruhiges Gewissen.«

Red schob auch diesen Ordner wieder ins Regal und deutete auf die untere Regalreihe. »Hier steht alles über die Yachten von König Juan Carlos, den großen Industriebossen, Waffenschiebern oder Rauschgifthändlern. Und was ich nicht habe, besorge ich mir.« Er machte eine kurze Pause. »Ich habe mich oft gefragt, was tust du da eigentlich? Ich habe es mir nicht einfach gemacht. Aber ist es eine Schande, einen wildgewordenen Diktator zu beseitigen, der für seine Ideen hemmungslos Menschen opfert? Ist es ungerecht, einen Industriellen verschwinden zu lassen, der Geld für sich beiseite geschafft hat und dessen Mitarbeiter plötzlich alle vor dem sozialen Nichts stehen, weil die Firma pleite ist? Oder einer, der hemmungslos die Umwelt verdreckt, nur um noch größere Gewinne zu machen? Und wie steht es mit den Waffenschiebern und Rauschgifthändlern, denen Menschenleben kaum einen Pfennig wert ist? Hemmungslosen Menschen gegenüber muß man hemmungslos sein. Und ich habe diesbezüglich keine Hemmungen mehr. Heute lache ich nur noch über den Beginn meiner Karriere. Die Sache mit dem Holzbrett und den Rücklichtern war ein Puppentheater gegenüber meiner heutigen Arbeit. Aber an den Grundelementen hat sich nichts geändert, nur an der Technik. Ich füge immer noch vorhandene Gegebenheiten, natürliche Reaktionen der Beteiligten und besondere, aber glaubwürdige Umstände zusammen.«

Red trank mit einem Schluck sein Glas leer und stellte es auf den Schreibtisch.

»Nur ein einziges Mal hat ein Auftrag nicht geklappt. Ich sollte ein kleineres Flugzeug vom Himmel holen. Das ist jetzt ziemlich genau zehn Jahre her. Man wollte einen deutschen Politiker loswerden, der zu viel von illegalen Waffengeschäften wußte oder sogar mitgemischt hatte. Ich weiß es nicht mehr so genau. Wenn mein Job vorbei ist, werden die Daten da oben in meinem Kopf gelöscht. Die Vorbereitungszeit war damals äußerst knapp, und ich hatte die Gleitfähigkeit der Maschine unterschätzt. Vielleicht war auch der Pilot besser, als man mir versichert hatte. Es ging einfach schief. Der Mann überlebte mit ein paar Prellungen und Knochenbrüchen. Es war mir furchtbar peinlich, aber ich konnte nun mal nichts mehr daran ändern. Verständlich, daß die Auftraggeber kein Vertrauen mehr zu mir hatten. Meine Konkurrenten haben dann später meinen Fehler korrigiert. Allerdings auch nicht ganz sauber. Gerüchte und Spekulationen, die eigentlich vermieden werden sollten, gab es doch. Aber das gewünschte Ergebnis stimmte. Der Mann war von der Bühne weg und konnte nicht mehr reden.«

Red zuckte mit den Schultern. »Ich habe mich daraufhin lange Zeit nicht mehr an Flugzeuge herangewagt. Erst in letzter Zeit interessiere ich mich wieder dafür. Vor allem für die Art von Maschinen, die von Konzernen gekauft oder gechartert oder im sogenannten Businesstransfer eingesetzt werden. Die Falcon 10 oder eine Cessna Citation. Oder Helikopter. Die meisten Politiker fliegen doch heute mit Helikoptern. Darauf muß man sich einstellen.«

Red hatte sich rückwärts gegen das Regal gelehnt und blickte seinen Gast lange schweigend an. Edward, der noch immer seine Blicke durch den Raum schweifen ließ, fiel die Stille zunächst nicht auf, da er in Gedanken Reds Erzählungen wie einen Film vor sich ablaufen ließ. Dann registrierte er Reds Schweigen, der Film war gerissen.

»Jetzt bin wohl ich dran?« fragte Edward nüchtern.

Red nickte und warf einen etwas enttäuschten Blick in sein Whiskeyglas. Er stellte es ab.

»Hier unten gibt es nur Alkoholfreies. Coke, Orangensaft, Mineralwasser. Wünschen Sie etwas?«

Edward winkte ab und wartete, bis Red sich ihm wieder zugewandt hatte.

»Also, wer ›wir‹ sind, sollte für Sie keine Rolle spielen. Ich glaube, die Empfehlung von Onkel Sam müßte Ihnen ausreichen.«

Red nickte, machte trotzdem den Versuch eines Einwands. Edward ließ sich aber nicht unterbrechen und fuhr schnell fort. »Wir sehen ein Problem auf uns zukommen. Der Auftrag, den wir Ihnen übertragen wollen, ist für uns von höchster Brisanz. Der Befehl kommt von ganz oben, scheint aber in seiner letzten Konsequenz noch von verschiedenen Faktoren, die ich selbst nicht kenne, abzuhängen. Die Aktion wird sicherlich äußerst kurzfristig gestartet und dann schnell erledigt werden müssen. Das Wo, Wann und Wie ist derzeit noch völlig offen. Auch dazu brauchen wir Ihren Rat und Ihre Erfahrung. Obwohl auch wir, wie Sie sich denken können, Spezialisten haben und die Angelegenheit selbst erledigen könnten, möchten wir diesen Fall aus bestimmten Gründen sozusagen extern erledigen lassen. Was die Zielperson betrifft, so handelt es sich um eine Persönlichkeit von hohem Bekanntheits- und in bestimmten Kreisen auch Beliebtheitsgrad. Letzteres macht die Sache nicht einfacher. Ein weiteres großes Problem für die Eliminierung dürfte die fast ständige Medienbegleitung der Zielperson sein.«

Edward machte eine kurze Pause. »Über die Zielperson kann ich Ihnen vorerst keine Informationen geben. Ich sagte bereits, eine endgültige Entscheidung ist noch gar nicht getroffen. Wann sie kommt, steht in den Sternen.«

Edward überging das leichte Zucken in Reds Mundwinkeln. »Wenn wir handelseinig werden, wäre es Ihre erste Aufgabe, zu uns nach Großbritannien zu kommen und zunächst in Warteposition zu gehen. Die Logistik der Aktion erfolgt durch uns in Absprache mit Ihnen, die Technik dazu erwarten wir komplett von Ihnen. Was Sie dafür benötigen, bringen Sie mit oder erhalten Sie von uns vor Ort. Wenn es soweit ist, werden Sie zunächst bis New York als Red reisen. Dort bekommen Sie von einem unserer Leute neue Papiere und reisen damit ganz offiziell nach Großbritannien ein. Ihre einzigen Kontaktpersonen werden auch in unserem Land vorerst nur mein Kollege Walter und ich sein. Walter wird Ihnen alles beschaffen, was Sie benötigen. Mehr kann ich Ihnen zum jetzigen Zeitpunkt nicht sagen. Weitere Fragen zum Ablauf werde ich vorerst nicht beantworten.« Er wartete auf eine Reaktion von Red. Doch der blieb, weiterhin an das Regal gelehnt, schweigend stehen und schaute nachdenklich ins Leere.

»Ich weiß, das ist vielleicht nicht viel. Aber ich vermute, daß Sie das auch nicht unbedingt interessiert. Die finanzielle Seite wird sicherlich für Sie von größerem Interesse sein als der Hintergrund unseres Anliegens.«

»Ganz schön arrogant, ihr Engländer«, grinste Red.

»Ich habe Gerüchte gehört, daß Sie uns, was die Preisgestaltung betrifft, in dieser Hinsicht nicht nachstehen«, sagte Edward ruhig.

»Damit wären wir bereits beim eigentlichen Kern der Sache. Was ist euch denn der Unfall wert?« fragte Red.

»Nennen Sie mir einen Betrag, und ich sage Ihnen, ob wir ihn akzeptieren können.«

Red stieß sich mit leichtem Schwung ab und ging langsam am Regal entlang, dann bis zur Werkbank zurück. Er nahm einen großen Schraubenzieher in die Hand, warf ihn in die Luft und fing ihn ganz spielerisch leicht auf.

»Ich schätze das Risiko äußerst hoch ein.«

»Vielleicht weniger das Risiko, als die von uns erwartete Präzision und den hundertprozentigen Erfolg, ohne Wenn und Aber.«

Red blickte Edward mit leicht zugekniffenen Augen an. »Noch ist nicht sicher, daß ich den Auftrag annehmen werde«, sagte er leise. »Ich werde wohl eine Nacht drüber schlafen müssen. Wie lange haben Sie Zeit?«

»Nicht unendlich viel Zeit, aber doch so viel, daß Sie in Ruhe darüber nachdenken können.«

»Dann sollten wir morgen weiter über unser Problem sprechen. Lucy kann Sie dann wieder mit ins Dorf nehmen. Oder wir können ungestört und in Ruhe weiterreden.« Red trat dicht an den sitzenden Edward heran, der automatisch aufstand.

»Sie werden verstehen, daß wir das kleine Spielchen jetzt noch mal machen müssen. Einen anderen Weg in die Zivilisation gibt es nicht.« Red griff wieder Edwards Handgelenk. Zielstrebig führte er ihn wieder durch den Raum. Edward verspürte einen kleinen Windhauch und die wärmere Luft von oben. Dann die zweiundzwanzig Stufen, die Edward jetzt schon automatisch mitzählte, um nicht zu stolpern. Ein paar Schritte, ein Knacken, dann ging das Flurlicht an. Edward drehte sich neugierig um, konnte aber nichts entdecken, was eine Geheimtür oder Ähnliches verriet.

»Suchen Sie erst gar nicht«, meinte Red lachend. »Ich wünsche Ihnen eine gute Nacht. Morgen früh werde ich Sie nicht wecken. Sie können einfach herunterkommen, wann Sie wollen.«

Red drehte sich um und verschwand im Wohnzimmer. Edward schaute noch einmal neugierig in die Richtung, in der er die Geheimtür vermutete. Aber es war wirklich nichts zu sehen, keine Naht, keine Abdeckleiste oder irgendetwas, was Rückschlüsse zuließ. Enttäuscht stieg er die Treppe nach oben. Er beschloß, sich morgen unauffällig dem Rätsel zu widmen.

Red war vom Wohnzimmer aus weiter in die Küche gegangen und füllte sich nochmals Crash-Eis in sein Glas. Er nahm eine kleine Flasche Veuve Clicquot aus dem Kühlschrank, löschte das Licht, nahm im Vorbeigehen aus dem Wohnzimmerschrank ein Champagnerglas und schüttete über sein Eis reichlich Bourbon. Dann löschte er auch hier das Licht und durchquerte den Flur. Leise stieg er die Stufen in den ersten Stock und lauschte kurz nach rechts in Richtung des Gästezimmers. Keine verdächtigen Geräusche. Leise öffnete er die Tür zu seinem Schlafzimmer. Die indirekte Beleuchtung tauchte den Raum in gedämpftes Licht. Red zog sich leise aus. Vorsichtig öffnete er die kleine Flasche Champagner und schüttete die Hälfte des Inhalts in das Glas. Er ließ ein paar Tropfen Champagner auf Lucys Haut fallen. Erschrocken wachte sie auf und schnellte hoch. Noch bevor sie einen Ton von sich geben konnte, legte Red ihr seinen Mund auf die Lippen und gab ihr einen zärtlichen Kuß. Lucy nahm ihm vorsichtig tastend das Champagnerglas aus der Hand. Dann ließ sie sich zurückgleiten, stellte das Glas auf dem Boden neben dem Bett ab und zog Red zu sich herunter. Ihre Beine schoben den Rest des Bettuches von ihrem Körper weg und schlangen sich um Reds Hüften.

5

Als Edward am nächsten Morgen herunterkam, saßen Red und Lucy bereits auf der Terrasse beim Frühstück. Edward machte eine leichte Verbeugung. »Einen schönen guten Morgen.«

Lucy trug eine karierte Bluse zu ihrer Jeans, Red hatte noch seinen Bademantel an.

»Setzen Sie sich, der Kaffee ist noch heiß«, rief Lucy. »Mögen Sie Eier mit Speck?«

Edward nickte und nahm auf dem Stuhl Platz, auf dem er gestern bereits gesessen hatte.

»Ein richtiges englisches Frühstück mit Kuchen und Süßigkeiten kann ich Ihnen nicht bieten. Red liebt es morgens etwas deftiger.« Sie deutete auf eine Platte mit verschiedenen Sorten Käse, Schinken und gebratenen Hähnchenschenkeln.

»Keine Sorge«, meinte Edward, »ich werde wohl nicht verhungern.«

»Was machen Sie eigentlich beruflich, Edward?« fragte Lucy interessiert.

Red kam Edward zuvor, worüber dieser froh war. »Unser Gast beschäftigt sich bei einer Versicherung mit Unfällen. Edward ist so etwas Ähnliches wie ein Detektiv. Du weißt doch, wie viele Unfälle heute nichts anderes sind als Versicherungsbetrug. Und da ist er Spezialist. Habe ich das richtig dargestellt?«

Edward nickte nur und griff nach einer Scheibe dunkel gebackenem Brot, das er hier eigentlich nicht erwartet hatte.

»Greifen Sie ruhig zu. Das backt eine Nachbarin. Ihr Mann war Bäcker von Beruf und ist vor vielen Jahren aus Deutschland ausgewandert. Jetzt backt seine Frau das Brot nach seinen Rezepten. Es hat einen kräftigen Malzgeschmack. Probieren Sie es mal.«

Edward probierte das Brot, das tatsächlich sehr schmackhaft war. »Bleiben Sie heute hier?« fragte er vorsichtig.

Lucy schüttelte den Kopf. »Nein. Eigentlich wäre ich

schon weg, aber ich wollte mich noch von Ihnen verabschieden.«

»Schade«, meinte Edward, und wußte selbst nicht, ob diese spontane Äußerung aus Höflichkeit geschah oder ehrlich gemeint war. Er wollte sein Gespräch mit Red so schnell wie möglich fortsetzen.

Fast, als könne sie Gedanken lesen, erhob sich Lucy und streckte ihm ihre Hand entgegen. Edward stand hastig auf.

»Ich wollte Sie aber mit meiner Frage keineswegs verscheuchen ...«

Lucy lachte. »Das würde Ihnen auch nicht gelingen. Aber ich muß jetzt wirklich fahren. Es hat mich gefreut, Sie kennenzulernen. Vielleicht sehen wir uns ja irgendwann mal wieder?«

»Vielleicht.«

Edward wartete, bis Red und Lucy die Terrasse verlassen hatten. Dann setzte er sich wieder hin und frühstückte weiter. Er war froh, nun wieder mit Red allein zu sein, mußte sich jedoch eingestehen, daß ihm Lucy sehr gefiel. Er lehnte sich in seinem Stuhl zurück und blinzelte in die Morgensonne. Dabei fiel ihm ein, daß er noch einmal den Eingang zu Reds Arbeitsraum suchen wollte. Der Zugang konnte nicht so gut getarnt sein, daß er nicht zu entdecken war. Edward überlegte, wie man in Großbritannien unter ähnlichen Umständen einen ausländischen Kollegen behandeln würde. Es hatte vor Jahren in London einen Fall gegeben, da war ein späterer Kronzeuge gegen die italienische Mafia bei ihnen vorstellig geworden. Damals, noch unter Margaret Thatcher, hatte man in einer eisigen Atmosphäre verhandelt. Der Vergleich fiel eindeutig zu Reds Gunsten aus. Er mußte sich eingestehen, daß auch er in Versuchung war, Red sympathisch zu finden. Wenn man den Zusicherungen der CIA folgte, war Red wirklich absolute Weltklasse und ein vielbeschäftigter Mann. Edward störte nur – ganz im Gegensatz zu seinen Vorgesetzten in London –, daß Red für unterschiedliche Dienste tätig war.

In der Ferne hörte er Lucys Lachen. Es mußte Red sehr animieren, denn es dauerte auch diesmal fast eine halbe Stunde, bis er wieder in der Terrassentüre erschien.

»Warten Sie bitte noch einen Moment. Ich werde mich anziehen.«

Das Anziehen dauerte keine fünf Minuten. Edward hatte in der Zwischenzeit kaum einen Hähnchenschenkel abnagen können.

Vom Tal her war das Motorengeräusch von Lucys Wagen zu hören, das sich langsam verlor. Red räumte den Frühstückstisch ab. Dann setzte er sich zu Edward und sah ihn nachdenklich an. Edward hielt dem Blick stand und wartete, ob Red sich zu dem Auftrag über Nacht eine Meinung gebildet hatte. Schließlich strich Red sich wieder durch die Haare und richtete seinen Blick in die Ferne.

»Edward«, begann er langsam, »ich habe mich – ehrlich gesagt – noch nicht entschieden. Es ist wohl das erste Mal, daß jemand mit einem Job an mich herantritt, ohne mir den Namen der Zielperson nennen zu wollen.« Er machte eine Pause und faltete die Hände. »Gut, Sie werden Ihre Gründe haben. Vielleicht gibt es aber doch einen Weg, mir irgend etwas Überzeugendes zu sagen, was meine Entscheidung beeinflussen könnte. Sie wissen, ich bin nicht auf jeden Job angewiesen. Für mich steht immer wieder einiges auf dem Spiel. Ich bin deshalb froh, daß ich mir die Jobs aussuchen kann. Zwar ist Onkel Sam in gewisser Weise ein Empfehlungsschreiben, aber keine Garantie. Ich hoffe, Sie verstehen das?«

Edward verstand durchaus, aber er hatte konkrete Anweisungen. »Vielleicht kann Sie ein Betrag überzeugen. Nennen Sie mir doch eine Summe.« Er versuchte von dem leidigen Thema »Zielperson« wegzukommen. Vielleicht war Geld, viel Geld, doch ein überzeugendes Argument.

Red antwortete nicht und schien das Thema wechseln zu wollen. Seine Blicke wanderten wieder zu Edward, und er grinste ihm zu. »Sie entschuldigen die kleinen Späße gestern abend. Aber es dient meiner und nicht zuletzt auch Ihrer Sicherheit.«

Red schien zu spüren, daß Edward sofort in Gedanken begann, die Wände im Keller und Flur abzutasten, um Anzeichen für einen Ein- oder Ausgang zu finden.

»Vergessen Sie's«, sagte Red. »Das haben andere auch schon versucht.«

Er stand auf und ging die Terrasse einmal auf und ab, den Kopf weit nach vorne gebeugt, einen Fuß langsam vor den anderen setzend. Als er zurückkam, blieb er direkt neben Edward stehen.

»Was ist das Besondere an der Zielperson, daß Sie so ein Geheimnis daraus machen? Ist es jemand aus euren eigenen Reihen?«

»Nein«, versicherte Edward.

»Dann verstehe ich es nicht.« Red drehte sich wieder um und schritt erneut die Terrasse ab, setzte sich dann in einen Korbsessel. Er schien mit sich und der Entscheidung zu kämpfen. Von Zeit zu Zeit schüttelte er schweigend den Kopf. Geld allein konnte es wirklich nicht sein, dachte Edward. Red hätte ja nur eine Summe nennen brauchen, irgendeine. Und er machte auf ihn nicht den Eindruck, als habe er Hemmungen, hohe finanzielle Forderungen zu stellen. Insgeheim rechnete Edward mit einer Forderung von einer Million Dollar. Die hatte ihm London im Prinzip auch schon freigegeben.

Plötzlich stand Red auf. »Ich lasse Sie kurz allein«, sagte er nur und verschwand im Haus. Wenige Sekunden später hörte Edward, wie die Haustür ins Schloß fiel. War Red wirklich aus dem Haus gegangen und hatte ihn hier zurückgelassen? Oder wollte Red prüfen, ob er jetzt das Haus nach der Geheimtür durchsuchte? Edward suchte mit den Augen die Decke und die Wände nach Fernsehkameras ab, ohne etwas zu finden. Er entschied, sich ganz normal zu verhalten. Und für ihn war es normal, in den Flur zu gehen, um noch einmal nach der Geheimtür zu suchen.

Er stand auf, ging langsam durch das Wohnzimmer. Als er den Flur erreicht hatte, konnte er feststellen, daß Red tatsächlich nicht mehr hier war. Er suchte nach der Stelle, wo die Tür sein mußte. Die Wand war tatsächlich völlig unauffällig, keine Naht, keine Abdeckleiste, kein Schrank, hinter dem sich eine Tür verbarg. Edward ging langsam, Zentimeter für Zentimeter, die ganze Wand ab, dann die nächste, schließlich auch noch die gegenüberliegende. Red hatte Recht: keine Chance, etwas zu finden. Von draußen waren Schritte zu hören. Die Haustür öffnete sich, und Red betrat den Flur.

»Na, haben Sie etwas gefunden?« fragte er freundlich.

Edward schüttelte den Kopf.

»Ich habe Ihnen doch gesagt, Sie werden nichts finden. Warum glauben Sie mir nicht?« Red freute sich spürbar, daß Edward mit seiner Suche erfolglos gewesen war.

»Werden Sie mir den Trick irgendwann zeigen?«

Red lachte. »Oh, nein!« Dann bat er Edward wieder auf die Terrasse. Als er sich hingesetzt hatte, kamen die erlösenden Worte: »Eine Million!«

»Dollar?«

Red schüttelte, immer noch lächelnd, den Kopf. »Die Sache spielt doch in Großbritannien, oder? Pfund natürlich!«

Edward atmete tief durch und blickte Red direkt in die Augen.

»Also dann, wenn ich das finanzielle Okay bekomme: Auf eine erfolgreiche Zusammenarbeit.« Er gab Red die Hand. Dieser drückte sie kräftig.

6

Der Raum war äußerst nüchtern und zweckmäßig eingerichtet. Ein großer runder Eichentisch stand in der Mitte des Raumes, um ihn herum acht schwarze Ledersessel mit hohen Rückenlehnen. Über dem Tisch hing ein großer Leuchter, der an diesem trüben Tag künstliches Licht spenden mußte. An der Breitseite, gegenüber den vergitterten Fenstern, befand sich eine große, innengepolsterte Flügeltüre. An der einen Schmalseite des Raumes hing in einem einfachen braunen Holzrahmen das Portrait Ihrer

Majestät, Queen Elizabeth II. Darunter befand sich ein Tisch mit Gläsern, Tassen, je einer Karaffe mit Saft und Milch und einigen Thermoskannen.

An der gegenüberliegenden Wand hingen in schlichten Holzrahmen kleinere Einzelportraits aus dem englischen Königshaus: Queen-Mother, Prinz Philip und die Kinder Charles, Andrew, Edward und Anne. Neben den Bildern der Prinzen Charles und Andrew waren hellere Flächen zu erkennen, die erkennen ließen, daß hier früher weitere Bilder gehangen haben mußten. Darunter, auf einer Art Couchtisch, lagen einige englische Tageszeitungen und Magazine.

Zwei Herren in dunklen Anzügen hatten bereits an dem runden Tisch Platz genommen und waren mit dem Studium der »Sun« und »Times« beschäftigt, als sich die Tür fast lautlos öffnete. Beide standen auf und begrüßten mit einer leichten Verbeugung den hageren, weißhaarigen Mittsechziger, der sich mit einem kurzen Nicken einen Stuhl zurechtrückte und Platz nahm. Einen Stapel mitgebrachter Akten plazierte er in angemessenem Abstand vor sich auf dem Tisch.

»Darf ich Ihnen einen Tee bringen, Sir?« fragte der Mann, der die »Times« vor sich liegen hatte, und faltete seine Zeitung zusammen. Der Weißhaarige nickte freundlich.

»Gerne, Arthur.«

Er zog eine Goldrandbrille aus einem Etui und begann mit dem Studium einer Akte. Am Revers seines dunklen Jacketts blinkte ein kleines, goldenes, mit einem winzigen Brillanten besetztes Abzeichen. Als Arthur ihm die Tasse Tee vorsichtig zuschob, blickte er kurz auf.

»Danke. Wann erwarten wir die anderen?«

Arthur schaute auf seine Armbanduhr.

»Sie müßten eigentlich schon hier sein, Sir«, antwortete er und setzte sich wieder in seinen Sessel.

»Vielleicht können Sie einmal im Vorzimmer nachfragen, ob sie schon im Haus sind, George.«

Wortlos stand der Angesprochene auf und verließ leise den Raum.

»Fürchterlich, diese Unpünktlichkeit«, murmelte der Weißhaarige und vertiefte sich in die Akte.

»Haben Sie die jüngsten Berichte schon gelesen?« fragte er Arthur, ohne aufzuschauen.

»Ja, Sir.«

»Und?«

»Ich kann nur hoffen, daß Edward überzeugende Antworten mitbringt. Die Zeit wird immer knapper ...«

»... und die Situation immer prekärer«, ergänzte der Weißhaarige.

Arthur erhob sich und machte eine Handbewegung in Richtung des Büroschranks neben der Tür.

»Verzeihung, Sir, ich sollte vielleicht ...!?«

Er ging zu dem Schrank und öffnete ihn. Neben einigen Akten verbargen sich zwei Kippschalter. Arthur betätigte beide, worauf das Licht hinter einer kleinen runden Milchglasscheibe über der Flügeltür aufleuchtete. Dann schloß er die Tür des Schrankes wieder.

»Ja, Arthur. Wir gehen schlimmen Zeiten entgegen.« Der Weißhaarige seufzte. »Ich habe nicht gedacht, daß ich kurz vor meiner Pensionierung noch eine so traurige Aufgabe übertragen bekommen würde.«

Arthur nickte schweigend.

»Es hat in diesem Land zu allen Zeiten größere und

kleinere Schweinereien gegeben, an denen wir uns beteiligen mußten, ich betone *mußten*. Aber jetzt ...?« Er schloß nachdenklich die Akte vor sich. »Ich sehe auch keinen anderen Weg. Wenn wir nicht eingreifen, ist die englische Monarchie endgültig am Ende. Was Impotenz, Homosexualität und Kriege nicht geschafft haben, schafft diese kleine ...«

Die Türe hinter ihm öffnete sich leise, und er drehte sich um. Edward und sein Kollege Walter betraten, gefolgt von George, den Raum. Der Weißhaarige erhob sich von seinem Sessel.

Walter war mit seinen etwa dreißig Jahren deutlich jünger als Edward. Sein Äußeres war typisch irisch: Er hatte rötlich-blondes Haar und viele Sommersprossen im Gesicht.

»Sir David, ich hoffe, Sie sind mit meinem Bericht zufrieden?« fragte Edward und begrüßte seinen Vorgesetzten mit Handschlag.

»Edward, Ihr Bericht ist wie immer brillant. Aber die Details, die uns nachhaltig interessieren, können Sie nur in einem persönlichen Gespräch erläutern.«

Edward warf einen Blick auf die Milchglasscheibe über der Flügeltüre, bevor er sich setzte. Sir David bemerkte den Blick.

»Arthur hat die Abhörsicherung bereits eingeschaltet, wir können also gleich beginnen. Erzählen Sie uns bitte in Kürze die Details, die in Ihrem Bericht aus verständlichen Gründen unerwähnt bleiben mußten.«

Edward referierte kurz den Inhalt seines Berichtes, den er am Vortag Sir David überreicht hatte, und ergänzte ihn durch Detailangaben, die er als wichtig erachtete.

»Ich schlage vor, daß wir auf das Angebot dieses Red eingehen«, schloß er seinen Vortrag.

»Was ist«, wollte George wissen, »wenn in letzter Minute alles abgeblasen wird?«

»Auch darüber haben wir gesprochen«, beeilte sich Edward zu erläutern. »Alle Spesen und zehn Prozent bleiben bei uns hängen.«

»Hunderttausend und mehr für nichts!« stöhnte Arthur. »Wie wollen wir das begründen?«

»Das Geld kommt aus dem großen Topf«, beruhigte ihn Sir David. »Das geht uns nichts an.«

Walter stand auf und warf Edward einen fragenden Blick zu. Der nickte nur. Daraufhin ging Walter zum Tisch mit den Getränken und kam nach kurzer Zeit mit zwei Tassen Tee zurück.

»Ich habe während Ihrer Abwesenheit nochmals mit der CIA telefoniert. Dieser Red arbeitet tatsächlich seit Jahren für die Amerikaner. Und das ohne Beanstandungen, auch was die Diskretion betrifft. Sonst wäre er längst ein toter Mann. Hartmann vom deutschen BND, der ihn auch schon einmal angeheuert hat, meinte zwar, Red habe seines Wissens Ende der achtziger Jahre einmal einen Job für die IRA gemacht. Er konnte sich aber nicht mehr an Details erinnern, und ich habe im Archiv nichts gefunden, was auch nur annähernd die Handschrift dieses Amerikaners trägt.« Sir David schaute abwartend in die Runde. »Gab es bei Ihren Recherchen irgendwelche Ergebnisse, die uns diesbezüglich beunruhigen könnten?«

Die Frage wurde allgemein verneint. Sir David fuhr fort. »Ich hatte heute morgen noch einmal ein ausführliches und sehr vertrauliches Gespräch. Man ist fest entschlossen, dem Spiel ein Ende zu bereiten. Lady Diana erntet weltweite Sympathien, was der Krone große Probleme bereitet. Andererseits weiten sich ihr Umgang und ihr gesamtes privates Leben immer mehr zu einem Skandal aus, der nicht nur das Königshaus, sondern ganz Großbritannien trifft. Und in diesen Skandal zieht sie unweigerlich ihre Söhne William und Harry, also auch den zukünftigen König von England, mit hinein. Das ist verantwortungslos!«

»Wie weit hat man sich denn ›oben‹ inzwischen Gedanken über die Folgen einer Eliminierung gemacht?« fragte Arthur.

Sir David zog die Brauen hoch und meinte unerwartet laut: »Besser ein Ende mit Schrecken, als Schrecken und unüberschaubare Risiken ohne Ende!« Er legte die Goldrandbrille ab und faltete seine schmalen Hände.

»Ich bin mir sicher, daß wir in diesem Raum nicht alle mit der gleichen Überzeugung das von uns erwartete – um nicht zu sagen – geforderte Handeln verstehen und beurteilen. Aber das soll und kann auch nicht unsere Aufgabe sein.«

Edward meldete sich zu Wort. »Ich habe Red gesagt, daß nur Walter und ich seine Kontaktpersonen sein werden, sobald er englischen Boden betritt. Wird es im Ernstfall dabei bleiben?«

Sir David lehnte sich in seinen Sessel zurück.

»Ich habe bisher keine anderen Anweisungen erhalten. Warum fragen Sie?«

»Nur zu meiner eigenen Information, Sir. Ich habe bis jetzt den Eindruck, daß Red und ich ... sagen wir, mit dem nötigen Abstand gut miteinander harmonieren.«

»Wie weit liegen uns bisher die offiziellen Termine von Lady Diana vor?« fragte Walter und blickte dabei George an.

»Soweit keine kurzfristigen Änderungen vorgenommen werden, bis Jahresende, und einige Termine auch schon für 1998 und 1999.«

»Ich glaube nicht, daß wir das Kind so lange am Leben erhalten können«, bemerkte Arthur sarkastisch.

Sir David machte eine entrüstete Bewegung.

»Arthur! Diesen Frontjargon lassen Sie hier bitte. Aber zurück zur Tagesordnung. Was schlagen Sie vor, Edward?«

»Nun, wir sind noch zu weit vom Point-of-no-Return entfernt, um konkrete Pläne zu schmieden. Aber ich bin der Meinung, wenn Lady Diana verschwinden muß und man sich für Red als Ausführenden entscheidet, sollten wir ihn so schnell wie möglich nach London kommen lassen. Walter und ich werden mit ihm Planspiele machen, um dann am Tag X zuzuschlagen, wie und wo auch immer das sein mag.«

Sir David räusperte sich. »Kommen wir jetzt zum zweiten Punkt. Sie haben sicherlich die Artikel über Prinz Charles in der Tagespresse gelesen. Versteht man den Hintergrund dieser Berichte, so stellt sich die Frage: Welches Bild hat die Öffentlichkeit von der Beziehung zwischen ihm und seinen Kindern?« Er machte eine Kunstpause und ließ dabei seinen Blick über die Runde schweifen.

Arthur hatte den Grund für die Frage offenbar als erster begriffen. »Man wird wohl das Vater-Image des Prinzen etwas aufpolieren müssen.«

Sir David nickte zustimmend. »Sehr richtig, meine Herren. Wenn man die Artikel genau liest, steht zwischen den

Zeilen, daß Prinz Charles wohl etwas unbeholfen im Umgang mit seinen Kindern ist: zu viel Distanz, zu wenig menschliche Nähe. Im Vergleich zur Mutter fehlt bei ihm Natürlichkeit und Wärme gegenüber seinen Söhnen. Hier muß sofort etwas geschehen. Was schlagen Sie vor?«

»Gehe ich richtig in der Annahme, daß die Kinder während der Schulferien überwiegend auf Balmoral Castle bleiben, oder wurde am Programm etwas geändert?« fragte George.

»Nein«, antwortete Edward. »Ich habe eben noch im Computer nachgeschaut. Es ist bisher nichts anderes bekannt.«

»Gut, dann sollte so schnell wie möglich ein Pressetermin mit Charles und den Kindern angesetzt werden. Natürlich nicht im Schloß, sondern irgendwo ganz ungezwungen in einer schönen Umgebung. Der Vater mit seinen Söhnen allein, weit weg von Lady Diana und dem Königshaus.«

»Ich halte Georges Anregung für ausgezeichnet.« Edward schaute Sir David an. »Wie schnell läßt sich so etwas arrangieren?«

»Was ist mit der geplanten Reise von Lady Diana, auf die Arthur gestern hingewiesen hat?« fragte Walter.

Der Angesprochene zuckte mit den Schultern. »Ich habe das Protokoll eines Telefonates von Lady Diana mit Andrew Roberts von der ›Sunday Times‹ gelesen. Leider waren da viele Hintergrundgeräusche, weil Lady Diana wohl von einem Restaurant oder Café aus über ihr Handy telefoniert hat. Teile des Gesprächs waren nicht genau zu verstehen. Aber sie berichtete Roberts von einer größeren Reise, wahrscheinlich Ende des Monats. Im Computer steht bisher nichts von einem solchen Termin, also wird es sich wahrscheinlich um eine Reise mit Al-Fayed handeln, von der außer ihr und ihm noch niemand etwas Genaues weiß. Geplant ist außerdem ein Wochenende in Martha's Vineyard an der Küste Neu-Englands, wo sie auch die Clintons treffen wird.«

Sir David blickte auf seine Uhr. »Die Sache mit dem Pressetermin scheint mir in jedem Fall eilig zu sein. Ich werde veranlassen, daß ein solcher Termin umgehend vorbereitet wird.«

»Aber bitte ohne Camilla Parker-Bowles«, spöttelte Arthur. Über Sir Davids Gesicht huschte ein verkniffenes Lächeln. Er klemmte sich seine Akten unter den Arm.

»Meine Herren, ich danke Ihnen. Ich werde morgen früh meinen vertraulichen Bericht machen und fragen, ob wir diesen Red engagieren können. Halten Sie sich bitte den morgigen Nachmittag zur Verfügung.«

Die anderen waren während seiner letzten Worte aufgestanden, machten eine leichte Verbeugung, und Sir David verschwand.

7

»Scheiße!« zischte George. »Wer steckt eigentlich hinter dem Befehl? Die ›Firma‹ selbst oder Blair, die Konservativen oder gar unser Haus hier? Oder ist es Amtshilfe für irgendeinen anderen Dienst?«

»Wer viele Fragen stellt, lebt meistens nicht lange, lieber George«, lästerte Arthur. »Lektion eins der Grundausbildung.«

»Laßt doch die dummen Sprüche«, meinte Edward. »Dafür ist die Sache viel zu ernst.«

So einfach ließ sich George jedoch nicht beruhigen. »Bisher hieß es immer ›ein Feind ist auszuschalten‹. Aber ich frage dich, Edward, wo ist denn hier der Feind?«

Edward schaute George mitleidig an. »Du mußt noch viel lernen, George. Vielleicht solltest du dich für einige Zeit in eine andere Abteilung versetzen lassen.«

George hatte plötzlich einen ganz roten Kopf bekommen. Er atmete heftig. »Wo soll ich mich denn auskotzen, wenn nicht hier? Ich habe, seit ich für die Abteilung tätig bin, dem Land immer treu gedient und alle Befehle ausgeführt. Aber ich muß doch nicht alles wort- und tatenlos hinnehmen.«

»Dann ziehe Konsequenzen, George, aber ganz schnell«, konterte Edward. »Du hättest diesen Red erleben sollen – ein Profi. Ein eiskalter Geschäftsmann, was seinen Job betrifft. Aber privat ein äußerst sympathischer Zeitgenosse. Er kann trennen, verstehst du, *trennen*! Und das ist die einzige Chance, in diesem Job zu überleben. Red ist ein Killer, ein routinierter Killer, ja, offenbar ein Künstler auf seinem Gebiet. Und wir brauchen solche Menschen. Im Krieg und ohne Krieg. Und wenn es Red nicht gäbe, gäbe es einen Ted, Pat oder Ed.«

George schaute ihn von der Seite an und nickte heftig mit dem Kopf. »Eben, Ed! Eben, Edward. Eigentlich sind wir *alle* Mörder, wenn wir unseren Job machen. Und wenn es der Sicherheit und dem Wohl des Landes dient, dann sehe ich das ein. Aber wem nützt es, wenn wir Lady

Diana aus dem Verkehr ziehen? Wem?« Edward ging auf George zu und legte ihm seine linke Hand auf die Schulter. »Du kannst sicher sein, George, bevor ich das nicht weiß, werde auch ich diesen Job nicht machen. Das schwöre ich dir.«

Arthur und Walter hatten die Diskussion der beiden wortlos verfolgt. Jetzt stand Arthur auf und ging zu dem Büroschrank. »Ich kann die Anlage jetzt wohl wieder ausschalten.«

Edward nickte kurz und machte Walter ein Zeichen. Der stand auf und folgte ihm zur Tür. Edward drehte sich nochmals kurz um.

»Ich halte keinen, der aussteigt, für einen Feigling. Aber wenn, dann bitte rechtzeitig und ohne Aufsehen.« Er verließ mit Walter den Raum. Das Licht hinter der kleinen runden Milchglasscheibe erlosch.

8

Edward saß in seinem Büro am Computer und suchte im Verzeichnis herum, während Walter, der im gleichen Raum seinen Schreibtisch stehen hatte, im »Mirror« blätterte.

»Hast du die jüngsten Bilder von Lady Diana und Al-Fayed auf der Yacht schon gesehen?« Walter hob die Zeitung an und hielt sie Edward hin, der einen kurzen Blick auf die Seite warf und sich dann wieder seinem Bildschirm widmete.

»Ich bin mal gespannt, womit die ihre Seiten füllen,

wenn Lady Diana mal nicht mehr ist«, brummte er vor sich hin. »Gibt es denn nur noch die beiden? Wieso ist sie überhaupt schon zurück?«

Er wechselte die Datei und suchte nach dem Terminplan von Lady Diana. »Tatsächlich. Die planmäßige Dauer der Kreuzfahrt ist fünf Tage.« Er blätterte weiter.

»Hast du den Bericht über eine gewisse Kelly Fisher schon gelesen? Die Agenturen melden, Al-Fayed führe da unten ein Doppelleben. Diese Fisher ist ein drittklassiges, bedeutungsloses Fotomodell. Dodi ist angeblich mit ihr verlobt oder hat ihr zumindest einen teuren Ring geschenkt, den diese dumme Gans als Verlobungsring ansieht.« Er drehte sich zu Walter. »Wir werden morgen nachsehen, was Lady Diana macht. Vielleicht trennt sie sich wegen dieser Fisher von dem Playboy.«

»Warten wir lieber ab, was morgen noch an der Fisher-Geschichte dran ist. Sicher will sie sich nur interessant machen. Al-Fayed wird nicht im Traum daran denken, den Goldfisch an der Angel gegen eine Qualle zu tauschen.«

Edward griff zum Telefon und wählte eine kurze Nummer. »Edward hier. Leute, verfolgt bitte konsequent diese Kelly-Fisher-Story. Ich will außerdem umgehend sämtliche Telefonprotokolle von Lady Diana auf meinen Schreibtisch bekommen, egal, mit wem sie spricht. Dann brauche ich noch alle Termine von Lady Di, die ihr herausbekommen könnt. Egal, ob privat oder offiziell. Außer ein paar lächerlichen Daten habe ich diesbezüglich nichts im Computer. Strengt euch an.«

Er legte den Hörer auf und drehte sich zu Walter.

»Was hältst du davon, wenn du dich einige Tage an ihre Fersen hängst und mir eine Übersicht machst, was bei ihr im Moment so nebenher läuft, also der alltägliche Kleinkram: Arzt, Friseur, Fitnesstraining.«

»Meinst du, das bringt etwas?« meinte Walter skeptisch.

»Man kann nie wissen. Ich habe das Gefühl, als könnten uns solche Beobachtungen für den Tag X hilfreich sein.«

9

Hellblaue Seidentapeten an den Wänden, prächtige bronzene Kandelaber und ein übergroßes Ölportrait Ihrer Majestät Queen Elizabeth II. in einem prunkvollen Goldrahmen beherrschten den Raum. Hinter einem mächtigen Schreibtisch saß ein kleiner, weißhaariger Mann mit blassem Gesicht und einer schmalen, spitzen Nase. Er war elegant gekleidet, seine Lackschuhe auf Hochglanz poliert. Außer einem Telefon, einer vergoldeten Schreibtischgarnitur und einer dunkelbraunen, ledernen Unterschriftenmappe, die geöffnet vor ihm lag, war sein Schreibtisch leer. Er überflog einen Brief nach dem anderen und setzte dann mit einem vergoldeten Füllfederhalter schwungvoll seine Unterschrift darunter. Als es leise klopfte, hob er kurz seinen Kopf. Eine Dame in einem eleganten, blauen Kostüm trat zögernd ein, schloß leise die Türe hinter sich und wartete auf ein Handzeichen, das Signal, sprechen zu dürfen.

»Sir David ist gekommen, Sir.«

Sie drehte sich um und öffnete die Tür wieder. Sir David

betrat den Raum, machte an der Türe eine kurze Verbeugung, während hinter ihm die Dame wieder den Raum verließ. Er nahm wortlos in einem der braunen Ledersessel vor dem Schreibtisch Platz, während der kleine weißhaarige Mann mit seiner Beschäftigung fortfuhr. So vergingen schweigend zwei oder drei Minuten. Schließlich klappte er die Unterschriftenmappe zu und legte den Füllfederhalter in die vergoldete Schale der Schreibtischgarnitur. Dann lehnte er sich in seinen Sessel zurück und blickte Sir David erwartungsvoll an.

»Was ist der Anlaß Ihres Kommens, David?«, fragte er mit hoher Stimme.

»Mein Besuch hat zwei Anlässe. Zum einen möchte ich anregen, daß umgehend zu einem Pressetermin eingeladen wird, bei dem sich seine Königliche Hoheit Prinz Charles zusammen mit seinen Kindern den Fotografen in der Rolle des Vaters präsentiert. Möglichst zwanglos und in familiärer Atmosphäre.«

»Hintergrund?«

»In Anbetracht der zu erwartenden Ereignisse erscheint es ratsam, die Vaterrolle seiner Königlichen Hoheit gegenüber der Öffentlichkeit verstärkt in den Vordergrund zu stellen. Eine Untersuchung meiner Abteilung hat hier gegenüber der Mutter der Kinder ein erhebliches Defizit festgestellt ...«

»Wann soll dieser Termin sein?«

»So schnell wie möglich.«

»Wir werden es arrangieren. Und weiter?«

»Über den amerikanischen Geheimdienst CIA haben wir Kontakte zu einem erfahrenen Experten für ...« Er hielt einen kurzen Moment inne und fuhr dann zögernd fort: »Sie hatten die alsbaldige Eliminierung von Lady Diana in Erwägung gezogen ...«

»Erwägung?« Die Stimme des weißhaarigen Mannes klang spöttisch. »Was ist nach den Affären der Dame mit diesem James Gilbey, diesem Oliver Hoare, diesem James Hewitt und all den anderen und jetzt diesem ... Al-Fayed noch zu erwägen? Die Person muß weg, so schnell wie möglich. Ich hoffe, Sie und Ihre Leute sind sich darüber im klaren, was für Großbritannien und die Krone auf dem Spiel steht?«

Sir David nickte und fuhr leise fort: »Wir haben jemanden gefunden, der diese Aufgabe übernehmen würde. Allerdings sind seine Forderungen nicht unerheblich.«

»Der Preis?«

»Eine Million Pfund, Sir.«

Wenn Sir David geglaubt hatte, sein Gegenüber mit diesem Betrag zu schockieren, so hatte er sich getäuscht. Die Antwort auf diese Forderung kam ohne Zögern.

»Ein Spottpreis, wenn man bedenkt, was diese Person an Schaden bereits angerichtet hat und noch anrichten wird. Wichtig ist nur, daß der Mann schnell und zuverlässig ist und daß kein Verdacht, aber auch nicht der leiseste Hauch eines Verdachts aufkommt. Sie verstehen, wie ich das meine?«

»Uns wurde der Mann von der CIA sehr empfohlen.« Sir David erwartete eine weitere Reaktion. Sie blieb aus. Also fuhr er fort: »Ist der Auftrag erteilt, Sir? Sollen wir den Mann kommen lassen?«

»Ja, er soll kommen. Regeln Sie das Finanzielle mit der üblichen Diskretion und tragen Sie dafür Sorge, daß außer Ihnen nur ein zuverlässiger, möglichst kleiner Kreis an der

Sache beteiligt ist. Je weniger Leute, um so besser.« Die Hand des Weißhaarigen tastete unterhalb der Schreibtischplatte nach einem Knopf. »Ich danke Ihnen für Ihr Kommen.«

Im gleichen Moment wurde die Türe geöffnet und die Dame im blauen Kostüm erschien wieder.

»Begleiten Sie Sir David hinaus und stellen Sie eine Telefonverbindung zu seiner Königlichen Hoheit Prinz Charles her. Falls Sie ihn nicht erreichen, stellen Sie fest, wann ein erneuter Anruf Sinn hat.« Dann wandte er sich wieder Sir David zu, der inzwischen aufgestanden war. »Ich danke Ihnen, David.«

Sir David machte wieder eine leichte Verbeugung und folgte der Dame aus dem Raum. Dann schloß sich die Türe hinter den beiden.

10

Am Nachmittag rief Sir David seine vier Mitarbeiter Edward, Walter, Arthur und George zu der angekündigten Besprechung. »Sie wissen wahrscheinlich alle, daß sich Lady Diana zur Zeit wieder in England aufhält. Sie haben aus den internen Protokollen und der Presse von der Affäre Kelly Fisher erfahren. Falls bei dem einen oder anderen noch Informationsbedarf ist …«, er schaute in die Runde und seine Augen blieben an Edward hängen, der ihm kurz zunickte, »… Edward wird Ihnen die nötigen Informationen geben. Des weiteren wurde bereits veranlaßt, daß Seine Königliche Hoheit Prinz Charles die Presse einlädt. Dieser Vorschlag hat im gesamten Königshaus einhellige Zustimmung gefunden, wie mir berichtet wurde. Die Einladungen hierzu werden noch heute bekanntgegeben. Seine Königliche Hoheit hat sich für ein Motiv am Ufer des River Dee entschieden, wo er sich nach seiner Hochzeit mit Lady Diana bereits einmal hat ablichten lassen. Wir werden abwarten müssen, inwieweit die Medien den Hintergrund dieses Motivs erkennen und interpretieren. Gibt es hierzu noch Fragen?«

Arthur meldete sich zu Wort. »Sie haben William und Harry nicht erwähnt. Ich gehe trotzdem davon aus, daß ...«

Er wurde von Sir David unterbrochen. »Selbstverständlich sind die Kinder dabei. Das ist doch der ganze Grund dieses Termins.«

»Danke, Sir.«

»Wenn Sie keine weiteren Fragen mehr haben«, setzte Sir David seine Ausführungen fort, »dann darf ich Ihnen sagen, daß ich noch einmal Rücksprache gehalten habe, inwieweit der Auftrag bezüglich Lady Diana besteht oder bestehen bleibt. Wir sind aufgefordert, diesen Amerikaner zu engagieren. Den finanziellen Forderungen des Mannes wurde stattgegeben.«

Nach diesen Worten herrschte im Raum zunächst betroffenes Schweigen. George hatte die Augen geschlossen und schüttelte immer wieder den Kopf. Edward und Walter starrten vor sich auf den Tisch, und Arthur schnippte nervös mit den Fingern.

»Meine Herren, ich weiß, wie Ihnen zumute ist«, fuhr Sir David schließlich fort. »Ich weiß, daß Sie alle mit sehr viel Zurückhaltung an diese Sache herangehen. Das ist auch gut so. Ich bin froh, daß Edward einen Mann gefunden hat, der uns bei der Durchführung unserer Aufgabe helfen wird.«

Sir David stand ohne ein weiteres Wort auf und verließ den Raum. Alle anderen saßen wie erstarrt auf ihren Plätzen. Arthur war der erste, der das Wort ergriff.

»Es ist also soweit, Leute. Dann lassen wir diesen Red doch kommen. Ich bin schon ganz gespannt auf diesen Mann. Muß ja wirklich ein Ass sein.«

»Arthur, bitte!« zischte George über den Tisch, und jeder merkte, daß der jüngste Kollege in der Runde mit seinen Gefühlen kämpfte.

Edward stand auf und klopfte auf den Tisch. »Meine Herren, ich glaube, wir sollten für heute Schluß machen und eine Nacht darüber schlafen. Sollte mir Sir David nicht zuvorkommen, bitte ich alle hier Anwesenden morgen um zehn Uhr zu einem weiteren Gespräch. Ich werde bis dahin Red informiert haben und mich mit ihm terminlich abstimmen.«

Edward, Walter und Arthur verließen den Raum. George blieb noch einige Zeit sitzen. Tränen liefen über seine Wangen. Seine Hände rafften zitternd die Akten vor sich zusammen. Dann stand auch er auf, schaltete die Abhörsicherung im Schrank aus und schlug die Tür hinter sich zu.

11

Es war kaum zehn Tage her, daß Edward im Jeep mit dem Indianer zu Reds Haus hinaufgefahren war. Die Schmerzen im Rücken hatte er noch gut in Erinnerung. Nun saß er erneut im Fond des Wagens. Der Fahrer hatte ihn sofort wiedererkannt, als er bei ihm an die Tür geklopft hatte.

»Kommen Sie jetzt öfter zu Mister Red?« fragte er und strahlte über das ganze Gesicht. »Dann ist Mister Red nicht so einsam. Das ist gut für einen Menschen, wenn er viele Freunde hat. Mister Red hat viele Freunde. Ich fahre fast alle Freunde von Mister Red.« Er blickte in den Rückspiegel und hatte wieder dieses vergnügte Grinsen im Gesicht. »Vor ein paar Tagen habe ich sehr reiche Leute gefahren. Zwei Männer mit viel Schmuck.« Er deutete auf die Stellen der Finger, an denen man Ringe trägt, den Hals und die Handgelenke. »Sehr viel Schmuck, Sir. Sie sprachen aber nicht unsere Sprache. Ich habe kein Wort verstanden. Aber als ich sie sah, wußte ich sofort, wohin die Fahrt gehen würde. Zu wem im Ort sollten sonst so reiche Leute kommen?«

Edward hörte dem Geplapper des Fahrers nur mit halbem Ohr zu. Er wurde das Gefühl nicht los, daß sich die Anzahl der Schlaglöcher seit dem letzten Besuch verdoppelt hatte. Diesmal trug er außer dem kleinen braunen Lederkoffer eine schwarze Aktentasche bei sich, die er auf seinem Schoß krampfhaft festhielt. Zu gern hätte er gewußt, ob Lucy auch diesen Weg durch das Flußbett nahm. Dann endlich riß der Fahrer wieder das Lenkrad nach rechts, der Jeep jagte steil den Hügel empor und bahnte sich den Weg zu Reds Grundstück.

Dieses Mal schlug Edward, nachdem er den Fahrer fortgeschickt hatte, gleich den richtigen Weg ein. Red hatte sein Kommen schon bemerkt, denn auf der Hälfte der Strecke zum Tor hörte das Zirpen des Zaunes auf, und als Edward um die Ecke bog, stand Red bereits in der Toröffnung und lachte ihm entgegen.

»Seien Sie willkommen, Edward. Ich habe bei der Verabschiedung das letzte Mal nicht geglaubt, daß wir uns so schnell wiedersehen würden.« Er streckte seinem Besucher die Hand entgegen und schüttelte sie kräftig. Red schien sich ehrlich zu freuen, Edward wiederzusehen. Er schloß das Tor, und beide gingen den schmalen Pfad entlang zum Haus.

»Darf ich raten, was in dem schwarzen Koffer ist?« fragte Red fast übermütig.

»Sie dürfen«, antwortete Edward und übergab Red den Koffer ohne weiteren Kommentar.

»Sie werden wohl keine Quittung von mir erwarten?«

Edward blieb stehen und drehte sich zu Red um. »Ihre Trefferquote liegt heute bei hundert Prozent. Soll ich Ihnen das beweisen?«

Red gab keine Antwort.

»Sie haben den Auftrag!« Edward machte eine ironische Verbeugung, drehte sich wieder um und ging weiter.

»Wenn man Sie so reden hört, bekommt man das Gefühl, daß ich in Ihnen nicht unbedingt einen Fürsprecher in London hatte.« Das übermütige Lächeln war aus Reds Gesicht verschwunden. »Ich hoffe, Ihre etwas gereizte Stimmung hat nichts mit mir zu tun.«

Sie hatten das Haus erreicht. Red öffnete die Tür und ließ seinem Gast den Vortritt. »Sie kennen sich inzwischen ja aus. Das Gästezimmer wartet auf Sie. Fühlen Sie sich wie zu Hause.« Er schaltete den Strom des Zaunes wieder ein und klappte das Ölgemälde gegen die Wand, so daß der Schaltkasten dahinter verschwand.

»Wenn Sie sich erst frisch machen wollen, dann zähle ich in der Zwischenzeit mal nach.«

Edward schaute nachdenklich auf den schwarzen Koffer in Reds Hand. Schließlich drehte er sich um und stieg die Treppe hinauf.

Red nahm den Koffer mit in das Wohnzimmer, stellte ihn auf einem Sideboard ab und versuchte ihn zu öffnen. Doch der Versuch scheiterte an dem Zahlenschloß. Red entschied, keine Gewalt anzuwenden, und ließ den Koffer liegen. In der Küche bereitete er zwei Drinks aus Orangensaft und Eis zu und trug sie, ebenso wie den Koffer, auf die Terrasse. Draußen war es schwülwarm. Eine leichte Wolkendecke hing über der Landschaft.

Es dauerte nicht lange, bis Edward herunterkam. Red deutete auf das Glas mit Orangensaft. »Ich habe mir wieder erlaubt, Ihnen etwas zu trinken zu machen.« Dann zeigte er auf den Aktenkoffer. »Verhelfen Sie mir doch bitte zu einem letzten Volltreffer heute. Ich möchte ungern die Schlösser beschädigen.«

Edward war an die Brüstung getreten und nahm einen Schluck aus dem Glas. Dann ergriff er den Koffer und reichte ihn Red.

»171 961«, sagte er bedeutungsvoll. Red drehte an den kleinen Rädchen, und sofort sprangen die Schlösser auf. Er warf den Deckel zurück. Vor ihm lagen säuberlich gebündelt gebrauchte englische Pfundnoten. Red nahm einen Stapel von Scheinen und zählte die Bündel. Er nickte.

»Ich hoffe, man hat sich nicht verzählt«, sagte er und legte das Geld wieder in den Koffer zurück. »Wenn Sie mich jetzt für einen Augenblick entschuldigen wollen.« Er verschwand mit dem schwarzen Aktenkoffer im Haus.

Edward war sich sicher, daß ihn Red dieses Mal wirklich nur ein paar Minuten allein ließ, denn Lucy war offenbar nicht da. Er setzte sich in den Korbsessel. Im Zeitraffer ließ er nochmals die Geschehnisse der Tage seit seinem ersten Besuch bei Red Revue passieren. Ihm war klar, daß er, Edward, mit dieser Übergabe des Koffers Lady Dianas Schicksal besiegelt hatte. Er spürte, wie seine Hand, in der er das Glas mit dem Orangensaft hielt, zu zittern begann. Er versuchte an etwas anderes zu denken. Seine Blicke wanderten zu den Wolken. Plötzlich sah er Lucy vor sich, und seine Gedanken klammerten sich an sie, ihr wuscheliges blondes Haar und ihre schmale Taille. Er erinnerte sich an den Kuß, den sie ihm beim Abendessen auf dieser Terrasse gegeben hatte. Ob sie gut im Bett war? Er sah die Bluse, die sie unter ihren Brüsten zusammengeknotet hatte, er hörte ihr helles Lachen. Diana war auch blond, sie lachte auch gern. Ihr Lachen! Bald würde sie nicht mehr …

»Stimmt!«

Edward schreckte auf. Red stand grinsend hinter ihm.

»Ich gehe davon aus, daß der Koffer so eine Art Geschenkpapier war – oder wollen Sie ihn wieder mitnehmen?«

»Nein, natürlich nicht.« Edwards Stimme zitterte.

Red schaute ihn erstaunt an. »Macht Ihnen der Jetlag

zu schaffen?« fragte er besorgt. Edward winkte ab, doch Red ließ nicht locker. »Sie sehen blaß aus.« Er grinste. »Ich hoffe, man hat Ihnen das Geld nicht vom Gehalt abgezogen.« Als er merkte, daß er mit solchen Bemerkungen bei Edward im Moment nicht landen konnte, wurde er wieder ernst. Er setzte sich auf die Brüstung und schaute Edward an, der zusammengesunken in dem Korbsessel saß. »Sie haben Probleme?«

Edward schwieg und blickte an Red vorbei in das Grün der Bäume. Er versuchte langsam und tief durchzuatmen. Wie von ferne hörte er Reds Stimme.

»Edward, was ist los? Edward!« Red beugte sich über seinen Gast, und seine rechte Hand erfühlte Edwards Puls am Handgelenk. Er pochte wie wild. Red ging zurück in die Küche, nahm aus einem Schrank eine Stoffserviette und füllte sie mit Eis. Er eilte zu Edward zurück, der immer noch zusammengesunken im Korbsessel saß, öffnete einige Knöpfe an Edwards Hemd und drückte ihm den Eisbeutel gegen die Stirn.

»Es ist sicher der Jetlag, ja bestimmt«, stöhnte Edward leise und versuchte sich aufzurichten.

»Bleiben Sie ruhig sitzen. Das vergeht wieder. Es ist heute auch ungemein schwül, selbst hier oben. Und dann die Fahrt hierher«, versuchte Red ihn zu beruhigen. »Lassen Sie sich Zeit und trinken Sie noch einen Schluck.« Vorsichtig führte Red seinem Gast das Glas an den Mund. Edward nahm zwei kleine Schlucke und öffnete langsam wieder die Augen. Er griff mit zitternden Händen nach dem Eisbeutel.

»Danke«, flüsterte er.

»Sie haben mir einen ganz schönen Schrecken eingejagt. Auf solche Fälle bin ich hier oben nicht vorbereitet. Der nächste Arzt ist gut zwei Stunden von hier entfernt. So etwas bedenkt man nicht, solange keine Probleme auftauchen.« Red zog seinen Korbsessel heran und setzte sich dicht neben Edward, der langsam wieder zu sich kam. »Wir sollten vielleicht in mein Arbeitszimmer gehen, da ist es wesentlich kühler und angenehmer.«

Edward nickte. Er richtete sich auf und versuchte sich mit den Händen auf den Lehnen abzustützen. Red eilte herbei und griff ihm unter den Arm. »Kommen Sie … aber ganz langsam.«

Edward ging vorsichtig, von Red gestützt, ins Haus. Red führte Edward bis zum Garderobenständer im Flur. »Halten Sie sich daran fest und warten Sie einen Moment«, befahl Red. Er schnappte sich einen Mantel, der an der Garderobe hing, und warf ihn Edward blitzschnell über den Kopf. »Es muß leider sein«, entschuldigte er sich. Edward war alles egal. Er spürte, wie Red sich mit dem Rücken dicht vor ihn stellte. Dann nahm Red Edwards Hände und legte sie von hinten auf seine beiden Schultern, so wie Edward es als Kind früher gemacht hatte, wenn er mit anderen Kindern Eisenbahn spielte.

»Kommen Sie«, sagte Red und machte vorsichtig den ersten Schritt vorwärts. Dann folgte wieder das Kommando »Stufen, zweiundzwanzig«. Edward spürte kühle Luft an den Beinen. So gingen sie, Stufe für Stufe.

»Kopf einziehen.«

Endlich waren sie unten angelangt. Red zog den Mantel von Edwards Kopf und hielt ihn am Arm fest. Tatsächlich, dachte Edward, hier unten ging es ihm schon viel besser. Nach einem leisen Knacken schaltete sich das Licht wieder ein. Red führte Edward zu einem der Rollsessel, und Edward ließ sich hineinfallen. Langsam kam er wieder zu sich.

»Es geht schon wieder.«

»Ich kann da nicht mitreden«, meinte Red. »Mir ist so etwas noch nie passiert.«

»Mir bisher auch nicht«, gestand Edward.

Wortlos ging Red zu seinem Schreibtisch, auf dem sich einige Ordner, Bücher und Akten stapelten. Er schloß aufgeschlagenes Material, so daß man nicht mehr erkennen konnte, woran er arbeitete.

»Vorbereitungen für einen anderen Job«, sagte Red wie beiläufig und setzte sich in den Rollsessel vor seinem Schreibtisch.

»Alles wieder okay?«

Edward nickte, zog ein Taschentuch aus der Hosentasche und wischte sich über Gesicht, Hals und Nacken. »Man wird eben nicht jünger.« Er versuchte ein erstes vorsichtiges Lächeln, aber es mißlang.

»Sie sollten vielleicht zwei oder drei Tage hier bleiben«, stellte Red fest. »Nicht, daß Ihnen das Ganze in London dann wieder passiert...«

»Ich kann nicht, der Auftrag...«

»Wann soll es denn losgehen?« fragte Red. »Ich habe da nämlich noch einen Auftrag bekommen. Nicht uninteressant, vor allem recht einfach, so wie es aussieht.« Er grinste. »Der wird in Großbritannien auch für gewisses Aufsehen sorgen ...« fügte er hinzu.

»Ihr Geschäft scheint ja gut zu florieren«, stellte Edward fest. »Da können Sie sich bald zur Ruhe setzen.«

Red lachte laut auf. »Zur Ruhe? Ich? Was soll ich denn

in dieser gottverlassenen Gegend den ganzen Tag machen? Nur noch theoretisch arbeiten? Nein, Edward. Wer solche Sachen austüftelt, der will sie auch ausprobieren und will Resultate sehen. Wußten Sie, daß man mit der Fernbedienung eines Spielzeugautos eines bestimmten Herstellers aus Japan die Zentralelektronik eines Chrysler aus bis zu acht Metern Entfernung beeinflussen kann? Ich habe es durch Zufall herausgefunden. Oder wußten Sie, daß man mit einem einfachen Telefondecoder und einem kleinen Trick die elektronische Wegfahrsperre fast aller BMW-Fahrzeuge der Siebenerreihe überlisten kann? Nein, wenn man das alles weiß, dann kann man nicht aufhören, dann will man das einsetzen. Technische Kapriolen mit Fernbedienungen, Decodern oder Funksteuerungen von Modellflugzeugen, die in manchen Sketchsendungen im Fernsehen zu großen Lacherfolgen führen, sind oft traurige Wirklichkeit. Häufig reichen kleinste Veränderungen oder ein einfacher Vergleich technischer Daten, und schon funktioniert es.«

»Sie machen mir Angst«, seufzte Edward und richtete sich in seinem Sessel wieder vollends auf.

»Nichts liegt mir ferner als das. Vor allem in Ihrem Zustand. Wie fühlen Sie sich denn jetzt?«

»Es geht schon wieder.«

»Dann sollten wir vielleicht einmal den Ablauf meines Auftrags durchgehen. Der erste Schritt ist gemacht.« Er drehte sich um und zeigte hinter sich, wo der schwarze Aktenkoffer stand. »Wie wird es weitergehen?«

»Ich habe es Ihnen bereits bei meinem ersten Besuch angedeutet. Sie werden am kommenden Montag über New York nach London fliegen. In New York wird Ihnen unser Verbindungsmann ausgezeichnete Papiere und eine neue Biographie überreichen, mit denen Sie nach Großbritannien einreisen. Ich werde Sie am Flughafen erwarten. Zunächst müssen wir abwarten, bis wir wissen, wie, wann und wo der Unfall geschehen wird. Wir haben da derzeit noch keine festen Vorstellungen. Und irgendwann … schlagen Sie zu. Sie werden nach dem Unfall unmittelbar in die USA zurückfliegen, die Papiere in New York wieder abgeben. Und ich werde Sie, so wie jetzt, noch einmal besuchen.«

»Da wird sich der Indianer aber freuen.« Red rieb sich die Hände.

»Das kann ich mir vorstellen«, erwiderte Edward trocken.

»Können Sie mir heute etwas Näheres zu der Zielperson sagen?« wollte Red wissen.

Doch wie schon beim letzten Besuch wurde diese Frage von Edward nur mit einem kurzen »Nein« beantwortet.

12

Red stand auf der Terrasse und lauschte in den frühen Morgen hinein. Das Motorengeräusch des Jeeps wurde leiser. Schließlich war nichts mehr zu hören. Er drehte sich um und begann, den Frühstückstisch abzuräumen. Edward war in aller Frühe aufgestanden, um sicher zu sein, die Mittagsmaschine nach New York, wo er umsteigen mußte, zu bekommen. Red trug das Tablett in die

Küche und rief dann Lucy an. Ihre verschlafene Stimme verriet, daß er sie geweckt haben mußte. Sie verabredeten sich für die Mittagszeit.

Red ging in den Flur und streifte gewohnheitsgemäß sein Schulterhalfter mit der 38er über, denn er verließ nie ohne Waffe das Haus. Es sei denn, er hatte einen Auftrag übernommen und reiste als Tourist oder Kaufmann. Diese schutzlose Zeit fiel für ihn unter den Begriff Berufsrisiko. Sein Weg führte ihn direkt am Haus entlang, dann durch eine schmale Gasse zwischen hohen Büschen den Hang hinunter. Auf einer Art Lichtung blieb er kurz stehen und schaute sich erstaunt um. Die Büsche waren in den letzten Wochen enorm gewachsen. Er bahnte sich den Weg weiter zum Zaun. Der Indianer hatte Wort gehalten und ihm die Zeitungen der letzten Tage in einer Plastiktüte hingelegt. Das tat er immer, wenn Red ihn darum bat. Ansonsten versorgte ihn Lucy mit Zeitungslektüre. Red hob die Tüte auf und ging den gleichen Weg zurück zum Haus.

Auf der Terrasse legte er wie üblich die Zeitungen auf die linke Seite neben sich auf den Boden und begann zu lesen. Er überflog den politischen Teil und die Weltnachrichten. Dann las er die Notierungen der New Yorker Börse und den Wirtschaftsteil.

Schließlich schlug er das Feuilleton auf. Gerüchten zufolge gab es Streit im Kennedy-Clan. Darüber hinaus wurde bekannt, das ein weiteres Enthüllungsbuch über »JFK« in Vorbereitung war. Dann stolperte er über den Namen Al-Fayed. Zuerst nahm Red an, es sei ein Bericht über Mohamed, las dann aber, daß eine gewisse Kelly Fisher, die zusammen mit ihrer Mutter und ihrem Anwalt auf der Seite abgebildet war, laut Pressebericht gegen ihren Verlobten, Dodi Al-Fayed, den Sohn von Mohamed, eine Schadensersatzklage wegen böswilligen Verlassens anstreben wolle. Nur beiläufig wurde erwähnt, daß Dodi seit geraumer Zeit eine Affäre mit der Exfrau des englischen Thronfolgers Prinz Charles nachgesagt wurde. Als er die Höhe der Forderung dieser Kelly Fisher las, lachte Red laut. Sie hatte fast seine Preiskategorie. Er war sicher, daß sich diese Angelegenheit auf eine andere Weise erledigen würde.

Er nahm sich die nächste Zeitung vor. Wieder überflog er in der üblichen Reihenfolge Politik, Weltnachrichten, Börse, Wirtschaft und Feuilleton. Dann griff er zur dritten und letzten Zeitung. Beim Durchblättern blieben seine Augen an einem Bild haften, das sofort seine Aufmerksamkeit erregte. Es zeigte den englischen Thronfolger Prinz Charles mit seinen beiden Söhnen am Ufer des River Dee in Schottland. Der Prinz trug einen Kilt, den Red immer schon als ein abartiges Kleidungsstück angesehen hatte, und stützte sich auf eine Art Hirtenstab. Der Bericht neben diesem Bild erläuterte, daß der zukünftige englische König die Ferien mit seinen Kindern in Schottland verbringe und sich ganz persönlich um die Erziehung, die Bildung und ihr persönliches Wohl kümmere. Der Prinz of Wales liebe seine Kinder über alles. Die überwiegende Mehrheit des englischen Volkes hege die stille Hoffnung, daß Ihre Majestät, Elizabeth II., so bald wie möglich zu seinen Gunsten abdanken würde, damit frischer Wind in Buckingham Palace Einzug halten könne. Gleichzeitig warf der Bericht die Frage auf, ob Elizabeth ihrem Sohn deswegen möglicherweise bisher den Thron nicht freigemacht habe, weil dieser sich mehr für Umweltfragen, Botanik und Ökologie interessiere als für die eigentlichen Aufgaben des Thrones.

Red ließ die Zeitung sinken. Sein Gehirn begann zu arbeiten. Hatte er möglicherweise in den letzten achtundvierzig Stunden den Auftrag erhalten, Prinz Charles oder gar die Queen zu beseitigen? Auf beide Personen paßten die Andeutungen, die Edward ihm gegenüber bezüglich der Zielperson gemacht hatte. Es sei ein äußerst brisanter Job, hatte er gesagt, die Zielperson stünde in ständigem Medieninteresse, und für den MI-5 oder MI-6, soweit Edward einem dieser Dienste angehörte, was er immer noch nicht herausgefunden hatte, war es eine äußerst heikle Aktion. Damit wurde auch verständlich, warum die Drahtzieher dieses Auftrages einen externen Partner suchten. Man wollte sich im eigenen Land nicht selbst die Hände schmutzig machen. Nicht auszudenken, wenn ein Verdacht oder sogar ein Beweis gefunden würde, daß der englische Geheimdienst bei dieser Aktion die Finger im Spiel hatte!

Red war sich plötzlich sicher, daß er auch eine deutlich höhere Summe hätte verlangen können. Jetzt wurde ihm auch klar, warum Edward durch den Auftrag emotional so stark belastet schien. Wahrscheinlich hatte der Schwächeanfall seines Gastes nichts mit Jetlag zu tun gehabt. Elizabeth oder Charles, einer der beiden Personen galt sein Auftrag, das war Red jetzt klar.

Er begann für sich zu überlegen, welche Eliminierung dem englischen Volk wohl mehr Vorteile bringen würde. Der Tod einer gealterten, der Gefühlskälte verfallenen Königin? Oder der Tod eines etwas spleenigen, unbeholfen wirkenden Thronfolgers, der sich wegen seiner Zuneigung zu einer Jugendliebe und eines mit ihr begangenen und öffentlich bekannt gewordenen Ehebruchs als künftiger Herrscher ins Abseits gebracht hatte?

Aber schließlich konnte es ihm eigentlich egal sein, ob man Mutter oder Sohn auf die Abschußliste gesetzt hatte. Er hatte seinen Auftrag, und er hatte bereits fünfhunderttausend englische Pfund, die er in den nächsten Tagen in die Stadt bringen würde, um das Geld vorerst in seinem Bankschließfach zu deponieren oder, wenn möglich, gleich in guten Aktien anzulegen. Edwards Äußerung fiel ihm ein: Er, Red, könne doch langsam mit dem Job Schluß machen. Er hatte diesen Gedanken in Edwards Gegenwart zwar weit von sich gewiesen, mußte sich aber eingestehen, in letzter Zeit ab und zu selbst mit dem Gedanken gespielt zu haben. Er war kinderlos, hatte keine Erben. Und Lucy? Natürlich würde Lucy einmal alles erben, aber was machte Lucy mit so viel Geld? Es war eigentlich zu viel, um es alleine auszugeben, und Lucy hatte auch keine Kinder. Vielleicht sollte er sich tatsächlich endlich in Südfrankreich nach einem alten Schloß umsehen. Davon träumte er seit dem ersten Tag, als er vor vielen Jahren zum ersten Mal dieses Fleckchen Erde kennengelernt hatte. Ein schönes Schloß, einen Teich, eine Allee zum Schloß hin und vielleicht irgendwo ein kleiner Weinberg. Natürlich mußte Lucy mitkommen. Er hatte sich nur noch nicht entschieden, ob ihn die Nähe zum Atlantik oder zum Mittelmeer mehr reizte.

Red beschloß, dieses Thema anzuschneiden, wenn Lucy heute käme. Er schloß die Augen und lauschte dem Wind, der durch die Blätter der Bäume und Büsche strich.

13

Ein Hupen schreckte ihn auf. Er war sofort hellwach und schaute auf die Uhr. Hatte er tatsächlich geschlafen und Lucys Auto nicht kommen hören? Er sprang auf, schaltete den Strom ab, nahm Schlüsselbund und Pistolenhalfter und öffnete das Tor. Dort standen zwei große Tüten mit Lebensmitteln. Es dauerte eine Weile, bis er Schritte auf dem schmalen Weg neben dem Zaun hörte. Dann sah er sie kommen. Sie winkte ihm zu und war ganz außer Atem.

»Entschuldige, mein Schatz. Ich bin auf der Terrasse gesessen und tatsächlich eingeschlafen«, begrüßte er sie.

»Und ich mußte extra wieder zum Auto zurück, um dich zu wecken. Das wirst du mir büßen.« Sie lachte, schüttelte ihren Blondschopf und umarmte ihn. »Wieso bist du überhaupt eingeschlafen? Was hast du denn die ganze Nacht gemacht ohne mich?«

»Du hast mir gefehlt«, antwortete Red. »Das wird es wohl sein. Und da konnte ich nicht schlafen. Also bin ich heute sehr früh aufgestanden und habe gelesen.« Er hob eine der Tüten auf und marschierte vor Lucy her, welche die andere Tüte nahm und das Tor schloß.

»Richtig, der Indianer hat mir keine Zeitungen vorbeigebracht. Weshalb war er hier oben?«

»Ich glaube, er ist bei dem alten Jimmy gewesen und auf dem Rückweg hier vorbeigekommen. Es war reiner Zufall. Ich hörte seinen Jeep, bin runter an den Zaun gegangen und fand dort meine Zeitungen. Ich hätte dich gleich anrufen sollen. Verzeih mir.«

»Du kannst deine Sünden gleich bei mir abtragen«, sagte sie herausfordernd. »Laß mich nur erst diese dämliche Tüte loswerden.«

In der Küche nahm Red Lucy in den Arm und küßte sie.

»War das alles?« fragte Lucy, als er sie wieder losließ. Sie begann die Knöpfe seines Hemdes zu öffnen, doch Red hielt ihre beiden Hände fest.

»Bitte, laß uns noch warten – ich habe etwas mit dir zu besprechen.«

»Oh«, fragte gespielt ängstlich, »es ist doch hoffentlich nichts Ernstes?«

»Doch«, antwortete Red und ging auf die Terrasse. Lucy nahm aus einer der beiden Tüten einen Apfel und folgte ihm. »Na, dann schieß mal los. Ich habe bereits gefrühstückt, bin also gewappnet.«

Sie setzte sich in einen der Korbsessel und streckte die Beine weit von sich. Red beugte sich über sie und gab ihr einen Kuß auf die Stirn. »Was hältst du davon, wenn wir hier unsere Zelte abbrechen und nach Südfrankreich ziehen?«

Lucy schaute Red ungläubig an. »Du willst deine Festung hier wirklich für immer verlassen? Ist das dein Ernst?«

»Es ist mein Ernst«, bestätigte Red. »Ich möchte noch zwei Geschäfte abwickeln und dann mit dir nach Südfrankreich ziehen. Vielleicht kaufen wir ein altes Schloß oder einen Bauernhof, was weiß ich? Irgendwo in Aude, Hérault, Roussillon oder der Gascogne.«

Lucy hörte sprachlos zu. Was war geschehen? Hatte er plötzlich vor etwas Angst? Warum Südfrankreich? Sicher, sie wußte, er liebte dieses Land. Aber jetzt so plötzlich?

»Sag ja, und nächstes Jahr ziehen wir um«, forderte er sie auf. Er beugte sich erneut über sie und gab ihr einen Kuß. »Oder möchtest du lieber hierbleiben?«

»Nein, nein. Aber so schnell kann ich das nicht entscheiden ...«

Lucy konnte sich nicht vorstellen, was Red zu diesem Entschluß bewogen haben mochte. Wollte er tatsächlich ein neues, anderes Leben anfangen? Und für sie stellte sich natürlich die viel wichtigere Frage, ob sie wirklich bereit war, mit ihm von hier wegzugehen. Am liebsten wäre sie gleich wieder hinunter ins Dorf gefahren, um mit all diesen Fragen alleine zu sein. Würde er dort in Frankreich um das Schloß auch einen Elektrozaun ziehen? Würde er dann immer noch, wenn er das Haus verließ und über das Grundstück lief, seine 38er mit sich herumschleppen?

»Das sind völlig neue Aussichten«, meinte sie leise. »Es kommt alles etwas überraschend für mich, verstehst du? Hier warst du oben, ich unten. Wir haben uns gesehen, viel Zeit miteinander verbracht, uns geliebt. Der Umzug würde aber bedeuten, daß wir zusammenziehen. Vierundzwanzig Stunden am Tag zusammenleben. Hast du dir das auch genau überlegt?«

»Ehrlich gesagt«, Red schmunzelte bei dieser Vorstellung, »über die Konsequenzen habe ich mir noch keine Gedanken gemacht. Aber diese Vorstellung scheint mir gar nicht so unangenehm ...«

»Und wann sind diese ›Geschäfte‹ abgewickelt?«

Red trat an Lucys Seite und nahm sie in den Arm. »Seit wann interessierst du dich für meine Geschäfte? Ich weiß nicht ... sicherlich schneller, als du denkst. Ich werde am Montag für ein paar Tage nach London fliegen, um mich mit Geschäftsfreunden zu treffen. Wenn es dir hier zu langweilig wird, kannst du nachkommen. Und dann warte ich noch auf einen Anruf aus Frankreich. Der kann jeden Tag kommen. Bei dieser Reise kannst du gleich mit, denn dort erwarten mich nur ein oder zwei kurze Besprechungen. In der Zeit kannst du schon einmal nach einer passenden Immobilie Ausschau halten, wenn du willst.«

»Wann wirst du denn nach Frankreich fliegen?«, fragte Lucy.

»Der Termin in Frankreich steht noch nicht genau fest, aber nach London fliege ich übermorgen, wenn alles planmäßig verläuft.« Er strich ihr über ihre blonden Haare. Sie schloß die Augen und begann aufs neue, die Knöpfe seines Hemdes zu öffnen. Diesmal hielt er ihre Hände nicht fest.

14

Die Turbinen des Flugzeugs auf dem Flug BA 112 New York – London liefen ruhig. Die Passagiere hatten es sich in den Sitzen bequem gemacht, und einige schliefen bereits. Von Zeit zu Zeit ging eine Stewardeß durch die Reihen, um nachzusehen, ob einer der Passagiere einen Wunsch hatte.

Edward versuchte ebenfalls seit über einer Stunde einzuschlafen. Obwohl er ziemlich müde war, gelang es ihm nicht. Immer wieder liefen die letzten Tage und Wochen wie ein Film vor seinen Augen ab. Eines der ständig wiederkehrenden Bilder war das Gesicht von Sir David, als er ihnen eröffnete, welche Aufgabe ihm und seiner Abteilung übertragen worden war. Edward suchte nach einem Begriff, der den Gesichtsausdruck von Sir David treffend beschrieb. Er hatte ihnen die Nachricht völlig nüchtern und ohne jede Emotion überbracht, nicht der leiseste Ton des Bedauerns hatte in seiner Stimme gelegen. Seine Augen waren auf die Mitte des runden Tisches gerichtet, er hatte die Hände gefaltet, und sein Gesicht war wie versteinert gewesen. Edward überlegte, was in diesem Moment in dem Mann vorgegangen sein mußte. Von wem kam dieser Auftrag, den er ihnen damals überbrachte?

Edward, der seit fast zehn Jahren in Sir Davids Abteilung arbeitete, wußte nur zu gut, wie sein Vorgesetzter über Lady Diana dachte. Obwohl von Hause aus äußerst konservativ, stand er allen zeitgemäßen Veränderungen stets sehr aufgeschlossen gegenüber, wenn er einen Sinn darin sah. In der Fröhlichkeit und Natürlichkeit der Prinzessin hatte er zunächst eine positive Entwicklung innerhalb der königlichen Familie und der Krone gesehen. Dann hatte ihn Andrew Mortons Diana-Biographie sehr skeptisch gemacht, auch die anschließend bekannt gewordenen Protokolle der Telefonate zwischen ihr und diesem James Gilbey. Aber bereits damals war Edward nicht klar gewesen, was Sir David mehr getroffen hatte: der Inhalt der Protokolle oder die Tatsache, daß sie an die Öffentlichkeit geraten waren.

Als dann zwei Jahre später das Buch von Anna Pasternak über die »Princess of Love« erschien, war Sir David außer sich gewesen. Und nachdem Anfang November 1995 bekannt wurde, daß Diana ein Interview mit der BBC vorbereite, war es, so glaubte Edward heute, innerlich zum Bruch von Sir David mit Lady Diana gekommen. Vor der Ausstrahlung hatte er sich noch sehr zurückhaltend geäußert. Doch am Tag danach hatte er diese TV-Sendung ganz eindeutig kommentiert: »Daß sie mit aller Gewalt etwas ändern oder die Scheidung will, das kann man verstehen. Aber daß sie es auf diese Weise durchsetzen will, dafür fehlt mir jedes Verständnis.«

Seit jenem Interview war Sir David einer der eifrigsten Verfechter für eine Scheidung des Paares. Als sich Prinzessin Diana schließlich zwei lange Monate später grundsätzlich mit einer Scheidung einverstanden erklärte, hatte Sir David diese Nachricht fast fröhlich verkündet. Er schien es sogar gutzuheißen, daß man ein gemeinsames Sorgerecht vereinbart hatte, was bislang als undenkbar galt. Ab diesem Zeitpunkt war für Sir David und seine Hintermänner das Problem »Prinzessin Diana« erledigt, und niemand ahnte, daß gleich darauf ein neues Problem »Lady Diana« entstehen würde.

Schon wenige Wochen nach der Scheidung kursierten Gerüchte über verschiedene neue Affären Dianas. Es gab vertrauliche Protokolle, aber sie wurden wenig beachtet, obwohl darin bereits der Name Imameddin Al-Fayed auftauchte, der wegen seines Vaters Mohamed ein rotes Tuch für jeden überzeugten Briten und das Königshaus war. Die eigentliche Bombe platzte schließlich Anfang letzten Monats, als bekannt wurde, daß Lady Diana ein paar Tage mit ihren Kindern in Saint Tropez in der Villa von Al-Fayeds Vater verbringen wollte. Arthur mußte auf Anweisung von Sir David nach Saint Tropez fliegen und Diana und die Kinder observieren. Was Arthur damals an Informationen und Erkenntnissen aus Saint Tropez und von der Yacht »Jonikal« mitbrachte, hatte auch ihn, Edward, sehr erschüttert, obwohl er Lady Diana bisher immer ein weitgehend uneingeschränktes Privatleben zugestanden hatte. Aber zusammen mit den Kindern bei dem Geliebten – das war auch für ihn zuviel gewesen. Er hatte damals einige Zweifel, ob Arthur nicht in manchen Dingen ein wenig übertrieben hatte, weil er Diana nicht ausstehen konnte. Außerdem hatte er seit längerer Zeit das Gefühl, daß Arthur scharf auf seinen Platz war, sollte er selbst einmal die Aufgaben von Sir David übernehmen. Möglicherweise bauschte Arthur seine Informationen in den Berichten etwas auf.

Als eine Stewardeß durch die Reihen kam, winkte Edward ihr zu. »Können Sie mir bitte ein Mineralwasser bringen?« Sie nickte und verschwand wieder. Er schaute auf seine Armbanduhr und stellte sie vorsorglich wieder auf Londoner Ortszeit.

15

Der Flug BA 002 hätte kurz vor achtzehn Uhr landen sollen, aber Reds Flieger hatte eine halbe Stunde Verspätung. Geduldig wartete Edward in der Ankunftshalle des Terminal 4 im Flughafen Heathrow. Es herrschte wie immer um diese Uhrzeit ein sehr geschäftiges Treiben. An allen Mietwagenschaltern standen die Kunden Schlange.

Edward informierte sich über die elektronische Anzeige, daß Red – inzwischen mit der Identität eines New Yorker Kaufmanns namens Avraham Rosenzweig ausgestattet – gelandet sein mußte. Edward hielt nach Red Ausschau, konnte ihn aber unter den durch die Automatiktüren herausströmenden Passagieren nicht entdecken. Obwohl Edward recht groß war, stellte er sich auf die Zehenspitzen, um die Menschenmenge besser überblicken zu können. Von Red war weit und breit nichts zu sehen. Edward warf einen verstohlenen Blick hinter sich zu einer Person in Motorradkluft, mit einem Integralhelm auf dem Kopf. Er zuckte kaum merklich die Schultern und wandte sich schnell wieder den Automatiktüren zu.

Nach zehn Minuten hatte der Strom der Passagiere nachgelassen. Nur noch vereinzelt kamen Reisende durch die Türen. Edward schaute nervös auf seine Armbanduhr. Möglicherweise hatte Red das Flugzeug im letzten Moment doch noch verpaßt. Um sicherzugehen, entschloß er sich, Mr. Rosenzweig ausrufen zu lassen. Als er sich gerade auf den Weg zur Information machen wollte, erschien Red über das ganze Gesicht grinsend in der Ankunftshalle. In der linken Hand trug er einen kleinen Lederkoffer, in der rechten schleppte er einen großen Metallkoffer mit schweren Beschlägen. Er hatte sich inzwischen einen Dreitagebart wachsen lassen und war ziemlich leger gekleidet.

»Ich habe schon gedacht, Sie haben Ihre Maschine verpaßt«, empfing ihn Edward und reichte ihm die Hand.

»Bitte, nicht jetzt. Ich habe den Koffer gerade so schön im Griff und würde ihn gern bald abstellen. Möglichst direkt in einen Kofferraum, wenn Sie einen Wagen bei sich haben.«

»Natürlich, aber wir werden noch eine beachtliche Strecke gehen müssen«, antwortete Edward und warf einen Blick auf den Metallkoffer. »Warum haben Sie keinen Gepäckkuli genommen?«

»Es hat am Zoll leider sehr lange gedauert, ich mußte das gute Stück als Musterkoffer deklarieren. Mein Spezialwerkzeug, Sie verstehen?« Er deutete mit den Augen nach unten. »Die Gepäckkulis sind nicht gefedert, und ich habe empfindliche Teile darin. Da ist mir das Tragen lieber und sicherer.«

Das leuchtete Edward ein. »Kommen Sie, wir werden uns abwechseln.« Er griff nach dem Koffer. Doch Red zog diesen dichter an sich heran und meinte: »Bitte lassen Sie uns lieber schneller gehen.«

Sie setzten sich in Bewegung.

»Hatten Sie einen angenehmen Flug?« erkundigte sich Edward.

»Ich habe immer angenehme Flüge. Kaum hebt die Maschine ab, schlafe ich schon ein. Fliegen ist für mich unheimlich langweilig.«

»Haben Sie alle Papiere ordnungsgemäß erhalten?« fragte Edward leise.

»Ohne Probleme, alles beste Ware«, grinste Red. »Ich finde es nur schade, daß man einen jüdischen Kaufmann aus mir gemacht hat. In dieser Rolle bin ich bestimmt nicht gut.«

»Keine Bange, wir haben Sie in einem ganz einfachen Hotel untergebracht. Keine Bar, kein Nachtleben. Es spielt also keine Rolle, ob Jude oder Kaufmann. Das Hotel liegt strategisch günstig zwischen dem Hyde Park und dem Regent's Park: Lincoln House Hotel, Gloucester Place, ganz in der Nähe der Oxford Street. Ich weiß nicht, ob Sie sich einen Mietwagen nehmen wollen ...«

Avraham Rosenzweig, alias Red, schüttelte energisch den Kopf. »Nein, nein. Ich hasse den Linksverkehr. Die Londoner Tubes sind mir noch sehr gut in Erinnerung. Sie werden mich doch nicht ständig durch ganz London hetzen wollen?«

Edward lachte laut auf und schaute sich wie zufällig um. »Nein, fahren Sie ruhig mit der Untergrundbahn. Für Dienstfahrten steht Ihnen Walter, mein Kollege, als Fahrer zur Verfügung.« Mit einem kurzen Blick hatte sich Edward überzeugt, daß ihnen die Person in der Lederkluft gefolgt war. »Vom Hotel aus wird für Sie die günstigste Station ›Marble Arch‹ sein.«

Mittlerweile waren sie auf einem Parkdeck angekommen. Edward ging zielstrebig zwischen den parkenden Autos hindurch. Red folgte ihm leise fluchend, er mußte hin und wieder den Metallkoffer anheben, um mit seinem Gepäck an Stoßstangen und Außenspiegeln vorbeizukommen.

Endlich hatten die beiden Edwards Fahrzeug erreicht, einen schwarzen viertürigen Rover älteren Baujahrs. Edward öffnete den Kofferraum, und Red hob den Metallkoffer hinein. Erst durch das Absinken des Wagens wurde Edward klar, wie schwer der Koffer sein mußte. Er blickte Red mitleidig an. Dieser meinte nur trocken: »Es gibt Dinge in meinem Job, auf die ich nicht verzichten kann. Fast alles selbst entwickeltes Werkzeug. Mein Problem!« Mit fast eleganter Leichtigkeit warf er den anderen Koffer hinterher.

Als Edward den Motor anließ, fuhr ein schweres

Motorrad an ihnen vorbei. Edward deutete mit dem Finger auf den Fahrer. »Das ist Walter, mein Kollege. Er ist mitgekommen, damit er weiß, wie Sie aussehen. Wenn er Sie am Hotel abholt, wird er Ihnen einen ähnlichen Helm mitbringen. Die Helme sind über Funk miteinander verbunden.«

»Ist Ihr Kollege nur schüchtern oder auch häßlich, daß er immer den Helm aufbehält?« fragte Red in seiner unverwechselbaren direkten Art.

»Beides.« Edward machte ein ernstes Gesicht. »Außerdem ist er wenig daran interessiert, daß ihn jemand erkennt. Sie müssen also mit meinem Gesicht vorliebnehmen.«

Inzwischen hatte Edward den Rover bis zur Straße gefahren. Dichter Verkehr zog an ihnen vorbei. Endlich ließ sie ein anderer Wagen einscheren. Im Stop-and-Go-Tempo ging es an Baustellen vorbei in Richtung M 4 und Londoner City.

»Und Sie wollen mir noch immer nicht sagen, für wen ich arbeite?« fragte Red unvermittelt.

Edward schreckte aus seinen Gedanken. »Nein. Ich denke, ich habe Ihnen bereits mehrfach deutlich genug klar gemacht, daß das für Sie und den Auftrag keine Rolle spielt.«

Edward klang leicht verärgert, so daß Red beschwichtigend die Hände hob.

»Okay, ich dachte nur, hier in London würden Sie die Frage etwas lockerer sehen.«

Es entstand eine längere Pause.

»Was macht Lucy?« erkundigte sich Edward nach einer Weile.

»Alles okay, danke. Lucy geht es immer gut. Zumindest, wenn Sie bei mir ist«, setzte Red grinsend hinzu. »Sie ist ein nettes Mädchen. Sie stellt keine Fragen, und das ist mir recht angenehm, wie Sie verstehen werden.«

»Wo glaubt sie, daß Sie sich jetzt aufhalten?«

»Ach, ich habe ihr erzählt, daß ich eine kleine Rundreise mache, alte Freunde besuche und so.« Red rieb sich seinen Dreitagebart, zog eine Sonnenbrille aus der Brusttasche und setzte sie auf.

»Und Lucy hat noch nie gefragt, was Sie all die Jahre beruflich treiben?«

»Eigentlich nicht. Aber um das zu verstehen, muß man wissen, wie wir uns kennengelernt haben.«

»Ist das ein Geheimnis?« Edward warf einen Blick in den Außenspiegel und wechselte die Fahrspur.

»Nein, überhaupt kein Geheimnis. Das liegt schon etliche Jahre zurück. Damals bin ich noch selbst alle zwei Wochen runter ins Dorf gefahren und habe eingekauft. Anschließend ging ich immer in Roy's Bar noch ein oder zwei Bourbon trinken. An jenem Tag war es furchtbar heiß, und es waren wohl auch mehr als zwei Bourbon. Als ich wieder auf der Straße stand, sah ich mich jedenfalls außerstande, meinen Wagen zu fahren. Ich setzte mich in das Auto und wollte eigentlich meinen Rausch ausschlafen, als ich auf der gegenüberliegenden Seite eine junge Frau stehen sah. Rechts und links einige Koffer. Sie sah aus, als habe sie einen Greyhound verpaßt. Ich stieg aus und bot ihr meine Gastfreundschaft an, wenn sie mich nach Hause fahren würde. Mehr weiß ich eigentlich nicht mehr. Am nächsten Tag wachte ich von einem wunderbaren Duft nach Ham-and-Eggs auf. Allerdings nicht in meinem Bett, sondern auf der Couch in einer wildfremden Wohnung. Lucy hatte sie gemietet, und ich erfuhr, daß sie am Tag zuvor auf den Indianer gewartet hatte, der sie zu der neuen Wohnung fahren sollte. Wir haben den Tag zusammen verbracht und fanden uns sympathisch. Irgendwann habe ich sie dann gefragt, was sie in das gottverdammte Nest getrieben hätte, und sie sagte nur: ›Mein Leben bestand bisher nur aus Scheiße, davon habe ich jetzt genug.‹ Ich habe sie nie wieder gefragt und war froh, auf diese Weise einen Grund zu haben, auch über mein Leben nicht sprechen zu müssen. So fanden sich zwei ohne Geschichte, die nur in der Gegenwart leben.«

Edward war inzwischen in die Park Lane eingebogen. Links von ihnen lag in der untergehenden Abendsonne der Hyde Park. Edward deutete zum Park hinüber. »Parallel zu dieser Straße verläuft im Park eine Allee, der Broad Walk. Sie können die Bäume bereits sehen. Dort werden wir uns treffen, wenn es nötig sein wird. Das ist von Ihrem Hotel etwa zehn Minuten entfernt. Wir werden uns immer auf dem Broad Walk zwischen Hyde Park Corner und der Parkgarage dort treffen. Können Sie sich die Dinge merken?«

Red nickte und murmelte: »Broad Walk ... Parkgarage ... Hyde Park Corner.«

»Ich werde Sie gleich an der Ecke George Street und Gloucester Place absetzen. Man muß uns nicht unbedingt zusammen sehen. Sie sind ab jetzt völlig auf sich gestellt. Im Handschuhfach liegt ausreichend Geld für die nächsten Tage, ein Stadtplan von London und die Reservierungsbestätigung für das Hotel. Reserviert hat für Sie eine Firma namens Barthley and Sons, Ltd.«

Red öffnete das Handschuhfach und entnahm ihm einen großen Umschlag, den er sofort öffnete. Darin fand er zehntausend Pfund, den Stadtplan und die Bestätigung über die Reservierung eines Einzelzimmers auf unbestimmte Zeit für Avraham Rosenzweig, New York.

Er nickte zufrieden. »Wie weit muß ich jetzt den Koffer schleppen?«

»Von der Ecke sind es nur ein paar Meter zum Hotel. Übrigens finden Sie auf der Rückseite des Stadtplans eine Telefonnummer. Unter dieser Nummer erreichen Sie mich oder einen automatischen Anrufbeantworter, der von Walter und mir regelmäßig abgehört wird. Für den Fall, daß Sie einmal mit uns Kontakt aufnehmen müssen.«

Red grinste. »Die Nummer werde ich wohl nicht im öffentlichen Telefonbuch finden.«

»Wohl kaum«, antwortete Edward kühl und lenkte den Rover dicht an die Bordsteinkante. Beide stiegen aus und Edward öffnete den Kofferraum. Red stellte die beiden Koffer neben sich auf den Bürgersteig.

»Wann höre ich wieder etwas von Ihnen?«

Edward überreichte ihm eine kleine lederne Umhängetasche, die im Kofferraum gelegen hatte. »Die gehört ab jetzt Ihnen. Sie finden darin ein Handy, zwei zusätzliche Akkus und eine Ladestation. Bitte achten Sie darauf, daß Sie das Ding immer empfangsbereit bei sich haben. Ansonsten können Sie vorerst tun und lassen, was Sie wollen.«

Sie verabschiedeten sich mit einem festen Händedruck.

»Auf gute Zusammenarbeit.«

Edward stieg wieder in den Rover und fuhr los, während sich Red den Riemen der Umhängetasche über die Schulter legte und seufzend nach seinem Metallkoffer griff.

16

Das Hotel lag tatsächlich, wie Edward gesagt hatte, nur wenige Meter von der Kreuzung entfernt auf der linken Seite. Ein unscheinbares Haus mit drei oder vier gefliesten Stufen zur Tür. Innen war alles recht schmal und eng. Red ließ den schweren Koffer zwar ungern unbeaufsichtigt stehen, es schien ihm aber unmöglich, ihn die schmale Treppe zur Rezeption hinunter zu schleppen, die sich im Keller befand. Das Schild »Reception« erwies sich als wahre Übertreibung. Es handelte sich vielmehr um eine winzig kleine Theke, hinter der eine freundliche Asiatin saß. Links von der Rezeption ging es in einen kleinen Frühstücksraum, an dessen Ein-gang eine Art Schiffsglocke hing. Ihr Schall mußte in den winzigen und niedrigen Räumen schier unerträglich sein.

Die Formalitäten an der Rezeption verliefen ganz problemlos. Red, alias Avraham Rosenzweig, mußte lediglich eine Vorauszahlung leisten, da das Zimmer auf unbestimmte Zeit reserviert war. Dann zwängte er sich wieder die Treppe hoch, ergriff seinen Koffer und schleppte ihn eine weitere schmale Treppe höher zu seinem Zimmer.

Dieses war ebenso eng und winzig wie alles in diesem Hotel, aber irgendwie freundlich und gemütlich. Sein Lederkoffer war schnell ausgepackt. Er war es gewohnt, nur wenig Kleidung auf seine Reisen mitzunehmen. Den fehlenden Rest pflegte er sich immer vor Ort zu kaufen.

Den Metallkoffer öffnete er nur kurz, um sein eigenes Handy herauszunehmen. Es war garantiert abhörsicher, vom israelischen Geheimdienst entwickelt und erprobt –

eine schöne Erinnerung an einen erfolgreichen Job während des Golfkriegs. Den Koffer stellte er verschlossen in den Schrank.

Er überlegte, ob er sich noch etwas hinlegen sollte oder ob ihm nach dem langen Flug ein kleiner Spaziergang gut tun würde. Er entschied sich für den Spaziergang, steckte das Geld von Edward in seine Brieftasche und die beiden Handys in sein Jackett. Dann verließ er das Zimmer.

Unten an der Rezeption erkundigte er sich nach einem guten Restaurant in der Nähe. Die Asiatin zählte ihm einige Lokale auf. Red entschied sich für das französische Restaurant »Le Gavroche« in der Upper Brook Street, die nicht all zu weit vom Hotel entfernt zu sein schien und offenbar leicht zu finden war.

Als er das Hotel verließ, strömte ihm schwülwarme Luft entgegen, und in der Ferne war schon das leise Donnergrollen eines Gewitters zu hören, das sich von Südwesten über die Stadt schob. Red ging langsam am »Churchill Inter-Continental« vorbei und schielte etwas neidisch in die Eingangshalle. An der Oxford Street entdeckte er rechter Hand das Bus-Stop-Schild »Marble Arch«. Edward hatte Recht gehabt, das Hotel lag strategisch günstig. Er beschloß, einen kleinen Umweg zu machen, um sich im Hyde Park, dem künftigen Treffpunkt mit Edward, bereits vorab zu orientieren.

Mit dem ersten deutlichen Wetterleuchten stieg er in die Fußgängerunterführung der Edgware Road hinab. Hier wurde die Oxford Street durch die wesentlich breitere Bayswater Road fortgesetzt. Er schlenderte die Bayswater Road stadtauswärts und beobachtete die vielen Menschen, die ihm entgegenkamen. Sie wirkten alle etwas gehetzt, offenbar wollten sie noch trockenen Fußes nach Hause kommen. Überall gingen bereits die Lichter an, da mit den heranziehenden Gewitterwolken auch die Dämmerung einsetzte.

Nach einigen hundert Metern wechselte Red an einer Ampel auf die andere Straßenseite und betrat den Hyde Park. Inzwischen hatte das dunkle Wolkenpaket den Park erreicht, und aus dem Wetterleuchten waren kräftige Blitze geworden. Red sprach einen alten Mann an und erkundigte sich nach dem »Broad Walk«. Anscheinend gab es mehrere Möglichkeiten, dorthin zu kommen. Der Mann deutete mit dem Arm in leicht abweichende Richtungen, und Red entschloß sich, einen Mittelweg quer durch den Hyde Park zu nehmen.

Obwohl er jetzt wegen des aufkommenden Gewitters etwas schneller ging, nahm er seine Umgebung sehr bewußt in sich auf. Wie immer, wenn er einen Einsatz vorbereitete, zeichnete er in Gedanken einen sorgfältigen Plan des Handlungsortes. Wichtige Orientierungspunkte wurden dabei automatisch markiert und abgespeichert, Nebensächlichkeiten erst gar nicht zur Kenntnis genommen. Dieses System hatte sich Red bereits vor vielen Jahren angeeignet, weil er in kritischen Situationen niemals die Zeit gehabt hätte, erst einen Stadtplan oder eine Landkarte zu studieren.

Als Red den Broad Walk erreicht hatte, fielen bereits die ersten Regentropfen. Er sprach eine junge Frau an, die bereits ihren Regenschirm aufgespannt hatte und ihn krampfhaft gegen den plötzlich böig einsetzenden Wind richtete. Zu seiner Freude hörte er, daß er von der Upper Brook Street nur noch durch die Park Lane getrennt war.

Fast im Laufschritt verließ er den Park. Als er an der Ecke zur Upper Brook Street angekommen war, hatte der Regen voll eingesetzt. Nach einigen Metern entdeckte er auf der rechten Häuserseite den Schriftzug »Le Gavroche«. Lediglich ein Vordach aus Glas unterschied den Eingang des Restaurants von jenen der umliegenden Häuser.

Nur mit etwas Mühe und einiger Überredungskunst gelang es Red, in dem kleinen Restaurant noch einen Platz zu ergattern. Entweder war es tatsächlich total ausgebucht, wie ihm der Kellner versicherte, oder einige Londoner hatten sich wegen des beginnenden Gewitters kurzfristig zur Einkehr entschlossen. Red nahm einen Aperitif und studierte die Speisekarte. Dabei übersah er bewußt die recht üppigen Preise, die wohl auch für Londoner Verhältnisse die absolute Spitze darstellen mußten. Er entschied sich für ein Vier-Gänge-Menü.

Noch bevor ihm die Suppe serviert wurde, piepste eines der Handys. Am anderen Ende meldete sich Edward, der wissen wollte, ob ihm das Hotel gefalle und ihn gleichzeitig für den nächsten Tag um siebzehn Uhr an den besprochenen Treffpunkt bestellte. Nach dem Gespräch zog Red sein eigenes Handy heraus, wählte eine längere Nummer und sprach dann aufs Band.

»Red hier. Es ist Dienstag, zwanzig Uhr dreißig, Londoner Zeit. Ich hatte gehofft, dich um diese Zeit zu erreichen. Es ist alles planmäßig verlaufen. Man hat mir ein kleines drittklassiges Hotel besorgt, aber das geht schon in Ordnung. Ich werde uns morgen in der Nähe etwas besseres reservieren. Bereite dich auf einen Flug in etwa drei Tagen vor. Ich melde mich morgen Abend wieder. Rufe mich aber bitte nicht an. Man weiß nie, ob ich nicht gerade in wichtigen Verhandlungen bin und ungestört sein möchte.«

Red beendete die Verbindung und steckte das Handy wieder ein. Im gleichen Moment kam ein Kellner mit einer herrlich nach Knoblauch duftenden Suppe.

17

Als Red am nächsten Morgen erwachte, schien wieder die Sonne. Mit etwas Widerwillen nahm er ein etwas dürftiges englisches Frühstück in dem Kellerraum ein und nahm sich vor, in Zukunft in einem Fast-Food-Restaurant zu frühstücken, das er in der Nähe der Haltestelle »Marble Arch« gesehen hatte.

Um sich die Zeit bis zum Nachmittag zu vertreiben, beschloß er, seinen eigenen Londoner »Stadtplan« aufzufrischen und zu vervollständigen. Er verließ gegen elf Uhr das Hotel in Richtung »Marble Arch«, von wo aus im Abstand von fünfzehn Minuten jeweils eine Sightseeing-Tour in einem offenen Doppeldecker startete.

Nachdem er auf der letzten Bank des offenen Busdecks eines weiß-rot lackierten Busses Platz genommen hatte, beobachtete er die anderen Fahrgäste, die andächtig den Worten einer Reiseleiterin zuhörten. Dabei verfiel er immer mehr seinen eigenen Gedanken. Ob sein Einsatz wirklich dem Königshaus galt? Seine Gedanken schweiften zu den ihm bekannten Gesichtern der englischen Regierung, der Opposition, des Militärs, des Königshauses und der Business-Bosse. Vielleicht war es auch eine Person, die man erst in nächster Zeit hier erwartete. Je länger er nachdachte, um so wahrscheinlicher schien ihm diese neue Überlegung. Er nahm sich vor herauszufinden, zu welchem Auftraggeber Edward gehörte – immerhin eine Organisation, die bereit war, eine Million Pfund für die Eliminierung einer Person auszugeben. Da konnte nicht einfach ein gehörnter Ehemann oder eine eifersüchtige Frau dahinterstecken, das war ihm klar. Hier spielte sich etwas auf höchster Ebene ab, nur – auf welcher?

Nach der etwa eineinhalbstündigen Rundfahrt durch London stieg Red wieder an der Station »Marble Arch« aus. Er suchte eine der unzähligen Sandwich-Bars auf und kaufte sich zwei reichlich belegte Sandwiches. Kauend schlenderte er die Park Lane hinunter, setzte seine Sonnenbrille auf, obwohl sich inzwischen der Himmel etwas zugezogen hatte. Gegen halb drei betrat er das »Dorchester«, eines der renommiertesten Hotels der Stadt. Nur langsam gewöhnten sich seine Augen hinter den dunklen Gläsern an die indirekte Innenbeleuchtung.

»Ich benötige ab dem kommenden Wochenende für unbestimmte Zeit ein Doppelzimmer. Allerdings kommt nur ein Zimmer mit Blick auf den Hyde Park in Frage.«

Mit einem verbindlichen Lächeln schüttelte die junge dunkelhaarige Dame an der Rezeption den Kopf. »Tut mir leid, Sir. Aber wir sind total ausgebucht, vor allem zum Park hin …«

Red schob seine Sonnenbrille zur Nasenspitze vor und schaute über den Rand der Brille ebenso freundlich lächelnd zurück. Dabei bewegte sich seine linke Hand unauffällig auf die rechte Hand der jungen Dame zu.

Unter seinen Fingerspitzen schob sich vorsichtig ein Fünfzigpfundschein hervor. Die junge Dame errötete, ein Strahlen hellte ihr Gesicht auf, während sie geschickt den Schein in ihre Hand rutschen ließ. »Ich werde sehen, was sich machen läßt, Sir.«

Mit einem leichten Augenzwinkern verschwand sie, um kurz darauf zurückzukehren.

»Sie haben Glück, Sir. Es liegt uns die Stornierung einer Suite vor. Wenn Sie ...«

»Na, also. Ich wußte es doch.« Red schob seine Sonnenbrille wieder bis zur Nasenwurzel hoch. »Ich bitte um Reservierung auf den Namen Rosenzweig, Avraham Rosenzweig.«

»Wenn Sie mir bitte diese Buchungsbestätigung ausfüllen und unterschreiben würden.«

Red zog das Formular zu sich und füllte es mit den Daten des Herrn Avraham Rosenzweig aus. Dann schob er das Formular wieder der jungen Dame hin.

»The Dorchester heißt Sie ab Samstag herzlich willkommen, Mr. Rosenzweig!«

Er nickte freundlich und verließ das Hotel. Dann spazierte er, seinen Erinnerungen folgend, in Richtung Piccadilly. Nach einer knappen halben Stunde erreichte er die Old Bond Street, wo er zunächst den Herrenausstatter »Sulka« aufsuchte. Hier hatte er sich bereits vor einigen Jahren einmal eingekleidet. Während er die Stoffqualität verschiedener Anzüge mit den Fingerspitzen prüfte, fielen ihm all die schönen Teile ein, die zu Hause in seinem Schrank darauf warteten, daß er wieder ein paar Kilo Gewicht abtrainierte. Red suchte sich zwei Anzüge zur Anprobe aus. Als er die Kabine betrat, piepste eines der Handys. Eilig zog Red den Vorhang zu und meldete sich.

»Ja, bitte.« Sein Gesicht verfinsterte sich. »Ich habe dir doch ausdrücklich gesagt, du sollst mich nicht anrufen...« Er wurde unterbrochen und wartete geduldig die Antwort ab. »Gut«, sagte er dann schnell und leise. »Dann kommst du am Samstag. Im Dorchester ist eine Suite reserviert auf Avraham Rosenzweig. Notier dir das. Ich werde irgendwann auftauchen. Bye.«

Immer noch etwas verärgert steckte er das Handy ein und widmete sich seinen Anzügen. Er entschied sich für einen leichten Zweireiher. Als er an der Kasse bezahlte, war er zusätzlich stolzer Besitzer zweier zum Anzug passender Hemden und einer sündhaft teuren Seidenkrawatte. Er wechselte von »Sulka« schräg gegenüber zu »Bally« und erstand ein Paar leichte Sommerschuhe.

Red ließ sich mit einem Taxi zur Park Lane fahren und bat den Fahrer, möglichst nahe am »Car Park« auf ihn zu warten, da er annahm, daß Edward dort seinen Wagen abstellen würde. Da sie an der Park Lane keine Parkmöglichkeit fanden, hielt Red dem Fahrer eine Zwanzigpfundnote hin und bat ihn, auf dem breiten Bürgersteig zu halten und dort auf ihn zu warten. Im Hyde Park traf er Edward an der verabredeten Stelle.

»Hatten Sie einen schönen Tag?« begrüßte ihn Edward.

Red deutete auf seine Füße. »Ich habe mal wieder London erlaufen. Das tut meiner Figur gut.«

Edward zog Red etwas beiseite, um den Weg für eine japanische Reisegruppe freizumachen, die, von einer Begleiterin angeführt, auf sie zustürmte.

»Red, Ihr Auftraggeber möchte, daß wir in den nächsten Tagen ein paar Planspiele machen, damit wir auf einen kurzfristigen Ernstfall vorbereitet sind. Es sieht allerdings im Moment so aus, als hätten wir noch genügend Zeit. Mein Kollege Walter wird Sie morgen um vierzehn Uhr am Hotel abholen. Sie werden mit ihm einige Straßen abfahren und ein paar Gebäude aufsuchen, die Sie sich bitte einprägen. Wir werden dann gemeinsam die Möglichkeiten eines natürlichen Unfalls an diesen Orten besprechen und eine Auswahl vornehmen.«

»Edward, finden Sie das alles nicht etwas umständlich? Ich meine, können wir nicht einfach festlegen, wann und wo ich meinen Job mache?«

Edward schüttelte den Kopf.

»Glauben Sie mir, ich kann Sie gut verstehen. Aber dieser Auftrag ist...« Er unterbrach sich. »Lassen wir es einfach dabei, daß es so sein muß. Vielleicht werden Sie später einmal alles verstehen. Sagen wir, der Auftrag ist nicht einfach – auch nicht für uns.«

Edward merkte, wie schlecht er bei diesen Worten seine eigenen Gefühle verbergen konnte. Zu gern hätte er den Auftrag an eine andere Person abgegeben, je näher der Tag X kam.

Red war Edwards Gefühlsregung nicht entgangen. Gleichzeitig kam in ihm erneut der Wunsch hoch, endlich zu erfahren, wer sich als Auftraggeber hinter Edward verbarg. Fast väterlich legte er seine Hand auf Edwards Arm.

»Okay, mein Lieber, wir machen das schon. Gibt es sonst noch etwas zu besprechen?«

Edward hatte sich schon wieder gefangen. »Nein. Fahren Sie morgen mit Walter, und ich melde mich über das

Handy. Was haben Sie heute Abend vor?«

Red zuckte mit den Schultern.

»Ich kann Ihnen den Grillroom dort drüben im Dorchester empfehlen. Oder bevorzugen Sie die französische Küche? Dann rate ich Ihnen zum ›Chez Nico at Ninety‹ hier gegenüber im Grosvenor House Hotel.«

Red schaute Edward überrascht an. Wurde er doch überwacht, oder war es reiner Zufall, daß Edward ihm ausgerechnet ein Restaurant im Dorchester empfahl? Und was sollte die Frage nach seiner Vorliebe für die französische Küche?

»Sie essen doch gern französisch, oder?« fragte Edward lachend.

»Lassen Sie mich beobachten?« fragte Red verärgert.

Edward schüttelte den Kopf. »Nein, wie kommen Sie darauf?«

»Weil ich gestern Abend tatsächlich in einem französischen Restaurant gegessen habe.«

»Das weiß ich!«

»Also lassen Sie mich doch beobachten!«

»Nein, Red. Bestimmt nicht, oder hätte ich Grund dazu? Als ich Sie gestern Abend anrief, haben Sie sehr leise gesprochen, und gleichzeitig hat an einem Nachbartisch ein Gast sehr laut seine Bestellung aufgegeben. Und ein Gericht mit einer ›Sauce provençale‹ klingt nicht gerade britisch.«

Red war sich nicht sicher, ob Edward ihn nicht doch beobachten ließ. »Na, dann haben wir ja eine Erklärung«, meinte er. »Außerdem fände ich es auch nicht gut für unseren Job, wenn Sie mir ein Kaugummi an die Schuhsohlen kleben würden.«

Edward streckte ihm die Hand entgegen. »Lassen Sie sich den Spaß an London nicht verderben. Es wird noch ernst genug werden.«

Red nahm die Hand und drückte sie. »Es wäre schade, wenn wir uns gegenseitig bespitzeln müßten. Vielleicht ist das ›Chez Nico‹ wirklich eine gute Idee.« Er drehte sich um und ging wieder Richtung Park-Lane-Unterführung, während Edward ihm belustigt hinterherschaute. Welchen Grund sollte er haben, Red beobachten zu lassen?

Sobald Red auf der anderen Seite der Park Lane angekommen war, blieb er stehen. Er konnte gerade noch sehen, wie Edward die Parkgarage an der Park Lane betrat, und begann zu laufen. Als er sein Taxi erreichte, stieg er ein, bat den Fahrer aber noch zu warten. Er drückte dem verdutzten Mann eine weitere Zwanzigpfundnote in die Hand und murmelte etwas von »Adresse vergessen«. Kurze Zeit später kam Edward mit seinem schwarzen Rover aus der Parkgarage hochgefahren. Red deutete auf das Fahrzeug. »Bitte fahren Sie dem Rover hinterher.«

Der Verkehr ließ ein sofortiges Einscheren des Taxis nicht zu. Red fluchte leise vor sich hin. Doch sein Gesicht erhellte sich wieder, als er merkte, daß Edward die Fahrtrichtung änderte und nun an ihnen vorbeifahren mußte.

»Sollen wir direkt hinter dem Rover fahren?« fragte der Taxifahrer und legte den ersten Gang ein.

»Nein, halten Sie ein paar Wagen Abstand. Aber bitte nicht aus den Augen verlieren.«

Der Taxifahrer ließ den Rover an sich vorbeifahren und zwängte sich nach dem vierten Fahrzeug in den langsam fließenden Verkehr. Es ging in stockender Fahrt über die

Knightsbridge, Brompton, Cromwell und Talgarth Road Richtung Slough. Als sie die »M 4« erreicht hatten, begann der Taxameter zu rennen. Wieder vervollständigte Red in Gedanken seinen inneren Stadtplan. Es ging an Slough vorbei Richtung Bristol. Nach einigen Kilometern verließ der Rover die Autobahn, und Reds Taxifahrer vergrößerte den Abstand etwas. Doch als nach einigen Kurven wieder eine längere gerade Strecke folgte, war Edwards Auto plötzlich verschwunden.

Red ließ das Taxi wenden und langsam den Weg zurückfahren. In einer Linkskurve entdeckte er einen schmalen Weg. Er ließ das Taxi anhalten und stieg aus. Mit schnellen Schritten lief er den Weg entlang, der rechts und links mit mannhohen Büschen dicht bewachsen war. Nach knapp hundert Metern erblickte er eine große Wiese, durch die der Weg führte und an dessen Ende vier Häuser standen. Neben einem dieser Häuser sah er Edwards Rover stehen. Red ging zu seinem Taxi zurück und ließ sich nach London zurückfahren.

Während der Fahrt ging ihm Edwards merkwürdiges Verhalten nicht aus dem Kopf. Warum machte er ein solches Theater? Warteposition, Planspiele, völlig überflüssige Treffs in einem Park. Als sie die »M 40« verlassen hatten, faßte er einen Entschluß. »Fahren Sie mich zu einem Mietwagenverleih.«

»Avis oder Budget?« fragte der Taxifahrer.

»Egal!«

18

Edward war wie jeden Morgen kurz nach sechs Uhr aufgestanden und hatte mit seiner Mutter gefrühstückt. Als er gegen sieben Uhr das Haus verließ, war es bereits sehr warm, und man konnte sicher sein, daß es heute wieder ein Gewitter geben würde. Langsam fuhr er mit seinem Wagen den etwas holprigen Weg zur Landstraße nach Marlow. Kurz hinter Marlow nahm er die »M 40«. Wenig später bog er von der George Street in den Gloucester Place rechts ab. Vor Reds Hotel hielt er kurz an. Bei laufendem Motor sprang er aus dem Wagen und eilte zum Hoteleingang. Er drückte mehrmals die Taste der Sprechanlage neben der Hoteltüre. Eine Frauenstimme meldete sich etwas verärgert. »Bitte?«

»Ist Mr. Rosenzweig schon weg?«

»Mr. Rosenzweig hatte bereits das Hotel verlassen, als ich meinen Dienst angetreten habe.«

»Wann war das?«

»Um sechs Uhr, Sir.«

Edward drehte sich rasch um und lief zurück zu seinem Wagen. Fast hatte er damit gerechnet.

Er fuhr in Richtung Marylebone Road und wählte am Autotelefon eine Nummer. Red meldete sich.

»Morgen, Red. Habe ich Sie geweckt?«

»Nein«, kam es aus dem Hörer. »Sie wissen doch ganz genau, daß ich knapp hundert Meter hinter Ihnen fahre. Was soll die Frage?«

Edward grinste. »Waren *Sie* es nicht, der gestern tönte von wegen: Kaugummi und Schuhsohlen?«

Es dauerte einen Moment, bis von Red eine Antwort kam. »Edward, ich habe Sie unterschätzt.«

»Okay, Red. Dann lassen wir es doch sein!« Edward legte den Telefonhörer auf die Magnethalterung und gab Vollgas. Im Rückspiegel sah er einen dunklen Mercedes, der langsamer wurde und dann in eine andere Richtung abbog.

19

Im Büro wartete Walter bereits mit der Nachricht auf ihn, daß Sir David auf elf Uhr eine dringende Besprechung angesetzt habe. »Vielleicht geht es doch schneller los, als wir bisher angenommen haben.« Walter rückte seinen Sessel zurecht und legte die Füße auf den Schreibtisch. »Überlege mal. Während der Schulferien sind William und Harry fast ausschließlich bei ihrem Vater. Lady Diana ist längst von der ›Jonikal‹ zurück, aber ein Besuch auf Balmoral Castle ist meines Wissens vorerst nicht vorgesehen.«

»Haben Arthur und George inzwischen weitere Termine von Diana herausgefunden?« Edward hatte seinen Computer eingeschaltet und war gerade dabei, verschiedene Codezahlen und -namen einzugeben. Es dauerte eine Weile, bis der Computer ihm den Weg zu den Informationen freigab, die er suchte. »Ich habe für die nächste Zeit außer den üblichen Terminen lediglich diese Vernissage und die Opernaufführung im Kalender.«

»Ja, Arthur erzählte etwas von einer bevorstehenden

größeren Reise. Genaues wußte er auch nicht. Aber er wird zu der Besprechung mit Sir David kommen.«

»Meinst du, George hält durch?« fragte Edward unvermittelt.

Walter nahm die Füße vom Schreibtisch und stand auf. Zögernd ging er zum Fenster. »Ich glaube, wir müssen ihn gut im Auge behalten.«

Edward studierte die Daten auf seinem Bildschirm. »Ich werde ihn bei der Arbeit enger an mich binden, dann habe ich ihn besser unter Kontrolle.« Er suchte eine neue Seite. »Hast du das neue Dossier über den alten Al-Fayed schon gelesen?«

Statt einer Antwort stellte sich Walter hinter Edward und schaute ihm über die Schulter. »Wer ist dieser Dartevelle?«

Edward blätterte wieder einige Seiten zurück. »So weit ich in Erinnerung habe, ist das einer von Al-Fayeds Anwälten.«

Walter klopfte Edward anerkennend auf die Schulter. »Richtig. In diesem Zusammenhang habe ich den Namen schon einmal gelesen oder gehört. Könnte natürlich sein, daß der Alte so etwas wie einen Ehevertrag für seinen Sohn haben will.«

»Mag sein. Das soll Arthur prüfen.«

Edwards Telefon klingelte. Er hob ab. »Ja?« Er nickte und legte den Hörer wieder auf. »Die Besprechung ist vorverlegt. Es scheint irgendwie zu brennen. Ich werde meinen Bericht wohl erst heute Nachmittag schreiben können.«

»Irgendwelche neuen Erkenntnisse?« fragte Walter, während sie den Raum verließen.

»Nein, eigentlich nicht. Nur, daß Red heute morgen versucht hat, mir nachzuspionieren. Nach unserem Treffen gestern hatte ich mir so etwas schon gedacht.«

»Und?«

»Nichts weiter«, lachte Edward. »Ich habe ihn durchschaut, und er weiß es.«

»Bleibt es bei meinem Treffen heute mittag mit ihm?« wollte Walter wissen. Edward nickte nur und schloß das Büro hinter ihnen ab.

20

Sir David wartete schon ungeduldig auf Walter und Edward. Auch George und Arthur hatten bereits an dem runden Tisch Platz genommen.

»Meine Herren«, begann Sir David, nachdem Walter und Edward hinzugekommen waren, »ich muß Ihnen etwas berichten, was für unsere Arbeit fortan sehr wichtig sein wird. Wir haben ab sofort unerwartete Verstärkung, die für uns mehr als hilfreich sein kann. Der ›Special Air Service‹ hat, wie ich soeben erfahren habe, bereits seit geraumer Zeit einen Undercover-Kollegen im unmittelbaren Kreis von Mohamed Al-Fayed. Der SAS-Kollege steht ab sofort auch uns mit Informationen zur Verfügung. Er hat Anweisung, uns speziell über Neuigkeiten in Bezug auf Lady Diana und diesen Imameddin zu unterrichten. Dem direkten Kontakt zwischen ihm und uns wurde von höchster Stelle stattgegeben. Aber ...« Sir

David machte eine gewichtige Pause, »... meine Herren, dieser Mann ist eigentlich mit einer ganz anderen Aufgabe betraut. Bitte bei jeder Kontaktaufnahme die angemessene Vorsicht walten lassen. Seine Enttarnung würde die Arbeit von Jahren zunichtemachen.«

Edward meldete sich zu Wort. »Sir David, wenn diese Kontaktaufnahme derart riskant ist, wie kann sichergestellt werden, daß wir dabei nicht auflaufen?«

Sir David nickte. »Ihre Frage ist berechtigt. Sie werden ab morgen alle in Ihrer Computer-Message entsprechende Anweisungen vorfinden. Diese werden derzeit über den SAS mit der entsprechenden Person abgestimmt. Sie werden verstehen, daß diese Abstimmung etwas Zeit braucht.«

21

Punkt vierzehn Uhr fuhr Walter mit seiner schweren BMW vor Reds Hotel vor. Wie von Edward bereits angekündigt, trug er schwarze Lederkleidung und einen Integralhelm. Ein zweiter Helm dieser Art war mit einem Lederriemen am Soziussitz befestigt.

Red hatte nach seinem frustrierenden Erlebnis am frühen Vormittag seine Fahrt in dem Mietwagen fortgesetzt und sich auf eine weitere Stadtrundfahrt begeben. Dabei war er an Haymarket vorbeigekommen und hatte sich bei »Burberry's« einen klassischen Trenchcoat gekauft. In diesem Aufzug trat er jetzt erwartungsvoll vor das Hotel. Walter winkte ihn zu sich und reichte ihm den Helm. Er war froh, daß Red sein Lachen nicht sehen konnte. Denn Red gab in dem klassischen Mantel und dem schwarzen Helm eine ausgesprochen lächerliche Figur hab. Walter schaltete das Funkgerät an Reds Helm ein.

»Ich bin Walter. Edward wird Ihnen erzählt haben, daß wir heute eine kleine Stadtrundfahrt machen. Ist Ihnen die Lautstärke angenehm?«

Red nickte. »Ja, ich verstehe Sie gut. Aber vielleicht ist es Ihnen möglich, mir für eventuelle weitere Exkursionen auch einen Lederanzug oder Ähnliches zu besorgen.« Offenbar hatte er die Blicke vorbeieilender Fußgänger bereits bemerkt, die ungeniert über sein Aussehen lächelten und sich nach ihm umdrehten.

Walter beruhigte ihn. »Es sieht gar nicht so schlimm aus, wie Sie meinen. Außerdem ist es gut, wenn Sie heute etwas elegant gekleidet sind – wir werden eine Galerie und ein Opernhaus aufsuchen.« Er hatte inzwischen das Motorrad gestartet. »Setzen Sie sich. Sie finden an meiner Lederjacke rechts und links eine Lederschlaufe, daran können Sie sich festhalten.«

Red schwang sich hinter Walter auf den Soziussitz und griff in die Schlaufen. »Alles klar?« fragte er.

»Okay.«

Walter fuhr mit unglaublicher Geschicklichkeit durch den Verkehr der Londoner Innenstadt. Red klammerte sich fest an die Schlaufen der Lederjacke. Mit einem derartigen Fahrstil hatte er nicht gerechnet.

»Wie lange arbeiten Sie schon mit Edward zusammen?« fragte Red, um sich abzulenken.

»Wenn ich das so genau wüßte. Fast zehn Jahre.«

»Auch Falkländer?«

»Nein, ich habe Kfz-Mechaniker gelernt und bin früher Motorradrennen gefahren.«

»Das merkt man«, entfuhr es Red. »Und wie kommen Sie zu dem jetzigen Job?«

Kurz hinter einer Kirche, die Red aus einer beängstigend schrägen Perspektive zu sehen bekam, bog Walter in eine schmale Straße.

»Ach, das ist eine lange und langweilige Geschichte. Und außerdem sind wir da.« Walter hatte die Maschine an den Straßenrand gelenkt und stellte den Motor ab.

»Lassen Sie den Helm noch auf, damit wir uns verständigen können. Wir befinden uns jetzt in einem der Londoner Galerien-Viertel. Allein hier gibt es im Umkreis von wenigen hundert Metern mindestens zehn oder sogar mehr Galerien. Wir konzentrieren uns dort auf das Haus.« Walter deutete auf die gegenüberliegende Straßenseite. Red sah ein schmales, älteres Haus mit vier Etagen. In der untersten zogen sich zwei große Schaufenster über die volle Hausbreite, zwischen ihnen befand sich eine kleine Eingangstür.

Red nickte.

»Also, ich werde hier auf Sie warten. Gehen Sie hinein und lassen Sie sich ruhig Zeit. Es gibt dort unserer Meinung nach verschiedene Möglichkeiten und vor allem einen sehr alten Personenaufzug.«

»Verstehe«, meinte Red. »Wird unsere Zielperson hier allein erscheinen?«

»Sie ist niemals allein. Ich weiß nicht, was Edward Ihnen alles erzählt hat. Aber unsere Zielperson hat in solchen Fällen immer Begleitung.«

»Bodyguards?«

»Ich sagte Begleitung, das muß reichen. Sie können jetzt den Helm abnehmen. Ich werde hier warten.«

Red reichte Walter seinen Helm und ging zu der Galerie. Was von außen noch recht bescheiden aussah, entpuppte sich im Inneren als ein Raum, in dem sich hochbegabte junge Künstler mit ihren Objekten wirkungsvoll präsentierten. Red schritt gemächlich durch den Raum und warf interessierte Blicke auf einzelne Exponate. Außer ihm und einer älteren, offenbar sehr wohlhabenden Frau war nur eine elegant gekleidete Mittvierzigerin zu sehen, die, wie es schien, für Beratung und Verkauf zuständig war. Langsam schlenderte Red zum Aufzug, den er sofort am hinteren Ende des Raumes entdeckt hatte.

»Suchen Sie etwas Bestimmtes?« fragte die Verkäuferin diskret.

Red machte nur eine Andeutung mit der Hand, daß er nach oben wolle.

Im ersten Stock ging es etwas lebhafter zu. Neben einem jungen Mann, der wohl als Aufsicht angestellt war, standen mehrere kleine Gruppen vor einzelnen Exponaten. Red konzentrierte sich auf ein großformatiges Ölgemälde rechts neben dem Aufzug. Er tat so, als studiere er den Pinselstrich und Maltechnik und nahm dann wie in Gedanken versunken auf einem Stuhl Platz, der gegenüber dem Gemälde stand.

Er überlegte, wie hier Unfälle mit tödlichem Ausgang zu organisieren seien. Er stellte sich den Raum gut besucht vor. Der Aufzug war zwar sehr alt und hatte sicherlich viele technische Schwachstellen. Aber würde die Zielperson den kleinen, für vier Personen vorgesehenen Aufzug benutzen? Wohl nur, wenn sie eine Bein- oder Knieverletzung hatte oder sehr alt war. Die Treppe war auch nicht unbedingt für einen Unfall geeignet.

Red hatte plötzlich das Gefühl, daß man seine Kreativität testen wollte. Diese Galerie war als Unfallort nicht geeignet. Er schüttelte den Kopf und stand auf. Nein, das konnte es wirklich nicht sein. Warum kein großes Hotel? Vielleicht lief die Zielperson Ski oder trieb eine andere risikoreiche Sportart. Dinge, bei denen man etwas organisieren konnte. Hier, so war er sich sicher, konnte man nur jemanden erschießen oder vergiften, um ihn zu beseitigen. Und dazu brauchte es seiner Person nicht.

Red verließ die Galerie. Auf der gegenüberliegenden Straßenseite hielt Walter schon den Helm für ihn bereit. Red setzte ihn auf und machte seinem Unmut lautstark Luft.

»Wenn ihr mich auf den Arm nehmen wollt, macht nur so weiter. Gut, ihr zahlt, aber für meinen Job und nicht, um mich spazierenzufahren. Was soll denn in dieser Galerie geschehen?«

Walter drehte rasch die Lautstärke an seinem Helm zurück. »Red«, sagte er, »wenn Sie nicht normal mit mir reden können, muß ich Sie abschalten. Ich habe den Laden nicht ausgesucht und noch nie von innen gesehen. Das sollten Sie mit Edward besprechen.«

»Dann gehen Sie rein und schauen Sie ihn sich an. Soll ich Bilder von der Wand fallen lassen oder Figuren umstoßen? Ihr wollt einen perfekten Unfall, oder? Dann inszeniert eine Ballonfahrt, und ich lasse die Gasflasche explodieren, oder arrangiert einen Hubschrauberflug, und ich lasse im richtigen Moment einen Rotor zerfetzen. Aber bitte keine Galerie!«

»In der Galerie findet in Kürze eine Vernissage statt, die von der Zielperson besucht wird …«

Red unterbrach ihn. »Na schön, dann sage ich kurz, hier läuft nichts. Und wohin jetzt?«

Walter setzte sich auf seine Maschine und startete den Motor. »Steigen Sie auf. Wir fahren jetzt zum Opernhaus.«

»Royal Opera?« fragte Red.

»Nein, English National. Die Royal wird, soweit ich weiß, derzeit renoviert.«

»Aber das wär's doch. Baustellen sind immer gut. Bringt die Zielperson dorthin, und ich garantiere vollen Erfolg.«

Walter fuhr los. »Ich werde diese Anregung weitergeben. Vielleicht klappt es ja. Aber jetzt fahren wir erst einmal zur National Opera.«

Auf der Fahrt wechselten Walter und Red kein Wort. Red hatte seinen Ärger noch nicht ganz überwunden, und Walter hing seinen eigenen Gedanken nach. Sicherlich war es einfacher, Red in London einen Unfall gleich welcher Art erarbeiten zu lassen und einen Vorwand zu finden, Lady Diana dorthin zu lotsen, als umgekehrt Red an vorgegebenen Aufenthaltsorten Dianas kurzfristig etwas arrangieren zu lassen. Aber wie sollte man so etwas bewerkstelligen?

Walter hielt vor dem Postoffice an, das schräg gegenüber der English National Opera lag. Er stellte den Motor ab, doch Red machte keine Anstalten, von der Maschine abzusteigen. Statt dessen meinte er nun etwas ruhiger: »Walter, ich möchte Ihnen nicht zu nahe treten. Aber es bringt nichts, wenn ich mir jetzt die Oper anschaue. Es sei denn, Sie können mir sagen, welchen Aufgang die Zielperson nimmt, auf welchem Platz sie sitzt oder ob sie sich auf der Bühne bewegt.«

»Kann ich nicht«, gestand Walter. »Zumindest noch nicht.«

»Deshalb hat diese Ortsbegehung keinen Sinn. Ich bin schnelles Arbeiten gewöhnt, ich bin mit fast sämtlichen Maschinen vertraut. Es spielt für mich auch keine Rolle, ob ein Scheinwerfer herunterdonnert, eine Stahlkonstruktion zusammenbricht oder ein Aufzugkabel reißt. Aber ich muß das Umfeld kennen, das Wo, Wie, Wann und Warum. Verstehen Sie? Ich glaube, Edward hat da ganz falsche Vorstellungen. Er hat mich doch nicht als Pausenclown engagiert, oder?«

»Ganz sicher nicht. Sie können sich vorstellen, Red, daß wir viele Dinge auch selbst arrangieren können. Nur – wir suchten einen erfahrenen Spezialisten, der aus bestimmten Gründen nicht aus unseren Reihen kommen kann ...«

»Dann behandelt mich auch so«, brummte Red und schlug Walter versöhnlich auf die Schulter. »Darf ich Ihnen einen Vorschlag machen?«

»Okay.«

»Fahren Sie mit mir Straßen oder Wege ab, von denen Sie wissen, daß die Zielperson sie oft benutzt. Von mir aus auch weit außerhalb von London. Ich schaue sie mir an und werde Ihnen in ein oder zwei Tagen sagen, wo wir es machen. Und ihr überlaßt es mir, ob zufällig ein baufälliger Balkon herunterfällt, eine Brücke wegen

Materialermüdung zusammenbricht oder ein Panzer das Auto der Zielperson versehentlich überrollt, weil der Panzerführer besoffen ist oder die Elektronik verrückt spielt.«

»Na schön, Red, fahren wir. Aber Sie werden verstehen, daß ich Ihnen keine Stellen zeigen kann und werde, die Rückschlüsse auf die Zielperson zulassen.«

Red lachte. »Das ist euer Problem. Ich finde es albern.«

»Da sind Sie mit Ihrer Meinung sicherlich nicht allein.« Walter warf wieder einen Blick nach hinten und fuhr los.

»Vorsicht, Walter. Sonst könnte ich Rückschlüsse auf meinen Auftraggeber ziehen!«

22

Das Handysginal weckte Red kurz nach acht Uhr. Verschlafen tastete er nach dem Gerät und erwischte prompt das falsche. Er reckte sich etwas weiter aus dem Bett und hatte dann endlich das kleinere Gerät in der Hand. »Ja, bitte.«

Am anderen Ende meldete sich Edward. »Nicht hinter mir her?« fragte er spöttisch.

Red hatte keine Lust, den Tag mit einem Streit zu beginnen. Er schwieg einfach, als habe er die Bemerkung nicht verstanden.

»Walter hat mir noch gestern abend von Ihrem Unmut berichtet. Wir sollten uns vielleicht heute einmal zusammensetzen und das Ganze in Ruhe besprechen.«

Red gähnte herzhaft und ließ sich mit dem Handy am

Ohr zurück in die Kissen fallen. »Ich habe ja sonst nichts auf dem Programm, oder sind heute die Kirchen dran?«

Statt einer Antwort hörte Red, daß Edward am anderen Ende die Sprechmuschel zuhielt und sich mit jemandem unterhielt. Aber er konnte kein Wort verstehen. Dann meldete sich Edward wieder. »Okay, Red. Lassen Sie uns zusammen zu Mittag essen.«

»Wenn ich ehrlich bin, esse ich lieber abends. Aber ein Sandwich oder ein Salat wäre in Ordnung. Also, machen Sie einen Vorschlag, der mich wach werden läßt.«

»Lassen Sie uns raus nach Greenwich fahren. Da kenne ich ein altes Pub direkt an der Themse. Dann zeige ich Ihnen auch das Royal Naval College, wo ich einen Teil meiner Ausbildung absolviert habe. Ich werde sehen, daß wir dort einen ungestörten Raum für uns bekommen, wenn es im Pub mit einer vernünftigen Unterhaltung nichts wird.«

»Also gut. Und wann wollen wir uns dort treffen?«

»Haben Sie noch Ihren Mercedes?«

»Nein.«

»Dann hole ich Sie gegen halb zwölf ab, falls Sie bis dahin ausgeschlafen haben.«

Red sparte sich eine Antwort und brummte nur. »Ich werde vorne an der Ecke warten.« Er drückte die Trenntaste und warf das Handy hinter sich in die Kissen.

Da er nun schon einmal wach war, beschloß er, einen Spaziergang an der frischen Luft zu machen. Er stand auf und schob die Vorhänge beiseite. Der Himmel war wolkenverhangen, grau in grau, aber es regnete nicht. Also duschte er, zog eines seiner neuen Hemden, den Zweireiher und seine neuen Schuhe an und verließ mit dem

Trenchcoat über dem Arm das Hotel. Dieses Mal schlug er den Weg in Richtung Regent's Park ein, an den er schöne Erinnerungen hatte. Doch als er die Marylebone Road überquert hatte, sah er, daß gerade in diesem Moment Madame Tussaud's Wachsfigurenkabinett öffnete. Red war es trotz etlicher Besuche in London niemals gelungen, dieses Kabinett zu besichtigen. Mal war die Zeit zu knapp gewesen, mal lag es an zu großem Besucheransturm. Jetzt, kurz nach zehn Uhr, war die Besucherzahl noch überschaubar. Und vielleicht sah er in der ersten Abteilung ja sein zukünftiges Opfer oder eines aus der Vergangenheit?

23

Edward hatte gerade seinen Bericht in den Computer geschrieben, als es klopfte und George eintrat. »Darf man stören?«

»Komm, setz dich. Ich bin gerade mit meinem Bericht fertig. Du kannst ihn anschließend lesen. Aber es gibt kaum etwas Neues. Unser Partner ist nur etwas ungeduldig. Ich werde mich mit ihm zum Essen treffen.«

George hatte den Stuhl von Walter herangezogen und neben Edwards Schreibtisch Platz genommen. »Darf ich davon ausgehen, daß unser Gespräch vertraulich bleibt?«

Edward schaute ihn erstaunt an. »Hat es je einen Anlaß für diese Frage gegeben?«

George schüttelte den Kopf. »Nein, sicherlich nicht. Aber ich bin in einer Situation, in der ich deine Hilfe brauche. Mit wem soll ich mich unterhalten? Außerhalb dieser Wände geht's nicht, und Arthur oder gar Sir David …?«

»Nein, George, es ist gut, daß du zu mir kommst. Ich kann mir auch denken, was dich bedrückt.«

»Diana!«

»Ich weiß. Und ich hoffe, du hast gemerkt, daß auch ich nicht wild darauf bin, den Auftrag unter allen Umständen gedankenlos durchzuziehen. Aber du mußt auch die große Gefahr sehen, die von ihr ausgeht. Gut, bei Spionen, Terroristen, Waffenschiebern oder politischen Fanatikern, da ist das was anderes, weil die Gefahr klar und offensichtlich ist. Bei Lady Diana liegen die Probleme auf einer ganz anderen Ebene und – sie ist ja eine attraktive und begehrenswerte Frau. Ich kann alle Männer verstehen, die ihr nachlaufen. Ich kann verstehen, daß sie sich Liebhaber hält. Eine Droge gegen die Einsamkeit der letzten Jahre. Ich kann auch verstehen, daß sie Prinz Charles verlassen hat. Das Problem ist ihre Position in diesem Land und vor allem die Position ihrer Kinder, die einmal an der Spitze des Königshauses stehen werden, Großbritannien repräsentieren sollen.«

George sah Edward erstaunt an.

»Ich habe nicht gewußt …«

»… daß ich so denke?« fragte Edward. »Ich frage mich fast jede Stunde, muß es sein, wann muß es sein? Wann ist die Schmerzgrenze erreicht, die uns zwingt zu handeln? Vielleicht ist die Liaison mit diesem Ägypter nur eine Affäre, wie mit all den anderen? In zwei oder drei Wochen lachen wir alle darüber. Aber was kommt dann? Oder was ist, wenn es keine flüchtige Affäre ist? Welchen Schaden nimmt dann die Krone, der Staat, wir alle? Manchmal glaube ich, als Prinz Charles sie damals heiratete, haben wir sie alle in unserer großen Hoffnung auf eine Wende in der Monarchie zur Heiligen gemacht. Und dann haben die Medien und das Königshaus sie zur Hure degradiert.«

Edward sagte das alles ganz ruhig, fast ohne Emotion. »Wir Briten neigen immer dazu, die Leute erst hochzujubeln und dann zu verdammen. Lady Diana ist aber erst im Kommen! Das ist möglicherweise ihr Todesurteil. Und das Schlimmste ist, sie hat keine Chance, dem Rampenlicht zu entkommen. Wären da nicht die Kinder und die Medien, Diana wäre überhaupt nicht in Gefahr.«

»Aber muß gerade unsere Abteilung ...« unterbrach ihn George, »... müssen gerade *wir* die Henker sein?«

Edward wich zum ersten Mal Georges Blicken aus. Er wandte sich seinem Computer zu und spielte nervös auf der Tastatur. »Man kann das Ganze nur nüchtern betrachten. Eine solche Aktion muß auf höchster Ebene entschieden und erledigt werden, damit der Personenkreis so klein wie möglich bleibt. Und ich bin froh, daß wir Red gefunden haben und nicht wir ...« Er sprach den Satz nicht zu Ende.

George war die Erregung in Edwards Stimme nicht entgangen. Er stand auf und gab Edward die Hand. »Ich danke dir für deine Offenheit«, sagte er leise. »Es wird mir helfen, wenn ich weiß, wie du darüber denkst.«

»Verrückte Welt«, antwortete Edward und starrte auf ihre Hände. »Die gleiche Hand hat mit Red die Vereinbarung besiegelt.«

24

Red hastete die letzten Meter die Gloucester Place hinunter, als er Edwards Rover an der Ecke stehen sah. Er hatte zwischen all den Wachsfiguren die Zeit vergessen und die Länge des Rückwegs unterschätzt. Etwas außer Atem stieg er zu Edward in den Wagen und holte erst einmal tief Luft.

»Vielleicht hätten Sie doch den Mercedes noch behalten sollen. Hinter mir herfahren ist einfacher als hinter mir herlaufen«, lachte Edward, merkte aber sofort, daß Red für derlei Späße nicht aufgelegt war. »Sorry, Red. War nicht so gemeint.«

Red schwieg. Sie brauchten für die knapp zehn Kilometer lange Strecke fast eine halbe Stunde. Edward fuhr für Red einen kleinen Bogen und zeigte ihm die »Cutty Sark«, den schönsten Teeklipper weltweit, der in Greenwich als Touristenattraktion vor Anker liegt. Dann fuhren sie um das Royal Naval College herum zur Trafalgar Tavern.

Schon beim Betreten wußten beide, daß es hier kaum möglich sein würde, ein vertrauliches Gespräch zu führen. Das Pub war voll mit Gästen. Als sie endlich zwei freie Stühle im Barraum gesichtet hatten, drückte Edward seinen Begleiter auf einen dieser Stühle und rief ihm, gegen das allgemeine Stimmengewirr ankämpfend, zu: »Das Bier muß man sich hier selbst holen, aber halten Sie im Moment lieber meinen Platz frei. Ich werde vom Auto aus schnell mal telefonieren.«

Red nickte nur und begann die vielen Menschen um

sich herum zu beobachten. Obwohl es erst um die Mittagszeit war, floß das Bier bereits in Strömen, und so manch einer der Gäste machte den Eindruck, als würde die Nachmittagsarbeit für ihn ausfallen.

Es dauerte nicht lange, bis Edward zurückkam. »Alles klar. Wir gehen anschließend rüber ins College. Ich habe da noch alte Kontakte.« Er zwinkerte Red vielsagend zu und schob ihn blitzschnell in einen der vorderen Speiseräume, wo an einem kleinen Tisch zwei Plätze frei geworden waren.

»Ich kann Ihnen, wenn Sie Fisch mögen, ›Fisherman's Pie‹ wärmstens empfehlen«, erläuterte Edward die Speisekarte. »Das Lokal ist mir aus alten Zeiten immer noch sehr gut in Erinnerung. Leider komme ich heute zu selten nach Greenwich.«

»Dann schließe ich mich Ihrer Bestellung an«, meinte Red und schob der jungen Bedienung ein paar leere Teller und Gläser entgegen, die noch auf dem Tisch standen.

25

Hinter der knarrenden Tür verbarg sich ein nüchterner Raum. Wozu er diente, war nicht zu erkennen. Vier quadratische Tische mit je vier Holzstühlen standen wahllos im Raum verteilt. Ansonsten fehlte jegliches Mobiliar. Auch hatten die beiden großen Sprossenfenster weder Gardinen noch Vorhänge, lediglich die unteren Scheibenreihen der Fenster waren mit einer Mattfolie beklebt.

Überall lag reichlich Staub. Der Raum schien lange nicht mehr genutzt worden zu sein. Als Edward den skeptischen Blick Reds sah, zog er umständlich ein Taschentuch aus der Hose und begann einen Tisch und zwei Stühle vorsichtig von dem Staub zu befreien.

»Ich hoffe, der Staub läßt keine Rückschlüsse auf die Ausbildung hier zu«, grinste Red und setzte sich behutsam auf einen der abgewischten Stühle, der keinen sonderlich stabilen Eindruck machte.

Edward trat an eines der Fenster und schaute nach draußen. »Auch da hat sich nicht viel geändert«, meinte er. Dann drehte er sich um und nahm auf dem zweiten abgestaubten Stuhl Platz. Trotz der hohen Außentemperatur war es in dem Raum fast unangenehm kühl.

»Können wir hier ungestört reden?« fragte Red mißtrauisch.

»Keine Angst. Wir sind zur Zeit allein hier in dem Trakt. Ich benutze das College gelegentlich für vertrauliche Gespräche. Es ist noch nie etwas nach außen gedrungen. Gerade in diesem Fall können auch wir keinerlei Risiko eingehen.«

»Gut, dann lassen Sie uns anfangen.« Red schlug die Beine übereinander. »Walter wird Ihnen sicher lebhaft berichtet haben, was mir so durch den Kopf geht.«

»Natürlich!« bestätigte Edward. »Und so ganz unrecht haben Sie ja auch nicht. Aber ich muß Sie um Verständnis bitten.« Er stützte seine Unterarme auf der Tischplatte auf. »Unsere Abteilung ist, ehrlich gesagt, mit der Aufgabe etwas überrascht worden, da wir normalerweise, wie Sie so schön festgestellt haben, Schreibtischtäter sind. Wir entwickeln Ideen, Konzepte, Strategien, aber wir sind bis auf wenige hochbrisante Ausnahmen niemals die Exekutive. Und dieser Fall ist eine dieser Ausnahmen.«

»Sie werden mir immer noch nicht sagen wollen, wer Sie sind und wer die Zielperson ist?« hakte Red nach.

»Nein. Ich habe die strikte Anweisung, Ihnen dies vorzuenthalten. Das hat auch seine Gründe. Also fragen Sie mich bitte nicht immer wieder danach. Spätestens nach der Beendigung Ihres Auftrags werden Sie es erfahren und dann auch wissen, warum jetzt alles so ist, wie es ist. Ich sage Ihnen ganz ehrlich, ich selbst habe mich in all den Jahren noch nie so hilflos gefühlt wie in diesem Fall. Lassen wir es dabei, daß es ein außergewöhnlicher ist, mit vielen Emotionen und ebenso vielen Problemen.«

»Gut, gut«, sagte Red beschwichtigend. »Aber eins werden Sie mir ehrlich sagen müssen ...«

»Und das wäre?«

Red schaute Edward direkt in die Augen. »Ihr Arbeitgeber ist nicht die IRA?«

»Nein«, rief Edward. Er war über die Lautstärke seiner Antwort offenbar selbst erschrocken, denn er setzte in normaler Lautstärke hinzu: »Ich habe Sie nicht belogen, als ich Ihnen sagte, ich diene Großbritannien. Sie erinnern sich?«

Red nickte.

»Sie haben Walter einen vernünftigen Vorschlag gemacht, und Walter ist mit Ihnen bereits einige Straßen und Wege abgefahren. Wie fanden Sie das?«

Red lachte. »Die Exkursion mit Walter hat mir Rätsel aufgegeben. Wir haben uns weder rund um Buckingham Palace bewegt, noch um Windsor, wir waren weder in der Downing Street, noch im Regierungs- oder Bankenviertel. Ich habe keine militärischen Anlagen oder großen Industriekomplexe gesehen ...«

Edward unterbrach ihn ungeduldig. »Sie sollen sich weniger für mögliche Zielpersonen interessieren als für die Unfallplanung.«

»Das hab ich schon verstanden. Nur verstehen Sie mich bitte auch. Ich muß Angewohnheiten der Personen in meine Pläne einbeziehen, typische Verhaltensmuster oder Reaktionen. All das fehlt mir bisher.«

»Das ist mir klar. Aber wir werden zwangsläufig einen Mittelweg finden müssen. Sicher werden wir uns nicht der ganzen Palette Ihrer Kenntnisse und Künste bedienen können. Ich habe einen Kollegen beauftragt, Ihnen folgendes zu beschaffen: die technischen Unterlagen von zwei Hubschraubertypen, eines Flugzeugtyps, einer Yacht und von drei oder vier Fahrzeugen. Das sind, um im Militärjargon zu sprechen, mobile Gerätschaften, die häufig in Verbindung mit der Zielperson zum Einsatz kommen.«

Red atmete spürbar erleichtert auf. »Na also, jetzt kommen wir der Sache doch schon näher. Sie sollten mir aber die Typen im Vorfeld genauer benennen. Denn einige Dinge kenne ich vielleicht schon und ich habe die Daten im Kopf. Bei dem Flugzeug denken Sie ja wohl nicht an einen Airbus und bei der Yacht nicht an die Britannia.«

»Britannia?« entfuhr es Edward.

Red grinste. »Keine Bange mein Freund. Daß ich die Unterlagen besitze, ist nur reiner Sammlerehrgeiz. Trotzdem läßt sich auf dem Schiff einiges machen. Aber leider nur noch für kurze Zeit. Der Kahn wird ausgemustert.« Er machte eine geheimnisvolle Handbewegung. »Und nicht einmal der Satellit sieht es! Aber es geht Ihnen ja nur um eine Person und nicht um die ganze Schiffsbesatzung, nehme ich an.«

Es entstand eine kleine Pause.

Red nahm als erster den Faden wieder auf. »Sie haben mehrfach erwähnt, daß die Zielperson von ständigem Medieninteresse ist. Darf ich mir das in Form häufiger Fernsehauftritte vorstellen, oder meinen Sie ständige Verfolgungsjagd durch Paparazzi?«

»Letzteres«, sagte Edward.

»Schlimm?« hakte Red nach.

»Sehr schlimm!«

»Also für uns sehr gut. Da läßt sich leicht was machen«, versicherte Red.

26

Als Edward am Abend nochmals in seinem Büro vorbeischaute, las er in der News-Datei des Computers mit Befriedigung den Vermerk, daß der Pressebericht vom River Dee mit Prinz Charles und den beiden Söhnen inzwischen weltweite Verbreitung gefunden hatte. Er überflog kurz die Namensliste der Zeitungen und TV-Anstalten, die darüber berichtet hatten, und nickte zufrieden. Hoffentlich spielte Prinz Charles auch weiter mit und redete nicht wieder nur von Natur und Umwelt. Edward gab dazu einen kurzen Vermerk in den Computer ein. In seiner Mailbox entdeckte er die Ruf- und Codenummer des SAS-Agenten. Das bedeutete, daß sie ab sofort ein

Mäuschen im Schlafzimmer von Dodi Al-Fayed hatten. Ein Mäuschen bei der Ratte! Er schmunzelte bei diesem Gedanken und sicherte den Computer.

Gerade als er gehen wollte, klopfte es an die Tür. Arthur winkte mit ein paar Blättern. »Protokolle, Protokolle«, verkündete er und hielt sie Edward vor die Nase.

»Muß ich das heute noch lesen?« knurrte Edward.

»Nicht alle, aber eines solltest du dir noch anschauen.« Er zog ein Blatt heraus und gab es Edward. Der überflog zuerst die Seite, begann dann aber Wort für Wort zu lesen.

Arthur setzte sich auf Edwards Schreibtisch und wartete gespannt. Edwards Reaktion war eindeutig. »Das ist ein Hammer!«

»Ich hab mir gedacht, daß dich das interessiert. Ist brandneu, noch keine vierundzwanzig Stunden alt.«

Edward lehnte sich in seinen Sessel zurück und schaute in das Licht der Deckenlampe. »Wenn der alte Al-Fayed bereits gegenüber Dritten so offen über die Hochzeit von Dodi mit Lady Diana spricht, dann muß das doch innerhalb der Familie schon abgemachte Sache sein. Also war die Idee gar nicht so verkehrt, daß der Anwalt ...«

»... Dartevelle!«

»Dartevelle möglicherweise wirklich einen Ehevertrag aufsetzen soll.«

»Es gibt in den Protokollen übrigens ein Telefongespräch zwischen Charles und Camilla Parker-Bowles, in dem der Prinz ganz offen zugibt, von den Heiratsabsichten Dianas zu wissen. Er sagte wörtlich, er habe gar nichts dagegen, dann könnten sie, also er und seine Camilla, gegebenenfalls ... Und dann fängt er an zu schwafeln, von wegen auf den Thron verzichten und so.«

»Gibt es aus anderen Telefonaten noch irgendwelche weiteren Hinweise auf Dianas Heiratsabsichten?« Edward nahm die restlichen Protokolle und blätterte sie kurz durch.

»Ich habe dazu nichts weiter gefunden. Es gibt noch das Protokoll eines Telefonates, das Diana mit ihrem Bruder Charles Spencer geführt hat. Aber alles recht belanglos. Lady Diana hat ihm erzählt, daß sie ein längeres Gespräch mit ihrem Butler Burrell gehabt habe. Aber vom Inhalt dieses Gespräches selbst sagt sie nichts.«

»Na schön«, Edward legte die Protokolle beiseite und stand auf. »Dann laß uns nach Hause gehen.«

»Hast du mit Red gesprochen?«

»Ja, recht ausführlich. Es ist einiges geklärt worden, glaube ich. Wir werden nächste Woche anfangen, Planspiele zu machen. Er muß sich in die Technik einiger Dinge einarbeiten. Aber du findest alles in deiner Mailbox. Es ist nämlich deine Aufgabe, die Unterlagen für ihn zu beschaffen.«

Arthur verzog das Gesicht. »Meine leichteste Übung. Habt ihr alles am Montag vorliegen. Und was macht unser Gast übers Wochenende?«

»Er hat frei. Ich habe mich mit ihm nicht verabredet. Er kann tun, was er will. Vielleicht rufe ich ihn mal an oder lade ihn zu mir nach Hause ein, nachdem er sowieso weiß, wo ich wohne.«

»Aha, echte Männerfreundschaft, was?« Die Bemerkung rief bei Edward nur ein müdes Lächeln hervor.

27

Lucy betrat die Ankunftshalle des Flughafens Heathrow wie eine Touristin auf einer vierwöchigen Urlaubsreise. Koffer und Reisetaschen hatte sie auf einen Gepäckkuli gestapelt, den sie mit sichtbarer Anstrengung vor sich her schob. Als sie Red erblickte, ließ sie den Gepäckkuli stehen, rannte auf ihn zu und fiel ihm in die Arme.

»Wann bist du denn aufgestanden? Schön, daß du mich abholst. Es wäre für mich schrecklich gewesen, allein mit all dem Gepäck nach dem Hotel zu suchen. Ich freue mich auf die Tage mit dir in London.«

Red küßte Lucy. Nur zögernd lösten sie sich voneinander und gingen Hand in Hand zum Kuli zurück.

»Was machen deine Geschäfte, Red?«

»Noch ist nichts Wesentliches geschehen. Ich langweile mich und esse zu viel.«

Lucy betrachtete ihn von der Seite. »Du hast tatsächlich etwas zugenommen. Und einen neuen Anzug hast du auch.«

Sie hatten den Gepäckwagen erreicht, und Red übernahm das Schieben. Lucy hängte sich in seinen Arm.

»Du siehst müde aus. Hast du schlecht geschlafen?«

Ein leichtes Grinsen ging über Reds Gesicht. »Ich bitte dich, mein Schatz. Ich mußte vor Sonnenaufgang aufstehen, um dich abzuholen. Aber Spaß beiseite: Ich habe ein paar schöne Lokale ausprobiert, da ist es schon mal spät geworden, und meine Geschäftsfreunde hier in London sind Frühaufsteher. Außerdem kommen die Vertragsverhandlungen nicht so recht in Gang. Mal hat sich der eine noch nicht entschieden, mal der andere. Ich habe das Gefühl, denen ist völlig egal, wie lange die Verhandlungen dauern.«

Lucy kuschelte sich an ihn. »Jetzt bin ich ja da und kann dich trösten.«

In der Parkgarage stand der schwarze Mercedes-Mietwagen, den Red natürlich nicht zurückgegeben hatte. Er verstaute das Gepäck im Kofferraum und mußte eine Reisetasche sogar auf den Rücksitz legen, da Lucy so viel Gepäck mitgebracht hatte.

»Weißt du noch, als ich damals in Stockholm für drei Tage kommen sollte und dann fast vier Wochen mit dir dort verbracht habe?« lachte sie und wollte auf der Fahrerseite einsteigen. Dann bemerkte sie, daß es ein rechts gelenkter Wagen war. »Meine Güte, mir war gar nicht klar, daß man hier immer noch links fährt.«

Red öffnete die Beifahrertüre und stieg ein. Lucy zögerte noch.

»Komm«, rief er ihr zu. »Du wirst fahren. Du schaffst das schon. Außerdem sitze ich neben dir.«

Lucy startete den Motor und suchte die Gangschaltung. Dann legte sie den Rückwärtsgang. »Ich glaube nicht, daß ich mich daran gewöhnen werde. Warum fährst du eigentlich nicht?«

»Ganz einfach, mein Schatz. Ich bin in den nächsten Tagen viel unterwegs, da sollst du mobil sein. Und jetzt hast du Gelegenheit, in meinem Beisein zu üben.«

»Heißt das, ich darf wieder jeden Abend warten, bis du kommst?« Lucy hatte die Parklücke verlassen und fuhr langsam und noch unsicher durch die Parkgarage.

»Ich muß dir noch ein paar Dinge erklären.« Red räusperte sich. »Ich war auch ganz überrascht, als ich erfuhr, daß meine Londoner Geschäftsfreunde mich in einem kleinen Hotel und unter falschem Namen einquartiert hatten.«

»Falschem Namen? Was sind das für merkwürdige Geschäftspartner?« fragte Lucy.

Sie hatten inzwischen die Straße erreicht, und Red sagte nur kurz: »Links halten, linke Fahrbahn.«

Lucy folgte seinen Anweisungen. »Komisches Gefühl. Aber jetzt erzähl erst mal weiter.«

»Also gut. Man hat mich in einem kleinen Hotel unter dem Namen Avraham Rosenzweig einquartiert. Kannst du dir den Namen merken?«

»Ich versuch's«, war die kurze Antwort.

»Mußt du auch, denn ich habe unser Zimmer im Dorchester unter demselben Namen angemeldet.«

»Und ich habe gedacht, als du mir es sagtest, das wäre der Name deines Geschäftsfreundes, der das Hotel für uns reserviert hat. Der Name klingt jüdisch.«

»Soll er auch«, meinte Red. »Bei der Ankunft in London habe ich selbst nicht gewußt, daß ich hier bei den Verhandlungen einen israelischen Kaufmann namens Avraham Rosenzweig vertrete. Dieser dient aber meinen Geschäftspartnern nur als Strohmann. Unsere Verhandlungspartner sollen nicht wissen, daß auch ein Amerikaner mit von der Partie ist. Hier in London bin ich also Avraham Rosenzweig, ein jüdischer Geschäftsmann, der sich nur ein kleines Hotelzimmer in einem billigen Hotel und keinen Mietwagen leistet. Das kommt offenbar gut an.«

Da Lucy sich immer noch auf das ungewohnte Fahren konzentrieren mußte, fiel es ihr schwer, Red richtig zuzuhören. Red beugte sich zu ihr hinüber und gab ihr einen Kuß auf die Wange. »Ich führe hier in London ein Doppelleben.«

Er lehnte sich zurück in den Sitz. Ein Glück, daß Lucy bei seinen Geschichten, die er ihr erzählte, nie nachhakte. Er legte vorsichtig den rechten Arm auf ihre Schultern. »Du fährst doch schon ganz gut. Ich weiß gar nicht, was du willst!«

»Bitte nimm den Arm weg, das macht mich nervös.«

Red zog seinen Arm zurück. »An der nächsten Ampel mußt du rechts abbiegen.«

28

Im Dorchester herrschte Hochbetrieb. Die Anfahrt war völlig verstopft, und die beiden Drehtüren reichten kaum aus, den Menschenstrom ein- und auswärts zu befördern. Red gab dem Mann in Livree und Zylinder an der Tür die Wagenschlüssel. Irgendwo schien man zu feiern, außerdem fand offenbar eine Tagung statt. Überall waren Menschen mit Blumen oder Aktenkoffern zu sehen. Die kleinen Tische und die verschiedenen Sessel und Sofas waren besetzt. Red und Lucy arbeiteten sich durch das Getümmel zur Rezeption vor, holten den Zimmerschlüssel und fuhren im Aufzug in das oberste Stockwerk.

Ihre Suite lag am Ende des Flures. Reds erster Blick war auf die Fenster und die Aussicht gerichtet. Zufrieden stellte er fest, daß man tatsächlich zwischen den Baumkronen einen Teil des Broad Walk einsehen konnte. Lucy war sofort durch die Räume geschlendert und hatte alles inspiziert. Red folgte ihr ins Schlafzimmer. Sie warf sich rückwärts aufs Bett und machte eindeutige Gesten. »Komm, mein Schatz.«

Red beugte sich über sie und gab ihr einen Kuß. »Laß uns warten, bis das Gepäck oben ist.«

»Wetten«, hauchte Lucy verführerisch, »daß wir es geschafft haben, bevor der Boy oben ist?« Sie zog hastig mit beiden Händen ihren Rock hoch und begann Reds Gürtelschnalle und Hose zu lösen. »Komm, los, ganz schnell. Ich habe solche Sehnsucht nach dir«, flüsterte sie.

Red zog sein Jackett aus, ließ es neben das Bett gleiten und streifte die Schuhe ab. Langsam ließ er sich auf den schlanken Körper seiner Freundin sinken. Seine linke Hand zerzauste ihr Haar, seine rechte streichelte über ihre nackten Schenkel.

»Komm«, flüsterte sie wieder.

Lucy hatte recht behalten. Als der Boy mit dem Gepäck an die Tür der Suite klopfe, eilte Red ins Bad und warf sich den Hotelbademantel über seinen nackten Körper. Dann ließ er den Boy herein.

»Stellen Sie bitte alles nur hier ab«, sagte er kurz. Als der Boy gegangen war, schloß Red die Zimmertür von innen ab. Dann zog er seinen Bademantel wieder aus und warf ihn über einen Sessel. Im Schlafzimmer wartete Lucy sehnsüchtig auf ihn.

Am Abend beschlossen sie, ein Taxi zu nehmen, und ließen sich in das italienische Restaurant »Orso« in der

Wellington Street bringen, das ihnen der Fahrer empfohlen hatte. Als Vorspeise bestellten sie eine Spinat- und Kartoffelsuppe mit Champignons, gefolgt von gebratenem Lammfleisch mit Gemüse und Kartoffeln. Dazu empfahl ihnen der Kellner einen Brunello di Montalcino, der Lucy ausgezeichnet schmeckte, während Red nicht ganz zufrieden war. Für die Enttäuschung mit dem Wein wurde Red durch die köstliche Orangentorte mit Himbeersauce entschädigt.

Da weder Red noch Lucy nach dem ausgiebigen Essen Lust hatten, wieder direkt ins Hotel zu gehen, fragte Red den Kellner nach einem Unterhaltungsangebot. Er empfahl ihnen die »Drill Hall«, ein beliebtes Londoner Kneipentheater, und beschrieb ihnen den Weg dorthin.

Doch nach einem längeren Fußmarsch mußten sie feststellen, daß die »Drill Hall« im August geschlossen hatte. Enttäuscht stiegen sie wieder in ein Taxi. Sie beschlossen, sich die Laune nicht verderben zu lassen und noch auf einen Gute-Nacht-Drink in die Bar des Dorchester zu gehen.

29

Am nächsten Morgen hatten sie gerade im Dorchester das Frühstück aufs Zimmer bestellt, als das Handysignal ertönte. Es war Edward, der sich mit Red zu einem neuen Treffen verabreden wollte. Red vermied jede Äußerung, die Lucy Hinweise auf Edward geben konnte, und antwortete sehr wortkarg, was sie mit scheinbar völligem Desinteresse hinnahm. Sie verließ leise das Wohnzimmer.

»Gut, ich werde pünktlich sein«, beendete Red das Gespräch. Er legte das Handy beiseite und ging langsam zum Fenster. Vielleicht gab es diesmal tatsächlich Anzeichen einer bevorstehenden Aktion. Er überlegte, wie er Lucy dieses Treffen verkaufen würde.

Plötzlich spürte er eine Hand, die von hinten um seine Hüften strich. Er hatte nicht bemerkt, das Lucy wieder hinter ihn getreten war. Eine zweite Hand glitt über seine Schultern. Lucys Körper schmiegte sich an seinen Rücken, und ihre Hände trafen sich suchend unter seinem Bademantel. Red genoß es, wie ihre Finger an seinem Körper auf- und abglitten. Dann öffneten sie den Gürtel seines Bademantels. Erst jetzt spürte Red, daß Lucy bereits nackt war. Langsam drehte er sich um, umarmte sie und zwang sie behutsam auf den weichen Teppich.

Auch dieses Mal waren Red und Lucy schneller als der Hotelservice. Als der Etagenkellner an die Tür klopfte, eilte Lucy ins Schlafzimmer, während Red die Tür öffnete. Der Kellner schob den Wagen in den Raum und wollte das Frühstück auf dem Couchtisch aufbauen.

»Lassen Sie alles einfach auf dem Wagen stehen, wir machen das schon«, meinte Red. Nachdem der Kellner gegangen war, tauchte Lucy wieder auf. »Ich habe einen wahnsinnigen Kaffeedurst«, sagte sie gähnend und strich sich durch die zerzausten Haare. »Komm, laß uns vor dem Duschen frühstücken.«

Red schob den Wagen mit dem Frühstück dicht an den Couchtisch heran und begann aufzudecken. Dabei erzählte er ihr von dem bevorstehenden Treffen.

»Dafür bin ich eigentlich gestern nicht nach London gekommen, um heute schon wieder Strohwitwe zu sein«, meinte Lucy gekränkt.

Red ließ sich in einen Sessel fallen und griff nach einem Toast. »Es tut mir leid. Aber was hätte ich sagen sollen? Morgen stehen wieder anstrengende Verhandlungen ins Haus, und da müssen Edward und ich ...« Er hielt inne, als er merkte, daß er versehentlich Edward erwähnt hatte.

»Edward?« fragte Lucy sofort erstaunt. »War das nicht der Sohn eines Kriegskameraden, der dich neulich besucht hat?«

Red hatte die Situation sofort wieder im Griff. »Klar«, lachte er, »Edward hat mir doch dieses Geschäft bei seinem Besuch angeboten. Stimmt, mir war ganz entfallen, daß du Edward bei mir getroffen hast.« Plötzlich veränderte sich sein Gesichtsausdruck, und er fügte ernst hinzu: »Er sollte aber auf keinen Fall erfahren, daß du hier bist. Edward denkt doch, ich wohne in meinem Billighotel.« Er überlegte einen kurzen Augenblick, dann entschied er: »Nein, es wäre wirklich nicht gut, wenn er dich hier in London sehen würde. Geschäft ist Geschäft, und unser Privatleben ist uns doch heilig, oder?«

Lucy nickte lächelnd. »Klar, mein Schatz. Mich interessieren deine Geschäfte auch nicht, das weißt du. Sag mir nur, wann ich dich wieder erwarten darf.«

»In ein oder zwei Stunden bin ich wieder hier.«

»Auf wieviel Uhr habt ihr euch denn verabredet?«

»Er kommt mich um zwölf an meinem Hotel abholen.« Red warf einen Blick auf seine Armbanduhr. »Wir können noch in Ruhe fertig frühstücken und duschen.«

Nach dem Frühstück ging Red ins Bad; Lucy schlenderte summend durch die Suite. Als sie Reds Jackett über der Lehne der Couch liegen sah, horchte sie kurz in Richtung Badezimmer. Das Wasser rauschte noch. Leise ging sie zu dem Jackett. Ihre flinken Finger griffen blitzschnell in die Taschen. Aus der linken Innentasche zog sie ein Stück Papier heraus. Sie faltete es auseinander. Es war die Reservierungsbestätigung einer Firma Barthley and Sons Ltd. für einen gewissen Avraham Rosenzweig. Bevor sie jedoch lesen konnte, wer der Empfänger war, hörte sie, wie das Wasser abgedreht wurde. Ebenso schnell, wie Lucy das Blatt entnommen und entfaltet hatte, verschwand der Brief in der Innentasche, und das Jackett landete wieder auf der Lehne der Couch. Im gleichen Moment kam Red ins Wohnzimmer. Sie umarmte ihn, gab ihm einen Kuß und verschwand selbst im Bad.

Red zog sich an und wartete, bis Lucy mit nassen Haaren und einem Badetuch um ihren Körper gewickelt wiederkam.

»So, mein Schatz, dann werde ich dich jetzt verlassen. Ich hoffe, in zwei Stunden spätestens zurück zu sein. Lauf mir also nicht weg. Sollte es später werden, rufe ich dich an.«

»Alles klar.« Lucy strich Red über die Haare, zog ihn dicht an sich und gab ihm einen zärtlichen Abschiedskuß.

Nachdem Red gegangen war, ging sie ans Fenster und blickte auf den Hyde Park hinunter. Sie legte die Stirne gegen die Scheibe und träumte vor sich hin.

Plötzlich schreckte sie auf. In einiger Entfernung sah sie zwischen den Bäumen Red auftauchen. Hatte er ihr nicht gesagt, er werde von Edward in seinem Billighotel abgeholt? Sie sah, wie Red stehenblieb und jemandem zuwinkte. Dann tauchte Edward zwischen den Bäumen auf. Sie gingen aufeinander zu, begrüßten sich und schritten dann langsam den Weg zurück, den Edward gekommen war.

Warum hatte Red sie belogen? Warum hatte er ihr nicht gesagt, daß er sich im Hyde Park mit Edward treffen würde? Sie schüttelte nachdenklich den Kopf und begann, sich anzuziehen.

30

Edward und Red waren an der Achilles Statue im Hyde Park angelangt. Hier blieb Red stehen und trat dicht an Edward heran.

»Also gut. Sie besorgen mir den Raum und einen möglichst schnellen Computer. Ich habe mein eigenes Notebook und eigene Programme auf Disketten dabei. Wann kann ich umziehen?«

»Es wird eine kleine Wohnung sein. Den PC haben Sie spätestens morgen Nachmittag. Dann sind die technischen Unterlagen hoffentlich auch alle da.« Edward zögerte einen Moment. »Das Hotelzimmer sollten Sie weiterhin behalten.«

Red nickte. »Und was machen wir jetzt?«

Edwards Gesichtszüge entspannten sich. »Eigentlich wollte ich Sie zum Essen einladen und Ihnen danach noch etwas von London zeigen, wenn Sie Lust haben.«

»Lust schon«, zögerte Red. »Aber ich habe meine neuen Schuhe zu lange getragen. Wenn es Ihnen nichts ausmacht, würde ich lieber auf mein Hotelzimmer gehen und etwas lesen.«

»Kein Problem, es war nur ein Vorschlag.« Edward überlegte einen kurzen Moment. »Wenn Sie heute nicht so gut zu Fuß sind, lassen Sie uns doch einfach dort drüben in das Restaurant des Hyde Park Hotels gehen. Es ist zwar keine französische Küche, und der Service ist auch nicht vom Allerfeinsten, aber das Essen ist sehr gut und typisch britisch.«

»Einverstanden!«

31

Bereits am nächsten Tag stand Edward wieder an der Ecke Gloucester und George Street und wartete auf Red, der seinen schweren Metallkoffer anschleppte, um die neue »Stadtwohnung« als Büro zu beziehen. Sie lag gar nicht weit von der Gloucester Street entfernt. Normalerweise diente sie Edward und den Kollegen, die weiter außerhalb der Londoner Innenstadt wohnten, als Quartier, wenn es abends einmal spät geworden war oder sie auf Grund einer Aktion möglichst nahe am Büro übernachten mußten. Die Wohnung lag ebenerdig in einer kleinen Nebenstraße und umfaßte ein kleines Wohnzimmer mit einer Küchenecke, einem Schlafraum und einem Badezimmer. An der Türe war ein altes, halb verrostetes Metallschild mit dem Namen »Brown« angebracht. Der gleiche Name stand an der Türklingel.

Nachdem Edward gegangen war, machte sich Red als erstes daran, den Korpus des Computers zu entfernen und die Festplatte bis auf eine Halterungsschraube vom Chassis zu lösen. Er nahm aus seinem Metallkoffer einige Disketten und speicherte sie auf der Festplatte ab. Dann ging er in das Installationsprogramm und programmierte einen Code, der die Daten vor einem schnellen unerlaubten Zugriff schützen sollte. Schließlich sicherte er alles und legte sich, so wie er war, aufs Bett.

Als es an der Haustüre läutete, schreckte er auf. Ein kurzer Blick auf die Uhr sagte ihm, daß er eingeschlafen sein mußte. Draußen stand Walter, wie immer in Motorradkluft. Er hatte Red tatsächlich einen zweiten Lederanzug mitgebracht. »Probieren Sie ihn an, ich warte solange hier draußen.«

Red zog sich den Anzug an und mußte feststellen, daß Walter offenbar den geübten Blick eines Verkäufers besaß, denn der Anzug paßte wie maßgeschneidert.

Die folgenden zwei Tage liefen gleich ab: Walter holte ihn jeweils kurz nach dem Mittagessen ab und fuhr mit ihm in und außerhalb von London Straßen und Wege ab. Immer wieder hielt er an, und Red begutachtete die jeweiligen Orte – Straßenzüge oder Zufahrtswege, die von der Zielperson regelmäßig oder zumindest häufig benutzt wurden. Der Auftrag wurde für Red immer undurchsichtiger, da ihm die Auswahl der Straßen, Brücken und Zufahrten völlig willkürlich zu sein schien. Von zehn gezeigten Möglichkeiten kamen für Red immer nur eine oder zwei in Frage. Von diesen machte er sich Skizzen, hielt Entfernungen fest und gab diese Daten am nächsten

Morgen in seinen Computer ein. Gegen elf Uhr morgens tauchte Edward auf, und sie besprachen die Ergebnisse des Vortages.

Die Abende verbrachte Red dann mit Lucy, die sich natürlich darüber beklagte, daß Reds Verhandlungen immer den ganzen Tag dauerten.

Am Mittwoch war Red wieder mit Walter den ganzen Nachmittag bei glühender Hitze Straßen rund um London abgefahren, und es stand nach der Fahrt ein Treffen mit Edward in der Wohnung auf dem Programm. Sie wollten bei diesem Gespräch entscheiden, an welchem Ort der Auftrag nun endgültig durchgeführt werden sollte.

Edward wartete vor seiner Haustüre. Es dauerte eine Weile, bis Red sich von der Lederkluft befreit und geduscht hatte. Edward hatte inzwischen in dem Wohnraum Platz genommen und blätterte in herumliegenden Zeitungen.

»Ist Ihnen heute noch etwas Interessantes über den Weg gelaufen?« fragte Edward beiläufig, als Red aus dem Badezimmer kam.

Red schnaubte durch die Nase, und Edward bemerkte plötzlich, daß der Amerikaner einen feuerroten Kopf hatte.

»Wissen Sie was?« schrie Red. »Ich habe die Nase voll, gestrichen voll!« Er zog einen Stuhl herbei und setzte sich rittlings darauf. »Wir sollten jetzt und hier entscheiden, was wann und wo geschieht. Seit Tagen fahre ich hier in London Straßen ab, bekomme Wege gezeigt. Aber ich frage Sie, was soll das?« Er holte tief Luft und fuhr dann fort: »Wir haben inzwischen sechs oder acht Objekte im

Computer, morgen kann der Unfall inszeniert werden. Also, nennen Sie mir den Ort, bringen Sie die verdammte Zielperson dorthin und ich mach's, aus und vorbei. Dann bekomme ich mein Geld, und die Sache ist für Sie und mich erledigt.« Red hatte die Arme auf die Lehne gestützt und blickte Edward herausfordernd an.

Edward überlegte, wie er Red beibringen konnte, daß, selbst wenn man sich auf einen Ort einigen würde, es gar nicht so einfach zu realisieren sei, Lady Diana dorthin zu bekommen. Edward stand auf und setzte sich auf die Tischplatte.

»Red, ich weiß, daß die Antwort, die ich Ihnen gebe, für Sie unbefriedigend sein wird. Ich bin auch der Meinung, daß wir uns vielleicht sogar heute auf einen oder zwei bestimmte Orte einigen sollten. Das übrige braucht aber Zeit. Es liegt nicht in meiner Macht, unsere Zielperson morgen oder übermorgen an diesen Ort zu locken. Ich habe Sie bereits bei meinem ersten Gespräch darauf hingewiesen, daß Sie hier in Warteposition sitzen werden. Immerhin haben wir ein Ziel schon erreicht: Wir kennen Orte, die für den Unfall in Frage kommen. Wir können uns jetzt auf einen bestimmten Ort einigen und gleichzeitig eine Alternative vorbereiten. Dann werde ich alle Hebel in Bewegung setzen, daß unsere Zielperson diesen Ort aufsucht oder dort vorbeifährt. Aber bis dahin gilt: warten, warten, warten.«

Red sprang auf und trat dicht vor Edward. »Ich habe das Warten aber satt. Es muß doch verdammt noch mal möglich sein, diese Person dorthin zu bekommen, wo wir wollen. Sonst ist der ganze Plan nutzlos. Dann macht ihr etwas falsch. Verflucht, was soll diese Geheimniskrämerei? Vielleicht habe ich eine ganz andere Idee, wenn ich weiß, um wen es sich handelt. Walter hat mir verraten, daß die Zielperson auch mit öffentlichen Verkehrsmitteln fährt. Mein Gott, da kann es doch nicht so schwer sein, einen Unfall auch auf andere Weise zu arrangieren. Es muß gar kein Motorrad, Auto oder Flugzeug sein. Aber das alles geht nur, wenn wir endlich mit offenen Karten spielen.«

Edward spürte, daß Red offenbar einen psychischen Durchhänger hatte. Red mußte Luft ablassen. Und die Chance wollte er ihm geben. Nur so konnten sie anschließend in Ruhe über alles nachdenken.

»Ich muß Ihnen noch etwas anderes sagen«, begann Edward langsam. »Ich kann Ihnen nicht einmal versprechen, daß es uns gelingen wird, die Zielperson überhaupt an einen Ort zu bekommen, den wir aussuchen, oder daß eine Situation eintreten wird, die uns die Möglichkeit gibt, den Auftrag durchzuführen. Ich behalte mir bis zur letzten Sekunde das Veto vor.«

Er hatte ins Schwarze getroffen hatte. Reds rechte, flache Hand donnerte auf den Tisch.

»Jetzt reicht es. Ich will meinen Job machen, und zwar sofort. Von mir aus morgen oder übermorgen. Aber ich werde keinen Tag länger warten. Ich habe es satt auf diesem Motorrad. Ich habe es satt in dieser Bude hier. Hören Sie auf mit den ständigen Vertröstungen. Ich kann es nicht mehr hören.« Er deutete auf den Computer am anderen Tischende hin. »Ich habe genug Daten, verstehen Sie? Entweder ich mache meinen Job jetzt, oder ich reise ab!«

Edward setzte ein provozierendes Lächeln auf und überlegte sich dabei bereits einen günstigen Fluchtweg zur

Wohnungstür. »Genau das werden Sie nicht machen, Red. Sie werden brav hier sitzen und warten, bis wir Sie brauchen. Und wenn wir Sie brauchen, werden Sie da sein, verstanden?«

Für einen Moment war Red sprachlos. Er starrte Edward an und schüttelte den Kopf. Dann deutete er mit dem Zeigefinger in Richtung Tür. »Raus!« schrie er. »Raus!«

Edward lächelte immer noch, machte eine leichte Verbeugung und verließ wortlos die Wohnung. Red ließ sich langsam auf den Stuhl sinken. Ihm wurde sehr schnell klar, daß Edward ihn bewußt provoziert hatte, und er ärgerte sich darüber. Er rief Lucy an und sagte ihr, es könne an diesem Abend etwas später werden, die Besprechungen seien noch in vollem Gange.

32

Draußen hatte es sich immer noch nicht abgekühlt. Red ging in Gedanken versunken durch die Gassen. Wie lange würden ihn diese Engländer noch an der Nase herumführen? Er sah ein, daß er nichts in der Hand hatte, um Druck zu machen. Selbst die Drohung, alles hinzuwerfen, würde die Leute hinter Edward nicht beeindrucken. Man würde sich einen anderen suchen und von ihm erwarten, daß er das bereits erhaltene Geld zurückgeben würde. Andernfalls lief er Gefahr, keinen Auftrag mehr zu bekommen; die Szene war recht klein, und solche Dinge sprachen sich sehr schnell herum. Er mußte einen Weg finden, diesen Auftrag durchzustehen. Und dieser Weg führte ihn geradewegs an die Theke des »Marquis of Granby«. Eine große Blondine zapfte ihm lächelnd ein Guinness, dann ein zweites und drittes. Als er das Gefühl hatte, seinen Ärger heruntergespült zu haben, zahlte er und machte sich auf den Heimweg. Er würde heute nicht mehr zu Lucy gehen.

Aus der offenen Türe eines kleinen Restaurants schwebte ihm ein wunderbarer Duft entgegen. Gleich neben der Tür am Fenster entdeckte Red einen freien Tisch. Ohne lange nachzudenken betrat er das »Pierre Victoire« und nahm Platz. Ein junger Mann brachte ihm die Speisekarte, und Red entschied sich für den roten Hauswein, eine Portion Muscheln in Pernod- und Knoblauchsauce und ein überbackenes Lachsfilet.

Mit dem Essen, das ihm ausgezeichnet schmeckte, besserte sich auch seine Laune wieder, und er überlegte, wie er den Streit mit Edward am nächsten Tag bereinigen könnte. Nach der zweiten Flasche Wein und dem dritten Stück hausgebackener Bananentorte glaubte er die Lösung gefunden zu haben. Er würde Edward morgen in dieses Lokal einladen. Gutes Essen macht versöhnlich.

Tatsächlich gelang es Red am nächsten Tag, mit Edward im »Pierre Victoire« zu essen, und er stellte mit Genugtuung fest, daß seine Rechnung aufging. Edward war von der Küche sehr angetan und verlor kein Wort mehr über den Streit des Vortages. Er bat Red, das Zimmer im Lincoln House Hotel aufzugeben und künftig in der »Stadtwohnung« zu übernachten. Wie würde Lucy auf diese

Nachricht reagieren, überlegte Red. Er entschloß sich, eine passende Ausrede für sie zu suchen, da Edward ihm in Aussicht stellte, der Tag X könne nicht mehr weit sein.

So zog Red noch am gleichen Tag aus dem Lincoln House Hotel in die Wohnung und verbrachte den Nachmittag mit der Eingabe und Auswertung von Daten am Computer.

33

Red schreckte aus dem Schlaf, als eines seiner Handys zu piepsen anfing. Schlaftrunken tastete er nach dem Lichtschalter neben seinem Bett, griff nach dem Handy und drückte die Meldetaste. Noch bevor er ein Wort sagen konnte, hörte er Edwards Stimme am anderen Ende. »Es ist soweit. Packen Sie alles zusammen, was Sie brauchen. Es ist die Gulfstream IV.«

»Scheiße« schrie Red. »Warum ausgerechnet das Flugzeug?«

Edward gab keine Antwort auf die Frage. »In einer Viertelstunde bin ich bei Ihnen. Wir fliegen.«

»Wohin?«

»Später!«

Dann war die Leitung unterbrochen. Red atmete kräftig durch. Jetzt war es also endlich soweit. Sein Gehirn begann sofort wie ein Computer zu arbeiten. Ohne einen Hauch von Nervosität stand Red auf, reckte sich, machte zehn Kniebeugen, um seinen Kreislauf in Schwung zu bringen, und schaute auf die Uhr. Fünfzehn Minuten hatte er Zeit. Die Uhr zeigte zwei Uhr achtundvierzig. Er ging ins Badezimmer, um kalt zu duschen.

Um zwei Uhr sechsundfünfzig begann er sich anzuziehen. Er überlegte, ob noch Zeit genug war, einen Kaffee zu kochen, verwarf dann aber den Gedanken, als der Zeiger der Uhr von siebenundfünfzig auf achtundfünfzig sprang.

Er ging zum Tisch und schaltete den Computer ein. Dann nahm er den Metallkoffer aus dem Schrank und legte die Disketten hinein. Auf eine dieser Disketten kopierte er eine Datei seiner Festplatte und schaltete den Computer aus. Er zog den Stecker, nahm den bereitliegenden Schraubenzieher, löste die letzte Schraube der Festplattenhalterung am Chassis und die Steckkontakte. Dann nahm er das Notebook aus dem Metallkoffer und legte statt dessen die Festplatte hinein. Als er draußen einen Wagen vorfahren hörte, nahm er den Metallkoffer und das Notebook, schaute sich noch einmal sorgfältig im Raum um und schaltete das Licht aus. Dann trat er hinaus in die Nacht.

Draußen wartete eine große Limousine auf ihn. Red konnte den Fahrzeugtyp nicht erkennen, da es dunkel war und ihn die Scheinwerfer des Wagens blendeten. Die Türe hinter dem Beifahrer öffnete sich, und er hörte Edwards Stimme. »Einsteigen, schnell. Der Kofferraum ist offen.«

Red ging zum Kofferraum und klappte den Deckel auf. Innen lagen einige Overalls, zwei Aktenkoffer und zwei Reisetaschen. Er legte den Metallkoffer dazu, behielt das Notebook aber in der Hand. Als er in den Wagen stieg, sah er hinter dem Fahrer Edward sitzen. Fahrer und Beifahrer kannte er nicht. Red zog die Türe zu und legte das Notebook auf seinen Schoß.

»Abfahrt«, gab Edward das Kommando. Er streckte Red die Hand zur Begrüßung entgegen.

»Wenn's kommt, kommt's heftig«, meinte Red und deutete auf seine Armbanduhr.

»Tut mir leid«, antwortete Edward. »Ich habe mir die Zeit nicht ausgesucht.«

»Und wohin geht's?« fragte Red.

Wie so oft überging Edward die Frage. »Vor Ihnen sitzt Walter.« Von vorne kam ein freundliches Hallo. »Wir werden fliegen, aber das sagte ich Ihnen bereits.«

»Wann sind wir zurück?«

»Spätestens heute abend.«

Red nickte und schaute aus dem Fenster.

»Wollen wir bis ans Ziel schweigen?« fragte Red etwas belustigt.

»Im Flieger!« war die kurze Antwort. Edward machte einen äußerst angespannten Eindruck. Red wandte seinen Blick weiter nach draußen. Der Wagen schien inzwischen bereits die Stadtgrenze erreicht zu haben. Red nahm sich vor, die Zeit zu nutzen und noch etwas zu schlafen. Er schloß die Augen. Das monotone Motorengeräusch schläferte ihn ein.

Er wachte wieder auf, als der Wagen plötzlich in eine scharfe Linkskurve fuhr und kurz darauf abbremste. Ein Blick auf seine Armbanduhr zeigte ihm, daß er tatsächlich eine halbe Stunde geschlafen hatte. Vor ihnen öffnete sich ein Gittertor. In einiger Entfernung erblickte Red ein Flugzeug und glaubte, einen Learjet 35 zu erkennen.

Edward stieß ihn leicht an. »Wir sind da«, sagte er.

Der Wagen hielt dicht neben dem Flugzeug, dessen Turbinen bereits liefen. Red, Walter und Edward stiegen aus. Sie gingen zum Kofferraum, holten ihr Gepäck und verstauten es im Laderaum des Flugzeughecks. Dann stieg Edward, gefolgt von Red, in das Flugzeug. Hinter Walter schloß sich die Türe. Offenbar handelte es sich nicht um eine Serienmaschine. Die Ausstattung war militärisch karg und von den bisherigen Passagieren nicht sonderlich pfleglich behandelt worden. Hinter dem Copilotensitz war seitlich eine Anzahl modernster technischer Geräte installiert und ein weiterer Sitz montiert. Die Geräte dienten vermutlich allesamt der militärischen Land- und Luftaufklärung.

»Wir nehmen dort Platz.« Edward deutete auf eine Vierergruppe von Sitzen. Insgesamt hätten in der Maschine acht oder vielleicht sogar zehn Personen Platz gehabt. Noch bevor Red seinen Sitz erreicht hatte, rollte die Maschine los.

Red sah jetzt zum ersten Mal bewußt Walters Gesicht. Dieser setzte sich neben ihn und schnallte sich zum Start an. Red schob sein Notebook unter den Sitz und stellte die Rückenlehne etwas bequemer ein.

Die Maschine hatte offenbar die Startbahn erreicht, denn sie fuhr eine enge Kurve. Das Licht wurde ausgeschaltet, und sofort begannen die Triebwerke hochzudrehen. Die Maschine beschleunigte. Red versuchte beim Abheben zu erkennen, ob es sich bei dem Flughafengelände um militärisches oder privates Gebiet handelte. Da die Maschine sich aber unmittelbar nach dem Abheben zur anderen Seite neigte und eine langgezogene Kurve flog, sah er praktisch nichts außer der dunklen Nacht.

Nachdem das Licht wieder eingeschaltet war, zog Edward einige Papiere aus der Innentasche seines Jacketts. Es waren Faxblätter und handgeschriebene Notizen.

»Wir fliegen nach Nizza«, sagte er kurz.

»Nizza?« fragte Red erstaunt.

Edward nickte. Red stellte seine Rückenlehne noch weiter zurück und lehnte sich tief in den Sitz. Unter »Nizza« hatte er eine Menge Personen abgespeichert: Industrielle, Künstler, Banker, Politiker, Wirtschaftsbosse.

»Wer?« fragte Red, und der Ton seiner Stimme ließ erkennen, daß er jetzt endlich Aufklärung verlangte. Edward schaute an Red vorbei ins Leere, als wollte er jede Sekunde auskosten, in der das Geheimnis noch zwischen ihnen im Raum stand. Plötzlich spürte er fast so etwas wie eine Hemmschwelle in sich, die es zu überwinden galt. Zum ersten Mal bei dieser Aktion sollte einem Außenstehenden der Name preisgegeben werden.

»Großbritannien hat ein großes Problem bezüglich nationaler und internationaler Konfliktrisiken. Wir haben den Auftrag, dieses Problem aus der Welt zu schaffen und auch die Krone vor Schaden zu bewahren...«

»Dodi!« sagte Red laut und schaute Edward direkt ins Gesicht. Der schüttelte langsam den Kopf.

Red beugte sich mit einem Ruck nach vorne. »Ihr wollt doch nicht eure hübsche Prinzessin ins Jenseits befördern?« Seine Stimme klang ebenso erschrocken wie belustigt. Doch Edward nickte, und seine Blicke senkten sich auf die Papiere in seiner Hand.

»Verdammt!« Red donnerte mit der rechten Faust auf seine Armlehne. »Anfangs habe ich Lady Di sogar mit ins Kalkül gezogen. Dann hab ich mir gesagt, Quatsch, eher den Lover oder sogar Charles. Aber Di, so eine schöne Frau bringt man nicht um. Die ist doch die Hoffnungsträgerin vieler Millionen Briten.«

»Das kommt auf den Standpunkt an«, meldete sich Walter zu Wort, und Red hörte zum ersten Mal Walters natürliche Stimme ohne Lautsprecher. Walter löste den Sicherheitsgurt. »Gibt es Probleme?« fragte er und schaute Red an.

»Probleme?« Red zuckte mit den Schultern. »Was für Probleme meinen Sie?«

»Emotionale?«

»Bei mir?« Red schaute Edward an. »Steht etwas von Emotionen in unserem Vertrag? Nein, nur verstehe ich euch nicht. Da habt ihr mal eine sympathische Vorzeigefrau, und dann bringt ihr sie um. Warum?«

Edward zog aus dem Stapel Papiere ein Blatt hervor und begann vorzulesen: »Die Gulfstream IV steht zur Zeit in Nizza und wird die beiden morgen in Olbia abholen und nach London fliegen. Ich habe dafür Sorge getragen, daß die Maschine in Nizza etwas abseits geparkt ist. Bitte nicht in Nizza landen, sondern in Cannes. Die Landebahn dort ist etwa eintausendsechshundert Meter lang. Entsprechendes Flugzeug benutzen.«

»Also Cannes und nicht Nizza?« unterbach ihn Red.

»Wir fliegen nach Cannes, wenn es das Wetter zuläßt. Aber unser wirkliches Ziel ist Nizza«, erklärte Edward.

»Ich hoffe, ihr wißt, was ihr tut«, seufzte Red, zog sein Notebook unter dem Sitz hervor und schaltete es ein. Das Gerät begann ganz leise zu surren, und der Bildschirm leuchtete nach wenigen Sekunden blaßgrün auf.

Die Maschine hatte offenbar die vorgesehene Flughöhe erreicht. Im Osten deutete sich bereits der Sonnenaufgang an.

»Also gut«, wiederholte Red seine Gedanken laut. »Gulfstream IV.« Er tippte einige Daten ein und wartete, bis ein leiser Piepston ihm signalisierte, daß der Computer die gesuchte Stelle im Speicher gefunden hatte. »Baujahr?«

»Baujahr?« fragte Edward zurück und begann in seinen Papieren zu blättern. »Tut mir leid«, sagte er dann langsam und immer noch suchend. »Das Baujahr ist zumindest mir nicht bekannt. Ist das wichtig?«

»Alles ist wichtig, wenn man gute Arbeit leisten will. Und die wollt ihr doch, oder?« Red starrte auf seinen Bildschirm. »Welche Route wird die Maschine fliegen?«

»Unbekannt«, antwortete Edward und suchte weiterhin in seinen Papieren, ob er nicht doch noch einige zusätzliche Angaben zu der Maschine finden würde.

Endlich hatte Red gefunden, was er suchte. »Aha, es ist der Privatjet der Al-Fayeds, oder?«

»Sagen Sie bloß, Sie haben die Maschine abgespeichert?« fragte Walter überrascht und versuchte, einen Blick auf den Bildschirm des Notebooks zu werfen.

»Ich habe fast alle Privatjets, die von Prominenten geflogen werden und die möglicherweise mal zu meiner Arbeit gehören könnten. Diese Leute leihen oft auch anderen Prominenten ihre Maschinen aus. Da hat man mit einigen wenigen Maschinen einen relativ großen Personenkreis abgedeckt.« Er lachte leise vor sich hin und blätterte weiter in seinem Speicher.

»Wenn ich Sie jetzt frage, wo der Absturz gewünscht

wird, können Sie mir sicher wieder nichts sagen?« Red blickte abwechselnd Walter und Edward an.

»Gehört das in diesem Fall nicht zu Ihrer Entscheidung?« fragte Edward vorsichtig.

»Klar«, meinte Red. »Aber Wünsche können geäußert und vielleicht berücksichtigt werden. Ich stelle fest, es bestehen keine konkreten Wünsche. Dann sag ich mal: Nicht über dem Mittelmeer. Dort sind zu viele Privatyachten um diese Jahreszeit. Die fahren dann womöglich so schnell an die Absturzstelle, daß es Überlebende gibt. Das Wasser ist recht warm, da hält es auch ein Verletzter noch einige Zeit aus. Außerdem wissen Sie wohl auch nicht, wie erfahren der Pilot ist. Nicht, daß der einen eleganten Gleitflug hinlegt und auch noch wassern kann.« Er wandte sich an Edward. »Sie erinnern sich an meinen großen Flop damals in Deutschland? Ich habe Ihnen davon erzählt. Zwar habe ich damals auch die Gleitfähigkeit der Maschine unterschätzt, sie hätte meiner Einschätzung nach abschmieren müssen, aber der Pilot war verdammt gut drauf.« Er blickte wieder auf seinen Bildschirm.

»Ich schaue mal, ob es an Bord etwas zu trinken gibt« erklärte Walter und bewegte sich in Richtung Cockpit.

»Was wissen die beiden da vorne überhaupt von der Mission?« fragte Red und deutete mit dem Kopf hinter Walter her.

»Die wissen gar nichts. Außerdem sind das absolut zuverlässige Elitesoldaten, die nur Spezialeinsätze für uns fliegen«, antwortete Edward.

»Also Leute von euch?« fragte Red.

»Ja.«

»Gut, dann werde ich nachher mal mit einem der Piloten sprechen.«

Walter kam mit einer Flasche Mineralwasser und drei Pappbechern zurück. »Mehr ist nicht an Bord«, stellte er entschuldigend fest.

»Dann sollen die Kameraden in Cannes für Nachschub sorgen. Etwas Geschmack dabei würde auch nicht schaden«, brummte Red.

»In unseren Maschinen ist Alkohol absolut verboten«, erklärte Walter. Nachdem er allen eingeschenkt hatte, schob er die Flasche in ein Netz, das neben seinem Sitz angebracht war, und wollte wieder Platz nehmen. Doch Red deutete ihm an, noch stehen zu bleiben. »Moment.« Er gab ein paar Daten in das Notebook und wartete ab, bis ihm der Computer die entsprechende Auskunft gegeben hatte. »Fragen Sie mal die Piloten, wie die Großwetterlage über Südfrankreich ist und was in den nächsten vierundzwanzig Stunden an Änderungen erwartet wird.«

Walter begab sich erneut zum Cockpit.

»Südfrankreich?« fragte Edward interessiert.

Red ließ sich mit der Antwort Zeit. Edward wunderte sich über die Ruhe, die Red ausstrahlte. Kein Anzeichen dafür, daß er seit einer halben Stunde damit beschäftigt war, einen Mord zu planen.

»Ja, Südfrankreich«, meinte Red plötzlich. »Es gibt normalerweise für diesen Flugzeugtyp zwei Möglichkeiten, von Olbia nach London zu fliegen. Entweder der Pilot hält auf Nizza zu, fliegt dann quer rüber zur Rhône und dann das Rhône-Saône-Tal entlang, über Paris nach London, oder er fliegt direkt auf Marseille zu und schwenkt dann zum Canal du Midi, fliegt über Bordeaux und nimmt die Route entlang der Westküste Frankreichs.«

»Wovon hängt das ab?« fragte Edward neugierig.

»Die Route wird von den Wünschen der Passagiere, dem Wetter, den Empfehlungen des Towers und der Laune des Piloten abhängen. Warten wir ab, was Walter sagt. Dann wissen wir schon etwas mehr.«

Red konzentrierte sich nach einem Blick aus dem Fenster wieder auf seinen Bildschirm. Draußen war es inzwischen taghell geworden. Die Sonne blendete mal Red, mal Edward, je nachdem welche Richtung das Flugzeug gerade nahm. Es dauerte einige Zeit, bis Walter zurückkam. Er hatte sich ein paar Notizen gemacht und reichte Red den Zettel.

»Ich verstehe nicht viel davon, aber das sind die Angaben, die der Copilot mir diktiert hat. Ich hoffe, ich habe alles richtig aufgeschrieben.«

»Für eine Navigationsprüfung reicht es zwar nicht«, grinste Red, »aber für meine bescheidenen Ansprüche ist es okay.« Er legte den Zettel neben sich auf die Armlehne. Ohne von seinem Computer aufzuschauen, setzte er das Gespräch fort. »Also, wir werden auf beiden Routen Westwind haben, aber gute Sicht, keine ausgesprochene Schlechtwetterfront. Wie es zur Zeit aussieht, wird die Situation auch morgen in etwa so bleiben. Vielleicht verstärkt sich der Wind, denn dahinter kommt eine breite Gewitterfront vom Atlantik, die Frankreich im Laufe des Spätnachmittags oder am Abend erreichen wird. Das würde bedeuten, daß ich als Pilot vorzugsweise die Route über das Rhône-Saône-Tal wählen würde. Aber, wie gesagt, da spielen noch ein paar andere Faktoren eine Rolle.«

Edward vernahm mit Unbehagen die Nachricht von der bevorstehenden Gewitterfront. Als ehemaligem Marinesoldaten war ihm bei einem Unwetter das Wasser immer lieber gewesen als die Luft, zumal er unter einer latenten Flugangst litt.

»Ich bin fast sicher, daß der Pilot die östlichere Route wählen wird. Aber warten wir es ab.« Red schloß die Datei und wählte eine andere an. »Mal sehen, was sich da anbietet. Die Gorges de la Nesque wäre ideal oder die Gegend um den Mont Ventoux. Kennen Sie sich da aus?«

»Ist das der Gebirgszug, den man von Aix-en-Provence aus sieht?« fragte Walter.

»Nein, das sind die Montagnes du Luberon. Aber die Gegend stimmt schon. Gorges de la Nesque und der Mont Ventoux liegen noch weiter nördlich. Das ist eine sehr einsame Gegend. Wäre als Absturzstelle ideal. Es dauert lang, bis man da an eine abgestürzte Maschine herankommt. Außerdem besteht nach der langen Trockenperiode in diesem Gebiet akute Brandgefahr – also die Chance, daß das Flugzeug und die Umgebung richtig schön brennen.«

Edward hörte Red mit ehrlichem Erstaunen zu. Er hatte in der vergangenen Woche mit Red ausreichend viele Planspiele gemacht. Solche lockeren Äußerungen über Leben und Tod waren zwischen ihnen fast alltäglich geworden. Aber jetzt, wo alles konkrete Formen annahm, hatte er doch ein beklemmendes Gefühl. In den vergangenen zehn Jahren hatte er häufig an Konzepten zur Eliminierung von Terroristen und politischen Fanatikern mitgearbeitet, aber plötzlich an der Front zu stehen, war doch etwas ganz anders. Ob er der Situation wirklich gewachsen war? Ihm fiel George ein, und plötzlich konnte er seinen Kollegen sehr gut verstehen. Ein Glück, daß Walter mitgekommen war und nicht George. Er stand wortlos auf und machte sich auf den Weg zu den beiden Piloten.

Walter blickte ihm nach. Sir David hatte gewußt, warum er Edwards Abteilung die Aufgabe übertragen hatte. Er war sicher, daß Edward die Nerven hatte, diese Mission konsequent durchzuziehen. Und Walter war dankbar, daß er vor Ort dabeisein durfte. Edward war immer konsequent und absolut zuverlässig. Von ihm konnte man einiges lernen.

»Wenn sie die andere Route wählen, müssen wir uns kurzfristig etwas einfallen lassen. Das ist die Touristenroute. Canal du Midi, Carcassonne, Toulouse. Ich hoffe, sie nehmen diese Route nicht.«

Walter schreckte aus seinen Gedanken hoch. »Was ist Carcassonne?« fragte er erstaunt.

»Carcassonne? Das ist nördlich der Corbières, ein wahrer Pilgerort für Touristen. Der Ort selbst ist wie hunderttausend andere, aber La Cité ist eine alte Festungsstadt, sauber renoviert auf einem Berg. Ein Magnet für uns Amerikaner und die Japaner, wie Buckingham Palace in London, Schloß Neuschwanstein in Deutschland oder die Grabeskirche in Jerusalem. Selbst die Franzosen pilgern wie wild dorthin. Wenn wir da die Gulfstream runterlassen, haben wir mindestens hundert Tote. Muß nicht sein, oder?«

Walter schüttelte den Kopf. Erstaunlich, wie sachlich und nüchtern Red seinen Job machte. Schade, daß er ihn bisher nur als Soziusfahrer bei Ortsbesichtigungen erlebt hatte. Er war gar kein Killertyp. Auch Walter fing an, ihn zu bewundern.

»Von der Technik her dürfte es keine großen Probleme geben«, meinte Red beiläufig. »Wissen Sie, ob die Maschine jetzt in einem Hangar oder im Freien steht?«

»Keine Ahnung. Im Fax heißt es, soweit ich weiß, nur, sie stehe abseits.«

»Und wie soll ich dann an der Maschine arbeiten? Ich denke, daß die Gulfstream genau so wie alle anderen Flugzeuge auf allen anderen Flughäfen der Welt auf bewachtem Gelände steht. Wie kommen wir also an sie ran?«

»Sie haben gesehen, daß wir Overalls mitgenommen haben. Wir werden als Wartungsmonteure auftauchen.«

Edward kam zurück.

»Red stellt gerade die Frage, wie wir in Nizza an die Maschine kommen und wo sie steht«, erklärte Walter ihm.

Edward setzte sich wieder in seinen Sessel und kramte in seinen Unterlagen. Endlich fand er das gesuchte Blatt.

»Wir treffen in Cannes einen Mann, der uns eine Vollmacht mit der Unterschrift von Mohamed Al-Fayed gibt, die besagt, daß wir irgendetwas in die Maschine einbauen sollen. Die Vollmacht ist echt, nur das Datum wurde geändert. Und dann gibt es noch einen Namen ...« Er suchte weiter in seinen Papieren. »Pierre, ein Wachmann, nach dem sollen wir fragen. Wenn er da ist, müssen wir die Sache anders angehen, denn er weiß, daß die Montage bereits stattgefunden hat, weil er den echten Monteur reingelassen hat.«

»Da muß natürlich erst mal einer alleine hin«, meldete sich Red wieder zu Wort. »Also, passen Sie mal auf. Wer von Ihnen hat Ahnung vom Fliegen?«

Beide schüttelten den Kopf.

»Die Sache ist im Prinzip nicht allzu kompliziert. Ich muß nur einen kleinen Umbau vornehmen, den man bei einer abgestürzten Maschine überhaupt nicht bemerken wird, selbst wenn man Schraube für Schraube kontrolliert. Wir müssen nur die Flugroute der Gulfstream kreuzen. Das geschieht außerhalb des vorgeschriebenen Sicherheitsabstandes und wird, wenn begründet, von jedem Fluglotsen genehmigt. Sobald wir einen bestimmten Abstand zu der Maschine haben, kann ich das Höhenruder über Funk so stellen, daß die Maschine in einem Sturzflug nach unten geht. Der Pilot wird nach der ersten Schrecksekunde sofort versuchen, sie wieder hochzureißen, weil er nicht ahnen kann, was passiert ist. Die Maschine wird darauf nicht reagieren. Er wird sofort alle notwendigen Maßnahmen ergreifen, die er für solche Fälle gelernt und geübt hat, und das wird dann das Todesurteil sein. Denn alles, was er macht, wird genau das Gegenteil bewirken. Und bis er das in der Situation merkt, ist es schon zu spät.«

Edward hatte Reds Ausführungen mit großer Aufmerksamkeit verfolgt. »Das heißt, wir fliegen heute abend nicht wie vorgesehen nach London zurück, sondern müssen bis morgen in Cannes oder Nizza bleiben und fliegen dann mit dieser Maschine der Gulfstream hinterher?«

Red nickte. »Richtig. Nur werden wir in Nizza starten, und Diana in Olbia. Wir starten möglichst zur gleichen Zeit, weil wir etwas langsamer als die Gulfstream sind. Wir müssen vorher herausbekommen, welche Route der Gulfstream-Pilot angemeldet hat. Das in Erfahrung zu bringen ist für Ihre Piloten kein Problem. Dann fliegen wir eine ähnliche Route. Sobald die Gelegenheit günstig ist, melden wir einen Kurswechsel an, zum Beispiel wegen eines plötzlich aufgetauchten merkwürdigen Geräuschs, und bitten um Anflug eines Flughafens, der es von seiner geographischen Lage her notwendig macht, die Flugroute über der Gulfstream zu kreuzen. So kommen wir nahe genug heran. Wir werden dann zwar zwischenlanden müssen, um nicht unglaubwürdig zu sein. Darüber wird sich aber keiner Gedanken machen, da inzwischen die Nachricht vom Absturz der Gulfstream Thema Nummer eins im Tower sein wird.«

»Klingt plausibel«, meinte Walter gelassen und warf einen Blick auf seine Armbanduhr. »Noch eine gute Stunde.«

»Die Zeit brauche ich auch noch zur Vorbereitung.« Red war schon wieder damit beschäftigt, Daten einzugeben. »Ich muß nach der Landung so schnell wie möglich an meine Disketten im Koffer.«

»Eine Frage habe ich aber noch«, sagte Edward. »Wenn ich Sie richtig verstanden habe, wollen Sie beim Kreuzen der Flugroute per Funk ein Signal auslösen. Sehe ich das richtig?«

Red nickte.

»Den Sender haben Sie hier an Bord, klar«, fuhr Edward fort. »Aber den Empfänger müssen Sie in der Gulfstream einbauen, und den wird man doch später entdecken, oder?«

Red grinste. »Das ist ja der Trick. Ich benutze den vorhandenen Empfänger der Gulfstream. Ich habe an diesem Problem sehr lange gearbeitet, bis ich auf die Lösung kam. Ich muß nur die Frequenz herausfinden, auf der die Gulfstream sich befindet. Aber das ist überhaupt kein Problem, zumal wir über einen längeren Zeitraum etwa die gleiche Route fliegen.«

»Ich hätte nicht gedacht, daß das so einfach ist.«

Red beugte sich zu Edward. »Glauben Sie mir, wir werden alle belogen. Atomkraftwerke sind sicher, das Ozonloch harmlos, und unsere Bündnispartner sind unsere Freunde. Alles Quatsch. Man will es uns vorgaukeln, damit wir nicht in ständiger Angst leben. Ein falscher Handgriff, ein schlecht montiertes Ventil, und schon fliegt alles in die Luft. Und damit sind wir wieder bei meinem Job. Schwachstellen der Technik, menschliche Unzulänglichkeiten, natürliche Gegebenheiten. Verstehen Sie, was ich meine?«

»Ich ahne es.« Edward begann, seine Blätter zu sortieren, und steckte sie wieder in die Innentasche seines Jacketts. Dann lehnte er sich in seinem Sitz zurück und schloß die Augen.

34

Zur gleichen Zeit traf sich Sir David mit Arthur und George zu einer Besprechung. Nach dem obligatorischen Blick zu der kleinen Milchglasscheibe über der Türe setzte er sich auf den gewohnten Platz. Er nahm seine Goldrandbrille aus dem Etui und setzte sie auf.

»Sind Edward und Walter pünktlich gestartet?«

»Sie sind kurz vor vier Uhr gestartet«, antwortete

George. »Sie werden also in etwa einer Stunde in Cannes landen.«

»Cannes?« fragte Sir David erstaunt. »Ich denke, die Maschine steht in Nizza.«

»Sie haben recht, Sir. Aber Edward schien das Risiko zu groß, dort zu landen. Sie werden in Cannes runtergehen und mit einem Mietwagen nach Nizza fahren.«

»Das mit der Vollmacht von Mohamed Al-Fayed hat auch geklappt?« Dieses Mal schaute Sir David Arthur an, der eifrig nickte.

»Es war reiner Zufall, daß ich auf diese Vollmacht gestoßen bin. Henry hat mich auf dieses Dokument aufmerksam gemacht ...«

»Wer ist Henry?«

»Verzeihung, Sir. Ich nahm an, Sie hätten bereits die SAS-Informationen aus dem Computer gelesen. Henry ist der Deckname unseres SAS-Agenten. Der Monteur eines Herstellers von Klimaanlagen hatte die Vollmacht im Flugzeug von Al-Fayed liegengelassen. Durch Zufall nahm unser Agent am ersten Flug nach dem Einbau dieser Anlage teil und fand das Papier. Edward bekommt es in Cannes über einen Mittelsmann zugespielt.«

»Ich hatte doch gebeten, ohne meine ausdrückliche Zustimmung keine weiteren Personen in die Sache einzubeziehen. Meine Herren, wir basteln hier an einer Bombe!« Sir David wirkte sichtlich nervös.

»Es ist alles nach Ihren Anweisungen geschehen, Sir. Der Mittelsmann hat überhaupt keine Ahnung und weiß auch nicht, wer Edward ist. Er glaubt, einem Freund von Al-Fayed lediglich bei der Ankunft in Cannes eine Nachricht zu überreichen.«

»Und wenn der Mittelsmann den Brief doch öffnet?« warf Sir David ein.

»Auch das haben Edward und ich gestern abend überlegt. Edward wird in jedem Fall so tun, als sei er Mitarbeiter der Herstellerfirma der Klimaanlage. Sollte der Mittelsmann also wirklich heimlich den Umschlag geöffnet haben, so hat er nur die Vollmacht entdeckt, die Edward oder einen Monteur berechtigen, die neue Klimaanlage einzubauen oder zu reparieren. Es ist praktisch nur ein Passierschein für die Flughafenkontrolle.«

Damit schien Sir David zufrieden. Er zog eine Mappe aus dem Stoß Akten hervor. »Sie sollten auf jeden Fall versuchen, mit Edward sofort nach unserem Gespräch Kontakt aufzunehmen. Vielleicht braucht er Sie beide als Verstärkung. Steht ein Flugzeug in Bereitschaft?«

»Verzeihung, Sir«, gab George zu bedenken, »wird es nicht auffallen, wenn wir innerhalb kürzester Zeit zwei Flugzeuge mit dem gleichen Ziel ordern? Wir sollten doch auch innerhalb der eigenen Reihen sehr vorsichtig agieren.«

Sir David schaute George über den Rand seiner Brille hinweg an. »Sehr gut, George. Also, wenn gestartet wird, dann mit einer Linienmaschine. Das wird auch nicht viel länger dauern, oder?«

»Ich bin noch nie von London nach Cannes geflogen«, antwortete George. »Das wird wahrscheinlich nur über Paris gehen.«

»Vielleicht können Sie auch direkt nach Nizza oder nach Marseille fliegen. Ach, was weiß ich. Sie werden das im Ernstfall schon richtig entscheiden. Vielleicht ist es auch gar nicht nötig. Jetzt aber zu einer ganz anderen

Sache.« Er schlug die Akte auf. »Irgendwann morgen wird die Meldung hereinkommen, daß das Flugzeug mit Lady Diana abgestürzt ist. Man wird uns zwangsläufig sofort einschalten. Wir werden dann ganz normal arbeiten und hoffentlich nichts finden.«

»Edward ist sehr zuversichtlich«, erläuterte Arthur. »Der Amerikaner wurde uns von der CIA als ein Spitzenmann beschrieben, mit großer Erfahrung und Umsicht. Wir haben ihn im Vorfeld durchleuchtet – keine negativen Aspekte. Hier in London haben wir uns allerdings auf Edwards Bitte hin von ihm ferngehalten.«

»Nun gut, Edward wird dafür seine Gründe gehabt haben.« Sir David blickte wieder in seine Akte. »Wie werden wir den Amerikaner wieder los?«

»Er wird nach dem Unfall mit Edward und Walter sofort zum Flughafen Heathrow gefahren und in die nächste Maschine nach New York gesetzt. Red hat die letzten Tage in unserer Stadtwohnung verbracht. Wir werden heute sämtliche Spuren von ihm beseitigen und ihm alles, was er in der Wohnung zurückgelassen hat, zum Flughafen bringen. Edward legt großen Wert darauf, daß Red sofort aus Großbritannien verschwindet.«

»Einverstanden. Aber nehmen Sie bitte jetzt gleich mit Edward Kontakt auf und klären Sie ab, ob er Sie und George braucht.«

35

Die Wolkendecke unter dem Flugzeug hatte sich gelichtet. Rechts von ihnen schimmerte das Blau der Côte d'Azur, links die Hänge der provenzalischen Alpen. Die Maschine verließ gerade ihre bisherige Flughöhe, als Edward erwachte. Red hatte sein Notebook geschlossen und schaute aus dem Fenster. Die Oberfläche des Mittelmeers glitzerte in der Morgensonne. In den Buchten lagen größere und kleine Yachten.

»Saint-Tropez«, sagte Red und deutete nach unten. »Da geht man um diese Uhrzeit ins Bett.« Am Horizont konnte man im Morgendunst die Silhouette von Inseln sehen. Red deutete mit einer Kopfbewegung zu ihnen hin. »Das dürften doch Korsika und Sardinien sein. Da irgendwo schläft eure Prinzessin. Vielleicht sind sie und ihr Lover aber auch schon wach und in neckische Liebesspiele vertieft.« Er schaute fast verträumt in die Richtung der Inselsilhouette. »Ich würde zu gerne wissen, wie sie im Bett ist. Ein kleines Luder oder eher Königliche Hoheit? Bei *der* Prinzessin kann ich mir schon einige Dinge vorstellen. Was habt ihr eigentlich gegen die Kleine?«

Edward zögerte mit einer Antwort. Walter kam ihm zuvor.

»Hätte sie sich in einen Tennisstar oder Filmschauspieler verliebt, wäre alles viel weniger problematisch. Aber Sie wissen, wer Dodi ist. Sein Vater, das große Feindbild der Briten und, noch schlimmer, Intimus von Kashoggi. Den Playboy hätte man Dodi noch verzeihen können, selbst die Doppelaffäre mit Lady Diana und dieser Kelly Fisher. Aber es ist unerträglich: er Muslim, sie Anglikanerin. Dann das Gerücht, sie tritt zum Islam über. Muß sie, wenn sie heiraten will, sonst ist Dodi ein toter Mann. Also tut sie es. Und jetzt stellen Sie sich vor: Prinz Charles wird irgendwann König. Oder er wird nicht König und verzichtet, eine Generation wird übersprungen. Dann ist William dran. Lady Diana ist und bleibt seine Mutter. Also, die Mutter des Königs verheiratet mit einem Muslim, selbst zum Islam übergetreten. Und sein Stiefbruder auch Muslim ...«

»Wirklich eine Schwangerschaft?« fragte Red, der dieses Gerücht aus den Zeitungen kannte.

»Ja, sehr wahrscheinlich. Eine Person aus dem Umkreis von Dr. Coxon, einer Londoner Internistin, soll eine Indiskretion begangen haben. Richtig ist, das Lady Diana bei Dr. Coxon einen Termin hat, wenn sie wieder in London ist. Ja, es spricht einiges dafür.«

»Aber, das habt ihr doch alles so peu à peu erfahren. Warum heute nacht der plötzliche Aufbruch und das endgültige Okay?«

»Das endgultige Okay lag bereits vor, als Sie nach London gerufen wurden. Man hat aber immer noch gezögert, weil man glaubte und hoffte, die ganze Affäre verpufft irgendwann. Aber gestern kam die Information, Lady Diana kommt mit Dodi nach England oder Schottland, wo die Kinder zur Zeit auf Balmoral ihre Ferien verbringen, und gibt ihnen definitiv ihre bevorstehende Hochzeit bekannt. Anschließend fahren sie nach London und machen einen Pressetermin. Da gab es kein Zurück mehr.«

»Arme Diana«, sagte Red, und sein Mitleid klang echt. »Jetzt, wo der Himmel für sie voller Geigen hängt, soll ich sie abstürzen lassen. Aber so ist es nun mal: Wenn's am schönsten ist, soll man gehen. Trifft auch auf eure Prinzessin zu, nur daß der Abgang unfreiwillig sein wird.«

Sie hatten inzwischen St. Raphael hinter sich gelassen. Die Maschine verlor schnell an Höhe. Red, Walter und Edward bereiteten sich auf die Landung vor.

»Mit einem anständigen Frühstück ist wohl nicht zu rechnen?« fragte Red.

»Um die Uhrzeit am Flughafen Cannes wohl kaum. Aber in der Stadt selbst bekommt man um diese Zeit in jedem Hotel ein Frühstück«, meinte Edward. »Ich selbst werde zunächst den Boten mit der Vollmacht treffen. Wir sollten uns am Flughafen trennen – Sie fahren mit Walter in ein Hotel frühstücken, und ich komme nach. Sie können mich dann anrufen und sagen, wo ich hinkommen soll.«

Walter nickte, und Red blickte wieder aus dem Fenster. Tatsächlich gab es Verrückte, die bereits um diese Uhrzeit ins Mittelmeer schwimmen gingen.

»Wir landen!« meldete der Pilot über Lautsprecher.

36

An diesem Freitagmorgen lag die Stadt Cannes noch verträumt und fast menschenleer in der Morgensonne, als das Taxi Red und Walter zu einem kleinen Hotel brachte, das nur durch die breite Uferstraße vom Meer getrennt war. Red, der fast akzentfrei Französisch sprach, erkundigte sich, ob man wohl auch als Nichtgast ein paar Croissants und einen Café au Lait bekommen könnte. Nur zögernd stimmte der Besitzer zu.

Der Frühstücksraum, mit Blick aufs Meer, war schlecht gelüftet. Kalter, abgestandener Rauch hing in der Luft. Offensichtlich wurde der Raum abends auch als Aufenthaltsraum von den Gästen benutzt. Jetzt war ein Teil der Tische dürftig eingedeckt. Die Croissants und die Schalen mit Milchkaffee brachte der Maître selbst nach einiger Zeit aus einem kleinen Nebenraum.

Red und Walter hatten an einem Vierertisch am Fenster Platz genommen und schauten aufs Meer hinaus. Die Inselsilhouette war von hier aus nicht mehr zu sehen. Von Zeit zu Zeit donnerten große Linienmaschinen im Landeanflug auf Nizza über den Strand.

Walter hatte sich Cannes ganz anders vorgestellt. Sicher war das, was er jetzt sah, nicht der Stadtteil, den man immer anläßlich der Filmfestspiele im Fernsehen zeigte. Red hatte sein Handy bereits im Taxi eingeschaltet und versuchte vergeblich, Edward anzurufen.

»Was ist, wenn wir ihn nicht erreichen?« fragte Walter und tauchte die Spitze des Croissants in den Kaffee.

»Den erreichen wir schon«, lachte Red. »Der muß nur erst daran denken, sein Handy einzuschalten. Spätestens, wenn er unseren Anruf vermißt, wird er das tun.«

37

Edward hatte am Flughafen noch eine kurze Unterredung mit den Piloten. Dann nahm auch er sich ein Taxi und fuhr zu dem Hotel, das ihm Arthur aufgeschrieben hatte. Es lag etwas abseits vom Strand und war das typische Etablissement, in dem Vertreter, Servicepersonal oder die Chauffeure abstiegen, wenn sie mit ihren Herrschaften an der Côte d'Azur unterwegs waren.

Edward ließ das Taxi warten und betrat das Foyer. An der Rezeption erkundigte er sich nach einem Gast namens Gaston Pallma, der hier im Hotel wohnen sollte. Es dauerte einige Zeit, bis die junge Dame den Gast in ihrer Liste gefunden hatte. Mit einem kurzen Blick auf die Uhr wählte sie das Zimmertelefon an, das sofort abgehoben wurde. Wahrscheinlich wartete dieser Gaston schon seit einer Stunde auf diesen erlösenden Anruf. Edward wandte sich von der Rezeption ab und ging auf eine Sesselgruppe zu, die im Foyer stand. Mit einem Ruck setzte sich der alte Fahrstuhl an der gegenüberliegenden Seite des Raumes in Bewegung. Edward verfolgte die Anzeigetafel über der Fahrstuhltür. Sein Bote wohnte also im dritten Stock, zumindest hielt der Fahrstuhl dort. Edward ging einige Schritte auf die Fahrstuhltüre zu, die kurz darauf recht energisch aufgestoßen wurde. Ein dickleibiger Mann um die fünfzig mit schwarzen Haaren trat heraus, einen weißen Umschlag in der Hand. Als er Edward sah, erhellte sich sein Gesicht; er hielt ihm sofort den Umschlag entgegen und machte eine kleine Verbeugung, wobei er mit hoher singender Stimme etwas auf Französisch sagte, das

Edward nicht verstand. Dann drehte er sich auf dem Absatz um und verschwand im Fahrstuhl, der sich mit einem Ruck wieder in Bewegung setzte.

Edward nickte der jungen Dame an der Rezeption dankend zu, verließ das Hotel und setzte sich in sein Taxi. Er öffnete den Umschlag und warf einen kurzen Blick auf die Vollmacht. Dabei konzentrierte er sich vor allem auf das Datum, konnte aber keine sichtbare Abänderung feststellen. Henry schien auch als Fälscher ein Profi zu sein. Zufrieden zog er sein Handy aus dem Jackett, um Red nach der Adresse des Frühstückhotels zu fragen. Er gab den Namen an seinen Fahrer weiter, der sofort das Taxi startete und die Straße zurückfuhr, die sie gekommen waren.

38

Als Edward den Frühstücksraum betrat, hatten Red und Walter bereits die Croissants verzehrt und ihren Kaffee getrunken. Er setzte sich zu ihnen und bestellte ein weiteres Frühstück.

Nachdem sich Edward vergewissert hatte, daß keiner der fünf Hotelgäste im Frühstücksraum ihnen zuhörte, rückte er näher an Red und Walter heran und sagte mit verhaltener Stimme: »Wir warten noch eine halbe Stunde, dann fahren wir zum Flughafen zurück, ziehen uns dort um, holen Reds Koffer und fahren nach Nizza.«

Walter nickte. »Sollen wir alle drei dort hinfahren?«

Red mischte sich ein. »Wenn man uns zu dritt reinläßt, ja! Was steht in der Vollmacht?«

»Da steht nur drin, daß die Firma soundso von ihm beauftragt ist ... und so weiter.«

»Gut, dann ist die Vollmacht also nicht auf eine bestimmte Anzahl von Personen begrenzt.« Auch Red sprach sehr leise. »Ich halte es für sinnvoll, wenn Sie beide mitkommen, denn je nachdem wo unser Vogel steht, brauche ich zur Beobachtung des Umfelds so viele Augen wie möglich.«

Der Maître brachte Edwards Frühstück. »Kann ich kassieren?« fragte er in einem Ton, der keine Widerrede zuließ. Edward bezahlte die Rechnung. Sein Handy piepste. Es war Arthur, der Edward anbot, allein oder mit George nachzukommen.

»Nein, das wird nicht nötig sein, und wenn, dann melde ich mich. Aber im Moment gibt es noch keinen Bedarf«, versicherte Edward. Er steckte sein Handy wieder ein.

»Kennen Sie sich hier in der Gegend gut aus?« fragte Walter und schaute Red an. Der begann zu grinsen.

»Sagen wir mal, ich hatte hier vor Jahren einen Job, und da mußte ich mich umsehen. Außerdem liebe ich Frankreich und die Franzosen und vor allem ihr gutes Essen. Aber diese Gegend hier an der Côte d'Azur, das ist für mich nicht Frankreich. Das ist eine Mischung aus allen Nationen, und nur die Reichen und die Möchtegern-Reichen. Für manche ist es einfach ein Muß, einmal hier Urlaub gemacht zu haben. Nein, wenn ich an Frankreich denke, dann an die Pyrenäen, den Canal du Midi oder die Atlantikküste. Aber auch entlang der Yonne oder

Nevers im Landesinneren. Und natürlich Paris.« Reds Augen begannen zu leuchten.

»Und warum ziehen Sie nicht einfach nach Frankreich? Sie können doch überall wohnen und leben, oder?« fragte ihn Walter.

Red deutete auf Edward. »Fragen Sie ihn. Ich habe mein eigenes Reich, bin König auf meinen paar tausend Quadratmetern. Das habe ich mir in vielen Jahren Stück für Stück aufgebaut. Soll ich das alles aufgeben? Und außerdem, man findet immer nur das begehrenswert, was man nicht hat. Ich bin sicher, spätestens nach einem halben Jahr würde mir Frankreich zum Halse heraushängen.« Er schaute aus dem Fenster hinüber zum Meer. Eine große weiße Yacht zog am Horizont vorbei. »Träume können sehr schnell platzen.«

39

In Cannes hatte inzwischen der Tag begonnen. Die drei fuhren mit dem Taxi wieder zum Flughafen zurück. Ihre Piloten hatten inzwischen das Flughafenrestaurant aufgesucht und spielten Karten. Dort fand sie Walter nach einigem Suchen. Er ließ sich den Schlüssel für die Maschine geben. Dann ging er zusammen mit Red und Edward zum Learjet.

Sie öffneten den Laderaum und zogen sich um. Der einzige, dem der Overall hundertprozentig paßte, war Walter.

»Ideale Monteursfigur«, feixte er und machte ein paar Schritte, als gehe er über einen Laufsteg.

Red war damit beschäftigt, aus seinem Koffer einige Disketten auszusuchen. »Kann ich mich für ein paar Minuten in die Maschine setzen? Ich habe noch einiges auszuarbeiten.«

»Natürlich«, antwortete Edward und schloß die Flugzeugtüre auf. »Dabei fällt mir fällt ein, wir haben für die Gulfstream gar keinen Schlüssel.«

»Brauchen wir nicht, ich habe meinen Koffer!« Red nahm auf dem ersten Sitz Platz und schaltete sein Notebook ein.

»Wie lange werden Sie brauchen, Red?« wollte Edward wissen.

Red zuckte mit den Schultern. »Läßt sich jetzt noch nicht sagen, aber eine halbe Stunde kann es schon dauern.«

Edward schaute Walter an. »Vielleicht sollten wir Red ungestört arbeiten lassen. Wenn Sie früher fertig werden, Red, können wir uns ja über das Handy verständigen. Wir gehen nicht weit weg.«

Sie schlenderten langsam um die Maschine herum und hielten auf den Drahtzaun zu, der das Fluggelände begrenzte. Edward brach als erster das Schweigen. »Ich weiß, wie dir zumute ist, Walter. Glaube nicht, daß ich mir keine Gedanken mache. Ich habe immer offen gesagt, das ich nur mitmache, wenn ich überzeugt bin, daß es keinen anderen Weg gibt. Und jetzt bin ich davon überzeugt. Es muß sein. Allerdings hat sie immer noch eine Chance. Vielleicht hat sie sich gerade heute nacht mit Al-Fayed verkracht. Vielleicht ändert die Kelly Fisher-Affäre alles noch im letzten Moment. Nur, Walter, wenn das alles nicht eintrifft, dann ziehen wir die Aktion durch. Es gibt keine andere Möglichkeit.«

»Ich weiß.« Walter lehnte sich neben Edward an den Zaun und schaute in den blauen Himmel über ihnen. »Und ich stehe auch voll hinter der Entscheidung, das weißt du. Sonst wäre ich nicht mitgekommen.«

Sie blieben fast eine Viertelstunde an dem Zaun stehen, ohne ein weiteres Wort miteinander zu reden. Jeder hing seinen eigenen Gedanken nach.

40

Als die ersten Sonnenstrahlen in das Schlafzimmer fielen, stand Lucy auf. Sie überlegte, ob sie mit dem Frühstück warten sollte, bis Red kam. Einerseits müßte man an einem solch sonnigen und schönen Tag sofort an die frische Luft, andererseits war Red sicherlich zu überzeugen, daß man einen solchen Tag mit einer Frau auch anders beginnen konnte. Bisher brauchte sie sich über sein Verlangen nach Sex nicht zu beklagen.

Da sie zu keinem endgültigen Entschluß kam, ging sie zunächst ins Bad, um zu duschen. Vor dem großen Spiegel betrachtete sie kritisch ihren Körper. Eigentlich, fand sie, sah sie noch recht attraktiv aus. Ob Red wohl auch so dachte? Sie strich sich über ihre vollen und festen Brüste und ihre schlanken Hüften. Ob Red wohl mit anderen Frauen schlief, wenn er alleine unterwegs war? Immerhin sah auch er für sein Alter noch sehr gut aus.

Dann verwarf sie den Gedanken. Red war nicht der Typ dazu, und außerdem war sie nicht eifersüchtig und durfte es auch nicht sein.

Sie duschte lange und ausgiebig. In der heimlichen Hoffnung, Red würde plötzlich auftauchen und sie würden sich unter dem warmen Wasserstrahl lieben, so wie sie es schon öfter getan hatten. Nach gut zehn Minuten drehte sie schließlich das Wasser ab. Vielleicht kam er noch – oder hatte er wieder die ganze Nacht mit Edward und Gott weiß wem verbracht?

Red kam nicht. Sie zog sich langsam an und bestellte ein Frühstück für zwei Personen. Als der Zimmerkellner kam, war Red immer noch nicht eingetroffen. Lucy konnte sich aus ihren bisherigen Beobachtungen keinen Reim machen. Red war im Versteckspielen sehr geschickt.

Der Zimmerkellner hatte mit dem Frühstück auch die Daily Mail mitgebracht. Sie überflog die Schlagzeilen auf der Titelseite und blätterte den Rest hastig durch. Ihre Enttäuschung wuchs. Die ganzen letzten Tage war Red fast rund um die Uhr unterwegs gewesen, hatte kaum eine Nacht bei ihr geschlafen. Was sie aber am meisten ärgerte, war die Tatsache, daß sie immer noch nicht wußte, warum Red sich hier in London aufhielt.

Endlich klingelte das Telefon. Red meldete sich am anderen Ende.

»Wo bist du denn?« fragte sie mit deutlichem Vorwurf in der Stimme. »Ich warte mit dem Frühstück auf dich und bin schon fast verhungert.«

Red erklärte ihr, daß er bereits auf der Straße stünde und gleich von seinen Geschäftspartnern abgeholt werde. Er müsse nach Birmingham, um dort etwas zu klären, und käme erst am nächsten Tag, wahrscheinlich erst spät in der Nacht wieder zurück. Lucy wußte sofort, daß Red log, denn im Hintergrund hörte sie eindeutig ein Flugzeug, das offenbar im Tiefflug über Red hinwegrauschte. Sie sprang von der Couch auf, rannte zum Fenster und öffnete es. Draußen war nichts von einem tieffliegenden Flugzeug zu hören. Also war Red zumindest außerhalb von London-City. Sie schloß das Fenster wieder, ließ sich Red gegenüber aber nichts anmerken.

»Na gut, dann also bis morgen abend.«

41

Als Edward und Walter wieder zum Flugzeug kamen, hatte Red noch sein Handy am Ohr. »Ich wollte Sie gerade anrufen«, rief er ihnen entgegen. »Das kann ich mir jetzt sparen.« Er steckte das Handy wieder ein und stand auf. »Von mir aus kann es losgehen. Wir müssen aber noch bei einem Schiffsausrüster vorbei.«

Edward schaute ihn ungläubig an. »Einem Schiffsausrüster?«

»Ja. Ich kriege das Teil sicherlich auch hier oder in Nizza in einem Wartungslager des Flughafens. Aber das ist mir zu auffällig. Das Teil, das ich brauche, findet auch auf Motoryachten Verwendung.«

Edward ging kurz zu den Piloten ins Restaurant, um ihnen die Flugzeugschlüssel und Anweisungen für den nächsten Tag zu geben.

Dann fuhren sie zu dritt mit einem Taxi nach Nizza. Dabei machten sie einen kleinen Umweg über den Hafen. Red stieg aus, um seine Besorgung zu machen.

»Irgendwie ein Teufelskerl«, meinte Edward.

»Teufel«, wiederholte Walter und starrte aus dem Fenster.

42

Der Fahrer wußte sofort, zu welchem Tor er die Fahrgäste bringen mußte, nachdem Red ihm erklärt hatte, daß sie Monteure seien und an einem Privatjet etwas zu reparieren hätten. Trotzdem ließ Red das Taxi gut zweihundert Meter vor dem Tor anhalten. Edward bezahlte, und die drei Männer in ihren Overalls stiegen aus. Als der Wagen außer Sichtweite war, zog Edward die Vollmacht aus der Brusttasche des Overall.

»Lassen Sie mich das machen«, riet Red und nahm Edward das Papier aus der Hand. Er deutete auf den Metallkoffer und schaute Walter an. »Den nehmen Sie, und Edward nimmt mein Notebook. So ist alles glaubwürdig verteilt. Also los.«

Selbstsicher schritt Red auf das Tor zu. Als er merkte, daß man sie bereits von dem Wachhausfenster aus beobachtete, trat er plötzlich an den Maschendraht des Flughafenzaunes und winkte ein paar Männern zu, die ebenfalls mit Overalls bekleidet an einem etwas größeren Flugzeug standen.

»Hallo, Jungs, schöner Tag heute. Hoffentlich bleibt das Wetter am Wochenende auch so«, rief er ihnen zu. »Alle mal winken«, zischte er nach hinten zu seinen beiden Begleitern. Edward und Walter folgten seiner Aufforderung, und die anderen winkten tatsächlich zurück.

»Das war schon die halbe Miete«, grinste Red. »Jetzt gehören wir bereits zu dem Haufen.«

Er bog um die Ecke zum Wachhaus und klopfte energisch an die Scheibe. Der Wärter deutete auf die Tür. Red marschierte auf die Tür zu, die bereits von innen geöffnet wurde, bevor Red sie erreicht hatte. Edward und Walter blieben etwas unschlüssig am Fenster des Wachhauses stehen.

»Pierre!« rief Red in die geöffnete Türe des Wachhauses hinein.

»Pierre hat heute frei«, kam es als Antwort zurück.

»Schade.« Red betrat das Wachhaus und zerrte etwas umständlich die Vollmacht aus der Brusttasche. »Wir müssen an der Maschine die Klimaanlage warten, damit die Herrschaften am Wochenende nicht so schwitzen.«

Einer der beiden Wärter nahm das Schreiben entgegen.

»Wißt ihr, wo die Maschine steht?«

»Werden wir schon finden«, meinte Red zuversichtlich.

»Ich werde mal drüben anrufen, wo ihr sie findet.«

Der Mann griff zum Telefonhörer und wählte eine kurze Rufnummer, während sich sein Kollege anschickte, drei Passieranstecker vorzubereiten. »Ihr seid zu dritt?« vergewisserte er sich. Red nickte und ging zur Tür. »Leute kommt rein, wir werden dekoriert.«

Der Wärter reichte jedem eine kleine Ausweishülle mit dem Aufdruck »Service«, einer Nummer und einem Stempel. Dann schob er Red ein Buch zu. »Hier müßt ihr euch eintragen und unterschreiben.«

Red schrieb mit unleserlicher Handschrift und reichte das Buch seinen Kollegen. »Jetzt seid ihr dran.« Er drehte sich um und zwinkerte den beiden verstohlen zu. Edward malte ein unleserliches Etwas in die letzte Spalte, Walter entschloß sich für ein sauberes »Mouton«, das war ein Schriftzug, den er irgendwo auf der Fahrt hierher auf einem Werbeplakat gesehen hatte.

Jetzt mußten sie nur noch erfahren, wo die Gulfstream zu finden war. Endlich schien der Mann am Telefon die gewünschte Auskunft zu erhalten. »Ja? Ich sag es den Männern, danke.« Er hängte den Hörer ein.

»Sie wissen, daß für die Maschine um zwölf Uhr ein Start gemeldet ist?«

Red drehte sich zu Edward herum und blitzte ihn wütend an. »Nein, das wissen wir nicht. Dann müssen wir uns aber beeilen. Und wo steht die Maschine jetzt?«

Der Wärter trat vor eine Karte, auf der die Stellplätze eingezeichnet waren, und deutete ganz an den Rand. »Dort wurde die Maschine abgestellt.«

Red warf einen Blick auf die Karte. »Und wo sind wir?« Diesmal zeigte der Wärter auf eine Stelle am unteren Rand der Karte.

»Alles klar, danke.« Red tippte mit dem rechten Zeigefinger an seine Stirn, drehte sich um und schob Edward förmlich aus dem Wachhaus. Walter folgte den beiden mit dem schweren Metallkoffer.

»Rechts herum!« kommandierte Red, ohne Edwards Schulter loszulassen. Die Gruppe verschwand langsam aus dem Blickfeld der Wärter hinter hohen Büschen. Von der Startbahn her hörte man das Beschleunigen von Turbinen. Walter keuchte mit dem Koffer hinter den beiden her. Tosend donnerte eine zweistrahlige Maschine über ihre Köpfe hinweg. Unwillkürlich zog Walter den Kopf ein, Red ließ Edward los und hielt sich die Ohren zu. Dann blieb er stehen und wartete, bis die Maschine weit genug weg war.

»Zu welchem Scheißverein gehört ihr eigentlich?« brüllte er los und baute sich breitbeinig vor Edward auf. »Ich habe in meinem ganzen Leben noch nicht mit einem solchen Dilettantenhaufen zusammengearbeitet, wie ihr es seid. Na schön, ich werde dafür bezahlt, gut bezahlt. Aber nicht dafür, daß ich mich dauernd auf den Arm nehmen lasse. Erst soll ich mir Fahrstühle anschauen, dann machen wir tagelang Planspiele, und plötzlich ist es soweit – und ihr glaubt, ich kann zaubern? Morgen wird geflogen, hieß es. Heute soll ich die Maschine präparieren. Und was ist? Nichts.« Red klopfte mit dem Zeigefinger auf das Glas seiner Armbanduhr. »Eine knappe Stunde Zeit, um eine Gulfstream umzupolen. Das mache ich nicht. Da müßt ihr euch einen anderen Dummen suchen. Das ist programmierter Schwachsinn!«

Er ging mit drohender Handbewegung auf Edward los. »Eines sag ich Ihnen, jetzt mache ich mein Geschäft, so wie *ich* das für richtig halte. Ich brauche Sie nicht.« Er drehte sich zu Walter um. »Ich brauche Sie beide nicht. Eure Prinzessin befördere ich auch ohne eure Hilfe ins Jenseits.« Er holte tief Luft und schaute in den Himmel.

Das war der Moment, auf den Edward gewartet hatte. »Sind Sie jetzt fertig?« fragte er knapp. »Dann können wir wieder wie Erwachsene miteinander reden.« Er machte eine Pause und steckte beide Hände in die Hosentasche. »Natürlich ist es ärgerlich, daß für die Maschine um zwölf Uhr ein Start angemeldet wurde. Aber das konnte keiner wissen. Irgendwer aus der Familie Al-Fayed hat sich offenbar kurzfristig entschlossen, einen Ausflug zu machen. Vielleicht läßt sich Lady Diana auch heute schon nach London fliegen. Die Meldung, daß der Flieger bis morgen hier steht, ist keine zwölf Stunden alt. Und Sie werden jetzt dafür Sorge tragen, daß diese Maschine, wann immer sie auch losfliegt, nicht in London ankommt!« Edwards Stimme war laut und bestimmend geworden.

Red starrte weiter in den Himmel. Ein leichtes Wippen ging von seinen Beinen aus durch den ganzen Körper. Er wartete, daß Edward weiterreden würde. Aber Edward schwieg.

Langsam kehrte sein Blick auf die Erde zurück, wanderte über die kleinen Maschinen, die hier geparkt waren. Schade, dachte er, der Plan war so gut. Er trat zu Edward und nahm ihm das Notebook aus der Hand. Dann drehte er sich um und ging auf Walter zu. Er blieb einen Moment vor ihm stehen und schüttelte den Kopf. Er ergriff den schweren Metallkoffer, schob den verdutzten Walter beiseite und ging den Weg zurück, den er gekommen war.

»Was soll das?« rief ihm Edward hinterher.

Red drehte sich im Gehen um. »Ganz einfach, ich reise ab.«

»Aber das können Sie jetzt nicht machen!«. Edward machte Anstalten Red nachzulaufen, wurde jedoch von Walter zurückgehalten. Red wandte sich noch einmal um. »Ich rate Ihnen, noch eine Weile auf dem Gelände zu bleiben, sonst gibt es am Tor unliebsame Fragen.«

Edward und Walter sahen Red allmählich hinter den Privatmaschinen verschwinden. Walter trat dicht an seinen Kollegen heran. »Laß ihn laufen, der kommt wieder. Und Lady Diana hat Fristverlängerung bekommen.«

Edward griff nach seinem Handy und tippte eine Londoner Nummer ein. Es dauerte eine Weile, dann meldete sich Arthur.

43

Als sich Sir David, Arthur und George erneut am Vormittag in dem großen Besprechungsraum trafen, schien alles nach Plan zu verlaufen. Arthur berichtete, daß eine Unterstützung von George und ihm in Cannes nicht notwendig sei. Zumindest vorerst nicht.

»Sie sind etwas nachlässig«, meinte Sir David mit einem strafenden Blick auf George und deutete auf die Milchglasscheibe über der Tür.

»Entschuldigung.« George sprang auf und schaltete den Abhörschutz ein.

»Meine Herren, wir müssen jetzt genau jeden Schritt überlegen, der nach dem Tod von Lady Diana zu tun ist. Hat sich jemand von Ihnen schon darüber Gedanken gemacht?« Sir David blickte fragend in die Runde.

»Arthur und ich sind einmal die allgemeine Checkliste durchgegangen, die für Fälle eines plötzlichen Todes von

Mitgliedern des Königshauses oder der Regierung vorgesehen ist. Ich habe mir Stichworte dazu aufgeschrieben. Vermutlich werden Sie mit Prinz Charles an den Absturzort fliegen. Ob man die Kinder mitnimmt, muß Prinz Charles entscheiden. Daneben wird sofort eine Kommission gebildet, die den Unfall untersucht. Zur Hälfte von uns, ein Teil von Scotland Yard und ein Teil vom Fach. Das werden in diesem Fall die Flugexperten und jemand vom Hersteller sein. Natürlich spielt es auch eine Rolle, in welchem Hoheitsgebiet der Absturz erfolgt ist. Dann haben wir die Medien zu bedienen. Hier sollte man vielleicht schon eine offizielle Presseerklärung vorbereiten. Inwieweit man dabei Bedauern und Betroffenheit des Königshaus einbaut, sollten Sie schon im Vorfeld erfragen. Auf jeden Fall sind entsprechende Passagen seitens der Regierung vorzubereiten. Eine offizielle Pressekonferenz ist in der Checkliste nicht vorgesehen. Dann ist entscheidend, ob die Leiche am Absturzort gefunden wird. Wenn ja, wird sie von Charles überführt. Wenn nicht, fliegt Charles nach Besuch der Absturzstelle umgehend zurück. Normalerweise wird Halbmast geflaggt. Ob Buckingham Palace in diesem speziellen Fall mitspielt, muß geklärt werden. Ein Kondolenzbesuch bei Charles seitens der Regierung scheint überflüssig, aber die Spencers müssen aufgesucht werden. Um eventuelle Peinlichkeiten mit Mutter und Stiefmutter zu vermeiden, sollte man sich auf den Earl Charles Spencer beschränken. Dabei könnte man auch weitere Aufgaben, wie die Organisation der Trauerfeier, dem Earl überantworten. Das wäre strategisch sicherlich die beste Lösung. Für uns ist nur wichtig, wer vom Königshaus an der Trauerfeier teilnimmt. Unserer Einschätzung nach würde es reichen, wenn Prinz Charles mit den Kindern käme. Sollte sich Charles weigern, wäre das peinlich für Großbritannien.«

»Gut, das hört sich alles nicht so kompliziert an. Warum soll ausgerechnet *ich* mit Prinz Charles reisen?«

George wurde verlegen. »Verzeihung, aber ohne Ihnen zu nahe treten zu wollen: Wir würden die Begleitperson aus unserem Haus nicht in der obersten Etage suchen, um der Sache nicht allzu große Bedeutung beizumessen. Sie verstehen, die Medien werden genau beobachten, wer erscheint.«

Sir David entging die plötzliche Röte in Georges Gesicht nicht. Er mußte schmunzeln. »Sie haben das sehr höflich ausgedrückt. Aber Sie haben Recht. Vielleicht sollten wir ...«

In diesem Moment ertönte ein Signal. Arthur sprang auf. »Ein Anruf für uns. Ich komme sofort zurück.« Er verließ den Raum.

Sir David griff sich mit der Hand an den Kopf. »Wo war ich stehen geblieben?... Ach, ja, vielleicht sollten wir noch klären, was wir mit diesem Red machen. Sie sagten, daß Edward ihm gleich einen Rückflug in die USA besorgen wolle?«

»Richtig, so lautet die Anweisung von Edward. Wir haben auch schon sein Gepäck eingelagert und können es auf Abruf jederzeit nach Heathrow bringen.«

»Und die zweite Rate?«

»Auf dem gleichen Weg wie die erste.«

Arthur steckte den Kopf in den Raum. »Bitte, Sir David, können Sie einmal kurz kommen? Edward ist am Apparat.«

Sir David stand auf und ging ins Vorzimmer.

»Red ist in Nizza untergetaucht. Angeblich war ihm die Vorbereitungszeit zu kurz. Edward und Walter stehen in Nizza am Flughafen«, berichtete ihm Arthur aufgeregt.

Sir David übernahm das Handy. »Edward, kommen Sie umgehend zurück. Sobald Sie hier sind, melden Sie sich bei mir.« Dann gab er Arthur das Telefon und ging in den Besprechungsraum zurück. Kurze Zeit später folgte ihm Arthur.

»George, ich würde Sie bitten, in Ihr Büro zu gehen. Setzen Sie sich bitte nochmals mit der CIA in Verbindung und versuchen Sie etwas mehr über diesen Red herauszubekommen. Der Mann wird mir immer unheimlicher. Er hat doch bereits eine halbe Million Pfund kassiert, da kann man doch nicht einfach den Vertrag brechen und untertauchen.«

»Untertauchen?« fragte George erstaunt, der von dem Inhalt des Telefonates nichts mitbekommen hatte.

»Ihm war angeblich die Vorbereitungszeit an der Maschine zu kurz, mehr weiß ich noch nicht. Aber wenn Edward sich nochmal meldet, kannst du dir das Gespräch ins Büro stellen lassen«, meinte Arthur.

»Außerdem klären Sie schnellstens ab, welche kurzfristig durchführbaren Möglichkeiten wir hier intern im Hause schaffen können. Egal wie – Lady Diana darf englischen Boden nicht mehr lebend betreten.« Die Erregung in Sir Davids Stimme war unüberhörbar.

George nickte schweigend, packte seine Unterlagen zusammen und verließ den Raum.

44

Red war mit einem freundlichen Winken an dem Wärterhäuschen vorbeigeeilt und auf der Straße gleich auf ein vorbeifahrendes, freies Taxi gestoßen. Er winkte dem Fahrer.

»Sie brauchen den Taxameter erst gar nicht einzuschalten. Ich will nur bis zum Haupteingang der Abflughalle«, rief er in den Wagen hinein und setzte sich auf den hinteren Sitz.

»Das geht nicht«, widersprach der Fahrer.

»Das geht schon, ich bezahle Sie gut!« Red nahm aus der Tasche des Overalls seine Brieftasche und zog zwei englische Fünfzigpfundnoten hervor. »Wenn Sie die umtauschen, ist das mehr als ein gutes Abendessen«, grinste er und reichte die Scheine dem Fahrer. Dieser nahm sie wortlos entgegen und gab Gas.

Die Fahrt dauerte keine zwei Minuten. Red stieg aus und eilte mit seinem Gepäck in das Flughafengebäude.

Die junge Dame am Informationsschalter lächelte ihm entgegen, als sie ihn kommen sah. »Was kann ich für Sie tun, Monsieur?«

»Wann geht die nächste Maschine nach London?«

Die junge Dame tippte kurz etwas in ihren Computer und warf dann einen Blick auf den Bildschirm. »Die Mittagsmaschine von British Midland wird gleich aufgerufen, British Airways fliegt eine halbe Stunde später.«

»Direktflug?«

»Beides.«

»Sind noch Plätze frei?«

»Auf beiden Maschinen gibt es noch genug Plätze, Monsieur.«

»Dann nehme ich die erste. Wo kann ich buchen?«

Die junge Dame deutete mit ihrem Kugelschreiber auf einen anderen Schalter. »Dort drüben, Monsieur!«

»Danke.« Red drehte sich um und ging zu dem zuständigen Schalter. Auch hier begrüßte ihn eine Dame.

»Einen Platz für die nächste Maschine nach London, nur Hinflug.«

Die Dame nickte. »Raucher?«

»Nein.«

»Fensterplatz?«

»Gern.«

Sie gab ein paar Daten ein.«Auf welchen Namen, Monsieur?«

»Avraham Rosenzweig.« Die Dame tippte den Namen in den Computer. Dann begann der Drucker zu surren. Red zog seine Brieftasche. »Kann ich in englischen Pfund bezahlen?« fragte er.

»Oh, es wäre einfacher, wenn Sie drüben am Bankschalter wechseln würden und ich in Francs kassieren könnte. Ich lasse den Flugschein solange hier liegen. Sie haben noch genügend Zeit, Monsieur.«

Red schleppte sein Gepäck quer durch die Halle zum Bankschalter, wechselte dort und schleppte alles wieder zurück. »Es tut mir leid, Monsieur«, empfing ihn die Dame, nachdem sie gesehen hatte, wie schwer Reds Koffer offenbar war. Red zahlte und erhielt den Flugschein.

»Wenn Sie sich dann bitte im Laufe der nächsten zehn Minuten zum Einchecken begeben würden.«

Red nickte und folgte der Beschilderung.

45

Nachdem Lucy gefrühstückt hatte, ließ sie sich vom Zimmerservice die »Yellow Pages« des Londoner Telefonbuchs bringen. Dann nahm sie den Telefonapparat von dem kleinen Glastisch und setzte sich mit dem Telefon auf die Couch. Sie fischte aus ihrer Handtasche einen Kugelschreiber und schlug das schwere Buch auf. Unter dem Buchstaben »H« suchte sie die Rubrik der Londoner Hotels und wählte die erste Nummer dieser Spalte: 7 23 33 86. Am anderen Ende meldete sich die Stimme einer jungen Dame des »Crown Royal Norfolk Hotels«.

»Ach bitte, können Sie mir sagen, ob Mister Avraham Rosenzweig noch im Hause ist?«

»Können Sie mir bitte den Namen buchstabieren?«

Lucy buchstabierte den Namen und wartete. Es dauerte eine ganze Weile, bis sich die Dame wieder meldete. »Es tut mir leid. Aber ein Herr mit diesem Namen ist bei uns nicht abgestiegen.«

»Oh, entschuldigen Sie. Dann habe ich mich verhört.« Lucy wählte das nächste Hotel an. Auch hier erhielt sie eine negative Auskunft. Sie rief die nächste Nummer an. Es dauerte über eine Stunde, bis sie unter »Lincoln House Hotel« endlich fündig wurde.

»Mister Avraham Rosenzweig? Soweit ich weiß, ist der Herr bereits abgereist. Moment bitte.«

Nervös klopfte Lucy mit dem Kugelschreiber auf den Tisch und wartete. Dann hörte sie, wie der Hörer wieder in die Hand genommen wurde. »Ich hatte recht, Madam, Mister Rosenzweig wohnt nicht mehr bei uns.«

»Können Sie mir bitte sagen, wann er abgereist ist?«

»Tut mir leid, darüber darf ich keine Auskunft geben.«

Lucy legte den Hörer auf. Nachdenklich lehnte sie sich in die Couch zurück. Wo hatte Red die Nächte verbracht, in denen er nicht bei ihr gewesen war? Sie war entschlossen, dieses Rätsel so schnell wie möglich zu lösen.

46

Als Edward und Walter in Cannes am Flughafen ankamen, war eine gute Stunde vergangen. Von Red war weit und breit nichts zu sehen, ebenso wenig von den beiden Piloten.

Edward hatte seine Ruhe und Gelassenheit wiedergefunden. Er wollte Arthur in London anzurufen, erreichte stattdessen George. »Arthur ist noch bei Sir David«, wurde er informiert. »Ich habe von eurem Pech gehört. Weißt du schon, was weiter entschieden wurde?«

»Nein, Sir David meinte nur, wir sollten sofort zurückkommen«, antwortete Edward.

»Sein Entschluß steht fest: Lady Diana darf englischen Boden nicht mehr lebend betreten.«

Edward hörte, wie George die Stimme versagte. Deshalb wechselte er das Thema. »Du kannst zwei Dinge für mich erledigen«, bat er. »Zum einen herausfinden, wo ich unsere Piloten erreichen kann. Ich hatte ihnen meine Handynummer gegeben und für morgen früh um einen Anruf gebeten, weil wir alle dachten, daß wir erst morgen zurückfliegen. Ich brauche sie aber jetzt sofort. Zum anderen laß bitte prüfen, ob Red mit einer Linienmaschine Nizza verlassen hat und wohin er geflogen ist. Denn hier am Flugplatz in Cannes ist er nicht.«

»Mach ich sofort, Edward.«

»Danke.« Edward drückte die Trenntaste und versuchte nochmals, Red zu erreichen. Doch dieser hatte sein Handy offenbar abgeschaltet.

Kurz darauf meldete sich George wieder. »Ich habe die Piloten ausfindig gemacht und sie auch gleich angerufen. Sie kommen sofort raus zu euch. Mit Red bin ich noch nicht weitergekommen. Aber bis ihr hier in London seid, weiß ich es. Übrigens, dieser Red ist ein schlauer Fuchs.«

»Das habe ich immer gewußt, warum?«

»Er hat an unserem Computer die Festplatte ausgebaut. Wir haben heute morgen die Wohnung geräumt.«

»Auf die Idee muß man erst einmal kommen.« Edward beendete das Gespräch. »Unsere Crew kommt«, rief er Walter zu, der ein paar Meter entfernt stand. Walter kam zurück und schaute Edward ratlos an. »Was machen wir jetzt?«

»Abwarten, was sonst. Entweder Red dreht das Ding wirklich alleine und wir müssen warten, was dabei herauskommt, oder er fliegt tatsächlich zurück, dann aber fragt sich, wohin?«

»Wenn, dann wird er nach London fliegen. Er hat doch seine Kleider noch dort.«

Edward lachte laut auf. »Walter«, rief er spöttisch, »du bist doch nicht wirklich so naiv? Jemand wie Red braucht nur seinen heiligen Koffer und sein Notebook, mehr nicht. Außerdem hat er aus dem Computer, den wir ihm geliehen haben, die Festplatte ausgebaut, damit uns keine seiner Daten in die Hände fallen.«

»Wann werden die Piloten hier eintreffen?« fragte Walter und schaute auf seine Armbanduhr.

»Keine Ahnung, aber allzuweit können sie nicht sein. Laß uns im Restaurant auf sie warten. Wir können inzwischen eine Kleinigkeit essen. Wer weiß, was heute noch auf uns zukommt und wann wir wieder etwas zu essen bekommen.«

47

Edward hatte sich nicht getäuscht. Kaum hatten sie das Essen bestellt, erschienen die beiden Piloten mit ihren Reisetaschen bereits im Restaurant.

»Sie können in Ruhe essen. Wir müssen zuerst den üblichen Check machen und die Turbinen warmlaufen laßen. Das dauert seine Zeit. Außerdem muß der Flug noch angemeldet werden«, erklärte der Chefpilot.

»Wir kommen so schnell wie möglich zum Flieger«, versicherte Edward.

»Was machen wir, wenn Red nicht mehr auftaucht?« fragte Walter vorsichtig, als die beiden gegangen waren.

»Dann fliege ich in die USA und erschieße ihn persönlich. Und ich werde ihn finden, egal wo er sich aufhält«, knurrte Edward.

»Im Ernst, was wird geschehen?«

Edward zuckte mit den Schultern und schwieg. Was war zu machen? Diese Frage ging ihm bereits seit über einer Stunde permanent durch den Kopf. Vor allem hatte er Angst, daß Red jetzt eigenmächtig handelte und als Killer nicht mehr zu stoppen war. Denn insgeheim hoffte auch Edward immer noch auf die Nachricht, daß Lady Diana die geplante Hochzeit mit Dodi in letzter Minute abblasen würde, die Schwangerschaft ein Gerücht oder eine Intrige war oder Dodi sich plötzlich doch mehr für diese blöde amerikanische Kleiderstange Kelly Fisher interessierte.

»Woran denkst du?« wollte Walter wissen.

Edward brummte nur etwas Unverständliches vor sich hin. Da das Essen kam, war er froh, keine genauere Antwort geben zu müssen.

Edward hatte sich gegrillten Tintenfisch bestellt, und Walter freute sich auf sein provençalisches Lamm, das herrlich nach Thymian duftete.

48

Red gab unter den Passagieren der British Midland eine auffallende Figur ab. In seinem Overall und mit dem Notebook in der Hand, wollte ihn die Stewardeß gleich zum Cockpit durchlassen und war sehr erstaunt, als Red ihr seine Bordkarte zeigte. Die meisten Passagiere an Bord waren Geschäftsleute, die trotz der Hitze sehr elegant gekleidet waren. Doch die Blicke machten Red nichts aus. Er war Schlimmeres gewohnt.

Die Maschine war nur spärlich besetzt und rollte pünktlich an den Start. Als die Stewardeß durch die Reihen ging, um die Gurte der einzelnen Passagiere und die Handgepäckklappen zu prüfen, entdeckte sie das Handy in Reds Brusttasche.

»Haben Sie Ihr Handy ausgeschaltet?« fragte sie ihn freundlich lächelnd. »Bitte überprüfen Sie es. Danke.«

Red ärgerte sich, daß gerade ihm so etwas passieren mußte. Denn er arbeitete seit längerem daran, mit Hilfe von Handys die Elektronik von Flugzeugen zu beeinflussen. Er wußte, was alles möglich war.

Er ließ sich eine englische Zeitung bringen und blätterte lustlos die Seiten durch. Ihm war inzwischen klar geworden, daß er Edward gegenüber zu aggressiv gewesen war. Aber in den letzten Stunden vor dem Job hatten auch seine Nerven die Grenze der Belastbarkeit erreicht. Außerdem war er nicht mehr der Jüngste, das hatte er sich in den letzten Jahren schon öfter eingestehen müssen. Abgesehen davon wäre es wirklich absoluter Dilettantismus gewesen, zu versuchen, die Maschine in knapp einer Stunde zu manipulieren. Das würde er Edward noch einmal ganz klar sagen müssen.

Was er und Walter wohl inzwischen machten? Würden sie ihn in Nizza oder Cannes suchen? Er ärgerte sich, daß er ihnen nicht wenigstens nach Cannes eine Nachricht hatte zukommen lassen. Die beiden waren ihm nicht unsympathisch. Er schätzte Edward als den Intelligenteren ein, aber Walter war sicherlich der Konsequentere, wenn es in die kritische Phase eines solchen Auftrags ging. Nur, und dessen war sich Red absolut sicher, töten würde keiner von beiden. Also würden sie ihn weiterhin brauchen.

Um so mehr beschäftigte ihn der Gedanke, was man nun unternehmen könnte, denn den Job wollte er auf keinen Fall aufgeben. Man müßte nur wissen, was unmittelbar nach der Ankunft Dianas in London auf dem Programm stand. Das mußte Edward so schnell wie möglich für ihn herausfinden. Es war völlig klar, daß eine erfolgversprechende Chance wie der Flugzeugabsturz mit der Gulfstream sich so schnell nicht wieder bieten würde. Aber er hatte schon zu viel Jobs gemacht, um nicht zu wissen, daß es immer noch ein andere Möglichkeit gab. Wenn die Prinzessin in dieses Schloß nach Schottland fuhr, dann würde sie entweder einen Helikopter nehmen oder einen schnellen Wagen. Wenn man rechtzeitig wußte, welches Verkehrsmittel vorgesehen war, wäre die Sache einfach, selbst wenn der Unfall im eigenen Land passieren würde.

Red schloß die Augen, aber die innere Anspannung hinderte ihn diesmal am Einschlafen. Er schaute aus dem Fenster. Unter ihnen waren Berge zu sehen. Er versuchte herauszubekommen, über welches Gebiet von Frankreich sie gerade flogen, und kontrollierte den Sonnenstand, um die Himmelsrichtung auszumachen, die das Flugzeug im Moment flog. Er ließ seinen Blick über die hügelige Landschaft schweifen. Er hatte sich wirklich in dieses Land verliebt.

49

Edward und Walter ahnten nicht, daß sie nur wenige Flugmeilen hinter Red flogen. Sie vertrieben sich die Zeit mit theoretischen Planspielen. Diana würde morgen irgendwann auf englischem Boden landen. Zwar war in den bisherigen Informationsprotokollen immer nur von London die Rede, aber sie konnte durchaus gleich bis Aberdeen fliegen – was bedeutete, daß man keine rechtzeitigen Vorkehrungen treffen konnte.

»Kennst du die Strecke von Aberdeen nach Balmoral Castle?« fragte Walter. Edward schüttelte den Kopf.

»Ich bin sie schon einige Male mit dem Motorrad gefahren. Da gibt es sicherlich viele Möglichkeiten, ich meine, für Red, falls er auftaucht. Aber ich sehe auch nur dann eine Chance, wenn Lady Diana vorher in London Station macht.«

Edward tippte Walter auf den Arm. »Du kennst noch nicht die neuen Anordnungen von Sir David: Lady Diana darf englischen Boden nicht mehr lebend betreten. Das bedeutet, daß der Unfall auch nicht in England geschehen soll.«

»Gut. Das ist aber unmöglich geworden. Ob London oder Aberdeen. Man darf die Anordnung natürlich nicht zu wörtlich nehmen. Solange sie weder Kontakt mit der Presse oder den Kindern hatte, können wir handeln. Das ist zumindest meine Meinung. Oder wir müssen die Maschine vor dem Landeanflug abschießen.«

Edward schnippte mit den Fingern. »Du hast recht, das könnte die Lösung sein! Wenn der Abschuß unerwartet über dem Atlantik geschieht ... Ein Knall, und aus, vorbei.«

»Blödsinn!« unterbrach ihn Walter. »Alles Hirngespinste. Die Wrackteile gehen nicht alle unter. Man wird die kleinsten Teilchen herausfischen und feststellen, daß geschossen wurde. Und dann geht das Suchen los.«

»Na und? Dann haben wir Spekulationen, aber keine Beweise«, entgegnete Edward. »Walter, begreif doch. Wenn der Unfall passiert, nachdem Lady Diana offiziell ihre Verlobung bekannt gegeben hat, liegt der Verdacht doch viel näher, daß etwas unsauber an der Sache ist.«

»Mag sein, aber ...« Walter mußte sich selbst eingestehen, daß auch er momentan keine andere Lösung sah. Er war gespannt, was sich die Leute in London inzwischen ausgedacht hatten. Je näher sie der Stadt kamen, um so stärker hämmerte es in seinem Kopf: Diana muß sterben, Diana muß sterben, Diana muß sterben.

Edward merkte die Veränderungen im Gesicht seines Kollegen. Er entschloß sich, ihn darauf anzusprechen. »Als ich neulich bei Red in den USA war, spürte ich plötzlich eine merkwürdige innerliche Unruhe. In meinem Kopf drehte sich alles, und ich habe versucht, an etwas ganz anderes zu denken. Es drehte sich alles im Kreis. Ich weiß nicht, ob du so etwas kennst? Ich habe lange überlegt, woran es lag. Immerhin habe ich genügend in meinem Leben erlebt. Ich war im Krieg, ich habe gesehen, wie Menschen getötet wurden. Ich habe Konzepte ausgearbeitet, deren Ziel es war, andere zu töten. Und jetzt plötzlich war alles so anders. Ich weiß nicht, ob Red es gemerkt hat, er ließ sich zumindest nichts anmerken. Ich selbst gab vor, mein Zustand käme vom Jetlag. Dabei schämte ich mich. Ja, ich habe mich geschämt! Aber ich frage mich: Warum eigentlich?« Er unterbrach sich und schaute aus dem Fenster. Dann fuhr er fort: »Ich habe lange darüber nachgedacht und glaube, den Grund gefunden zu haben. George hat sich uns gegenüber einmal dahingehend geäußert, daß ihm bei Lady Diana das Feindbild fehle. Und Red fragte uns heute morgen, ob wir wirklich unsere schöne Prinzessin umbringen wollen. Ich glaube, das ist es: Wir empfinden mit Lady Diana. Eine Frau, die etwas vom Leben erwartet, die *leben* will. Und nur, weil ihre Vorstellungen nicht die unseren sind oder die der königlichen Familie oder vieler Briten und sich daraus Probleme ergeben könnten, sollen wir sie töten. Das entspricht nicht dem üblichen Feindbild. Ein Soldat, der auf dich zielt – da drückst du ab, ohne nachzudenken. Einen Terroristen, der jemanden bedroht, eine Geisel hat – da gibst du den Befehl, ihn zu eliminieren. Hier in diesem Fall spielt sich alles auf einer ganz anderen Ebene ab. Und trotzdem ist es zum Schluß das Gleiche: Du mußt töten oder töten lassen.«

Edward drehte sich zu Walter und sah, wie dieser den Kopf in den Händen vergraben hatte. Er ergriff seinen Arm. Walter zuckte zusammen und schaute auf. »Ich glaube, es geht uns allen so«, flüsterte Edward. »Wir müssen da durch, und wir werden es schaffen.«

50

Kurze Zeit später war ihr Flugzeug gelandet. Für Edward und Walter stand ein Wagen bereit. Nachdem der Fahrer den Weg in Richtung City eingeschlagen hatte, versuchte Edward nochmals, Red zu erreichen. Zu seinem Erstaunen meldete er sich diesmal.

»Verdammt noch mal, wo stecken Sie denn?«, rief Edward ungehalten. »Ich glaube nicht, daß Ihr Verhalten etwas mit unseren Abmachungen zu tun hat.« Er wartete Reds Antwort ab und warf dann einen kurzen Blick auf seine Armbanduhr. »Also gut, in einer halben Stunde.«

Er beendete den Telefonkontakt. »Ein Glück, Red ist in London. Er ist Linie geflogen und hatte das Handy ausgeschaltet«, erklärte er Walter. »Wir treffen uns mit ihm im Hyde Park.« Er gab dem Fahrer entsprechende Anweisung.

»Hat er sonst etwas gesagt?« wollte Walter wissen.

Edward schüttelte den Kopf. »Nein, aber er hat von sich aus um das Gespräch gebeten. Ich hatte den Eindruck, es tut ihm leid, daß alles so gekommen ist.«

Die Häuser von London flogen an ihnen vorbei. Der Fahrer erwies sich als sehr ortskundig und umfuhr einige Verkehrsknotenpunkte, die um diese Uhrzeit erfahrungsgemäß völlig verstopft waren.

Am Ende des Broad Walk wurden sie bereits von Red erwartet. Er empfing sie in derselben Aufmachung, wie er sie verlassen hatte: im blauen Overall, mit Metallkoffer und Notebook bepackt.

Deshalb verwunderte sie auch nicht seine erste Frage, ob sich seine Kleidung wieder in London befände.

»Die haben wir im Auto«, erklärte Walter. »Wollen Sie sich erst umziehen?«

Red schüttelte den Kopf. Ihm schien es im Moment wichtiger, gemeinsam darüber nachzudenken, was zu tun sei. »Lassen wir das für nachher«, meinte er. »Aber ich würde gerne den Koffer vorübergehend in Ihrem Wagen unterbringen.«

Edward schaute Walter an. »Kannst du das erledigen? Wir gehen ein Stück den Weg entlang. Wenn du bitte nachkommst.« Walter nahm kommentarlos den schweren Metallkoffer und schleppte ihn zur Parkgarage, wo ihr Wagen stand. Red und Edward schlugen den Weg in Richtung Hyde Park Corner ein.

»Lassen Sie mich bitte erklären«, begann Red sofort. »Ich glaube, wir beide kennen uns inzwischen ganz gut. Wir müssen uns nichts vormachen. Nachdem ich weiß, worum es geht, werden Sie verstehen, daß ich mit besonderer Vorsicht an die Sache herangehe. Ich glaube, wir beide können gar nicht abschätzen, was für uns davon abhängt. Sie persönlich werden vielleicht in eine etwas ruhigere Abteilung versetzt. Ihr Auftraggeber aber, wer immer dies auch sein mag, wird in einen Skandal verwickelt, wie ihn Großbritannien noch nicht erlebt hat. Auch für mich steht einiges auf dem Spiel. Ich vertraue Ihnen jetzt etwas an, was außer Lucy und mir niemand weiß. Und ich wäre Ihnen auch dankbar, wenn es unter uns bliebe.«

Er blieb kurz stehen und vergewisserte sich, daß niemand ihnen zuhören konnte. »Nach diesem Job werde ich aufhören. Ich möchte endlich aus meinem Gefängnis heraus und meine Freiheit mit Lucy, die von meinen Aufträgen nichts ahnt, genießen. Ich habe mich erst nach Ihrem letzten Besuch dazu entschlossen, und wenn ich ehrlich bin, war Ihre Bemerkung bezüglich meines Ruhestandes letztlich der Anstoß dazu. Ich will und darf mir diese Zukunft durch ein übereiltes Handeln nicht verbauen. Glauben Sie mir, die Voraussetzungen für einen Unfall waren in Frankreich hervorragend. Aber das hätte mindestens drei Stunden ungestörter Arbeit vorausgesetzt. Drei Stunden und nicht eine knappe Stunde, bei der man immer noch davon ausgehen mußte, daß der Pilot oder sonst jemand früher kommt und uns überrascht. Wissen Sie, was das bedeutet hätte? Das Ende von allem. Die ganze Sache wäre aufgeflogen. Lassen Sie uns also einfach sachlich feststellen: Es ging so nicht. Und lassen Sie uns ebenso nüchtern fragen: Was machen wir jetzt?« Red schaute Edward an, der schweigend zugehört hatte. »Oder sind Sie inzwischen zu einem anderen Ergebnis gekommen?«

»Nein«, antwortete Edward wahrheitsgemäß. »Wir haben zwar Alternativen erwogen, aber die sind alle mit großen Risiken verbunden und deshalb nicht realisierbar. Was ist überhaupt noch realisierbar?«

Red war stehengeblieben. »Ich weiß nicht, ob dies hier der richtige Ort ist, weiterzusprechen. Vielleicht sollten wir in meine kleine Wohnung fahren...«

»Die wurde bereits aufgelöst«, unterbrach ihn Edward.

»Und meine Sachen?« wollte Red wissen.

»Stehen irgendwo zum Abholen bereit, weil wir annehmen mußten, daß Sie morgen nach dem Job sofort zurückfliegen. Aber machen Sie sich deswegen keine Sorgen. Wir werden Ihnen für heute nacht ein anderes Hotel besorgen.«

»Das ist nicht nötig. Ich werde mich selbst darum kümmern. Lassen Sie uns irgendwo über den morgigen Tag sprechen. Der wird wohl die Entscheidung bringen.« Red drehte sich um und sah Walter auf sie zukommen.

»Red würde sich gern irgendwo mit uns ungestört unterhalten. Wir könnten nochmal raus nach Greenwich fahren ...«

Edward wurde von Red unterbrochen.

»Da verlieren wir doch viel zu viel Zeit. Kann man denn nicht einfach den Fahrer nach Hause schicken, und wir fahren gemeinsam irgendwohin ins Grüne?«

Wieder schaute Edward seinen Kollegen an.

»Okay«, nickte Walter. »Ich werde ihn nach Hause schicken und mit dem Wagen oben zum Ausgang Knightsbridge fahren. Wartet dort auf mich.«

Er eilte im Laufschritt wieder zur Parkgarage zurück.

»Wieviel Leute sind eigentlich inzwischen an dem Job beteiligt?«, fragte Red unvermittelt. Zu seiner Verwunderung antwortete Edward diesmal ohne Zögern.

»Fünf. Aber außer mir und Walter kennt man Sie nur dem Namen nach. Sie wurden weder von uns beobachtet, noch habe ich Dritten gegenüber irgendwelche Daten oder Beschreibungen geliefert, die zu Ihrer Identifizierung führen könnten. Es sei denn, die CIA ...«

»Nicht so laut, Mister«, zischte Red.

»Sie haben recht. Wir sollten vielleicht das Thema wechseln. Auf jeden Fall müssen Sie in dieser Richtung keinerlei Befürchtungen haben.«

Sie setzten den Weg schweigend fort und erreichten kurze Zeit später den Ausgang des Hyde Park. Im gleichen Moment hörten sie eine Autohupe. Walter wartete schon auf sie. Edward trat an die Fahrertüre und öffnete sie.

»So leid es mir tut, ich möchte dich bitten, mich mit Red alleinzulassen. Einer muß doch ...« Er machte eine für Walter unmißverständliche Kopfbewegung. »Ich melde mich so schnell wie möglich. Wir werden uns bestimmt heute noch sehen.«

Walter stieg aus und ließ Edward ans Steuer. Er gab ihm einen freundschaftlichen Klaps auf die Schulter. »Mach's gut, und sieh zu, daß ihr zu einer Lösung kommt. Der Koffer und die Kleider liegen im Kofferraum.«

Red bedankte sich mit einer Handbewegung und schob sich, immer noch sein Notebook in der Hand, auf den Beifahrersitz. »Armer Walter«, meinte er lachend. »Aber ein guter Mann, oder?«

51

Edward steuerte den Wagen durch den dichten Verkehr.

»Das wird ja von Tag zu Tag schlimmer«, bemerkte Red. »Ich würde es hier nicht lange aushalten. Wie kommt man dabei überhaupt noch zum arbeiten, wenn man für die kleinsten Strecken Stunden zum Fahren braucht?«

»Wer hier arbeitet oder Termine hat, benutzt meist die Untergrundbahn. Das ist das zuverlässigste Verkehrsmittel«, gab Edward zu. Dann besann er sich auf den Anlaß, warum sie sich ziellos durch den Verkehr quälten.

»Aber was, schlagen Sie vor, sollen wir machen? Ich schätze, wir haben maximal vierundzwanzig Stunden Zeit.«

Red klappte sein Notebook auf und schaltete es ein. »Ich habe bereits etwas vorgearbeitet. Halten wir uns doch zunächst einmal an die bekannten Daten. Eure Prinzessin wird morgen mit der Gulfstream in Olbia abgeholt und fliegt nach London ...«

»Stop!« Edward trommelte nervös mit den Fingern auf dem Lenkrad. »Hier tauchen schon die ersten Fragen auf. Wir wissen nicht genau, ob sie nach London fliegt und von hier weiter nach Balmoral Castle zu ihren Kindern oder gleich bis Aberdeen.«

»Okay, sie wird aber dort nicht zu Fuß vom Flughafen ins Schloß gehen. Und wenn sie nach London kommt, wird sie auch irgendein Fahrzeug benutzen, oder?«

Da Edward ihm keine Antwort gab, setzte er seinen Gedankengang fort. »Es stellt sich also nur die Frage, welches Fahrzeug benutzt sie in London, welches in diesem Aberdeen? Ich muß mich also maximal auf zwei Fahrzeugtypen vorbereiten. Wie dicht ist euer Mann an der Prinzessin?«

»Warum?« wollte Edward wissen.

»Nun, ich wäre dankbar, wenn ich frühzeitig wüßte, wo die Lady landet und welches Fahrzeug ich präparieren muß. Vor allem würde ich mir gern eine Stelle aussuchen, wo der Unfall geschehen soll und wie. Verstehen Sie?«

Wieder erhielt er keine Antwort.

»Gehen wir also mal davon aus, daß eure Prinzessin im Laufe des späten Vormittags sich in Olbia abholen läßt, dann solltet ihr mindestens zwei Stunden vor Abflug wissen, wohin es geht. Diese zwei Stunden plus Flugzeit reichen mir für London aus, wenn das Fahrzeug greifbar ist. Das heißt, ihr müßt es schnellstens besorgen und mir irgendwohin stellen, wo ich ungestört arbeiten kann. Fliegt sie aber nach Aberdeen, dann müssen wir unsere Reisezeit dorthin einrechnen. Das heißt also, die Zeit in Aberdeen wird äußerst knapp.«

Edward unterbrach ihn. »Mir kommt eine ganz andere Idee. Wir sollten prüfen lassen, ob es nicht möglich ist, selbst zu bestimmen, welches Fahrzeug Lady Diana nimmt. Hier und in Aberdeen. Dann könnte man nämlich die Fahrzeuge bereits heute nacht präparieren und einen Wagen morgen einfach dorthin bringen, wo Lady Diana aus dem Flugzeug steigt.«

»Das wäre natürlich die beste und einfachste Lösung«, stimmte Red ihm zu.

Edward fuhr den Wagen an den Straßenrand und zog sein Handy. Arthur meldete sich. Edward schilderte ihm seine Idee und bat um sofortige Prüfung.

»Das ist die Lösung, Edward«, freute sich Red. »Sollte es möglich sein, den Wagen heute nacht hier vorzubereiten, könnte man anschließend sofort nach Aberdeen fahren oder fliegen. Wir würden enorm viel Zeit gewinnen und hätten für alle Fälle vorgesorgt.«

»Immer vorausgesetzt, daß wir unauffällig an die Fahrzeuge herankommen. Hier in London sehe ich da kein Problem. Aber in Schottland geht das nicht so einfach. Da wird möglicherweise Seine Königliche Hoheit, Prinz

Charles, ihr einen Wagen schicken. Und an den kommen wir nicht heran.«

»Aha«, grinste Red, »Charly ist also bei eurem Komplott nicht mit von der Partie.«

Edward ärgerte sich, daß er einen Patzer gemacht hatte. Aber er überging die Bemerkung. »Ausschließen kann man natürlich nichts. Vielleicht ist es wirklich einfach. Wir werden es gleich erfahren.«

Endlich hatten sie es geschafft, aus dem Hauptverkehr herauszukommen. Red fiel ein, daß er unbedingt Lucy anrufen mußte. »Vielleicht sollten wir etwas trinken gehen, bis wir Nachricht bekommen, was möglich ist. Ich muß gestehen, daß ich etwas Durst habe.«

Edward nickte.

52

Walter war erstaunt, nur George vorzufinden, als er den großen Besprechungsraum betrat. Sir David und Arthur hatten sich zurückgezogen und George gebeten, sie zu informieren, sobald Edward und Walter eingetroffen waren. George stand auf und rief beide vom Vorzimmer aus an. Dann setzte er sich zu Walter, der einen sehr müden Eindruck machte.

»Das war Pech, nicht wahr?« fragte er vorsichtig. »Andererseits bin ich ehrlich gesagt froh, daß es nicht geklappt hat. Ich habe immer noch die Hoffnung ...«

»Es wird klappen!« unterbrach ihn Walter unerwartet

heftig. »Wir werden es hinter uns bringen, und zwar so schnell wie möglich, und dann gehen wir alle kotzen und das Leben geht weiter. Und jetzt halte bitte die Klappe.«

George sah seinen Kollegen verwundert an. So hatte er Walter noch nie reden hören. »Wo ist Edward?« wollte er wissen.

»Mit Red unterwegs.«

»Red? Ich denke, der ist untergetaucht?« George sprang erschrocken auf, denn das hieß, daß die Aktion eventuell doch noch gestartet werden konnte.

»*War* untergetaucht! Als wir in London gelandet sind, war Red schon da. Habt ihr das nicht rausbekommen? Red ist doch Linie geflogen!«

George schüttelte den Kopf. »Mag sein, aber wir haben bisher keine Rückmeldung. Es sei denn, sie ist bei Arthur gelandet. – Das heißt aber, es geht weiter?«

»Natürlich geht es weiter. Edward und Red sind jetzt mit dem Wagen losgefahren, um ungestört reden zu können und den morgigen Tag zu planen.«

»Was ist dieser Red eigentlich für ein Mensch?« wollte George wissen.

Walter stand auf und ging zu dem Tisch mit den Getränken. Er goß sich ein Glas Orangensaft ein. »Wenn du ihn so siehst und nicht weißt, was er treibt, würdest du nie glauben, daß er Menschen umbringt oder zumindest Dinge unternimmt, die Menschen den sicheren Tod bringen. Andererseits spricht er von all diesen Dingen so selbstverständlich, daß es einem kalt den Rücken herunterläuft. Er packt seinen Computer aus und beschreibt dir minutiös, wie er jemanden umbringt, und warum niemand an dem Unfall, den er inszeniert, Zweifel haben wird. Ungefähr so wie ein Schreiner, der dir erklärt, wie er einen Schrank, den du bei ihm in Auftrag gegeben hast, plant und zusammenzimmert. Und das ist das Merkwürdige dabei: Wenn du Red erlebst, vergißt du sehr schnell, daß *du* ihm den Auftrag gegeben hast. Verstehst du, du verlierst in seinem Beisein das Gefühl, selbst an dem Mord beteiligt zu sein. Und ich weiß von Edward, daß es ihm genauso ergeht.«

George starrte Walter an. Wie konnte er jemals vergessen, daß er an der Durchführung eines Mordauftrags mitgewirkt hatte? Auch wenn er nur ein kleines Rädchen in diesem Getriebe war, so trug er doch sein Teil zu diesem Mord bei.

Er wurde aus seinen Gedanken herausgerissen, als Sir David eintrat. Er trug seine Goldrandbrille bereits auf der Nase, was äußerst ungewöhnlich war und den beiden sofort auffiel. Auch hatte er keinerlei Akten bei sich, sondern nur ein gefaltetes Blatt Papier. Und er schien sehr aufgebracht. »Dieser Red, dieser Rosenzweig ist doch tatsächlich nach London zurückgekehrt. Machen Sie ihn sofort ausfindig«, wandte er sich an die beiden Männer.

»Verzeihung, Sir«, unterbach ihn Walter, »Edward sitzt bereits mit Red zusammen und bespricht die Lage.«

»Und wieso erfahre ich das erst jetzt?« fragte Sir David ungehalten. Er setzte sich an seinen angestammten Platz und blickte Walter wütend an.

»Sir, ich bin eben erst eingetroffen. Edward und ich haben uns getrennt, ich mußte die Tubes benutzen.« Sir David machte den beiden ein Handzeichen, wieder ihre Plätze einzunehmen.

»Weiß man schon, was nun unternommen wird? Ich

hoffe, Ihnen ist klar, in welche Situation uns dieser Red durch sein Versagen gebracht hat.« Er donnerte mit der Faust auf den Tisch. »Die Anweisung lautete eindeutig und unmißverständlich: Lady Diana darf englischen Boden nicht mehr lebend betreten. Und wie wollen Sie das jetzt noch verhindern?« Er hielt inne und machte George ein Zeichen, ihm etwas zu trinken zu bringen. George schenkte ihm ein Glas Mineralwasser ein. Sir David trank das Glas halb leer und stellte es energisch auf den Tisch. Offenbar hatte man ihn stark attackiert und unter Druck gesetzt.

»Ziel unserer ganzen Bestrebungen war ein unverdächtiger Unfall und kein Attentat. Ich verlange von Ihnen, daß dieses Ziel umgehend verwirklicht wird, egal was es kostet und wie Sie es arrangieren. Sie glauben doch nicht ernsthaft, daß die Ankunft Lady Dianas morgen unter Ausschluß der Öffentlichkeit stattfinden wird, nachdem sie acht Tage mit diesem Al-Fayed unterwegs war. Sie wissen so gut wie ich, welche Gerüchte zwischenzeitlich durch die Medien geisterten und was wir bereits definitiv wissen! Meine Herren, da werden die Fotografen und Presseleute Schlange stehen. Und ich sehe schon am Montag die Schlagzeilen in der Sun: Lady Di heiratet Muslim Dodi, Lady Di schwanger, Stiefvater des Thronfolgers William in Waffengeschäfte verwickelt!« Sein Gesicht wurde noch blasser, als es ohnehin schon war. »Meine Herren, diese Schlagzeilen darf es nicht geben!« Er sprang auf und verließ den Raum so schnell, wie er gekommen war.

53

Als Red die Suite im Dorchester betrat, hatte die Dämmerung bereits eingesetzt. Die Zimmer lagen im Halbdunkel, Lucy war nicht da. Er zog sich um, stellte dann aber fest, daß der Geruch des Overalls immer noch an ihm haftete, und beschloß deshalb, als erstes zu duschen. Im Badezimmer sah er, daß Lucy sich hier für den Abend zurechtgemacht hatte, denn über der Badewanne hingen Kleidungsstücke und am Beckenrand stand ein Fläschchen mit Nagellack, das sie vergessen hatte zu schließen. Nach dem Duschen sah er im Spiegel, daß der Dreitagebart seit seiner Ankunft in London etliches an Fülle gewonnen hatte. Er überlegte, ob er ihn wieder abrasieren sollte. Nein, erst zu Hause. Da Lucy wahrscheinlich erst spät zurückkehren würde, wollte er im Dorchester essen und ihr eine Nachricht an der Rezeption hinterlegen.

Er zog sich an und schaute sich, bevor er ging, noch einmal im Zimmer um. Edwards Handy mußte er unbedingt mitnehmen, denn es war bisher nicht geklärt, ob man noch heute abend den Wagen ausfindig machen konnte, der Diana morgen am Flugzeug abholen würde. Er mußte sich auf eine turbulente Nacht einstellen. Der nächtliche Ausflug nach Aberdeen war allerdings inzwischen eher unwahrscheinlich, wenn er auf die Uhr schaute. Red wußte selbst nicht, was in den nächsten vierundzwanzig Stunden auf ihn zukommen würde, und hoffte nur, daß es schnell ging und für ihn machbar war. Im Zweifelsfall hatte er immer noch einen Joker in der Tasche

– aber den wollte er möglichst lange für sich behalten.

Er verließ die Hotelsuite. Die Aufzüge waren um diese Zeit permanent unterwegs, und Red mußte ziemlich lange warten, bis sich eine Kabine durch ein leises Signal ankündigte. Als sich die Türe öffnete, stand Lucy vor ihm. Sie war ebenso überrascht wie er.

»Red, was machst du hier? Ich dachte, du bist in –?« Ihr fiel der Name der Stadt nicht mehr ein, die Red ihr genannt hatte.

Red überging die Frage. Er nahm Lucy in den Arm und küßte sie, während sich die Aufzugtür wieder schloß und beide allein auf dem Hotelflur standen. Er nutzte die Zeit, um sich blitzschnell auf die veränderte Situation einzustellen. Erst dann ließ er Lucy langsam los.

»Mein Schatz, freust du dich, daß ich schon heute abend wieder in London bin? Der ganze Ablauf der Verhandlungen wurde geändert, weil die Voraussetzungen anders waren, als wir angenommen hatten. Dafür bin ich zwar jetzt auf Abruf, aber immerhin bei dir, und wir können etwas gemeinsam unternehmen.«

Lucy ihrerseits war froh, daß Red sie nicht ausfragte, und verzichtete darauf nachzuhaken, was dieses »auf Abruf« bedeutete. Stattdessen hängte sie sich wortlos in Reds Arm und ging mit ihm zur Suite zurück.

»Ich wollte gerade unten im Grillroom etwas essen«, stellte Red fest. »Wir können aber auch gern etwas anderes unternehmen.«

»Nein, laß uns ruhig hier essen. Ich bin viel herumgelaufen und ziemlich müde. Ich möchte nur ein paar andere Schuhe anziehen.« Lucy streifte ihre Schuhe mit den flachen Absätzen ab und ging ins Schlafzimmer, um sich aus dem Schrank ein Paar Pumps zu holen. Mit den neuen Schuhen trat sie vor Red und lächelte ihn an. »Jetzt kannst du mich viel leichter küssen.«

Während Red die Arme um sie legte, entdeckte er über ihre Schultern hinweg die »Yellow Pages« auf dem Couchtisch, die bisher nicht wieder abgeholt worden waren. Er überlegte, ob er Lucy darauf ansprechen sollte.

»Du riechst nach Öl«, stellte Lucy fest und schnupperte an seinem Hals.

Red lachte laut. »Das kann nicht sein. Warum sollte ich nach Öl riechen? Im übrigen habe ich eben erst geduscht. Vielleicht ist es das Duschgel oder das neue Hemd. Ja, es wird das neue Hemd sein.« Er zog sein Jackett aus und schnupperte selbst am Ärmel des Hemdes. »Tatsächlich, man könnte den Geruch mit Öl verwechseln.«

Lucy schien mit dieser Feststellung zufrieden. »Dann nimm etwas Eau de Toilette, denn der Geruch ist nicht unbedingt attraktiv. Oder wechsle das Hemd und laß es erst einmal waschen.«

Red ging ins Bad und nahm etwas After Shave. Als er ins Wohnzimmer zurückkam, bemerkte er, daß die »Yellow Pages« von dem Couchtisch verschwunden waren. Merkwürdig, dachte er, was hatte Lucy wohl in dem Telefonbuch gesucht, und vor allem, warum machte sie daraus ein Geheimnis?

»Was hast du eigentlich den ganzen Tag ohne mich gemacht?« fragte Red beiläufig und hoffte, auf diese Weise eine Erklärung zu bekommen.

Lucy hatte sich inzwischen einen Cognac eingeschenkt und balancierte den Schwenker zwischen zwei Fingern. »Laß mich überlegen. Erstmal habe ich lange geschlafen und mich dann ausgiebig gepflegt. Dann habe ich gefrühstückt und danach einen langen Spaziergang durch London gemacht. Heute abend wollte ich eigentlich noch einmal in das »Orso« gehen, aber dann wurden mir die Beine und Füße schwer, und ich bin ins Hotel zurück. Wahrscheinlich hätte ich mir jetzt etwas aufs Zimmer bringen lassen.«

Red nahm Lucy den Cognacschwenker aus der Hand und trank ihn leer. »Dann laß uns jetzt erst einmal schön essen gehen.« Er stellte das Glas ab und gab ihr einen Kuß auf die Stirn.

54

Als Edward in Arthurs Büro kam, telefonierte dieser gerade mit der Fahrbereitschaft. »Wenn ich Sie also richtig verstanden habe, ist noch gar nichts vorgesehen?« Arthur warf Edward einen verzweifelten Blick zu. »Kurz, Sie wissen gar nichts. Danke!«

Er warf den Hörer auf den Telefonapparat und machte seinem Ärger Luft. »Es ist zum Kotzen. Alles Scheiße. Ich telefoniere und telefoniere. Keiner weiß was! Zwar erzählt mir jeder, daß man morgen gegen Mittag mit der Rückkehr von Lady Diana rechnet, aber keiner kann mir sagen, wo sie landet und welches Fahrzeug sie dort abholen wird.« Er griff nach einem Zettel, den er vor sich auf dem Schreibtisch liegen hatte. »Der einzige Anhaltspunkt, den ich habe, ist der, daß Lady Di möglicherweise mit

Fay Marshalsea verabredet ist und vielleicht von ihr abgeholt wird.«

»Wer zum Teufel ist diese Fay und wie kommst du auf sie?«

»Fay Marshalsea! Die ehemalige Zofe von Lady Diana, die mit den Zwillingen.«

Edward erinnerte sich. »Das wäre natürlich eine Möglichkeit. Aber wie sicher ist diese Information?«

»Sicher?«, lachte Arthur und hob theatralisch seine Arme. »Sicher ist überhaupt nichts. Weißt du, daß ich seit über zwei Stunden wegen dieses dämlichen Wagens herumtelefoniere? Ich habe auch SAS-Henry scharf gemacht. Von ihm stammt übrigens die Information über Fay. Aber auch er ist nicht ›sicher‹, daß es tatsächlich Fay war, es könnte auch diese Dr. Ann Coxon gewesen sein. Er hat nur rein zufällig und wahrscheinlich viel zu spät etwas von dem Telefonat mitbekommen und es auch nicht für wichtig gehalten.«

»Das heißt also, wir hängen erneut völlig in der Luft?«

Arthur nickte. »Das kann man so sagen.«

»Und was macht George?«

»Der sitzt mit Sir David und Walter zusammen in einer Krisensitzung. Sir David steht ganz schön unter Druck. Er machte schon heute mittag, als du angerufen hast, den Eindruck, als würde er am liebsten selbst einen Revolver nehmen und den Fall erledigen. Wir hätten statt Red besser einen heißblütigen Italiener auf Sardinien anheuern sollen. Ein Attentat auf Sardinien, das hätte uns doch jeder abgekauft.«

»Arthur, wir sind bisher immer davon ausgegangen, daß es hier in London oder zumindest in England geschieht. Daß sich in wenigen Tagen die Situation so zuspitzen und Lady Di sich im Ausland aufhalten würde, konnte keiner vorhersagen.«

Die Türe öffnete sich und George kam herein. Als er Edward sah, stutzte er. »Du hier? Was hast du denn jetzt mit Red ausgemacht?«

»Nichts Konkretes. Er ist in irgendeinem Hotel und wartet. Seinen Koffer und das Notebook habe ich im Kofferraum gelassen. Der Wagen steht in der Garage unter Verschluß.«

»Da könnten wir doch ganz schnell nachsehen, was Red so alles mit sich schleppt und gespeichert hat«, feixte Arthur.

Edward warf ihm einen scharfen Blick zu. »Das werden wir in dieser Situation ganz schön bleiben lassen. Wir brauchen nicht noch mehr Ärger und Komplikationen. Der ganze Auftrag ist Irrsinn. Wir müssen ihn nicht durch solche Aktionen weiter gefährden.« Edwards Stimme klang bestimmend. »Arthur, es werden auch keine Alleingänge gemacht, ist das klar? Red hat mir seine Sachen anvertraut, und sie bleiben unter Verschluß!«

Er übersah Arthurs spöttisches Grinsen. »Wenn mich jemand sucht, ich bin in meinem Büro.« Er drehte sich um und ging.

»Heute haben wohl alle schwache Nerven«, seufzte Arthur und griff erneut zum Telefon.

55

Walter saß an seinem Schreibtisch und war dabei, die Ereignisse des Tages als Bericht in den Zentralcomputer zu geben. Er blickte nur kurz auf, als Edward den Raum betrat. »Hast du George schon getroffen?«

»Ich weiß schon alles. Auch Arthur war bisher erfolglos.« Edward setzte sich an seinen Arbeitsplatz und schaltete ebenfalls den Computer ein. Er arbeitete sich durch die verschiedenen Codenamen und -nummern hindurch, bis er in die höchste Geheimhaltungsstufe vorgedrungen war, zu der er Zugangsberechtigung hatte. Er überflog alle alten Eintragungen und suchte nach neuen Informationen. Aber es gab nur eine einzige neue Mitteilung: Diana hatte im Laufe des Tages über ihr Handy von Sardinien aus mit einer Nummer telefoniert, die ihm bekannt vorkam. Er notierte sie sich und wechselte in die offene Informationsdatei, wo die Nummer jedoch nicht auftauchte. Er ging eine Geheimhaltungsstufe höher und fand schließlich die Nummer. Sie gehörte James Whittaker. Edward überlegte, was Diana wohl dem Hofberichterstatter erzählt hatte, mit dem sie seit vielen Jahren befreundet war. Er ging in die Protokolldatei, konnte aber kein Telefonprotokoll entdecken. Er ging wieder in die News-Datei zurück und blätterte weiter. Was ihn wunderte, war die Tatsache, daß die letzte News-Erweiterung von siebzehn Uhr stammte, aber keinerlei Angaben bezüglich des Ausflugs nach Cannes verzeichnet waren.

»Walter, wie weit bist du?« fragte er fast automatisch.

»Ich denke, noch ein paar Minuten.«

»Mach eine Pause und gib den Bericht in den Zentralcomputer rüber«, bat Edward.

Walter speicherte den bisher eingegebenen Text ab und schickte ihn an den Zentralcomputer. Edward starrte auf den Bildschirm, aber nichts veränderte sich. Die letzte Eintragung blieb bei siebzehn Uhr und zwölf Minuten. »Schick den Text nochmals ab und überzeuge dich, daß du die richtigen Daten eingibst«, forderte er Walter auf. Der wiederholte seine Eingabe langsam. Wieder blieb Edwards Bildschirm unverändert. »Merkwürdig«, sagte er, »ich glaube, du kannst dir die Arbeit mit dem Tagesbericht sparen. Da hat jemand eine Sperre eingebaut.« Dann stieg er selbst aus der Datei und begann, einen kurzen Text einzugeben, den er an den Zentralcomputer schickte. Wieder wechselte er in die News-Datei. Auch diese Nachricht wurde von dem Speicher nicht angenommen. »Vergiß es«, sagte Edward nachdenklich. »Der Zentralspeicher ist offenbar für uns gesperrt worden.«

»Was bedeutet das?« wollte Walter wissen.

Edward schob seinen Sessel zurück und überlegte. »Ich kann mir momentan keinen Reim darauf machen. Aber irgendwer hat angeordnet, daß unsere Mitteilungen von niemandem zur Kenntnis genommen werden können.« Plötzlich schnippte er mit dem Finger und sprang auf. »Walter, weißt du, was das bedeutet?«

Walter schaute seinen Kollegen erwartungsvoll an.

»Das kann nur bedeuten, daß selbst Leute, die Zugang zu höheren und hohen Geheimhaltungsstufen haben, nicht über den Auftrag informiert sind. Der Befehl, Lady Diana zu liquidieren, soll wahrscheinlich an bestimmten

Abteilungen oder Personen vorbei geschleust werden, die eigentlich ein Wörtchen mitzureden hätten. Und der Befehl kommt möglicherweise gar nicht von ganz oben, wie uns Sir David immer erzählt. Walter, irgendetwas stimmt nicht an dieser Sache.«

»Dann laß mich mal nachschauen, mit welcher Begründung wir heute den Learjet bekommen haben.« Walter gab ein paar Codeziffern in seinen Computer und bekam die Übersicht über den gesamten Tageseinsatzplan. Er klickte mit seiner Maus den Learjet an und sofort erschien die Meldung: Personenschutz und Transport Avraham Rosenzweig, Rüstungskaufmann. Begleitpersonen: Zwei. Ziel DST-Treffen, Cannes.

»Ich glaube, ich spinne«, ereiferte sich Walter. »Weißt du, wen wir heute geflogen haben? Den Rüstungskaufmann Avraham Rosenzweig zur ›Direction de la surveillance du territoire‹ nach Cannes. Und namentlich werden wir gar nicht erwähnt, weil es unglaubwürdig wäre, wenn sich bei einer Nachforschung herausstellen würde, daß zwei Personen aus unserer Abteilung als Bodyguards eines Rüstungskaufmanns mitgeflogen sind. Da würde jeder sofort fragen, was dahintersteckt.« Walter hatte einen hochroten Kopf bekommen und trommelte nervös auf dem Rand seiner Tastatur herum.

»Nun mal langsam«, begann Edward, zog seinen Sessel näher an Walters Schreibtisch heran und setzte sich. »Was wissen wir jetzt alles? Zum einen, daß uns ausschließlich Sir David über den Auftrag informiert hat. Er scheidet als Drahtzieher mit absoluter Sicherheit aus. So etwas würde er nicht wagen, und er ist auch kein Fanatiker. Von ihm nach oben gibt es natürlich viele Wege. Da kommen wir nicht weiter. Wir durften mit der CIA Kontakt aufnehmen. Also wird es von dort eine Querverbindung zu einer höheren Ebene gegeben haben. Dann haben wir unseren SAS-Henry. Das bedeutet, daß es in dieser Sache offizielle Kontakte zum Special Air Service gibt. Andererseits hat Sir David den Fototermin mit Prinz Charles unheimlich schnell arrangieren können. Also liegt der Verdacht nahe, daß es auch Querverbindungen zu Buckingham Palace gibt.«

»Und damit sind wieder alle Möglichkeiten offen«, schloß Walter seufzend. »Ich glaube nicht, daß es uns gelingen wird, herauszufinden, wer der tatsächliche Drahtzieher ist.«

»Warte ab, so einfach gebe ich nicht auf!« Edward stand auf, ging zu seinem Computer zurück und wechselte noch einmal die Datei. Er wollte diesen Henry anrufen. Vielleicht wußte der mehr über die Zusammenhänge. Als er seine Nummer und das Losungswort gefunden hatte, wählte er ihn an. Es dauerte eine Weile, bis Henry sich meldete.

Sie tauschten die Losungen aus.

»Edward hier, gibt es etwas Neues zu berichten?«

»Der Abend hat doch erst angefangen, und ich bin bis jetzt nicht einmal zum Essen gekommen,« kam es als Antwort.

Henry konnte offenbar im Moment nicht ungestört reden. »Dann melde dich, wenn du gegessen hast oder bevor du ins Bett gehst.« Edward hängte wieder ein. Er hätte zu gern gewußt, wer dieser Henry war und wo er bei den Al-Fayeds einschleust worden war.

56

Red und Lucy bestellten im Grillroom des Dorchester eine Flasche Champagner und als Vorspeise Austern. Aber die Austern schmeckten Red nicht. Sie waren nicht so frisch wie in Gruisson oder Saint-Jean-de-Luz.

»Du machst heute keinen sehr zufriedenen Eindruck«, stellte Lucy mit besorgtem Blick fest und griff nach seiner rechten Hand. »Ich mache mir Sorgen um dich. Du siehst müde und abgespannt aus. Ich glaube, ich muß mich etwas mehr um dich kümmern.«

»Tu es«, lachte Red und warf ihr einen Kuß über den Tisch zu. »Du solltest mich wirklich etwas mehr verwöhnen.«

Zwei Kellner stürzten auf ihren Tisch zu. Der eine räumte die Austernschalen und Teller ab, der andere brachte die Suppe, die sich Lucy und Red bestellt hatten. Die Suppe war viel zu heiß, wie Red feststellen mußte. Er legte den Löffel aus der Hand und machte sich über das Brot her, das ebenfalls serviert worden war. Immerhin hatte er den ganzen Tag noch nichts Vernünftiges gegessen und war seit etwa achtzehn Stunden auf den Beinen.

Lucy überlegte, woher Reds schlechte Laune kommen konnte. Was war nur schiefgelaufen? Oder hatte er etwas gemerkt? Sie war sich nicht sicher. Irgendwie hatte sie das Gefühl, daß diesmal alles anders war als sonst. Hier in London verschwand er ungewohnt häufig, hatte ein eigenes Hotel, aus dem er dann plötzlich ausgezogen war. Er mußte jedoch woanders untergekommen sein, denn er hatte zwei Nächte nicht bei ihr geschlafen. Steckte vielleicht eine andere Frau dahinter?

Red schien zu spüren, daß auch Lucy aufgehört hatte zu essen und vor sich auf den Tisch starrte. »He, junge Frau, wovon träumen Sie?«

Er griff gerade wieder zu seinem Löffel, als ihn Edward über das Handy anrief. Er sprang auf und verließ eilig den Raum. Edward teilte ihm mit, daß es vorerst keine neuen Erkenntnisse gab und kurzfristig auch keine zu erwarten wären.

»Edward«, mahnte Red, »jede Minute ist eine verlorene Minute.« Er war im Flur angekommen. »Ich möchte nicht noch einmal das Gleiche erleben wie heute vormittag, und Sie kennen inzwischen meine Einstellung. Ich gehe kein Risiko ein. Lassen Sie sich etwas einfallen. Es muß doch verdammt noch mal eine Möglichkeit geben, herauszufinden, was morgen abläuft. Irgendwer muß doch was wissen.«

Edward versicherte ihm, daß alle Hebel in Bewegung gesetzt seien. Allerdings verschwieg er Red, daß er inzwischen erhebliche Zweifel daran hatte, ob dieser Auftrag noch durchzuführen sei.

»Also gut, Edward. Ich sitze hier beim Abendessen und werde mir gleich ein Hotel suchen. Dann lege ich mich aufs Ohr und bitte Sie erst dann anzurufen, wenn es wirklich soweit ist, damit ich zwischenzeitlich etwas schlafen kann. Denn ich sehe schon, morgen wird von mir absolute Konzentration erwartet, und die habe ich nur nach genügend Schlaf. Ende.«

Red steckte sein Handy ein und ging wieder ins Restaurant zurück. Natürlich war seine Suppe jetzt kalt. Er ließ sie abservieren. Lucy schaute ihn mitleidig an und streichelte seine Hand.

»Hast du großen Hunger?« fragte Red. Lucy begriff sofort und schüttelte lächelnd den Kopf. Das war wieder der alte Red!

Sie standen fast gleichzeitig auf und winkten einem Kellner. Red drückte ihm einen größeren Schein in die Hand und flüsterte ihm etwas zu. Der Kellner nickte und verschwand. Lucy und Red verließen den Grillroom.

»Was hast du zu ihm gesagt?« wollte Lucy wissen.

»Ganz einfach, deine Mutter sei plötzlich gestorben!«

Lucy lachte schallend. Sie beeilten sich, da eine Aufzugtür bereits einladend offenstand. Schnell drückte Red den Knopf zur oberen Etage, bevor noch ein anderer Hotelgast die Kabine betreten konnte. Er umarmte Lucy, küßte sie und öffnete ihr dabei geschickt den Büstenhalter, während sie sich bereits an seinem Gürtel zu schaffen machte. Oben angekommen, stand ein älteres Ehepaar vor der Aufzugstür und wartete. Fast hätten Red und Lucy die beiden umgerannt, als sie aus dem Aufzug drängten. Sie liefen den Flur entlang, und Red öffnete die Tür zur Suite. Lucy hatte sich, schon bevor sie das Schlafzimmer erreichte, ihres Kleides entledigt und ließ sich lachend rückwärts auf das Bett fallen. Ob Diana auch so übermütig sein konnte, schoß es Red durch den Kopf, und er hielt für den Bruchteil einer Sekunde inne. Er stellte sich Diana vor, mit ihren langen Beinen. Schade, daß diese Frau möglicherweise gerade in diesem Moment, ohne es zu ahnen, zum letzten Mal in ihrem Leben Sex hatte.

»Komm endlich!« flüsterte Lucy. »Ich will dich. Wenn

ich schon kein anständiges Essen bekomme, möchte ich wenigstens etwas zum Naschen haben.«

Red warf sich neben Lucy aufs Bett und begann, ihren nackten Körper mit Küssen zu bedecken.

57

Walter hatte die Füße auf seinen Schreibtisch gelegt und war eingeschlafen, als er eine Hand an seiner Schulter spürte, die ihn leicht rüttelte.

»Walter, wach auf.« Edward stand neben ihm mit einer Tasse Tee in der Hand. »Ich hab ein Attentat auf dich vor.« Er zögerte einen Moment und fuhr dann fort. »Nachdem immer noch nicht bekannt ist, welche Pläne Lady Di nach ihrer Ankunft auf dem Flughafen hat, habe ich mir überlegt, daß es vielleicht sinnvoll wäre, wenn du mit Arthur nach Aberdeen fliegen würdest, und zwar so schnell wie möglich. Wenn Balmoral Castle als erste Station in Frage kommt, seid ihr zumindest schon da.«

Walter schaute Edward verständnislos an. »Und wenn Red nicht pünktlich ist oder nicht will, soll ich den Killer spielen oder was?«

»Unsinn. Ihr nehmt dein Motorrad mit und könnt die Gegend zwischen Aberdeen und rund um Balmoral Castle vorab erkunden. Vielleicht läßt sich vor Ort auch genauer feststellen, welcher Wagen sie abholen wird und welche Termine geplant sind. Damit schaffen wir für Red Zeit, die er dringend braucht.«

Walter nahm die Füße vom Schreibtisch. »Weiß Sir David schon von dieser Idee?«

»Nein. Ich wollte erst mit dir sprechen. Nur wenn du einverstanden bist, werde ich Sir David informieren und für euch den Flieger bestellen. Also, was ist?«

Walter streckte sich und gähnte. »Von mir aus. Aber kommt bitte nicht auf die Idee, daß wir da oben die Sache selbst durchziehen sollen.«

Edward schaute Walter vorwurfsvoll an. »Walter, wie lange kennen wir uns schon? Ich würde dir doch nichts zumuten, was ich selbst niemals machen würde.«

Walter erhob sich. »Also, dann informiere Sir David und bestell den Flieger. Wo finde ich Arthur?«

»Der hat sich drüben etwas hingelegt. Laß ihn noch einen Moment schlafen, bis ich weiß, ob alles klappt.« Mit diesen Worten verließ er das Büro, und Walter trank einen Schluck aus der Teetasse, die Edward hatte stehen lassen. Er schüttelte sich, der Tee war abgestanden und kalt. Er griff zum Telefon und wählte eine Nummer. Am anderen Ende meldete sich ein Anrufbeantworter. Walter sprach aufs Band. »Ich bin's. Ich muß kurzfristig nach Balmoral Castle. Sobald ich dort bin, melde ich mich. Bis dahin gibt es keine Kontaktmöglichkeit.« Dann wählte er eine weitere Nummer. Es dauerte eine Weile, bis sich der Teilnehmer meldete. »Walter. Tankt meine Maschine voll und macht sie startklar. Ich bin in etwa zehn Minuten unten.« Er legte den Hörer auf und die Beine wieder auf den Schreibtisch. Vielleicht würde es etwas länger dauern, bis Edward zurückkam.

58

Nachdem sich Edward von Sir David die Genehmigung zu dem Einsatz in Aberdeen geholt hatte, öffnete er leise die Tür zum Gemeinschaftsraum, in dem Arthur sich schlafen gelegt hatte. Arthur öffnete sofort die Augen und blinzelte ihm entgegen. »Ist es soweit?« fragte er.

»Wie man's nimmt. Sir David hat dir und Walter den Flug nach Aberdeen genehmigt. Ihr könnt sofort losfahren.«

»Was sollen wir in Aberdeen? Ist denn sicher, daß Diana dort landet?«

»Nein. Aber wir wollen auf beide Möglichkeiten vorbereitet sein – ihr beide in Aberdeen und George und ich hier in London. Red wird dann sofort dorthin kommen, wo Lady Diana landet. Sollte dies in Aberdeen sein, werdet ihr dort alles vorbereiten können, was Red euch durchgibt, damit er die Sache vor Ort schneller anpacken kann.«

»Und was sollen wir vorbereiten?«

Edward streckte Arthur die Hand entgegen und zog ihn hoch. »Ganz einfach, ihr bekommt heraus, welcher Wagen benutzt wird und welche Strecke vorgesehen ist.«

»Und du bist überzeugt, daß das klappt?« fragte Arthur zweifelnd. »Nimmt Walter wenigstens seine Maschine mit?«

»Klar, sonst hätte das Ganze keinen Sinn. Komm, Walter wartet schon auf dich.«

Sie verließen den Raum und gingen den langen, menschenleeren Flur entlang zu Edwards und Walters Büro.

Walter hatte schon seinen Motorraddress angezogen. Ein weiterer Lederanzug lag über einem Stuhl. »Der müßte dir eigentlich passen«, meinte er und warf einen abschätzenden Blick auf Arthur. »Vielleicht nicht für eine Modenschau geeignet, aber er erfüllt seinen Zweck.«

Arthur zog sich schweigend die Hose aus, legte sie in den Motorradkoffer, den Walter auf seinem Schreibtisch bereitgestellt hatte, und begann, die Lederkluft anzuziehen.

»Hat Henry sich gemeldet?« fragte Walter. Edward schüttelte den Kopf.

»Bei denen ist es sogar eine Stunde später, die müßten doch langsam zu Bett gehen«, knurrte Arthur. »Irgendwann wird diese Frau sich doch dazu äußern, wann sie das Liebesnest verlassen wird und wohin sie gebracht werden will.«

»Sollte sich hinter dem Namen Henry nicht dieser Dodi selbst verbergen, wird sie es ihm wohl nicht als erstem auf die Nase binden. Also sei beruhigt, Henry wird sich melden, sobald er etwas weiß.«

»Und wo treibt sich unser Red herum?«

»In irgendeinem Hotel in London. Er wartet auf unseren Anruf.«

Walter nahm zwei Integralhelme aus dem Schrank und reichte Arthur einen. »Bringen wir es hinter uns. Ich hoffe, in vierundzwanzig Stunden ist alles vorbei.«

Walter und Arthur befanden sich bereits auf dem Weg zu ihrem Flugzeug, als das Telefon auf Edwards Schreibtisch klingelte. Edward, der in seinem Sessel saß und vor sich hingedöst hatte, war schlagartig hellwach. Hastig ergriff er den Hörer. Am anderen Ende meldete sich Henry mit dem Losungswort. »Sie haben sich morgen früh gegen acht Uhr mit Freunden zum Frühstück verabredet. Man wird wahrscheinlich gegen Mittag losfliegen ...« flüsterte er.

»Ziel?« unterbrach ihn Edward.

»Genaue Abflugzeit und Ziel sind noch unbekannt. Ende.«

Damit war die Leitung unterbrochen. Enttäuscht legte Edward den Hörer auf. Was wußte er nun mehr? Der Abflug würde also in Olbia gegen Mittag erfolgen. Das bedeutete, daß man kaum vor fünfzehn Uhr in London und etwa eine halbe Stunde später in Aberdeen sein konnte. Also hatte Red etwas mehr Zeit.

Er wählte eine kurze Nummer. »Können Sie feststellen lassen, ob inzwischen für morgen eine Fahrzeugdisposition für Lady Diana vorliegt? Ich bin in meinem Büro. Danke.« Er hängte wieder ein. Sollte er Red informieren? Eigentlich hatte es jetzt noch keinen Sinn, ihn aus dem Schlaf zu holen. Er beschloß, die Zeit ebenfalls zu nutzen und noch etwas zu schlafen. Allerdings mußte dies hier im Büro geschehen. Er lehnte sich im Sessel zurück und schloß die Augen.

Wie oft hatte er in den letzten Wochen vor diesem Tag Angst gehabt, dem Tag X. Jetzt war er da, und keiner konnte ihm mehr entrinnen. Er nicht, Red nicht und Lady Diana nicht, niemand. Wie lange würde es dauern, bis die Nachricht vom Unfalltod Dianas über die Agenturen verbreitet wurde? Wenn sie in London landete, konnte man damit rechnen, daß zahlreiche Fotografen auf der Lauer lagen. Was würde sich Red einfallen lassen, um sie auszuschalten? Die Frage war völlig untergegangen, nachdem sie in den letzten Stunden von einem Flugzeugabsturz ausgegangen waren. Sie mußte als erstes am Morgen mit Red geklärt werden. Egal wie, der Unfall würde sich schnell herumsprechen. Rundfunk- und Fernsehsendungen würden unterbrochen werden, Neugierige würden zum Unfallort eilen. Und was, wenn Diana nur schwer verletzt wurde? Er verwarf diese Frage gleich wieder – Red würde schon ganze Arbeit leisten.

Edward dachte wieder an die Medien und die Neugierigen und erschrak. Wann und wie würden es die Kinder erfahren? Plötzlich war er hellwach. Was konnte man unternehmen? Unvorstellbar, wenn sie die Nachricht unvorbereitet aus dem Rundfunk oder Fernsehen erfuhren, nichts ahnend. Diese Frage hatte sich bisher wohl niemand gestellt. Edward wurde zusehends nervös. Die Kinder! Er erinnerte sich, wie er als Junge vom Tod seines Großvaters erfahren hatte. Er hatte einen Schock erlitten, obwohl sein Großvater bereits einige Wochen lang krank gewesen war und obwohl seine Mutter es ihm behutsam beigebracht hatte.

Edward sprang auf. Nichts hielt ihn mehr in seinem Sessel. Fieberhaft überlegte er, was er unternehmen konnte, um dies zu verhindern. Er ballte die Fäuste in seinen Hosentaschen. Warum hatte bisher keiner an die Kinder gedacht? Es beruhigte ihn auch nicht zu wissen, daß der Vater im Moment bei ihnen war. Wie würde Prinz Charles überhaupt reagieren? Oder wußte er sogar, was auf ihn zukam? Edward konnte es sich nicht vorstellen. Der Queen traute er es schon eher zu, aber Beweise hatte er nicht. Oder kam der Mordbefehl von einer ganz anderen Seite? Es gab in Großbritannien konservative Kräfte, denen Lady Diana ein Dorn im Auge war. Politische Kräfte, erzkonservative Monarchisten, religiöse Fanatiker. Auf jeden Fall mußten die Drahtzieher in höchster Position sitzen, sonst wären Sir David und seine Abteilung nicht in diese brisante Aktion mit einbezogen. Und damit landete er wieder bei der merkwürdigen Tatsache, daß man über den Vorgang nichts im Zentralcomputer fand.

Es klopfte leise an die Tür. George trat ein. Er machte einen müden Eindruck, und seine Augen hatten dunkle Ränder. »Und?« fragte er.

»Nichts«!

George ließ sich in Walters Sessel fallen. Edward starrte seinen Mitarbeiter an. Für ihn mußte das alles noch viel schlimmer sein. George hatte viel Phantasie, aber war in gewisser Weise wie Prinz Charles. Was Ideen und Kreativität anging, war George zweifellos der beste Mann in der Abteilung. Wenn aber knallharte Entscheidungen zu treffen waren, zog sich George zurück, und es bestand immer die Gefahr, daß er ausbrach. Und das bedeutete für die ganze Abteilung Risiko. Er hatte deshalb Sir David bereits vor Monaten vorgeschlagen, George nicht in diese Mission einzubeziehen. Doch er hatte sich überreden lassen, George in der Gruppe zu behalten. Dieser war sofort kreativ geworden und hatte brauchbare Vorschläge gemacht, Lady Diana zu diskreditieren. Doch mit der Zeit hatte er immer weniger Ideen angeboten: Zu offensichtlich stand mehr hinter dem Auftrag, als Diana lächerlich zu machen.

Nun saß George vor ihm, völlig erschöpft und schweigend. »Hast du wenigstens etwas geschlafen?« wollte

Edward wissen. George gab keine Antwort und schaute ihn nur traurig an. Was mochte in ihm vorgehen? Edward drehte sich wieder um und griff erneut nach dem Telefonhörer. Es dauerte eine halbe Ewigkeit, bis am anderen Ende abgehoben wurde.

»Weiß man immer noch nichts?« fragte er kurz, dann legte er den Hörer wieder auf. »Nichts!«

59

Der Learjet hatte schnell an Höhe gewonnen. Nur mit Mühe hatte man Walters BMW in dem Flugzeug verstaut. Jetzt saßen sich Walter und Arthur in ihrer Motorradkluft gegenüber. Man hatte ihnen eine Thermoskanne mit heißem Tee mitgegeben und eine kleine Schachtel Gebäck. Von Westen her wurde eine Schlechtwetterfront erwartet. Bisher war davon allerdings noch nichts zu spüren. Der Flug verlief ruhig.

Walter hatte die Schachtel mit dem Gebäck aufgerissen und hielt sie Arthur hin, der gleich drei Kekse nahm.

»Lady Diana wird wohl erst einmal eine Nacht im Kensington Palace verbringen. Vielleicht ist auch alles dummes Gerede, und es geschieht gar nichts. Es wäre schade für den Aufwand. Das hätte man einfacher haben können.«

»Bist du da sicher?«

Arthur nickte. »Dann hätte man das Ganze aber noch diskreter und vor allem ohne Sir David und Edward machen müssen. Und dann dieser Red! Bei uns hätten sich auch Leute gefunden, die so etwas erledigen können.«

»Du hättest dich wahrscheinlich freiwillig gemeldet?«

Arthur zog eine Grimasse. »Ich wäre mit Sicherheit schneller vorgegangen. Wenn eine Entscheidung gefallen ist, müssen Taten folgen. Und nachdem feststand, was man will, hätte man gleich reagieren sollen und nicht erst nach Amerika fliegen und Unfallpläne erarbeiten.«

»Was hättest du denn vorgeschlagen?« wollte Walter wissen.

Arthur überlegte einen Moment. »Ich bin nicht gefragt worden. Aber für mich hätten Fakten im Vordergrund gestanden. Tot ist tot. Sicher, das mit dem Unfall hat seine Vorteile. Aber wir leben in einer schnelllebigen Zeit, da ist auch ein Attentat schnell vergessen.«

»Wie bei Kennedy, wo es nach seinem Tod erst richtig losging?« unterbrach ihn Walter ironisch.

»Quatsch, Kennedy. Wir haben keine amerikanischen Verhältnisse, und das Ganze ist über dreißig Jahre her. Man hat damals viel falsch gemacht. Hätte man von vornherein die negativen Seiten dieses Mannes stärker in den Vordergrund gestellt, sein politisches Versagen, seine Affären, hätte sich sehr schnell das große Schweigen darüber gelegt. ›Aufdecken‹ heißt es in diesen Fällen – nicht trauern und den Toten zu einer Kultfigur machen. Die Amerikaner haben damals einiges verschlafen.«

Er machte eine kurze Pause, knabberte einen Keks und spülte die Reste mit einem Schluck Tee hinunter. »Was meinst du, was geschehen wäre, wenn man dieser Kelly Fisher das Geld angeboten hätte? Die wäre vor lauter Glück über die Moneten sofort wieder an die Côte d'Azur geflogen und hätte die Lady theatralisch vor versammeltem Publikum abgeknallt! Unsere Lady hätte als Nebenbuhlerin im Abseits gestanden, die Fisher hätte ihre Publicity gehabt und wäre nach einer milden Gefängnisstrafe wegen Handelns im Affekt und Dodis seelischer Grausamkeit in ein paar Jahren frei, reich und begehrt gewesen. Frauen, die ihre Rivalinnen töten, stehen hoch im Kurs, glaub mir. Von mir aus hätte sie den Dodi gleich mit abservieren können. Dann hätte man seine dunklen Geschäfte mit publik gemacht, und das Thema wäre noch viel schneller aus der Presse verschwunden. Dafür würde schon der alte Al-Fayed gesorgt haben.«

Walter hörte Arthur gelangweilt zu. Er wußte, welchen Standpunkt Arthur vertrat. Und ihm war jetzt schon klar, daß er aus der Abteilung ausscheiden würde, sollte Arthur die Position von Edward übernehmen. Insgeheim hatte er in den letzten Tagen oft Arthur mit Red verglichen. Merkwürdig, der Killer Red war ihm im Vergleich sogar sympathischer.

»Soll ich dir sagen, was geschieht, wenn wir das heute so durchziehen, wie sich Red das ausdenkt? Die ganze Welt wird geschockt sein: Die schöne Frau, die gute Mutter, die armen Kinder. Was hat man dieser Frau in den letzten Jahren angetan? Und jetzt, da sie sich von allem befreien will, ein neues Leben beginnen will, kommt es zu diesem schrecklichen Unfall. Man wird sie zu einer Ikone machen. Nein, mein Lieber, das ist der falsche Weg. Die Russen machen das richtig, die demontieren ihre ungeliebten Führer schon, bevor sie aus dem Amt verschwinden. Wenn die den Präsidenten wechseln, weiß am nächsten Tag schon kaum einer mehr, wie der Vorgänger hieß.«

Arthur hatte sich richtig in Fahrt geredet und genoß es spürbar, ungeschminkt seine Meinung sagen zu können. Er nahm Walter die Schachtel mit den Keksen aus der Hand und bediente sich. Walter sah es mit einem inneren Lächeln und hoffte, daß dieser Tag mit Arthur so schnell wie möglich zu Ende gehen würde. Er schaute auf seine Armbanduhr. Wenigstens hatten sie die Hälfte der regulären Flugzeit bereits hinter sich gebracht.

Doch Walter hatte sich zu früh gefreut, denn der Copilot tauchte auf und teilte ihnen mit, daß Aberdeen sie noch nicht aufnehmen könne und man Warteschleifen fliegen müsse. Arthur stellte seine Rückenlehne nach hinten. »Na, dann können wir ja noch ein kleines Nickerchen machen«, meinte er. Walter erklärte sich sofort einverstanden und schloß erleichtert die Augen.

60

Exakt um fünf Uhr und drei Minuten begann das Handy neben Red zu piepsen. Red, der sowieso die halbe Nacht nicht geschlafen und nur den ruhigen und gleichmäßigen Atemzügen von Lucy gelauscht hatte, nahm den Anruf blitzschnell entgegen. Es war Edward, der ihn bat, sich um sechs Uhr am bekannten Ausgang des Hyde Parks einzufinden. Red stellte keine weiteren Fragen, sondern gab nur ein kurzes »Okay« von sich.

Endlich ging es weiter. Red drehte sich vorsichtig im Bett um und schaute zu Lucy hinüber. Sie schien nichts bemerkt zu haben. Er wartete eine Weile, denn er hatte genügend Zeit. Edward konnte nicht wissen, daß er nur wenige Meter vom vereinbarten Treffpunkt entfernt übernachtet hatte. Dann stieg Red vorsichtig aus dem Bett und ging ins Bad. Er duschte kalt, um richtig wach zu werden, ging dann leise ins Wohnzimmer, um sich anzuziehen.

Draußen wurde es allmählich hell, aber der Hyde Park war noch menschenleer. Red ging an den kleinen Schreibtisch, entnahm der Ledermappe einen Bogen Papier und schrieb zwei Zeilen an Lucy. Dann warf er einen letzten Blick ins Schlafzimmer. Lucy schlief immer noch fest. Er legte das Blatt Papier auf den Nachttisch. »Bin bereits weg, melde mich oder bin spätestens heute abend wieder da!« Er zog Schuhe und Mantel an und verließ die Suite.

Unten im Foyer war außer dem Nachtportier und einem Gast, der mit einem Koffer vermutlich auf ein Taxi wartete, niemand zu sehen. Red verließ das Hotel. Die Park Lane war schon ziemlich belebt. Er holte tief Luft. Es hatte in der Nacht nur wenig abgekühlt, und man spürte förmlich, daß eine Regen- oder Gewitterfront auf London zukam. Am Himmel hingen dunkle Wolken. Obwohl es einen kürzeren Weg gegeben hätte, zog es Red vor, die Unterführung der Park Lane zu benutzen, um Edward keine Gelegenheit zu geben, Rückschlüsse auf sein Übernachtungsquartier zu ziehen. Langsam schlenderte er den Hyde Park außen entlang, da die Tore noch geschlossen waren.

Kurz vor sechs Uhr war Red am vereinbarten Treffpunkt angelangt, von Edward war noch nichts zu sehen. Er zog den Mantel wieder aus und legte ihn über seinen Arm. Nun würde er also heute zaubern müssen. Die Situation war im Grunde chaotisch. Andererseits war ihm klar, daß dies nicht unbedingt eine schlechte Ausgangsposition für das Vorhaben war. Keiner, der später einmal über den Unfall nachdenken würde, käme auf die Idee, daß sich in diesem Durcheinander ein getarnter Mord vorbereiten ließ.

Ein Auto fuhr neben ihm an den Bürgersteig. Zuerst erblickte er nicht Edward, sondern einen ihm unbekannten jüngeren Mann, mittelgroß, mit übernächtigten Augen und einem traurigen Blick. Erst dann entdeckte er Edward im Fond des Wagens. Die Türe wurde von innen geöffnet, und Red beugte sich vor. »Haben Sie den Koffer und das Notebook?« wollte er wissen.

Edward winkte ihn zu sich in den Wagen. »Alles im Kofferraum, steigen Sie ein.«

Red schob sich auf den Rücksitz und grüßte nach vorne zum Fahrer hin.

»Das ist George«, erklärte Edward kurz.

»Das werden ja immer mehr Leute«, brummte Red und verstaute seinen Mantel hinter sich auf der Ablage.

»Nicht mehr, als unbedingt notwendig«, konterte Edward. Man merkte ihm an, daß er abgespannt und leicht gereizt war.

»Wo fahren wir hin?« wollte Red wissen.

»Um ehrlich zu sein, das wissen wir selbst noch nicht.«

Red schaute Edward mitleidig an. »So schlimm ist es? Das darf doch nicht wahr sein. Dann müssen wir wohl improvisieren. Wieviele Flughäfen hat denn dieses verdammte London?«

Edward überlegte einen Moment. »Für Linienmaschinen vier. Heathrow, Gatwick, Stansted und Luton. Dann für kleinere Maschinen Stolport und für Maschinen wie die Gulfstream etliche mehr.«

Red überlegte und trommelte nervös mit der rechten Hand auf seinen Oberschenkel. »Können Sie, ohne Verdacht zu erwecken, über die Fluglotsen oder die Flugsicherung Einfluß nehmen, welchen Flugplatz die Maschine eurer Prinzessin anfliegt?«

»Ich denke schon. Man müßte es unter dem Vorwand machen, sie vom befürchteten Presserummel fernhalten zu wollen. Warum?«

»Nun, dann hätten wir es einfacher. Wir könnten uns den Flughafen aussuchen, der eine für uns günstige Streckenführung ins Stadtinnere hat. Diana wird wohl zum Kensington Palace fahren, oder?«

George meldete sich von vorne. »Das ist anzunehmen, falls sie in London landet.«

»Also gut, dann fahren Sie mich mal zu dem Flughafen, dessen Straßenverbindung nach London durch die Prärie führt, also durch Feld, Wald, Wiesen – und nicht nur durch Vororte.«

»Das dürfte Blackbushe sein, Sir«, kam es wieder von vorne.

»Dann fahren wir doch bitte auf dem schnellsten Weg dorthin.«

»So einfach geht es sicherlich nicht. Wir müssen auch das Fahrzeug dorthin beordern«, wandte Edward ein.

»Falsch gedacht!« unterbrach ihn Red. »Wir lassen die Maschine erst in letzter Minute zu unserem Flughafen umleiten und landen. Da kann eure Prinzessin sich jedes beliebige Auto woanders hinbestellt haben. Bis das dann am richtigen Flughafen ist ... Wir werden ihr dorthin unseren Wagen schicken und sie wird es arglos annehmen. Verstehen Sie? Unsere große Chance. Außerdem muß ich die Strecke sehen. Vielleicht ist es sogar völlig egal, in welchem Auto sie sitzt, wenn wir die richtige Stelle finden. Ich habe da eine durchaus realistische Vorstellung, wie alles ablaufen könnte. Sie haben Ihr Handy dabei?«

Edward nickte.

»Ihre Leute werden mir sicherlich ein Stromaggregat und eine schnellaufende Seilwinde besorgen können, wie man sie zum Solostarten von Segelflugzeugen verwendet. Allerdings muß sie transportabel sein.«

Edward sah ihn verständnislos an. Red lachte und stieß ihm aufmunternd den Ellenbogen zwischen die Rippen.

»Keine Fragen jetzt. Beschaffen Sie mir das Zeug einfach so schnell wie möglich.«

Edward kramte das Handy aus der Innentasche seines Jacketts und wählte eine Nummer an. Dann warf er einen Blick auf seine Armbanduhr. »Ich weiß nicht, ob um diese Zeit da schon jemand drangeht.« Er hatte Glück. »Tom, Edward hier. Ich brauche ein transportables Stromaggregat und eine schnelle Seilwinde. Haben wir so etwas, oder kannst du es schnell beschaffen?« Er wandte sich Red zu. »Wieviel Leistung muß das Aggregat haben?«

»So viel, daß es gegenüber dem Verbrauch der Seilwinde noch genügend Reserven hat.«

Edward gab die Auskunft weiter und wartete die Antwort am anderen Ende der Leitung ab. Dann schaute er wieder fragend zu Red. »Es gibt eine Seilwinde mit pneumatischer Kupplung und zusätzlichem Schwungrad mit Spannfeder ...«

»Ausgezeichnet«, freute sich Red. »Wieviel Seilkapazität?«

Edward erkundigte sich. »Neunhundert Yards für eine reguläre Ausklinkhöhe von vierhundert Yards. Sie läuft mit einem schallgedämpften Sechszylinder Turbodiesel und benötigt kein Stromaggregat.«

»Sehr gut.« Red schien zufrieden zu sein. »Sofort ordern! Fragen Sie nach, ob diese einen geländegängigen Untersatz hat.«

Edward wiederholt Reds Frage und nickte dann.

»Klasse!« lachte Red, er schien ganz in seinem Element zu sein. »Die sollen das Ding auf Abruf bereithalten.«

Edward beendete das Gespräch. »Was haben wir vor?« fragte er Red.

»Wissen Sie, Edward, man sollte immer so etwas wie einen Rettungsring an Bord haben. Ich habe vor Jahren einen sogenannten Köder entwickelt. Zwar funktioniert er etwas gegen meine Prinzipien, aber wie ich bereits sagte, es ist der Rettungsring, wenn alles andere schief geht. Und der Effekt, wenn es richtig gemacht wird, ist der gleiche. Es wird ein Unfall, ich garantiere es Ihnen.«

»Red, Sie sprechen in Rätseln ...«

»Ich will Ihnen das Prinzip erklären. Ich habe diesen Köder genau für den Zweck entwickelt, den er heute erfüllen wird: schneller Einsatz, unbekanntes Fahrzeug und sichere Wirkung. Der Köder besteht aus vier stark magnetisierten, schmalen, etwa zehn Zentimeter langen Eisenstäben, die an einem Ende über einen Ring miteinander verbunden sind und von einer Feder zusammengehalten werden. Ähnliches wird in der Raumfahrt beim Ankoppeln von Satelliten verwendet. Zusammengelegt sehen sie aus wie eine Hülse oder ein kleines Stück Rohr, das dann zufällig auf der Straße liegt. Am unteren Ende befindet sich ein kleiner Mechanismus, der über einen Sensor ausgelöst wird, der in einem der Eisenstäbe versteckt ist. Fährt ein Fahrzeug darüber, springen die Eisenstäbe auseinander und krallen sich unter das Fahrzeug. Am Ring des Köders befestige ich das Seil der Winde. Es ist sehr strapazierfähig, trotzdem leicht und dünn. Das einzige, was wir brauchen, ist eine Straßenbiegung. Die kann langgezogen oder eng sein, das spielt keine Rolle. Sie muß nur zwei Voraussetzungen erfüllen. Entweder sollte sich an der Kurvenaußenseite ein Gefälle oder ein Abgrund befinden oder ein schwerer, dicker Baum, ein Eisenmast oder eine Betonwand. Unsere Aufgabe wird es sein, eine solche Strecke zu finden.«

Red warf einen Blick aus dem Fenster und sah immer noch Vorgärten und Häuser. »Sagen Sie dem Fahrer, er soll sich etwas beeilen, damit wir nicht in Zeitdruck geraten.«

George, der trotz der Fahrgeräusche jedes Wort von Red verstanden hatte, gab etwas mehr Gas.

»Und das funktioniert?« fragte Edward ungläubig.

»So wie meine Rücklichter auf dem Holzbrett. Einfach, aber genial, glauben Sie mir.«

»Und was ist, wenn wir so eine Stelle nicht finden?« mischte sich George ein.

»Keine Sorge, wir werden schon eine finden. Man muß

die Landschaft nur gut absuchen. Vielleicht sollte ich mich zum Fahrer nach vorne setzen, wenn wir dieses verdammte London endlich hinter uns haben.«

Auch Edward warf einen Blick aus dem Fenster, um sich zu orientieren. »Gleich haben wir es geschafft.«

61

Nach der Landung in Aberdeen machten sich Walter und Arthur auf den Weg in Richtung Balmoral Castle. Die Crew wurde angewiesen, bis auf weiteres in Aberdeen zu warten. In kurzer Zeit erreichten sie die A 93 und fuhren dann auf der BMW das Tal des River Dee entlang. Walter, der dank seiner Exkursionen mit Red in der vergangenen Woche schon ungefähre Vorstellungen von einem möglichen Unglücksort gesammelt hatte, entdeckte einige interessante Abschnitte, in denen es durchaus zu einem Unfall kommen konnte.

Kurz hinter Ballater hielt er an und versuchte, Edward zu erreichen. Es kam keine Verbindung zustande. Vielleicht lag es an den Bergen, die das breite Tal des River Dee umgaben. Er beschloß, es später noch einmal zu versuchen. Es wäre verhängnisvoll, wenn der Funktelefonkontakt ausgerechnet jetzt nicht funktionieren würde.

So fuhren sie nach Braemar am Fuße des Meall Gorm, wo sie ein kleines Hotel fanden, in dem sie frühstücken konnten. Seit der Landung war Arthur ziemlich schweigsam, was Walter als äußerst wohltuend empfand. Die rundliche Hotelbesitzerin umsorgte sie wie eine Mutter. Als Walter die Frage an sie richtete, ob es wohl möglich wäre, ein freigebliebenes Zimmer anzumieten, um sich etwas frisch zu machen, eilte sie an ihre kleine Rezeption und kam gleich mit zwei Zimmerschlüsseln zurück.

Bevor Walter aufs Zimmer ging, versuchte er noch einmal, mit Edward über das Handy Kontakt aufzunehmen. Nachdem auch dieser Versuch fehlschlug, bat er die Wirtin, ein Telefonat führen zu dürfen. Sie zeigte ihm eine kleine Telefonzelle neben der Rezeption und ließ ihn allein. Edwards Handynummer war besetzt. Er versuchte es über die Büronummer, hier wurde nicht abgehoben. Ob er Red oder Henry anrufen sollte? Doch dann entschied er sich, erst einmal zu duschen. Vielleicht war Edward später zu erreichen.

Von der Wirtin erfuhr er im Vorbeigehen, daß sich Prinz Charles zur Zeit mit seinen Kindern in Balmoral Castle aufhielt. Walter mimte den ahnungslosen Touristen. Auf die Frage, ob auch Diana anwesend sei, mußte die Wirtin passen. Ihr war nichts dergleichen zu Ohren gekommen. Aber einer ihrer Gäste hatte behauptet, Camilla Parker-Bowles gesehen zu haben, erklärte sie. Dies würde, so dachte Walter, natürlich dagegen sprechen, daß Lady Di direkt nach Balmoral kommen würde. Außerdem, wer sagte ihnen überhaupt, ob sie nicht mit einem Hubschrauber auf dem Schloßgelände landen würde? Immerhin konnte sie in London oder Aberdeen von der Gulfstream auch in einen Hubschrauber umsteigen. Er ging in das ihm zugewiesene Zimmer, zog die Lederkluft aus und duschte.

Arthur duschte zwei Zimmer weiter und zog sich dann

wieder an. Nachdem er sich entschlossen hatte, das Zimmer voll zu zahlen, warf er sich auf das Bett und versuchte etwas zu schlafen. Walter würde ihn schon wecken, wenn es soweit war.

Doch er merkte, daß er innerlich viel zu aufgeregt war, um einschlafen zu können. Vielleicht hatte er Glück, und Red kam zu spät oder gar nicht hierher, und er konnte an seiner Stelle eingreifen. Walter war dazu nicht fähig. Aber *er* würde keine Sekunde zögern, den Auftrag umgehend durchzuführen, sobald sich ihm eine Gelegenheit bieten würde. Er überlegte, wie er Walter austricksen könnte, wenn es soweit war. Walter würde niemals zustimmen, etwas auf eigene Faust zu riskieren. In Arthurs Augen war er nur Edwards Marionette. In diesem Fall schien Arthur aber mittlerweile Eigeninitiative angesagt, zumal Red in Cannes so kläglich versagt hatte. Er fragte sich, wie Sir David überhaupt auf die Idee gekommen war, einen externen Mann einzukaufen. Wollte er angesichts seiner unmittelbar bevorstehenden Pensionierung ein Scheitern der Aktion nicht auf seine Kappe nehmen müssen?

Oder wollte er vermeiden, daß sich einer seiner Leute direkt die Finger schmutzig machen mußte? Er, Arthur, würde jedenfalls keine Hemmungen haben, Walter bei dieser Aktion kurzfristig außer Gefecht zu setzen, falls dieser sich ihm in den Weg stellte.

Walter kam in sein Zimmer. »Ich habe Edward endlich erreicht. In London treffen er und Red bereits alle Vorbereitungen. Henry hat sich noch nicht gemeldet. Die schlafen wahrscheinlich lange aus.«

»Wer sagt dir eigentlich, daß dieser Henry tatsächlich

direkt an der Quelle sitzt? Sir David sagte doch, daß der Mann auf Mohamed Al-Fayed angesetzt ist und nicht auf den Sohn. Also kann sich Henry doch auch nur in der Nähe des Alten aufhalten und uns Informationen weitergeben, die er selbst aus zweiter Hand erfährt.«

»Besser er als gar keiner«, konterte Walter. »Hauptsache, wir haben überhaupt einen Informanten auf der anderen Seite des Zaunes.«

»Was werden wir machen, wenn Diana doch hier landet und Red nicht da ist? Dann sollten wir uns etwas einfallen lassen.«

Walter wußte zunächst nicht, was er Arthur auf diese Bemerkung hin antworten sollte. Er dachte gar nicht daran, ohne Abstimmung mit London selbst aktiv zu werden.

Arthur ahnte, was Walter durch den Kopf ging, und provozierte ihn. »Ich schlage vor, wir drängen dann den Wagen irgendwo von der Straße ab. Uns erkennt keiner. Und dank der Maschine sind wir in weniger als einer Stunde wieder in unserem Jet.«

»Bist du übergeschnappt? Dann mußt du dir aber eine andere Maschine und einen anderen Fahrer besorgen. Ich jedenfalls halte mich an die Abmachungen mit London.«

Arthur richtete sich empört auf. »Dir sind wohl die Anweisungen nicht mehr gegenwärtig? Die Entscheidung ist gefallen. Diana muß dran glauben, egal wie. Und das so schnell wie möglich. Diesen Befehl hat jeder von uns auszuführen, wenn sich ihm die Möglichkeit dazu bietet.«

Walter hatte sich einen Stuhl herangezogen und setzte sich rittlings vor Arthur hin. »Ich sehe das etwas anders.

Sollte es dir also einfallen, hier eine Solonummer zu starten, dann ohne mich. Im Gegenteil, ich werde es zu verhindern wissen.«

Arthur schwang sich aus dem Bett und baute sich vor Walter auf. »Soll das etwa eine Drohung sein?« brüllte er wütend.

Walter legte den Finger auf den Mund. »Wenn du dich weiter so aufführst, dann ist unsere Arbeit bereits hier in diesem Zimmer beendet. Dann weiß jeder, was wir vorhaben. Ich würde wenigstens etwas leiser sprechen.«

Arthur ärgerte sich, daß er so laut geworden war. Er beschloß, kein Wort mehr über das zu verlieren, was er tun würde, wenn sich die Stunde X hier im River Dee Tal abspielte.

62

Edward und Red ließen sich immer noch von George über verschiedene Landstraßen fahren, die alle von irgendeinem Flughafen rund um London in die Innenstadt führten. George hatte zunächst den Flughafen Blackbushe angefahren. An drei oder vier Stellen ließ Red George anhalten, entfernte sich kurz vom Wagen, stieg dann aber immer wieder kopfschüttelnd ein.

»Völlig unmöglich. Erstens ist es zweifelhaft, ob hier der Pilot der Gulfstream ohne Notfallsituation freiwillig runtergeht, und zum anderen ist die Zufahrt stark befahren und von jeder Richtung einsehbar.«

Edward schaute nervös auf seine Uhr und rechnete aus, wieviel Zeit Red noch hatte, sich den geeigneten Unfallort auszusuchen. Unruhig machte ihn auch, daß Henrys Anruf ausblieb. Er wunderte sich, mit welcher Ruhe Red nach dem Vorfall am Tag zuvor wieder an die Arbeit ging. Im Gegensatz zu ihm selbst schien Red ausgeglichen und absolut emotionslos zu sein.

»Welchen Flughafen fahren wir jetzt an?« wollte Red wissen. George schaute kurz auf seine Landkarte: »Farnborough.«

Red tippte etwas in sein Notebook, das er sich wieder hervorgeholt hatte, und schaute sich dann beruhigend zu Edward um. »Es sieht gar nicht so schlecht aus, wie es für Sie vielleicht den Anschein hat. Wir kommen der Sache immer näher. Denken Sie schon einmal darüber nach, mit welcher Begründung wir die Maschine umleiten.«

»Ich denke schon die ganze Zeit an fast nichts anderes mehr«, stöhnte Edward. »Sobald wir wissen, wo Lady Diana landen will, und dort mehr als zwei Fotografen auftauchen, was sicherlich der Fall sein wird, werde ich die Flugsicherung bitten lassen, die Maschine wegen des zu erwartenden Presserummels auf den von uns vorgesehenen Flugplatz umzuleiten.«

Von dem Flughafen Farnborough war Red begeistert, da es sich hierbei um einen ausgesprochenen Business-Flughafen handelte. Auf dem Weg zur Anschlußstelle 4 der M 3 fand er zwei topographisch interessante Stellen, die ihm von der Straßenführung her geeignet erschienen. Allerdings gab es auch hier Probleme wegen des ständigen hohen Verkehrsaufkommens.

»Die langgezogene Linkskurve aus dem Kreisverkehr heraus ist ebenso ideal wie die langgezogene Einfahrt auf die M 3«, dozierte Red. »Bei der Linkskurve lasse ich den Wagen gegen den Brückenpfeiler fahren, der am Ende der Kurve ist. An der Einfahrt zur M 3 würde ich es vorziehen, den Wagen in das Brückengeländer rasen zu lassen. Das müßte allerdings genau berechnet werden. Der Wagen soll zwar abstürzen, aber möglichst nicht auf die darunterliegende Fahrbahn. Das gibt zu viele Tote. In beiden Fällen müßte hinter Di der Verkehr kurz zurückgehalten werden, und das fällt auf. Also, George, fahren Sie weiter zum nächsten Flughafen. Vielleicht haben wir da mehr Glück.«

George gab Gas, und Edward schaute wieder auf die Uhr. Die Auswahl der Flughäfen wurde immer geringer, die Zeit lief ihnen davon. Warum gab es denn keine andere Lösung?

Wieder kündigten Hinweisschilder auf Flugverkehr den nächsten Flughafen an.

»Sind Sie sich sicher, daß wir überhaupt noch eine Chance haben?«, fragte Edward vorsichtig. Aber Red gab keine Antwort, sondern schaute konzentriert auf die Straße.

»Vielleicht sollte man doch noch versuchen, etwas mit der Gulfstream ...«

»Anhalten«, rief Red plötzlich. George trat auf die Bremse und Red fixierte mit halb zugekniffenen Augen die Umgebung. »Fahren Sie mal dort drüben runter von der Straße«, kommandierte er und deutete auf eine kleine Haltebucht. George nahm Kurs auf die Haltebucht und stellte den Motor ab. »Aussteigen!« forderte Red seine Begleiter auf. Edward und George schauten sich um. Tatsächlich hatte Red an einer langgezogenen Kurve anhalten lassen. Sie war auf der einen Seite von einem dichten Wald begrenzt, auf der anderen Seite verlief längs der Straße ein Graben, an den sich eine Wiese mit Weidezaun anschloß.

»Ist hier immer so wenig Verkehr?« fragte Red.

George nickte: »Es ist nur eine Querverbindung, aber der kürzeste Weg zur Schnellstraße nach London.«

Es könnte gehen, dachte Red und machte den beiden anderen ein Zeichen, ihm zu folgen. Er ging die Straße etwa hundert Meter zurück und stieg dann in den Graben. Wie ein Landvermesser beäugte er die Straßenoberfläche. Dann kniete er sich auf die Straße und fuhr mit der flachen Hand mehrmals über den Asphalt, als wollte er ihn streicheln. Schließlich ging er einige Schritte in den gegenüberliegenden Wald hinein. Er spazierte langsam von Baum zu Baum, schaute zwischendurch zur Straße zurück und bückte sich, um diese aus einer anderen Perspektive zu betrachten. »Hier geht es«, sagte er nüchtern und zeigte George einen bestimmten Punkt auf der Straße. »Stellen Sie mal den Wagen genau an die Stelle.«

George fuhr das Fahrzeug an den angewiesenen Platz.

»Sehen Sie, Edward, wenn wir etwa hier«, Red deutete einige Meter hinter sich, »in dieser Richtung die Seilwinde aufbauen und an der Stelle, wo George mit dem Wagen jetzt steht, den Köder auslegen, dann muß es klappen. Sobald der Köder gefaßt hat, wird der Wagen in diese Richtung hier abgelenkt, kommt dank der Kurve zwangsläufig ins Schleudern und wird frontal gegen diesen Baum gezogen. Ich schätze eine Aufprallgeschwindigkeit von mindestens achtzig Meilen, ungebremst.«

Er machte zwei Schritte zur Seite und pfiff leise durch die Zähne. »Edward, kommen Sie einmal hierher. Wenn wir die Sache noch etwas verfeinern wollen, lassen wir den Wagen erst zwischen den beiden Bäumen dort durchschleudern und dann gegen diesen Baum hier frontal aufprallen. Der Effekt ist noch besser. Wir müssen nur die Winde um ein oder zwei Meter nach rechts versetzen. Der Punkt für den Köder bleibt der gleiche.« Er überlegte kurz. »Es sollte ein Fahrzeug mit einer ansteigenden Motorhaube sein. Also die neueren Modelle von Mercedes, Audi, Rover oder Lancia. Ich weiß nicht, was ihr auftreiben könnt, was eurer Prinzessin gefällt und unverdächtig erscheint. Auf keinen Fall ältere Modelle, und wenn möglich kein Rolls. Ein Jaguar Sport käme auch in Frage.«

In diesem Moment fuhr ein Fahrzeug die Straße entlang. Red blickte kurz auf die Uhr. »Das erste innerhalb von sechs Minuten.« Dann deutete er auf den Waldboden. »Wir werden dort noch einen mittelgroßen Stamm quer legen, damit der Wagen vor dem Aufprall noch hinten abhebt und mit dem Dach aufknallt. Wir müssen nur darauf achten, daß das Seil der Winde nicht die Rinde des querliegenden Stammes beschädigt. Das würde die ganze Sache verdächtig machen.« Er schaute Edward an. »Also, worauf warten wir noch? Fahren Sie mit George los und holen Sie die Seilwinde. Die Stelle ist ideal: wenig befahrene Straße, einzige direkte Strecke nach London City. Aber bitte keine weiteren Personen mitbringen.«

Edward war von der Präzision der Angaben und den logischen Schlußfolgerungen Reds erneut beeindruckt.

»Wieviel Zeit haben wir noch?« wollte Red wissen.

Edward und Red schauten gleichzeitig auf ihre Armbanduhren.

»Keine Ahnung«, sagte Edward zögernd. »Unser Verbindungsmann hat immer noch nicht angerufen.«

»Dann tun *Sie* es«, sagte Red bestimmend, ohne seine Stimme anzuheben.

Edward zog das Handy aus seiner Innentasche und wählte die Nummer. Der Anschluß war belegt. Er drückte die Trenntaste und wartete eine Weile. Dann wählte er aufs Neue. Der Anschluß war immer noch belegt.

»Verflucht noch mal, dann fahren Sie endlich mit George los und telefonieren Sie von unterwegs. Ich werde hier inzwischen die genauen Vermessungen vornehmen und auf Sie warten. Geben Sie mir nur mein Notebook und den Koffer aus dem Wagen.«

Edward und Red gingen zum Wagen zurück. Als George die beiden kommen sah, stieg er aus.

»Meinen Koffer!« rief ihm Red zu.

George ging zum Kofferraum, hob den schweren Metallkoffer heraus und stellte ihn neben sich auf die Straße.

»Wir fahren die Winde holen, Red bleibt hier«, erklärte ihm Edward. George stieg wieder ein und startete den Motor.

»Wie lange werden Sie brauchen?« fragte Red.

»Ich schätze, in einer guten Stunde sind wir wieder hier«, antwortete George, während sich Edward neben ihn setzte.

Red hob seinen schweren Koffer auf den Seitenstreifen der Straße und ließ sich von Edward das Notebook aus dem Auto reichen.

»Sollte ich nicht hier sein, finden Sie mich dort oben irgendwo im Wald«, rief ihm Red nach, während George bereits abfuhr.

Als der Wagen außer Sichtweite war, schleppte Red den Koffer zwischen die Bäume hinter einen großen Busch, damit man ihn von der Straße aus nicht beobachten konnte. Er öffnete den Koffer und entnahm ihm einen Infrarotentfernungsmesser. Im gleichen Moment fuhr wieder ein Fahrzeug vorbei. Red schaute erneut auf seine Armbanduhr und grinste zufrieden. Dann begann er systematisch die Kurve der Straße zu vermessen und die Daten in das Notebook einzugeben. Der Computer erstellte auf Grund der eingegebenen Werte blitzschnell eine Grafik. Nun legte Red im Computer den genauen Punkt für den Köder fest und nahm eine Diskette aus dem Koffer, die er auf das Notebook überspielte. Sofort bauten sich auf dem Bildschirm Linien und Winkel auf. Langsam wanderte Red zwischen den Bäumen hin und her und verglich dabei die Landschaft mit der Grafik auf seinem Bildschirm.

Endlich schien er den Punkt gefunden zu haben, den er suchte. Er setzte das Notebook vorsichtig auf dem Waldboden ab und ging zu seinem Metallkoffer zurück. Er nahm Lederhandschuhe heraus, die er sofort anzog, und ein Bandmaß, mit dem er wieder zu der Stelle ging, an der er das Notebook abgesetzt hatte. Er befestigte das Ende des Bandmaßes, das mit einem kleinen Messingring versehen war, an dem Ast des Baumes, hob einen Stein auf und ging geradeaus in Richtung Straße. Dabei rollte sich das Band hinter ihm ab. Nachdem er sich überzeugt hatte, daß die Straße frei war, eilte er im Laufschritt weiter, den Blick ständig auf das sich abrollende Bandmaß gerichtet. Als er etwa die Stelle erreicht hatte, an der George kurz vorher den Wagen geparkt hatte, hielt er inne, las die Entfernung auf dem Bandmaß ab und machte mit dem Stein ein kleines Kreuz auf den Asphalt. Dann rollte er das Bandmaß auf und verschwand im Wald.

Wieder gab er Daten in das Notebook ein, und sofort veränderte sich die Grafik auf dem Bildschirm. Neben den Linien und Winkeln erschienen nun schraffierte Flächen, die rhythmisch zu blinken begannen. Red nahm eine kleine Blechschachtel aus dem Koffer und öffnete sie vorsichtig. Sie enthielt winzig kleine silberne Metallspäne. In diesem Moment hörte er von der Straße her ein Motorengeräusch, begleitet von einem aufdringlichen Hupen. Es waren Edward und George. Eilig schloß Red die kleine Blechdose wieder und ging zur Straße. Edward war aus dem Wagen gesprungen und suchte verzweifelt die Umgebung ab. Als er Red zwischen den Bäumen auftauchen sah, winkte er und lief ihm entgegen.

»Kommen Sie, Red! Ich habe gerade von unserem Verbindungsmann einen Anruf bekommen. Es wird alles anders. Wir müssen sofort nach Paris.«

»Paris?« schrie ihm Red entgegen. »Wieso denn Paris?«

Edward blieb außer Atem stehen und wartete, bis Red dicht bei ihm war. »Sie fliegen beide. Lady Diana und Al-Fayed. Der Flug wurde nach Le Bourget angemeldet, das ist ein Flugplatz bei Paris.«

Red stampfte wütend mit dem Fuß auf. »Scheiße ist das.

Hier hätte alles so schön geklappt. Jetzt stehen wir wieder am Anfang, und wer weiß, was uns in Paris erwartet.«

»Ich habe bereits einen Hubschrauber geordert. Der Jet ist noch mit Walter und einem weiteren Kollegen in Aberdeen. Auch sie sind bereits informiert. Sie fliegen gleich nach Frankreich rüber. Wo und wie wir uns treffen, wird gerade entschieden.«

Red konnte sich nicht beruhigen. Man hatte ihm zum zweiten Mal einen guten Plan zerstört, und das innerhalb von vierundzwanzig Stunden. »Gehen Sie schon zum Auto. Ich räume noch mein Zeug zusammen. George soll dort drüben an den Waldrand fahren, dann brauche ich den Koffer nicht so weit zu schleppen.« Er drehte sich auf dem Absatz um und lief in den Wald zurück, ohne eine Antwort abzuwarten.

Als er außer Sichtweite war, zog Red sein Handy heraus und rief eine Nummer aus dem Speicher an. »Laß alles stehen und liegen«, sagte er schnell, »und komm mit der nächsten Maschine nach Paris. Fahr mit einem Taxi stadtauswärts und miete dort in irgendeinem Dorf von einem kleinen Vermieter einen nicht zu großen, aber schnellen und wendigen Wagen. Fahr zurück an den Stadtrand von Paris. Besorge unterwegs für alle Fälle zehntausend Francs und warte auf einem Parkplatz bis Punkt achtzehn Uhr Ortszeit. Dann rufe mich an, keine Minute früher, keine später. Und denk an die Stunde Zeitverschiebung.«

Red steckte das Handy wieder in den Metallkoffer, verstaute die kleine Blechdose und schloß den Koffer wieder. Hinter sich hörte er bereits den Wagen heranfahren. Er nahm den Koffer und eilte zum Fahrzeug.

»Konnte der Kerl nicht früher anrufen?« schnaubte Red, als er im Wagen saß. »Er weiß doch sicherlich auch, worum es geht.«

George beschleunigte das Fahrzeug und fuhr zurück in Richtung London.

»Ich dachte, eure Prinzessin will die Kinder besuchen und ihre Hochzeit bekanntgeben? Hoffentlich hat sie sich nicht alles anders überlegt und kehrt doch wieder zu ihrem Charly zurück. Wäre nicht das erste Mal, daß so etwas geschieht. Wenn man der Presse glauben darf, verstehen sich sein Bruder Andrew und Sarah auch wieder. Paßt nur auf, daß ihr nicht einen Fehler macht.« Red lachte grimmig. »Gott, ist die Welt beschissen. Also, auf nach Paris.«

»Soweit unser Verbindungsmann informiert ist, wird es nur ein kleiner Shoppingabstecher. Morgen früh fliegt zumindest Lady Diana weiter nach England«, erläuterte Edward. Er hatte die Hände gefaltet, um das leichte Zittern, das seit Henrys Anruf durch seinen Körper ging, besser zu verbergen.

»Bedeutet das, wir hätten hier ruhig weitermachen können?« fragte Red.

»Nein! Das Ausland ist viel besser. Englischer Boden war nur ein Notlösung, nachdem die Aktion in Cannes geplatzt ist. Nein, Paris ist schon gut. Nur, wie Sie richtig gesagt haben, wir stehen wieder am Anfang. Aber vielleicht läßt sich dort dieselbe Methode anwenden, die Sie für hier geplant haben.«

Sein Nachbar schaute ihn von der Seite an. »Das meinem Sie doch nicht im Ernst? Oder haben Sie überall auf der Welt rein zufällig Leute, die Ihnen ohne zu fragen und nachzudenken eine Seilwinde leihen?«

Edward schwieg. Red hatte recht, in Paris mußten sie sich etwas anderes einfallen lassen. Hoffentlich konnte Sir David sofort den Kontakt zu Jean-Luc herstellen, der bereits seit einigen Jahren auf der Lohnliste der Briten stand und in Frankreich des öfteren auch für ihre Abteilung als Verbindungsmann gearbeitet hatte. Jean-Luc war absolut zuverlässig. Edward hatte erst vor einem Jahr eng mit ihm zu tun gehabt, als man einen IRA-Mann verfolgte, der sich nach Frankreich abgesetzt hatte und den es galt, nach England zu locken. Das war ihm mit Jean-Lucs Hilfe gelungen. Er wußte, daß Jean-Luc auch für die CIA arbeitete. Nur waren seine Spezialität nicht Unfälle, sondern das Observieren von Personen und das Beschaffen von Informationen und Materialien, die man bei Aktionen auf französischem Boden benötigte.

»Probleme?« erkundigte sich Red.

»Nein. Wir haben drüben in Frankreich einen Mann, mit dem wir schon zusammengearbeitet haben. Ich dachte gerade darüber nach, daß es gut wäre, wenn wir ihn bei uns hätten.«

»Und wovon hängt das ab?« wollte Red wissen.

Edward lächelte und zuckte mit den Schultern. »Ganz einfach, es hängt davon ab, ob wir ihn rechtzeitig erreichen.«

George bog von der Nebenstraße ab und fuhr nun an der Peripherie Londons entlang. Er kannte sich in dieser Gegend bestens aus, da er hier seine Jugend verbracht hatte. Das Gespräch auf dem Rücksitz konnte er nur in Bruchstücken verfolgen, so hing er seinen eigenen Gedanken nach. Er dachte an Lady Diana, die vermutlich im Moment ebenfalls auf dem Weg zu einem Flughafen war.

Wieder kamen in ihm Bedenken gegen die gesamte Aktion auf. Warum wurde Diana mit solchem Haß verfolgt? Als einfache Kindergärtnerin wäre sie für die Presse völlig uninteressant. Nur durch ihre Position wurde sie außergewöhnlich, jetzt für einige sogar untragbar. Warum konnte man nicht tolerant sein und Diana in Ruhe lassen? Alle sprachen von Religions- und Glaubensfreiheit und brüsteten sich mit ihrer Toleranz. Was machte es, wenn Diana wegen ihrer Heirat mit einem Muslim zum Islam wechselte? Was machte es aus, daß William später als König höchster Repräsentant der anglikanischen Kirche war und seine Mutter einer anderen Glaubensgemeinschaft angehörte?

George war nicht besonders religiös erzogen worden. Aber seine Eltern hatten ihm ein gesundes Gefühl von Recht und Gerechtigkeit vermittelt. Dazu gehörten auch die Begriffe Toleranz und Menschenwürde. War das, was sie hier taten, noch eines Menschen würdig? Konnte er die Tat damit legitimieren, daß er sich hinter seinem Auftrag verschanzte und dem Eid, Schaden von Großbritannien und dem Volk abzuwenden?

63

George bog in die Zufahrt des Flugplatzes ein. Die Wache warf einen kurzen Blick in den Wagen, erkannte Edward, der freundlich winkte, und ließ das Tor öffnen. George fuhr quer über die Landebahn zu dem bereitstehenden

Hubschrauber. Red und Edward stiegen aus und reichten dem Piloten das Gepäck aus dem Kofferraum, der es mit einem Helfer vom Bodenpersonal in dem Helikopter verstaute. George übergab dem Mann die Autoschlüssel und stieg hinter Red und Edward in den Helikopter ein. Kaum war die Türe geschlossen, begannen sich die Rotoren der Maschine zu drehen. Edward bekam von einem der Piloten eine Notiz gereicht, die er eilig überflog.

»Zwei Informationen. Arthur und Walter sind bereits in der Luft. Wir treffen uns auf einem Flugplatz namens Vallée de Seine. Von dort fliegen sie mit uns weiter zu einem anderen Ort, wo uns Jean-Luc erwartet.« Edward sah zufrieden aus. »Mit Jean-Luc haben wir den besten Mann in Frankreich an unserer Seite.«

Mit einem leichten Ruck hob der Helikopter ab, und George, der noch nicht Platz genommen hatte, wäre beinahe gestürzt.

»Anschnallen«, schrie Red gegen das Motorengeräusch an. George setzte sich neben ihn und schnallte sich an. Im selben Moment flog die Maschine eine scharfe Kurve und neigte sich dabei extrem zur Seite.

»Fliegen wir offiziell in den französischen Luftraum ein?« wollte Red von Edward wissen.

Der zuckte mit den Schultern. »Kann ich Ihnen nicht sagen. Das arrangieren wir nicht selbst. Wir bestellen nur die Flüge und nennen das Ziel.« Die Unterhaltung war wegen des Motorenlärms recht schwierig. Die drei Passagiere nahmen die bereitliegenden Schallschützer und stülpten sie über die Ohren.

64

Die Piloten des Hubschraubers waren den letzten Teil ihres Fluges beängstigend niedrig über den Ärmelkanal geflogen. Etwa in Höhe von Dieppe hatten sie das Festland erreicht und die Route entlang des Flüßchens Varenne Richtung Rouen eingeschlagen.

Ungeduldig schaute Red immer wieder auf seine Uhr. Schließlich schnallte er sich los und hangelte sich vorsichtig zu den Piloten hin. »Können Sie Funkkontakt zu unserem Learjet herstellen?« brüllte er in die Kanzel.

Der Copilot nahm die Kopfhörer ab und schaute Red fragend an. Red wiederholte seine Frage und erhielt als Antwort nur ein Nicken.

»Dann fragen Sie mal nach, wo die sich befinden und wann die Maschine voraussichtlich ankommt.«

Wieder nickte der Copilot und setzte sich die Kopfhörer auf. Red konnte sehen, wie er an den Knöpfen des Funkgerätes herumdrehte. Es dauerte fast fünf Minuten, bis sich der Copilot zu Red herumdrehte. »Wir werden fast gleichzeitig landen. Es hängt von der Flugsicherung ab, wen sie zuerst hereinlassen. Ist es wichtig für Sie, daß wir die ersten sind?«

Red schüttelte den Kopf. »Nein. Wie lange fliegen wir noch?«

Der Copilot schaute kurz auf seine Instrumente und dann auf eine Karte, die er vor sich auf den Knien hatte. »Ich schätze, daß wir in etwa einer Viertelstunde landen werden. Aber, wie gesagt, sollte der Learjet zuerst dort sein, kann sich unsere Landung etwas verzögern.«

Red hangelte sich wieder zu seinem Platz zurück.

»Probleme?« rief ihm Edward zu.

»Nein«, schrie Red zurück. »Wir sind in etwa fünfzehn Minuten da, der Jet landet ungefähr zur gleichen Zeit.«

Edward beugte sich zu George. »Wenn wir gelandet sind, bleiben Red und ich hier im Hubschrauber. Du holst bitte Walter und Arthur so schnell wie möglich samt Motorrad zum Hubschrauber, verstanden? Wir wollen gleich wieder starten, um keine Zeit zu verlieren.«

George hob den Daumen. »Alles klar!«

Alle drei schauten angespannt aus dem Fenster. Immer noch flogen sie in geringer Höhe. Am Horizont war im Dunst eine größere Ansammlung von höheren Häusern und Kirchtürmen zu sehen. Offenbar näherten sie sich einer größeren Stadt. Dann überflogen sie kurz hintereinander zwei stark frequentierte Straßen, die in die Stadt hineinführten. Red, der dem Fenster am nächsten saß, deutete plötzlich nach oben. Edward beugte sich vor und konnte den weißen Learjet sehen, der seitlich an ihnen vorbeizog. Er richtete sich wieder auf. »Walter und Arthur sind auch gerade im Landeanflug«, rief er George zu. »Die werden vor uns da sein.«

Im gleichen Moment bekam der Hubschrauber wieder eine starke Seitenneigung und flog zunächst eine Schleife nach rechts, dann eine Schleife nach links. Die ersten Lichter einer Landebahn tauchten auf. Der Hubschrauber überflog die Landebahn und nahm Kurs auf den Tower, der auf der rechten Seite zu sehen war. Plötzlich drehte er wieder ab und nahm eine starke Linkskurve. Als er wieder in die Waagerechte kam, konnten Red und Edward den gelandeten Learjet sehen.

Kurz darauf setzte der Hubschrauber auf. George hatte sich bereits abgeschnallt. Der Pilot signalisierte ihm in Zeichensprache, daß er den Kopf unten halten müsse. Daraufhin öffnete George die rechte Seitentür. Der Wind der Rotoren blies in den Hubschrauber hinein, und George hatte zunächst Mühe hinauszuspringen. Dann lief er gebückt auf den Learjet zu. Red und Edward konnten beobachten, wie George die beiden Kollegen begrüßte und ein paar Worte mit ihnen wechselte. Dann zerrten sie gemeinsam die BMW aus dem Jet.

Die Crew des Hubschraubers hatte inzwischen den Motor abgestellt, die Rotoren kamen surrend zum Stillstand.

»Endlich«, atmete Red auf und rieb sich die Ohren. »Als ständiges Fortbewegungsmittel wäre so eine Maschine in dieser spartanischen Ausstattung nichts für mich. Da ziehe ich doch den Luxus vor.«

Der Pilot des Helikopters hatte sich inzwischen zu ihnen gesellt und schaute zum Jet hin. »Wir werden nachtanken und dann sicherlich gleich wieder starten?« fragte er Edward.

»Ja, wir holen hier nur zwei Kollegen ab, dann sollte es so schnell wie möglich weitergehen.«

»Soll das Motorrad auch mit?« wollte der Pilot wissen. Edward nickte. »Dann müssen wir es aber kräftig vertäuen. Ich hoffe, wir haben genügend Material an Bord.« Der Pilot sprang aus dem Hubschrauber und verschwand aus dem Blickfeld. Auch der Copilot war inzwischen ausgestiegen und organisierte das Auftanken der Maschine.

Nach einiger Zeit tauchte der Pilot mit einigen Stricken

mit Karabinerhaken und Nylongurten wieder auf. Walter schob seine Maschine über die Betonpiste. Am Hubschrauber angekommen, grüßte Walter: »So trifft man sich wieder. Wer hätte gedacht, daß wir heute noch in Frankreich landen?«

Der Pilot stieg in den Hubschrauber und deutete zum Sitz, auf dem George bisher gesessen hatte. »Es wird das Beste sein, wenn wir diesen Sitz hochklappen und die Maschine hier anbinden. Es wird zwar etwas eng, aber anders, befürchte ich, geht es nicht.« Er klappte den Sitz hoch und arretierte ihn.

»So, dann wollen wir mal.« Walter, Arthur und George hoben außen die Maschine an, Edward und der Pilot übernahmen sie. Vorsichtig brachten sie die BMW durch mehrfaches Hin- und Herschieben in die richtige Position. Dann vertäute sie der Pilot fachmännisch.

»Lassen wir uns überraschen«, sagte Edward, nachdem alle eingestiegen waren. Er deutete auf Red. »Ich darf vielleicht kurz bekannt machen. Das ist Red. Und das ist Arthur. Walter kennen Sie bereits.«

Red grüßte Arthur mit einem kurzen Lächeln. Edward nahm schnell seinen Platz zwischen Red und Walter ein, schnallte sich an und stülpte die Schallschützer über die Ohren.

Als sie wieder abgehoben hatten, neigte er sich zu Red hinüber und schrie: »Haben Sie schon eine Vorstellung, wie wir es machen werden?«

Red deutete mit Augenzwinkern an, daß er bereits Ideen hatte, rief aber zurück: »Ich rede nicht über ungelegte Eier. Lassen Sie uns erst einmal in Paris ankommen. Wo landen wir eigentlich?«

Edward wußte es nicht. Er hangelte sich zum Copiloten durch.

»Welchen Flughafen fliegen wir jetzt an?« rief er.

»Einen Flughafen überhaupt nicht«, war die Antwort. »Wir haben lediglich eine Position angegeben bekommen, die in der Nähe eines Ortes namens Chavenay liegt. Zwar ist dort in der Nähe ein kleinerer Flughafen. Wir sollen ihn aber rechts liegen lassen und etwa zwei Kilometer östlich in Richtung Saint-Nom kreisen. Man wird uns vom Boden aus signalisieren, wo wir landen sollen.«

»Wie lange werden wir fliegen?«

»Maximal eine halbe Stunde, eher weniger.«

Edward bedankte sich und schob sich zu seinem Sitz zurück, um Red zu informieren.

65

Nachdem Red Lucy angerufen und gebeten hatte, sofort nach Paris zu kommen, nahm sie an, daß er seine Geschäfte erledigt hatte und nun mit ihr auf Immobiliensuche gehen wolle. Sie flog mit der nächstmöglichen Maschine nach Paris, hob am Flughafen zehntausend Francs ab und begab sich zum Ausgang. Sie gab dem Taxifahrer als Fahrtziel den Ort Morment an, dessen Namen sie rein zufällig auf einem vorbeifahrenden Transporter gelesen hatte, ohne zu wissen, wo dieses Morment lag. Als sie etwa zwanzig Kilometer hinter Paris durch ein kleines Dörfchen fuhren, entdeckte Lucy im Vorbeifahren eine kleine Autowerkstatt. Sie ließ den Taxifahrer anhalten und drückte ihm als Ausgleich für die verkürzte Fahrt ein gutes Trinkgeld in die Hand. Lucy überquerte die Straße und lief einige Meter bis zu der kleinen Werkstatt zurück. Ein älterer Mann lag unter einem Traktor und schaute ihr entgegen, als sie den Innenhof betrat. Er kroch unter dem Traktor hervor und riß überschwenglich seine Baskenmütze vom Kopf.

»Welch üppiger Glanz in meiner bescheidenen Hütte!«, begrüßte er sie und ließ seinen Blick ungeniert über Lucys Figur gleiten. »Monsieur, ich habe ein Problem, und man hat mir gesagt, Sie würden mir bestimmt helfen«, begann Lucy mit ihrem stark amerikanischen Akzent. Sie lächelte ihn hilflos an und zwinkerte mit den Augen.

»Einer schönen Frau hilft Bastian immer gern.«

»Ich brauche ein Fahrzeug.« Lucy blickte sich im Hof um und entdeckte einen weißen Fiat Uno. »So wie dieses dort.« Sie deutete auf den Fiat.

»Ah, Madame, da kann ich leider nichts für Sie tun. Das ist der Wagen eines meiner Kunden, den ich für ein paar Tage zur Inspektion habe. Am Dienstag kommt mein Kunde aus Spanien zurück, und da muß der Wagen fertig sein.«

Bastian zeigte mit der Hand auf den Traktor. »Das ist das einzige Fahrzeug, das ich Ihnen leihen könnte, denn meine Kinder sind mit meinem Wagen übers Wochenende an die Küste gefahren.«

Lucy gab nicht auf. »Monsieur Bastian, ich brauche den Wagen keine drei Tage, sondern eine Nacht, verstehen Sie? Nur eine Nacht!« Sie machte ein vielsagendes Gesicht und fügte hinzu, als sie Bastian grinsen sah: »Wissen Sie, ich möchte nicht, daß man meinen Wagen vor dem Hotel entdeckt.«

Bastian kratzte sich am Kopf, seine listigen Augen wanderten zwischen dem Fiat Uno und Lucy hin und her. Jetzt war Lucy bereits sicher, gewonnen zu haben. Ein Wink mit einem Geldschein würde sicherlich die Entscheidung bringen. Sie öffnete ihre Reisetasche und nahm demonstrativ ihren Geldbeutel heraus. »Ich würde mich Ihre Gefälligkeit auch etwas kosten lassen. Sagen Sie einen Preis, ich werde nicht handeln, sondern Ihnen sehr dankbar sein.«

Lucy konnte spüren, wie Bastian mit sich kämpfte, nicht sofort mit einem »Ja« herauszuplatzen. Er überlegte sicherlich, wie er noch mehr herausschlagen konnte.

»Wie weit fahren Sie denn, Madame?« fragte er, um Zeit zu gewinnen.

»In einen Vorort von Paris und zurück«, antwortete Lucy wahrheitsgemäß. »Und natürlich werde ich den Tank wieder füllen.«

Bastian schien immer noch nicht zufrieden zu sein. Er ging auf den Fiat zu und öffnete die Türe des Wagens. Die Schlüssel steckten, wie Lucy sofort erkennen konnte. Bastian setzte sich hinein und strich nachdenklich über das Lenkrad. »Ich weiß nicht, Madame. Es ist nicht mein Fahrzeug. Was mache ich, wenn mein Kunde dahinterkommt?«

»Wie soll er dahinterkommen? Sie sagten, er kommt erst in drei Tagen aus Spanien zurück. Bis dahin habe ich den Wagen längst wieder hergebracht. Ich gebe Ihnen tausend Francs.«

»Tausend Francs?« wiederholte Bastian. Er machte die

Klappe des Handschuhfaches auf und warf einen kurzen Blick hinein. »Die Wagenpapiere liegen hier drin.« Er stieg aus. »Sie müssen mir aber als Sicherheit etwas hier lassen …«

»Kein Problem«, meinte Lucy. »Ich lasse Ihnen sogar meinen Ausweis hier.«

»Aber den brauchen Sie doch, wenn Sie in eine Kontrolle kommen«, stellte Bastian fest.

Lucy schüttelte den Kopf. »Wissen Sie, mein Mann ist im diplomatischen Dienst in Paris. Der erledigt so etwas für mich.« Sie hielt ihm die versprochenen tausend Francs und einen amerikanischen Paß entgegen. Bastian steckte die Francs in die Tasche seines Arbeitsanzuges und begann, den Namen auf dem Ausweis zu buchstabieren, während Lucy ihre Reisetasche auf den Beifahrersitz warf und in den Fiat einstieg. Nur schnell weg, dachte sie, bevor er es sich doch noch anders überlegt.

»Auf Wiedersehen, Madame Broomfield, gute Fahrt.« Lucy sah im Rückspiegel, wie Bastian auf die Straße lief und ihr hinterherwinkte. Sie fuhr die Straße nach Paris zurück. Kurz hinter der Stadtgrenze entdeckte sie ein Bistro mit einem großen Parkplatz und einer Tankstelle. Sie fuhr zunächst zu der Tankstelle und füllte den Tank. Bis zu dem verabredeten Anruf um achtzehn Uhr hatte sie noch etwas Zeit. Also bezahlte sie und parkte neben dem Bistro auf dem großen Parkplatz. Danach betrat sie das Bistro.

Es war um diese Uhrzeit bereits gut besucht. An der Theke standen mindestens zehn Männer und tranken Pastis und Rouge.

Lucy nahm an einem der kleinen Tische Platz bestellte

einen Café au Lait und einen Cognac. Sie nahm sich vom Nachbartisch eine französische Zeitung und versuchte darin zu lesen. Doch bald schon verlor sie die Lust daran, weil ihr zu viele Vokabeln fehlten. Sie beschränkte sich darauf, die Überschriften zu übersetzen und die Bilder zu betrachten.

66

Alle Türen des Citroëns standen offen, damit die Hitze entweichen konnte. Jean-Luc saß hinter dem Lenkrad und döste vor sich hin. Er war klein, etwas jünger als fünfzig, trug einen hellen Sommeranzug, dessen Jackett er auf den Hintersitz geworfen hatte, und ein weißes Hemd. Aus dem Autoradio tönte leise Popmusik.

Der Citroën stand am Rand einer Waldlichtung, die etwa die Größe eines Sportplatzes hatte. Gleich neben dem Wagen führte ein schmaler ausgefahrener Weg in den Laubwald hinein. Plötzlich hörte Jean-Luc in der Ferne das Knattern eines tieffliegenden Hubschraubers. Er schaltete das Radio leiser, stieg aus dem Wagen und schaute in die Richtung, aus der das Knattern kam. Schließlich tauchte dicht über den Baumwipfeln der Hubschrauber auf. Jean-Luc winkte mit ausgestreckten Armen und deutete auf die Mitte der Lichtung. Der Hubschrauber flog über die Lichtung und verschwand wieder. Doch die Motorgeräusche deuteten darauf hin, daß er hinter dem Wald abdrehte und zurückkam. Dann flog er ein zweites Mal über die Lichtung und schwenkte ein. Dabei wirbelte er so viel Sand auf, daß Jean-Luc eilig um seinen Wagen herumlief und die Türen schloß.

Es dauerte eine Weile, bis die Rotoren zum Stillstand gekommen waren. Als erster stieg Edward aus. »Sie haben sich überhaupt nicht verändert«, begrüßte er seinen französischen Kollegen, der das Kompliment zurückgab. »Darf ich Ihnen kurz vorstellen...« Edward drehte sich zum Hubschrauber um und stellte seine Mitreisenden in der Reihenfolge vor, wie sie den Hubschrauber verließen.

»Ein Großkampftag heute für Sie?« fragte Jean-Luc und klatschte in die Hände. »Sir David hat mir berichtet, was ihr vorhabt. Es wird nicht einfach sein, hier in Paris.«

»Aber wir haben Red und Sie«, antwortete Edward, und es klang fast so, als wolle er sich an der bevorstehenden Aktion gar nicht beteiligen.

»Ich fürchte, mein Auto ist zu klein. Ich hatte nicht mit einer halben Fußballmannschaft gerechnet.«

Edward lachte und beruhigte ihn. »Die beiden tragen ihre Lederkleidung nicht aus Spaß. Wir haben noch ein schnelles Motorrad dabei. Sie müssen nur Red, George und mich mitnehmen. Haben Sie schon eine Idee, wo wir hinfahren?«

Jean-Luc winkte Edward, ihm zu folgen und ging zum Citroën zurück. Inzwischen machten sich die anderen daran, das Motorrad aus der Maschine zu heben.

Red war langsam hinter Edward und Jean-Luc hergegangen und traf die beiden über eine Landkarte gebeugt, die sie auf die Motorhaube des Citroën gelegt hatten.

»Sehen Sie, Red«, sagte Edward, »hier ist eine kleine

alte Fabrikhalle. Da werden wir hinfahren und von dort aus alles notwendige vorbereiten ...«

»Wir haben diese Halle schon oft benutzt«, erklärte Jean-Luc. »Sie hat zwei Vorteile: Sie liegt äußerst verkehrsgünstig, und das Gelände kann nicht eingesehen werden, da rundherum eine hohe Mauer ist. Egal was Sie vorhaben, dort sind wir ungestört.«

George kam angerannt und reichte Edward das Handy. »Henry!« erklärte er außer Atem. Edward meldete sich. Offenbar erhielt er diesmal ausführlichere Informationen als bisher bei ähnlichen Telefonaten. Edward schaute in den Citroën und deutete auf das Autotelefon. »Welche Rufnummer, Jean-Luc?«

Jean-Luc nannte eine scheinbar endlose Zahlenfolge, und Edward gab sie weiter. »Unter dieser Nummer können Sie mich ab sofort zusätzlich erreichen, Henry. Es wird sicherlich besser sein, wenn *Sie* mich anrufen. Ich werde die Situation sofort mit meinen Leuten besprechen. Vielleicht rufen Sie in einer Viertelstunde noch einmal an?« Er wartete die Bestätigung ab und drückte dann die Trenntaste.

Inzwischen waren auch Arthur und Walter zu ihnen gestoßen.

»Lady Diana und Al-Fayed sind soeben in ›Le Bourget‹ gelandet«, erklärte Edward. »Sie wurden dort von zwei Fahrzeugen und vier Bodyguards abgeholt. Vermutlich fahren sie im Moment mit einem Mercedes 600 in die Pariser Innenstadt. Ihr Fahrtziel ist das Ritz. Dieses Hotel gehört übrigens wie Harrods dem alten Al-Fayed. Es ist anzunehmen, daß die beiden sich dort zunächst etwas frisch machen ...«

»Vögeln!« feixte Arthur dazwischen.

Edward schloß vielsagend die Augen und atmete deutlich hörbar tief durch. »Ich glaube nicht, daß solche Zwischenrufe im Moment angebracht sind. Also ... die beiden werden sich wohl nur kurze Zeit im Ritz aufhalten, vielleicht auch übernachten ...«

Dieses Mal wurde er von Jean-Luc unterbrochen. Er wippte beim Sprechen auf den Zehenspitzen auf und ab. Vielleicht lag es dran, daß er der Kleinste in der Männerrunde war. »Die werden eher in Dodis Apartement am Arc de Triomphe oder in der Villa seiner Eltern am Bois de Boulogne übernachten. Übrigens: In dieser Villa residierte einst Edward VIII.«

Edward nickte nur kurz und fuhr dann fort: »Wie gesagt, das beruht bisher alles auf Vermutungen. Fest steht, und das ist für uns wichtig, Lady Diana hat noch keinen Termin eines Ab- oder Weiterflugs genannt. Das Paar möchte aber auf jeden Fall heute noch Shopping machen und wird unterwegs zu Abend essen. Das ist sicher.«

»Na also«, Red schien erleichtert. Er strich sich mit dem Zeigefinger über die Nase. »Das sieht doch schon ganz gut aus. Sind genügend Paparazzi in der Stadt?«

Jean-Luc lachte. »Guter Mann, wenn Di in Paris ist, dann wimmelt es hier von diesen Aasgeiern. Und wenn auch noch ein Liebhaber wie Dodi dabei ist, dann siehst du fast keine anderen Menschen mehr auf der Straße.«

Red grinste. »Gut, gut. Dann müßten wir jetzt nur noch wissen, wie das junge Glück vom Shopping ins Bett kommt. Wahrscheinlich doch mit einem Auto? Oder?« Da er keine Antwort erhielt, wandte er sich an Jean-Luc. »Wo ist dieses Ritz überhaupt?«

Jean-Luc schob Arthur etwas beiseite, um ihm den Plan zeigen zu können. »Dort, an der Place Vendôme. Hier ist das Appartement am Arc de Triomphe, und dort am Bois de Boulogne die Villa.«

»Aber die Strecke geht doch keiner zu Fuß. Also, wie macht das eure Prinzessin?« Red drehte sich fragend zu Edward um.

»Beim Shopping geht sie natürlich zu Fuß, wobei Shopping in London für sie wahrscheinlich anders abläuft, als hier mit diesem Al-Fayed.« Edward dachte einen Augenblick nach. »Hier werden sicherlich ein paar Bodyguards mitlaufen, vielleicht auch ein kleiner Tross von Freunden aus dem Jetset. Die Wagen werden dann über Funk immer von Straßenzug zu Straßenzug nachgezogen...«

»Bis den Leuten irgendwann die Füße weh tun und sie wieder ins Auto steigen. Okay, dann werden die beiden essen gehen, und zwar sicher nicht bei McDonald's. Wie lange wird das dauern?«

Red schaute Jean-Luc an, gab sich aber dann selbst die Antwort. »Ich nehme mal an, etwa drei Stunden. In der Zeit stehen die Wagen irgendwo herum. Edward, wie dicht sitzt euer Undercoverman an Dodi dran?«

Die Frage schien Edward in Verlegenheit zu bringen. »Ich ... ich weiß es nicht«, stotterte er. »Er ist in erster Linie auf Mohamed Al-Fayed angesetzt. Wieso?«

»Verflucht noch mal, irgendwann sollten wir auch einmal etwas wissen«, sagte Red ärgerlich. »Rufen Sie den guten Henry an und fragen Sie ihn, ob er in Paris ist, ob er in der Nähe der beiden ist und, noch wichtiger, ob er uns das Auto beschaffen kann, mit dem die beiden nach dem Essen zu ihrer Unterkunft fahren. Los!«

Er klang so bestimmend, daß Edward wortlos sein Handy nahm und Henrys Nummer wählte. Er bemühte sich, ruhig zu wirken und seiner Stimme Gelassenheit zu verleihen. »Henry, sagen Sie uns, können Sie bestimmen, in welchem Fahrzeug Lady Diana heute nach dem Essen gefahren wird?« Sein Gesicht wurde zunächst noch ernster, fast verzweifelt. Doch dann hellte es sich auf, und er warf Red einen aufmunternden Blick zu. Dann hielt er für kurze Zeit die Sprechmuschel zu. »Geländewagen oder Mercedes?« flüsterte er Red zu.

»Mercedes!« kam es von Red wie aus der Pistole geschossen.

»Da kommen Leute!« flüsterte Walter und warf einen Blick über Reds Schultern.

Edward gab die Sprechmuschel wieder frei. »Mercedes«, flüsterte er. »Rufen Sie mich in einer halben Stunde wieder an.« Er drückte blitzschnell die Trenntaste und ließ sein Handy in die Hosentasche gleiten.

»Laßt mich das machen«, sagte Jean-Luc mit gedämpfter Stimme und eilte auf zwei Männer zu, die den Waldweg entlangkamen. »Ach gut, daß Sie kommen. Der Hubschrauber hatte Probleme mit dem Motor. Ist hier in der Nähe ein Flugplatz, und wie kommen wir dahin?«

Der ältere der beiden Männer deutete in westliche Richtung. »Dort drüben liegt ein Flugplatz. Zu Fuß ist das aber recht weit. Und ob die Ihnen helfen können, weiß ich natürlich nicht.«

»Wir haben schon einen freundlichen Menschen mit Auto gefunden, der uns fährt. Nur bitte, gehen Sie lieber den Weg zurück. Wir wollen bei einem eventuellen Start nicht andere Menschen gefährden.«

Die beiden Männer warfen noch einmal einen neugierigen Blick auf den Hubschrauber, nickten verständnisvoll und wandten sich zum Gehen. Jean-Luc wartete, bis sie außer Sichtweite waren.

»Keine Sorge, die sind weg. Also?« Er blickte Edward fragend an.

»Henry meint, daß es hier in Paris mindestens sechs oder sieben Fahrzeuge gibt, die die Familie Al-Fayed gelegentlich benutzt. Privatwagen, Firmenwagen, etc. Aber er sieht eine reelle Chance, den beiden kurzfristig einen Wagen zuzuspielen, eben diesen Geländewagen oder einen Mercedes S 280. Und den könnten wir sofort bekommen.«

»Her damit!« rief Red herausfordernd. »Worauf warten wir noch? Je mehr Zeit ich habe, um so besser. Rufen Sie diesen Henry jetzt gleich an. Offenbar kann er im Moment doch ungestört sprechen. Und sagen Sie ihm nur den Ort, wo wir auf den Wagen warten.«

Edward nahm wieder sein Handy und wählte Henrys Nummer. »Schicken Sie uns so schnell wie möglich den Mercedes nach ...« Er schaute Jean-Luc hilfesuchend an. Dieser nahm Edward das Handy ab und gab eine Adresse durch. Dann gab er das Handy zurück. »Alles klar?« fragte Edward kurz. »Ich melde mich, sobald der Wagen eingetroffen ist.« Er schaute zum Hubschrauber hinüber. »Ich muß noch mit den Piloten reden. Red, kommen Sie bitte mit.«

Edward hatte als erster die beiden Männer erreicht. »Sie warten bitte hier. Ich lasse Ihnen etwas zu essen und zu trinken bringen. Unser Freund hier«, er drehte sich zu Red um, »er muß heute abend noch so schnell wie möglich nach London zurück. Alle anderen kommen mit unserem Jet nach. Sie werden doch hier auch bei Dunkelheit einwandfrei hochkommen?«

Die Piloten nickten.

»Reicht der Treibstoff?«

»Ja, kein Problem.«

»Gut. Dann bedanke ich mich bei Ihnen und wünsche heute abend einen guten Rückflug. Geben Sie mir noch bitte eine Frequenz, über die ich mit Ihnen Kontakt aufnehmen kann. Unser französischer Kollege hat ein Funkgerät im Auto, und ich kann Ihnen den Abflug rechtzeitig ankündigen, wenn Sie auf Empfang bleiben.«

Einer der Piloten schrieb die Daten auf einen Zettel. »Ich habe Ihnen zwei Frequenzen aufgeschrieben, falls wir aus irgendwelchen Gründen aus der einen rausmüssen.«

Edward dankte nochmals und ging mit Red zurück zu dem Citroën.

»Walter, kannst du in der nächsten Ortschaft den Piloten etwas zu essen und zu trinken holen? Jean-Luc wird dir die Adresse geben, wo wir hinfahren. Du und Arthur, ihr kommt bitte nach. Alles klar?« fragte Edward in die Runde.

»Klar!« antwortete Red ungeduldig.

67

Rund um den Eiffelturm, aber auch in sämtlichen Pariser Außenbezirken herrschte ein totales Verkehrschaos, da viele Pariser aus den zu Ende gehenden Ferien zurückkehrten. Jean-Luc hatte für die Fahrt von Chavenay zu der alten Fabrikhalle eigentlich weniger als eine halbe Stunde eingeplant. Inzwischen waren die vier Männer bereits knapp eine Stunde unterwegs und hatten ihr Ziel immer noch nicht erreicht. Und Henrys Fahrzeug würde die gleichen Schwierigkeiten haben. Gegen diese Fahrt, dachte Red, waren die Exkursionen durch die Innenstadt von London fast ein Autorennen gewesen. Er schaute nervös auf die Uhr im Armaturenbrett, deren Zeiger sich langsam aber sicher auf achtzehn Uhr hinarbeiteten. Endlich bog Jean-Luc von der Hauptstraße ab und steuerte den Citroën durch ein heruntergekommenes und verfallenes Industriegebiet. Die Straßen waren zum Teil aufgerissen und nicht mehr ausgebessert worden, stellenweise fehlte der Asphalt. Hoffentlich überlebt das Notebook im Kofferraum die Schlaglöcher, schoß es Red durch den Kopf. Das hätte jetzt noch gefehlt, daß sich der Computer verabschiedet.

»Können wir Walter aktiv einsetzen, wenn es soweit ist?« fragte Red plötzlich.

»In welcher Form?« wollte Edward wissen.

»Um sich mit seinem Motorrad unter die Paparazzi zu mischen«, kam es als Antwort zurück. Edward überlegte einen Moment. »Da sehe ich kein Problem. Nur, wir haben keine von diesen Fotokanonen an Bord.«

»Das ist kein Problem«, mischte sich Jean-Luc in das Gespräch. »Ich kann Ihnen eine komplette Canon-Ausrüstung mit einem riesigen Rohr drauf besorgen und alles, was dazugehört. Ein sehr guter Freund von mir ist Fotograf. Ich habe mir die Ausrüstung selbst schon für Observationen ausgeliehen. Es fällt also nicht auf, wenn ich es auch heute so mache.«

»Dann werden Sie sicher auch in der Lage sein, uns für das Motorrad ein Pariser Zulassungsschild zu besorgen?« meinte Red.

Jean-Luc schüttelte den Kopf. »Ein Pariser Zulassungsschild ist schwierig. Aber ich kann auf die Schnelle eines aus Bordeaux besorgen. Ich meine, es reicht doch, wenn es kein englisches ist, oder?«

»Okay. Bis wann haben wir beides?«

»Wenn Edward mich nicht braucht, dann setze ich Sie im Fabrikgelände ab und bin bei diesem Verkehr in spätestens einer Stunde wieder zurück.«

»In Ordnung, das reicht. Wie komme ich heute abend wieder zu dem Helikopter?« fragte Red.

Richtig, dachte Edward, daran hatte er im Moment nicht gedacht. Er wollte nach dem Unfall auf keinen Fall mit Red gesehen werden, falls doch etwas schief ging. Er tippte Jean-Luc auf die Schulter. »Können Sie für ein paar Stunden einen zweiten Wagen besorgen? George soll damit Red nach Chavenay fahren und kommt dann gleich wieder zurück.«

»Ja, sicher. Dann kann George mit mir fahren, wenn ich die Kamera und das Nummernschild hole. Ich habe noch einen zweiten Wagen, einen Renault. Wir bringen ihn dann mit.«

George schaute Edward prüfend an. »Und du glaubst, ich schaffe es, dieses Chavenay wiederzufinden?«

Red drehte sich zu den beiden im Fond um. »Da sehe ich kein Problem. Wir nehmen die Karte mit, nach der Walter zur Zeit fährt. Ich finde wieder raus aus Paris, und zurück müssen Sie immer der Beschilderung ›Centre Ville‹ nach. In der Innenstadt müßt ihr euch dann an einem markanten Punkt treffen. Eiffelturm, Arc de Triomphe oder dergleichen.«

»Das geht!« versicherte George. »Ich hätte nur Schwierigkeiten, dieses Chavenay bei Nacht ohne Karte zu finden.«

Jean-Luc bremste plötzlich scharf ab. »Die Einfahrt zur Fabrik liegt tatsächlich so versteckt, daß ich jetzt daran vorbeigefahren bin.« Er fuhr den Citroën gute zweihundert Meter rückwärts und schlug dann das Lenkrad scharf nach links ein. Der Wagen drehte sich fast auf der Stelle. Vor ihnen lag eine schmale Einfahrt, dahinter ein kleines Fabrikgelände, auf dem mehrere Gebäude und eine Halle standen. Jean-Luc lenkte den Wagen zielstrebig auf die Halle zu, vor der bereits die BMW stand.

Walter und Arthur hatten die Strecke viel schneller zurücklegen können und hatten sich inzwischen bereits etwas ortskundig gemacht. Als sie den Motor des Citroën hörten, kamen sie aus der Halle heraus. Jean-Luc parkte gleich neben dem Hallentor. Red stieg sofort aus und holte seinen Metallkoffer und sein Notebook aus dem Kofferraum. George wechselte vom Rücksitz auf den Vordersitz, um gleich mit Jean-Luc weiterzufahren.

»Vom Mercedes haben Sie noch nichts gehört oder gesehen?« fragte Jean-Luc. Walter und Arthur schüttelten den Kopf. »Es wäre vielleicht ratsam«, wandte sich Jean-Luc an Edward, »wenn sich einer ihrer Mitarbeiter draußen am Tor postieren könnte. Die Einfahrt ist wirklich schwer zu finden, vor allem für jemanden, der noch nie hier war.«

Edward schaute Walter und Arthur fragend an. Walter hob kurz die Hand. »Vielleicht ist es am unauffälligsten, wenn ich mich mit der Maschine draußen hinstelle.«

»In Ordnung, Walter.« Edward deutete in Richtung Einfahrt. »Am besten, du fährst sofort rüber.« Er zögerte einen Moment. »Übrigens, bereite dich schon einmal innerlich darauf vor, dich heute abend mit dem Motorrad unter die Paparazzi zu mischen.«

Walter nickte.

»Gibt es irgendwann etwas zu essen und zu trinken?« fragte Red beiläufig. »Ich kann mich gar nicht erinnern, wann ich das letzte Mal etwas zwischen den Zähnen hatte.«

George schob den Kopf aus dem Wagenfenster. »Jean-Luc und ich können etwas mitbringen. Was haltet ihr von Pizza? Einverstanden?«

Es kam kein Einspruch.

»Jean-Luc, geben Sie mir bitte Ihre Autotelefonnummer, falls später irgendwelche Fragen auftauchen sollten«, bat Edward. Jean-Luc reichte ihm eine Visitenkarte.

»Anlageberater?« spöttelte Edward. »Mit wem legen Sie sich denn an?«

Beide lachten, und Jean-Luc stieg zu George in den Wagen.

»Stop«, rief Red plötzlich. »Wer hat im Moment den Stadtplan?«

»Walter.«

Walter, der gerade damit beschäftigt war, seine Maschine zu starten, griff in seine Brusttasche, zerrte den Plan heraus und reichte ihn Red. Dann startete er die BMW und fuhr in Richtung Einfahrt. Jean-Luc ließ den Motor seines Citroëns an und folgte ihm.

Red, Edward und Arthur warteten, bis Motorrad und Wagen aus der schmalen Einfahrt hinausgefahren waren, und begaben sich dann in die Halle. Das Dach schien an einigen Stellen undicht zu sein, denn große Wasserlachen spiegelten an verschiedenen Stellen das Sonnenlicht, das durch die teilweise glaslosen großen Fenster fiel. Edward testete einen Lichtschalter neben dem Tor. Über ihm flackerten drei Neonröhren auf, der Rest der Halle blieb jedoch unbeleuchtet, obwohl auch hier einige Lampen hingen.

»Reicht«, stellte Red fest. »Ich habe noch eine starke Stablampe dabei.« Er stellte seinen Koffer auf einem der drei langen Tische ab und öffnete ihn. Unauffällig nahm er sein eigenes Handy heraus und schob es in die Hosentasche. Er warf einen Blick auf seine Armbanduhr und deutete auf eine kleine Tür am Ende der Halle. »Vielleicht eine Toilette?« Die Tür war allerdings verschlossen. Er schaute sich um und entdeckte ein Fenster, aus dem die Scheiben ganz herausgebrochen waren. Er schwang sich über die Fensterbank ins Freie und landete in einem kleinen Innenhof, der völlig mit Unkraut und Büschen zugewachsen war.

Hinter einen wuchtigen Busch zog er sein Handy aus der Tasche und wartete. Der Zeiger seiner Uhr sprang von siebzehn Uhr achtundfünfzig auf neunundfünfzig.

Red ging einige Schritte von der Halle weg, immer das Fenster im Visier. Hinter ihm raschelte etwas. Er drehte sich blitzschnell um und sah eine Katze, die verschreckt in den Büschen verschwand.

Im gleichen Moment begann sein Handy zu piepsen. Red meldete sich. »Paß genau auf. Kauf dir einen Stadtplan von Paris und Umgebung. Im Westen von Paris findest du einen Ort namens Chavenay. Von dort führen zwei Straßen nach Saint-Nom. Nimm die nördlichere. Diese führt auf eine Verbindungsstraße von Feucherolles nach Saint-Nom. Gegenüber der Einmündung, die in einer Senke liegt, ist eine kleine Parkspur. Dort warte auf mich ab zweiundzwanzig Uhr Pariser Zeit. Wiederhole bitte!« Red lauschte und nickte einige Male. Dann drückte er schnell die Trenntaste, um weiteren Fragen aus dem Weg zu gehen.

68

Als Lucy das Bistro verließ und wieder an der frischen Luft war, merkte sie, daß ihre Augen brannten. Sicher lag das an dem Zigarettenqualm, der in dichten Schwaden in dem Bistro gehangen hatte. Sie überquerte den Parkplatz und ging einen schmalen, leicht ansteigenden Weg zu einem kleinen bewaldeten Hügel hinauf.

Warum wollte Red jetzt plötzlich mit allem Schluß machen und in dieses Land ziehen? Immer wieder beschäftigte sie dieser Gedanke. Sicher war sie immer davon ausgegangen, daß Red im Alter sich in Frankreich niederlassen würde. Aber sie hatte sich nie Gedanken darüber gemacht, ob sie dann mit ihm gehen würde. Das hing von so vielen Faktoren ab. Nach all den Jahren hatten sie sich sehr aneinander gewöhnt, und Red war nicht der Schlechteste. Aber glaubte er, auch ohne seine Festung oben in den Bergen sicher leben zu können? Alles deutete darauf hin, daß er jetzt mitten in einem Geschäft steckte, das wahrscheinlich kurz vor dem Abschluß stand. Er hatte bisher von zwei Geschäften gesprochen. Den einen Geschäftspartner, Edward, kannte sie inzwischen. Wer waren aber die beiden anderen Männer, die ihn besucht hatten? Wer hatte Red einen Auftrag für Paris gegeben? Lucy konnte sich keinen Reim darauf machen. Sie schaute auf die Uhr. Warum mußte ihr Anruf absolut pünktlich erfolgen? Sie beschloß, den Hügel nicht mehr ganz hinaufzusteigen, obwohl sie ahnte, daß man von oben eine sehr schöne Aussicht auf Paris haben mußte. Sie ging zur Tankstelle zurück und bat, ein Telefonat führen zu dürfen. Die junge Frau an der Kasse zeigte ihr in einem kleinen Nebenraum das Telefon. Punkt achtzehn Uhr wählte sie Reds Handynummer, nahm Reds Anweisungen entgegen und ging an die Kasse bezahlen. Sie kaufte einen Stadtplan von Paris und ließ sich den Weg nach Chavenay zeigen.

Was sollte sie mit den vier Stunden anfangen? Offenbar hatten sich seine Geschäfte verzögert. Es lohnte sich wahrscheinlich kaum, für diese Zeit in die Pariser Innenstadt zu fahren. Lucy hatte gesehen, daß Versailles auf der Strecke nach Chavenay lag. Sie beschloß, dort Station zu machen. Vielleicht ergab sich die Möglichkeit, das Schloß und den Garten, von dem sie viel gehört und gelesen hatte, zu besichtigen. Sie stieg in den Fiat und orientierte sich noch einmal anhand der Karte. Wegen des Verkehrs umfuhr sie Paris weiträumig.

Als sie endlich in Versailles ankam, waren alle Sehenswürdigkeiten bis auf den Park bereits geschlossen. Sie informierte sich an einem Wegeplan des Parks und beschloß, einen Spaziergang um den »Grand Canal« zu machen. Dabei hatte sie allerdings die Längenangaben der Karte übersehen. Als ihr die Ausmaße des Parks bewußt waren, beschränkte sie sich darauf, einen Teil des Kanals abzugehen und dann den Rückweg einzuschlagen.

In einem Restaurant in der Nähe des Bahnhofs von Versailles würgte sie ein trockenes Baguette und einen viel zu frischen Brie hinunter und goß ein halbes Glas Rotwein hinterher. Als sie aufstand, verspürte sie noch größeren Hunger als vorher.

Draußen war es dunkel geworden, und Lucy machte sich auf den Weg nach Chavenay. Nachdem sie durch Saint-Nom gefahren war, fand sie ziemlich schnell die beschriebene Straßenmündung und fuhr auf den kleinen Parkplatz, wo sie sich verabredet hatten. Sie verriegelte den Wagen von innen und verstellte die Rückenlehne so, daß sie bequem liegen konnte. Wer wußte, ob Red wirklich pünktlich war?

69

Edward und Arthur hatten sich inzwischen auf einen der Tische neben Reds Koffer gesetzt, da es in der Halle keine anderen Sitzgelegenheiten gab. Red hatte auf seinem Weg zum Fenster eine kleine alte Öltonne entdeckt. Er rollte sie vor sich her zu dem Tisch und nahm aus seinem Koffer ein Stück Stoff, das ursprünglich zum Fingerabwischen gedacht war. Er legte den Stoff über die Tonne und setzte sich darauf. Wortlos zog er das Notebook zu sich und schaltete es ein. Dann faltete er den Stadtplan auseinander und suchte im Straßenverzeichnis den Place Vendôme. Der Platz war nur wenige Meter vom Jardin des Tuileries und der Place de la Concorde entfernt. Er markierte auf der Karte, wo sich in etwa das Hotel Ritz befinden mußte. Dann suchte er den Arc de Triomphe, wo nach Jean-Lucs Angaben Al-Fayeds Appartement sein sollte, und anschließend den Bois de Boulogne. Er fand auch sehr schnell die Stelle, an der das Haus von Mohamed Al-Fayed sein mußte, und markierte diese beiden Punkte.

Wie würden Di und Dodi heute abend fahren, wenn sie nach dem Abendessen zu einem der drei Orte fahren wollten? Red versuchte sich die Situation vorzustellen und verfolgte die Wege rückwärts in Richtung Avenue des Champs Elysées, denn er war sicher, daß Lady Diana und Dodi dort irgendwo den Abend verbringen würden. Die meisten Nobelrestaurants von Paris, die er kannte, waren im achten Arrondissement. Es war anzunehmen, daß sich die Bodyguards mehr um die Papparazzi kümmerten, als um das Fahrzeug. Es würde höchstens ein Fahrer beim Wagen zurückbleiben.

Red überlegte, welchen Posten Henry wohl hatte, wenn er Einfluß darauf nehmen konnte, welchen Wagen die beiden abends benutzen würden. War er der Chef-Fahrer oder ein Privatsekretär oder eine der höher gestellten Bodyguards? Einen dieser Posten mußte er innehaben. Also war es für Red logisch, daß dieser Mann auch Einfluß darauf nehmen konnte, wer den Wagen lenkte. Er traute Lady Diana zu, daß sie ihren eigenen Wagen selbst steuern würde. Dodi war eher der Typ, der sich fahren ließ. Aber wenn beide zusammen fuhren, dann sicherlich mit Chauffeur. Er blickte zu Edward. »Wann rufen Sie diesen Henry wieder an?«

»Wir hatten vereinbart, wenn der Mercedes hier ist, melde ich mich bei ihm.«

»Denken Sie bitte einmal mit. Liege ich richtig, wenn ich sage: Wer das Fahrzeug bestimmen kann, das heute abend die beiden nach Hause bringt, der kann auch den Fahrer auswählen?«

Edward senkte den Blick und dachte lange nach. Wahrscheinlich versuchte er sich, wie Red es getan hatte, in die Situation zu versetzen. Arthur zuckte nur mit dem Mundwinkel. »Klar!« antwortete er. »Es ist nicht unbedingt gesagt, daß jemand, der über den Wagenpark bestimmen kann, auch das Personal dazu einteilt. Aber ich halte es trotzdem für möglich, weil Wagen und Fahrer irgendwie eine Einheit bilden.«

Red beugte sich wieder über seine Karte. »Paris hat viele Brücken. Brücken sind für Unfälle immer gut. Viele Geländer, Laternen, meist auch noch irgendwelche Statuen oder Säulen. Aber leider werden die beiden nicht über die Seine fahren müssen, wenn sie tatsächlich in eines der beiden Nachtquartiere fahren.« Er verfolgte mit einem Kugelschreiber eine Straße, schüttelte dann wieder den Kopf und begann an einer anderen Stelle. »Sie werden wegen der Fotografen wahrscheinlich schnell fahren. Wer schnell fahren will, fährt Einbahnstraßen, breite Straßen und meist die Direttissima! Aber genau die zeigt den Verfolgern am schnellsten das Ziel, also fährt man erst ein paar Kurven, ein paar kurze Straßen, um die Leute abzuhängen. Und dann, wenn der Abstand groß genug ist …« Red starrte auf den Stadtplan und trommelte nachdenklich mit dem Kugelschreiber auf den Tisch. »Ich möchte wetten, egal, wo die Fahrt beginnt oder hinführt, man wird einen Weg suchen, an dessen Anfang irgendwo ein großer, vielbefahrener Kreisverkehr ist.«

Edward und Arthur blickten Red erwartungsvoll an. »Das kann der Eiffelturm sein, der Arc de Triomphe, der Obelisk, die Place de la Bastille, aber auch eine großzügig angelegte Verkehrsinsel mit Park und Brunnen oder ein kleiner Häuserblock«, überlegte Red laut.

»Und warum?« fragte Arthur.

»Ganz einfach. Hier kann ich die Verfolger verwirren. Wenn ein Wagen in einen solchen Kreis fährt, nimmt man an, daß er ihn nicht voll durchfährt, sondern ihn irgendwo verläßt. Also reduziert man die Geschwindigkeit ein wenig, um rechtzeitig reagieren und abbiegen zu können. Der Hase aber, der weiß, daß er nicht abbiegt, beschleunigt und hat, wenn er es geschickt macht, nach zwei oder drei Umrundungen die Jäger vor sich. Er kann jetzt viel leichter ausbrechen. Die Jäger sind irritiert und kommen in einen bestimmten Fahrrhythmus. Das reduziert wiederum die Aufmerksamkeit und Reaktionsfähigkeit. Wenn dann noch andere Fahrzeuge zu umfahren sind, was mit Sicherheit zu erwarten ist, und sich der Hase unter diese mischen kann ... Ich wette, daß neun von zehn Chauffeuren dabei jeden Verfolger abhängen.«

»Ich würde als Verfolger einfach anhalten und warten, bis ich weiß, wo der Wagen abbiegt«, überlegte Arthur.

»Schon verloren!« grinste Red. »Bis Sie wieder gestartet sind und sich einreihen können, ist der Hase längst weg. Außerdem müssen Sie den Futterneid der Jäger untereinander einkalkulieren. Je mehr es sind, um so mehr behindern sie sich gegenseitig. Der Vorteil des Hasen ist doch klar – er weiß, wohin er will. Die Jäger irren hinterher. Nur zu viele Jäger sind dann des Hasen Tod. Wenn drei oder vier sich verabreden und eventuell auch noch über Funk miteinander verbunden sind, dann kann man Fallen bauen.«

Arthur sprang vom Tisch herunter und schaute Red zweifelnd an. »Sind Sie sich da so sicher?«

Red überhörte die Frage und vertiefte sich erneut in den Stadtplan. Wenn man davon ausging, daß das Fahrzeug irgendwo in einer Nebenstraße der Avenue des Champs Elysées wartete, dann würde der Fahrer in keinem Fall den Weg in Richtung Arc de Triomphe wählen, der sowohl zu Dodis Appartement als auch über die Avenue Foch zum Bois de Boulogne führte. Er würde, je nachdem auf welcher Seite der Avenue er sich befand, entweder in Richtung Place de la Madeleine fahren oder in Richtung Seine-Ufer. In diesen Bereichen mußte er eine geeignete Stelle finden. Den Rest hatte Walter zu erledigen. Dabei fiel ihm ein, daß auch Arthur eine Motorradkluft anhatte. Er schaute auf und betrachtete Arthur, der ihm den Rücken zudrehte. Red hatte Zweifel, ob er der richtige Mann war. Er kam ihm übereifrig vor, was immer eine schlechte Voraussetzung war. Blieben noch Edward selbst oder George. Red wartete, bis Edward zu ihm herübersah. Er machte ihm hinter Arthurs Rücken ein Zeichen, daß er ihn alleine sprechen wolle. Edward verstand sofort.

Er sprang vom Tisch und ging langsam in der Halle auf und ab. Als er das zweite Mal bei Arthur vorbeikam, blieb er stehen. »Vielleicht sollte einer von uns Walter etwas Gesellschaft leisten. Wer weiß, wie lange das noch dauert, bis der Mercedes hier ist.«

»Sie brauche ich aber, Edward«, warf Red ein.

»Dann solltest du vielleicht mal hinausschauen«, bat Edward seinen Kollegen. Arthur nickte und schlenderte langsam aus der Halle.

Edward drehte sich zu Red. »Was gibt es?«

»Wir brauchen auf dem Motorrad noch einen zweiten Mann. Walter muß fahren wie der Teufel und kann sich nur darauf konzentrieren. Aber dieser Arthur ist mir zu arrogant und übereifrig. Der Typ ist ein großes Risiko. Wir brauchen einen zuverlässigen Mann, der genau das tut, was man ihm sagt. Nicht mehr und nicht weniger.«

»George?«

Red nickte. »Die beiden haben etwa die gleiche Figur. Also müßte George auch der Lederdress passen.«

»Ich weiß nicht recht. Arthur ist ein guter Mann. Vielleicht ein wenig zu eifrig oder fanatisch. George hingegen ist ängstlich. Ich habe mich schon mehrmals gefragt, ob es richtig war, ihn in diese Aktion einzubeziehen. Er verehrt Lady Diana und versteht überhaupt nicht, warum das alles hier passiert ... passieren muß.«

Red hörte interessiert zu, ohne Edward zu unterbrechen.

»Ich weiß nicht, ob George der richtige Mann ist. Wozu soll er denn eingesetzt werden?«

Red strich sich nur mehrmals über seinen Bart, schwieg aber weiterhin.

»Die Angelegenheit ist so heiß, und es gibt noch so viele Unbekannte, daß wir jedes zusätzliche Risiko ausschließen sollten.«

»Eben!« Red stand von seiner Tonne auf und folgte Edward zum Fenster.

»Wenn ich Sie richtig verstanden habe, sind Sie nicht einmal sicher, daß dieser George die Klappe hält. Stimmt das?« Edward schaute an Red vorbei in die leere Halle.

»Lassen Sie uns offen darüber reden, Edward. Ich bin sicher, daß George der Typ ist, der Ausdauer hat, wenn's drauf ankommt.«

Red trat noch dichter an Edward heran, und seine Stimme wurde hart. »Sie *müssen* ihn auf das Motorrad setzen. Er muß ganz vorne an der Front sein, damit er Schuldgefühle entwickelt. Denn nur dann, wenn er sich selbst schuldig fühlt, mitschuldig an Dianas Tod fühlt, wird er schweigen. Er wird nicht hingehen und sagen, der Unfall war gar kein Unfall. Weil er ihn selbst mitinszeniert hat.« Red machte eine kurze Pause. »Denken Sie darüber nach!«

Edward löste sich von der Fensterbank und verließ

nachdenklich die Halle. Red spürte, daß er bei ihm mit seiner Meinung ins Schwarze getroffen hatte. Er sah, wie Edward auf die Einfahrt zuging, dann plötzlich langsam wieder zurückkam.

»Sie haben Recht«, sagte er zu Red. »George soll mit Walter fahren.«

70

Arthur hatte sich neben Walters Motorrad auf einen morschen Bordstein gesetzt. Ihm war klar, daß Edward mit Red alleine reden wollte, und er fühlte sich ausgeschlossen. Er blickte sich um. Dieser Jean-Luc hatte sich wirklich eine gottverlassene Gegend ausgesucht. Hierhin verlief sich bestimmt kaum einer. Auf dem gegenüberliegenden Grundstück verrostete ein alter Baukran, den man zurückgelassen hatte. Die Straße aufwärts endete an einer notdürftig errichteten Mauer, hinter der eine Schnellstraße vorbeiführte. Sie war sicherlich auch der Grund, warum man dieses Gelände verlassen hatte. Es war nach der einen Seite praktisch von der Außenwelt abgeschnitten, und von der anderen Seite her war die Anfahrt zu lang. Der Zahn der Zeit hatte das übrige getan. Arthur nahm eine Handvoll kleiner Steine, die am Straßenrand lagen, und versuchte, ein altes Fabrikschild auf der gegenüberliegenden Seite der Straße damit zu treffen. Das Schild war bereits so verrostet, daß kein Buchstabe mehr zu erkennen war.

Walter, der die Straße abwärts gegangen war, kam langsam wieder näher. Er hatte die Lederjacke ausgezogen und über die Schultern gehängt. »Meinst du, es wird heute noch regnen?« rief er.

Arthur schaute in den wolkenverhangenen Himmel. »Schwer zu sagen. Heute morgen bei dem Flug hätte ich drauf gewettet, aber jetzt?«

Walter setzte sich wieder auf die Maschine. »Ich wünschte, es wäre schon alles vorbei.«

»Man kann nur hoffen, daß Red nicht wieder im letzten Moment kneift.« Arthur holte weit aus und warf mit viel Schwung die restlichen Steine nach dem Schild.

»Red hat nicht gekniffen«, widersprach ihm Walter. »Die Zeit war wirklich viel zu kurz. Ich habe zwar keine Ahnung, was Red vorhatte, aber ich kann mir nicht vorstellen, daß seine Reaktion einfach einer Laune entsprungen ist. Natürlich hätte er uns nicht auf dem Flugplatz stehen lassen sollen...«

»Achtung, da kommt ein Wagen!« Arthur erhob sich schwerfällig und klopfte die Hose seiner Lederkluft ab.

»Zwei!« korrigierte Walter. Er hatte sofort erkannt, daß es sich nicht um den Mercedes, sondern um Jean-Lucs Citroën handelte, dem ein anderer, weißer Wagen folgte. Walter stieg von seinem Motorrad und wartete, bis die Fahrzeuge die Einfahrt erreichten. Jean-Luc hatte das Fenster heruntergedreht. »Ist der Mercedes noch nicht da?«

»Nein«, antwortete Walter, »sonst würden wir nicht mehr hier stehen.«

»Wie zuverlässig ist denn der Mann, der uns das Auto schicken will?« fragte Jean-Luc.

»Keine Ahnung. Wir kennen ihn nicht persönlich. Er

arbeitet normalerweise für eine andere Abteilung.« Walter war dicht an den Citroën herangetreten. Aus dem Wagen strömte ein Duft von Oregano und Käse. »Sie können uns gleich zwei Pizzas hier lassen«, meinte er lachend und blickte auf den Beifahrersitz, wo er einen Stapel von Pizzaschachteln entdeckt hatte. »Außerdem können Sie mir das Nummernschild für mein Motorrad geben.«

»Es liegt im Kofferraum des Renault bei der Kameraausrüstung. Da finden Sie auch das notwendige Werkzeug. Sie sollten aber das Motorrad zum Montieren etwas in die Einfahrt schieben. Man weiß nie, wer sich hier herumtreibt.«

Walter öffnete den Kofferraum des Renault, nahm das Schild und die Werkzeugtasche heraus und schlug den Deckel wieder zu. »Wie ist der Verkehr in der Stadt?«

»Immer noch recht lebhaft«, antwortete George.

»Dann wollen wir mal hoffen, daß der Mercedes irgendwann hier auftaucht.«

George nickte und folgte Jean-Luc, der inzwischen in die Einfahrt gefahren war.

Arthur hielt Walter eine der duftenden Pizzaschachteln hin. »Laß uns erst einmal in Ruhe essen. Das Nummernschild kannst du immer noch montieren. Solange nicht einmal unser Unfallfahrzeug da ist, hat das alles keine Eile.«

»Vergiß es!« rief Walter. »Helme auf!« Er deutete die Straße hinunter. Dort wurden zwei Fahrzeuge sichtbar, die sich langsam auf die beiden zu bewegten. Dann fiel Walter auf, daß Arthur seinen Helm nicht dabei hatte. Er nahm ihm die beiden Schachteln mit Pizza aus den

Händen und drückte ihm statt dessen das französische Nummernschild und das Werkzeug in die Hand. »Nimm die Maschine und verschwinde. Ich mache das hier allein.«

Arthur stopfte die kleine Werkzeugtasche unter die Lederjacke, klemmte das Nummernschild unter den Arm und beeilte sich, die BMW aus dem Blickfeld zu schieben. Walter setzte seinen Helm auf. »Bleib hinter der Mauer in der Nähe. Vielleicht brauche ich dich doch noch.« Dann schloß er das Visier seines Helms.

Inzwischen konnte man erkennen, daß es sich bei dem ersten Fahrzeug um einen schwarzen Mercedes S 280, bei dem zweiten um ein größeres Modell von Renault handelte. Kurz vor der Einfahrt hielt der Renault an. Der Mercedes rollte langsam auf Walter zu und blieb neben ihm stehen. Der Fahrer, ein dünner Mann mit lichten grauen Haaren und einem abgetragenen schwarzen Anzug, stieg aus. »Sie warten auf das Fahrzeug?« fragte er in einem Französisch, das für Walters Ohren wie ein Dialekt klang, den er nicht zuordnen konnte. Walter nickte.

»Wie lange brauchen Sie den Wagen?« fragte der Dünne und strich dabei fast liebevoll über den oberen Rand der geöffneten Tür. Walter überlegte, was er antworten sollte. Wie sollte er einschätzen, wie lange Red brauchte, um das Fahrzeug zu präparieren? Zudem wußte er natürlich auch nicht, wann Henry den Wagen wieder brauchte.

Der Mann hatte seine Unentschlossenheit bemerkt. Er blickte nach hinten zu dem Renault und meinte dann nur kurz: »Rufen Sie einfach wieder an.« Mit diesen Worten drehte er sich um und ging mit hastigen Schritten zu dem

Renault zurück. Walter wartete, bis der Wagen gewendet hatte und außer Sichtweite war. Dann nahm er seinen Helm ab und setzte sich in den Mercedes. Das Wageninnere wirkte sehr gepflegt, obwohl der Wagen sicherlich schon ein paar Jahre auf dem Buckel hatte. Walter gab Gas und fuhr den Mercedes in die Fabrikhalle.

Red hatte Lederhandschuhe angezogen und nahm auf dem Fahrersitz Platz. »Licht!« rief er in die Halle. Nachdem die Neonröhren aufgeflammt waren, drehte er das Lenkrad einmal nach links und einmal nach rechts und sah sich das Armaturenbrett an. Dann öffnete er das Handschuhfach und warf einen Blick hinein. Er öffnete die Motorhaube und schaute interessiert in den Motorraum.

Es vergingen fast zehn Minuten, bis er sich langsam aufrichtete und die Umstehenden siegessicher angrinste. »Kein Problem! Ich hatte nicht gedacht, daß es so einfach sein wird.« Er zwinkerte Edward zu. »Ich muß nur warten, bis der Motor etwas abgekühlt ist.« Er wandte sich an Walter. »Haben Sie Handschuhe angehabt?« Walter schüttelte den Kopf. Red ging zu seinem Metallkoffer und kam mit einem Lappen und einer kleinen Flasche zurück. »Sind Sie nur gefahren oder haben sie noch etwas angefaßt? Handschuhfach, Radio?«

Wieder schüttelte Walter den Kopf. Red gab aus der kleinen Flasche ein paar Tropfen auf den Lappen und wischte das Lenkrad, den Schalthebel und die Türgriffe innen und außen ab. »Keiner kommt näher als zwei Meter an den Wagen heran. Ist das klar?« sagte er unerwartet barsch. Nachdem er mit einem anderen Teil des Lappens nochmals nachgewischt hatte, stieg er wieder aus. »Wir können jetzt in Ruhe unsere Pizza essen. Wird eine halbe Stunde dauern, bis der Motor abgekühlt ist.« Im Vorübergehen flüsterte er Edward zu: »Sagen Sie es ihm!«

71

Edward winkte Arthur zu sich. Er zog ihn einige Meter zur Seite und redete leise auf ihn ein. »Red hält es für nötig, daß außer Walter noch eine zweite Person während der Aktion auf dem Motorrad sitzt. Und wir sind zu der Überzeugung gekommen, daß es besser ist, wenn diese zweite Person George sein wird.«

Arthur wollte etwas erwidern, doch Edward hob abwehrend die Hand. »Bitte, frage mich jetzt nicht warum. Ich werde es dir in London erklären und bin sicher, du wirst uns Recht geben.«

Arthur verzog das Gesicht und schüttelte den Kopf. »Wenn du meinst. Du trägst die Verantwortung. Dann viel Spaß.«

»Bitte Arthur, wir können jetzt alles gebrauchen, nur keine Streitereien. Ich habe entschieden!«

Arthur wandte sich wortlos ab und ging zu dem Tisch, auf dem er seine Schachtel mit der Pizza abgestellt hatte. George gesellte sich zu ihm.

»Gratuliere!« meinte Arthur ironisch.

»Wozu?« fragte George arglos.

»Du kommst zum Einsatz!«

»Was heißt das?«

»Wir wechseln die Klamotten. Du fährst ab sofort mit Walter.« Arthur biß in die Pizza und schaute George nickend an.

»Wer sagt das?«

Arthur deutete mit dem Kopf zu Edward. George warf seine leere Schachtel auf den Tisch und ging zu der Gruppe, in der Edward mit Jean-Luc und Walter zusammen stand.

»Ich soll auf das Motorrad? Das ist doch nicht dein Ernst, oder?«

Edward warf einen kurzen und vielsagenden Blick zu Arthur hinüber, der unverschämt grinste. »Doch, George. Red und ich sind übereinstimmend der Meinung, daß du der bessere Partner für Walter bist. Laß mich das aber bitte morgen erklären, jetzt ist keine Zeit dazu.«

George schaute Edward schweigend an. Dieser wußte genau, daß George sofort begriffen hatte, was das für ihn bedeutete. Er hoffte nur, daß George jetzt nicht absprang. Er boxte ihm mit seiner rechten Faust leicht gegen die Brust. »Alles klar, George?«

Doch der antwortete nicht. Er wandte sich ab und ging langsam zum Hallentor.

Red hatte die Szene von seiner Tonne aus beobachtet, stand auf und folgte George. Dabei machte er Edward ein kurzes Zeichen, sie beide alleine zu lassen.

Draußen hatte es etwas abgekühlt. Wahrscheinlich hatte es in der Nähe irgendwo geregnet. Red war hinter George getreten, der sich erschrocken umdrehte, als er Reds Stimme hörte. »Haben Sie Probleme untereinander?« fragte Red ganz ruhig.

George wußte zunächst nicht, was er antworten sollte.

Immerhin war Red ein Fremder für ihn. Andererseits stand Red neutral zwischen ihnen.

»Ich soll auf Walters Maschine.«

»Und?«

»Was soll ich da?«

Red steckte beide Hände in die Hosentasche. Dann stellte er sich dicht vor George und sah ihn eindringlich an. Seine Stimme klang väterlich warm. »George, Sie sind heute abend mein wichtigster Mann. Ich vertraue Ihnen und nur Ihnen. Bitte enttäuschen Sie mich nicht.«

George schluckte. »Ja, aber ..., ja, was ... was kann ich?«

Red legte seine Hand auf Georges Schulter. »Ich werde es Walter und Ihnen nachher erklären. Sie werden Paparazzi spielen und dicht bei dem Mercedes sein, auf dem Motorrad.«

»Aber«, begann George verzweifelt, »ich werde doch nicht erleben ...«

»Nein!« sagte Red knapp und bestimmt. »Wenn Sie alles so machen, wie ich es plane, werden Sie nichts von dem Unfall miterleben. Das wollten Sie doch wissen, oder?«

Ohne eine Antwort abzuwarten, ließ er George auf dem Vorplatz der Fabrikhalle stehen. Im Vorbeigehen warf er Edward einen beruhigenden Blick zu. Dann vertiefte er sich wieder in den Stadtplan.

Edward beobachtete, wie George in die Halle zurückkam und sich gleich am ersten Fenster gegen die Wand lehnte. Mit undurchdringlichem Gesichtsausdruck starrte er in die beginnende Dämmerung.

Arthur hatte inzwischen seine Pizza aufgegessen und

sammelte die liegengebliebenen Schachteln der Kollegen ein. Er wandte sich an Edward. »Wohin mit dem Müll, Chef?« fragte er ironisch. »Oder habe ich eine andere Aufgabe?«

Edward reagierte unerwartet aggressiv. »So nicht, Arthur. Das ist meine letzte Warnung.«

»Aha«, sagte Arthur nur und wandte sich an Walter. »Kann ich den Schlüssel für den Motorradkoffer haben? Ich werde mich umziehen.«

Walter zog den Schlüssel aus der Tasche und reichte ihn seinem Kollegen. Jean-Luc gab ihm einen weiteren. »Den Müll legen Sie am besten in den Renault.«

Arthur nahm die beiden Schlüssel und verschwand durch das Hallentor. »Etwas nervös, der Mann«, bemerkte Jean-Luc.

»Mehr als das«, sagte Edward. »Aber wir haben jetzt keine Zeit zu diskutieren.« Er schaute wieder auf seine Armbanduhr und dann zu Red hinüber, der immer noch über dem Stadtplan hing.

»Woher kennt ihr Red?« fragte Jean-Luc leise.

»Wieso?« lautete Edwards Gegenfrage. »Kennen Sie ihn?«

Jean-Luc wandte sich von Edward ab und bewegte sich langsam auf den hinteren, dunklen Teil der Halle zu. Edward sah dies als Aufforderung an, ließ Walter stehen und folgte ihm.

»Kennen wäre zu viel gesagt«, meinte Jean-Luc. »Aber sein Name ist mir im letzten halben Jahr ein paar Mal begegnet. Er arbeitet auch für andere.«

»Das ist uns bekannt«, entgegnete Edward. »Was wissen Sie mehr?«

»Nicht viel. Dieser Red muß im Frühjahr einige Zeit hier in Frankreich gewesen sein. Ich habe nur gehört, daß sich der französische Geheimdienst damals für ihn interessierte. Warum, weiß ich nicht. Es hieß nur, Red sei dann plötzlich von der Bildfläche verschwunden. Vor ein paar Tagen fiel der Name Red wieder. Ein arabischer Kollege, der hier in Paris für sein Land Wache schiebt, fragte mich, ob ich Red kennen würde. Und das war es dann auch schon.«

»Red ist ein vielbeschäftigter Mann«, bestätigte Edward. »Wir haben seine Adresse über die CIA bekommen und ihn überprüft.«

Jean-Luc blieb stehen. »Bitte verstehen Sie mich nicht falsch. Es gibt überhaupt keine Bedenken. Ich war nur erstaunt, als er mit Ihnen hier auftauchte, nachdem ich in letzter Zeit mehrfach von ihm gehört hatte. Wird er sofort nach dem Unfall wieder außer Landes gebracht?«

»Schon vorher! Das habe ich alles schon arrangiert. Statt George wird Arthur Red, wenn er hier fertig ist, umgehend mit Ihrem Wagen zum Hubschrauber nach Chavenay bringen. Der ist für Nachtflüge ausgerüstet und fliegt Red sofort nach London. Von dort geht es dann sofort mit einer Linienmaschine weiter in die USA.«

Sie schlenderten wieder zu Walter zurück, der Red neugierig über die Schultern schaute. Red hatte in den Plan rund um die Champs Elysées kleine rote Kreise gemalt. Er fuhr mit dem Kugelschreiber Straßen ab, hielt an Kreuzungen und machte überhaupt den Eindruck, als würde er in Gedanken die Strecke abfahren.

Manchmal deutete er sogar so etwas wie ein scharfes Bremsen oder eine starke Beschleunigung an. Dann griff er erneut nach seinem Rotstift und zeichnete einen weiteren Kreis in die Karte. Plötzlich warf er den Stift vor sich auf den Tisch, richtete sich auf und rief triumphierend: »Fertig!« Einschränkend setzte er hinzu: »Mit der Theorie.« Er schnappte sich das Notebook, das neben dem Stadtplan lag, und ging zu seinem Metallkoffer. Ein schneller Blick zu den anderen überzeugte ihn, daß sie bei geöffnetem Deckel keine Möglichkeit hatten, das Geheimnis des Inhalts zu lüften. »Ein Zauberer läßt sich auch nicht in die Karten gucken«, rief er, als er die neugierigen Blicke um sich herum merkte. Er nahm ein paar Disketten und verschiedene Kabel aus dem Koffer und schloß den Deckel wieder. »Kann mir bitte jemand die Tonne neben den Wagen rollen?«

Walter bot sich an. Er nahm den Stoff von der Tonne, kippte sie und rollte sie dann unmittelbar neben den Wagen.

»Weiter nach vorne, neben den Motorraum«, befahl Red.

Walter rollte die Tonne noch ein Stück weiter und stellte sie dann auf. Red schaltete das Notebook ein und legte es auf die Tonne. Dann suchte er sich zwei Disketten aus, die er nach dem Signal sofort in den Speicher des Computers einlas. In die Rückseite des Notebooks steckte er einige Kabel und verschwand mit den Kabelenden im Motorraum.

Immer wieder vernahmen die anderen deutliche Flüche. Plötzlich schnellte Red aus dem Motorraum hoch und holte aus seinem Koffer eine kleine, aber sehr dicke Taschenlampe. Dann beugte er sich erneut in den Motorraum. Ein starker Lichtstrahl, unterbrochen von bizarren Schatten, fiel unter den Mercedes auf den Boden der Halle.

Wieder war ein Ächzen und Fluchen zu hören, doch dieses Mal schienen Reds Bemühungen Erfolg zu haben, denn als er wieder auftauchte, machte er ein sehr zufriedenes Gesicht. Er setzte sich in den Wagen und startete den Motor. Das Bild auf dem Monitor des Notebooks kam in Bewegung.

Red stieg wieder aus und kam zu dem langen Tisch zurück. Dieses Mal nahm er den ganzen Metallkoffer mit zum Wagen. Er suchte einige kleine Werkzeugteile heraus und verschwand dann wieder im Motorraum. Schließlich schaltete er den Motor wieder ab und testete Bremse und Gangschaltung. An der Hallenwand reflektierte das weiße Licht des Rückscheinwerfers. Erst jetzt fiel Edward auf, daß Arthur wieder in der Halle war und genau an der Stelle an die Wand gelehnt stand, auf die das Licht fiel. Er hatte sich inzwischen umgezogen. Edward drehte sich zu Walter um.

»Vielleicht solltest du schon mal das Nummernschild auswechseln«, sagte er. Walter nickte. Er verließ die Halle und schob kurze Zeit später seine BMW hinein, da es inzwischen draußen zu dunkel geworden war. Neben der Lederkleidung, die Arthur bisher getragen hatte, lag auch die kleine Werkzeugtasche auf dem Tisch. Walter machte sich gleich an die Arbeit. Er hatte Glück. Die Lochabstände in den Schildern waren identisch, so daß er keine zusätzlichen Löcher bohren mußte.

Als er fertig war, nahm er den Lederanzug und trat zu George ans Fenster. Er hielt ihm die Kleidung hin. »Du solltest dich jetzt umziehen. Der Motorradkoffer ist offen. Da kannst du deine Hose hineinlegen.«

George nahm kommentarlos den Lederanzug entgegen

und begann sich umzuziehen. Walter ließ ihn allein. Es hatte jetzt wohl wenig Sinn zu versuchen, mit George ins Gespräch zu kommen.

Red war inzwischen mit dem Oberkörper unter den Mercedes gekrochen und hatte seine Taschenlampe unter den Motorraum gestellt. Das gespenstische Schattenspiel war nun an der Hallendecke zu sehen. Red kroch wieder unter dem Wagen hervor und warf einen Blick auf seinen Bildschirm. Dann zwängte er sich unter das Armaturenbrett in den Fußbereich beim Fahrersitz. Edward imponierte, mit welcher Routine Red ans Werk ging. Wie oft mochte er diese Handgriffe schon in seiner Bürowerkstatt geübt und später wieder in Gedanken nachvollzogen haben? Red testete den Einschlag des Lenkrades nach rechts und nach links. Er schien nicht zufrieden und verschwand nach einem Blick auf den Monitor und einer weiteren Dateneingabe wieder unter dem Fahrzeug. Edward griff nach seinem Handy, als er ein Signal hörte. Es war Henry.

»Sagen Sie ihm, er kann sofort starten und den Wagen wieder abholen«, flüsterte Red. »Und fragen Sie ihn, ob er auch entscheiden kann, wer den Wagen fährt.«

Edward hörte wohl eine zustimmende Antwort, denn er reckte den Daumen in die Höhe.

»Dann soll er dafür sorgen, daß der Fahrer so bald wie möglich Alkohol zu sich nimmt«, sagte Red, noch immer flüsternd. »Keinen Wein, scharfe Sachen wie Wodka, Whiskey oder Cognac. Fragen Sie außerdem, ob er Zugriff zu den Medikamenten Prozac oder Tiapridex hat. Ich weiß nicht, wie das Zeug in Frankreich heißt. Geben Sie her!« Er nahm, ohne eine Antwort abzuwarten,

Edward das Handy aus der Hand. »Hallo. Sorgen sie dafür, daß der Fahrer drei oder vier Gläser Cognac, Whiskey oder so etwas trinkt. Kennen Sie Prozac? Fluctin? Mag sein, daß es in Europa so heißt. Und was ist mit Tiapridex? Gut, mischen Sie ihm beides unauffällig in den Alkohol, verstanden? Kennen Sie sich mit den Mengenverhältnissen aus? Gut. Ich kann mich auf Sie verlassen?«

Er drückte dem überraschten Edward das Handy wieder in die Hand und eilte zum Mercedes zurück.

»Der Wagen kann abgeholt werden! Gut, danke.« Edward trennte den Telefonkontakt und atmete tief durch. »Es scheint alles zu klappen.« Er spürte, wie ein Zittern durch seinen Körper ging. Dieser Anruf hatte sie der Stunde X unweigerlich ein Stück näher gebacht. Arthur und George kamen auf ihn zu und wollten Näheres wissen. »Lady Diana und Al-Fayed haben das vorgesehene Programm geändert. Sie haben ihren Shopping-Ausflug beendet und befinden sich zur Zeit auf dem Weg ins Ritz, wo sie angekündigt haben, zu Abend zu essen. Man erwartet sie dort jeden Moment.«

»Das heißt, Henry ist auch im Ritz«, stellte Arthur nüchtern fest.

»Wieso?« fragte Edward.

»Nun, sonst hätte Henry gesagt, wir sind jeden Moment im Ritz«, antwortete Arthur.

Edward winkte ab. »Nicht ganz richtig. Die Aussage läßt nur vermuten, daß Henry nicht mit Diana und Al-Fayed unterwegs ist. Den Rest kann er auch durch Hörensagen in Erfahrung gebracht haben. Wie dem auch sei«, er blickte wieder auf seine Armbanduhr, »wir haben noch etwa zwei oder drei Stunden Zeit. So lange werden die beiden wohl speisen.« Er sah George an, der seinen Blick erwiderte.

»Alles klar, Edward!«

72

Jean-Luc reichte Edward einen zweiten Stadtplan, den er in seinem Citroën gefunden hatte. Der gab ihn gleich an Arthur weiter. »Laß dir von Jean-Luc noch mal den Weg nach Chavenay zeigen, damit keine unnötigen Verzögerungen entstehen können.« Arthur nickte und ging mit Jean-Luc zu einem der langen Tische, um sich die Strecke erklären zu lassen. Dann übergab der Franzose seinem englischen Kollegen die Wagenschlüssel des Citroën. »Wir werden mit dem Renault fahren, der ist in der Stadt etwas wendiger.«

Red hatte seine Arbeit am Mercedes offenbar beendet, denn er spielte jetzt nur noch mit seinem Notebook einige Programme durch. Er machte einen sehr zufriedenen Eindruck. Neben ihm lag ein kleines graues Metallkästchen, kaum größer als die Fernbedienung eines Fernsehers, mit einem großen roten Knopf, den Red zwischendurch immer wieder drückte.

Edward ging in Gedanken die nächste Stunde durch. Wenn Red hier fertig war, mußte dieser Walter und George noch ihre Aufgabe erklären. Er selbst mußte den Piloten des Hubschraubers per Funk den Abflug Reds ankündigen, und Arthur mußte Red auf dem kürzesten Weg zum Hubschrauber bringen. Er selbst würde zusammen mit Jean-Luc ...

Plötzlich merkte er, daß sich bei diesen Gedanken sein Herzschlag erhöht hatte, und spürte ein merkwürdiges Gefühl im Magen. Schon am Nachmittag hatte er sich vorgenommen, vor dem Unfall keinen Kontakt mehr mit London aufzunehmen. Nein, er wollte die Sache jetzt so schnell wie möglich über die Bühne bringen und dann melden können: Auftrag erledigt. Hoffentlich ging nichts schief. Nicht auszudenken, wenn Red Fehler gemacht hatte und der Unfall nicht tödlich endete oder sofort als Attentat entdeckt wurde, bevor er und seine Leute und vor allem Red außer Landes waren.

Er spürte, wie das Magenbrennen stärker wurde. Auch die anderen wirkten sehr angespannt. Selbst Arthur. Nur Red summte fröhlich vor seinem Notebook kniend. Dann richtete er sich auf und beugte sich wieder über den Motorraum. Er tauchte mit den Kabelenden wieder auf und schlug die Motorhaube zu. Dann verschwand er im Fußraum des Fahrers, hantierte mit irgendeiner Abdeckblende herum, schraubte, schlug mit der Faust dagegen und schob sich dann ächzend und stöhnend aus dem Fahrzeug. »Alles klar!« rief er und zog die Kabelstecker am anderen Ende aus dem Notebook. Er schaltete den Computer aus und verstaute sämtliche Utensilien, die er für seine Arbeit benötigt hatte, wieder in seinem Metallkoffer.

»Sie haben noch ein Handy von mir«, rief ihm Edward zu. Red reichte Edward das Gerät, der es sofort an Arthur weitergab, während Red das kleine graue Kästchen vorsichtig hochhob und neben den Stadtplan stellte. »Bitte nicht anfassen«, sagte er laut und eindringlich. Er zog die Handschuhe aus.

»Hören Sie bitte alle her. Was im einzelnen an dem Mercedes verändert wurde, muß ich wohl nicht im Detail erklären. Ich kann Ihnen aber versichern, die Veränderung wird nicht als Manipulation erkennbar sein, da sie sich nur auf die Steuerung der Elektronik bezieht. Natürlich bin ich davon ausgegangen, daß man nach dem Unfall den Wagen penibel auseinandernehmen und untersuchen wird. Sollte es aber tatsächlich noch möglich sein, die Steuerung der Elektronik zu überprüfen, so wird jeder Fachmann sofort bestätigen, daß eine solche Abweichung auch durch andere Einflüsse als die einer Manipulation geschehen kann. Da dieses Fahrzeug sehr häufig mit elektronischen und elektromagnetischen Geräten – Autotelefon, Funksprechgeräten und Flugradar – in Kontakt kommt, kann eine Beeinflussung der Elektronik niemals ausgeschlossen werden.« Er schaute Edward kurz an. »Sie wissen, wovon ich spreche? Walter und George werden nun die Rolle zweier Paparazzi übernehmen. Ist bekannt, wo sich unser Liebespaar im Moment aufhält?«

»Im Ritz!« antwortete Edward.

»Aha«, meinte Red, »dann ist der Plan zu unseren Gunsten geändert worden. Phantastisch. Dann müssen Walter und George sofort zum Ritz fahren.« Er richtete seinen Blick auf Jean-Luc. »Wir hoffen, daß die Vermutungen unseres französischen Freundes zutreffen und die Prinzessin und Dodi dort nicht übernachten werden. Also werden sie irgendwann von diesem Wagen abgeholt, sofern ihr Undercovermann dafür sorgt, daß es dieser Mercedes sein wird.«

Edward nickte.

»Walter, Sie haben jetzt zwei Aufgaben. Sie nehmen diesen Stadtplan und finden darin rote Kreise, die ich eingezeichnet habe. Machen Sie sich mit der Karte und diesen Kreisen vertraut.

Ich gehe von zwei Voraussetzungen aus: einmal, daß der Fahrer dank des Alkohols und einer Dosis Prozac in seiner Fahrtüchtigkeit erheblich eingeschränkt ist, ohne daß man ihm das ansieht. Prozac mindert rein äußerlich die typischen Ausfallserscheinungen eines Betrunkenen, angefangen von glasigen Augen bis hin zu Sprachstörungen. Die zweite Voraussetzung: Die Paparazzi, die mit Sicherheit das Ritz belagern, werden den Hasen jagen wollen. Also wird der Fahrer nicht unbedingt im Schritttempo vom Ritz wegfahren, sondern er wird versuchen, die Verfolger abzuschütteln. Und Sie, Walter, fahren hinterher. Sehen Sie zu, daß Sie immer vorne dabei sind. Sie sind über die Helme per Funk mit George auf dem Soziussitz verbunden. Sobald das Fahrzeug in den Bereich eines der roten Kreise kommt, sagen Sie es George, und Sie, George ...«, Red deutete auf das kleine graue Kästchen hinter sich, »... warten, bis sich Ihr Kollege auf mindestens zwanzig Meter an den Mercedes herangearbeitet hat. Wenn die Distanz erreicht ist, drücken Sie für etwa drei oder vier Sekunden diesen roten Knopf und legen dann hier an der Seite den kleinen Hebel um. Geben Sie Walter sofort Bescheid, wenn dies geschehen ist. Und Sie, Walter, verlassen dann umgehend den Pulk der Paparazzi und verschwinden von der Bildfläche. Die Elektronik des Fahrzeuges macht den Mercedes innerhalb von zwei oder drei Sekunden, also je nach Geschwindigkeit, nach fünfzig, maximal hundert Metern unlenkbar. Der Wagen beschleunigt unkontrolliert bei gleichzeitigem Ausfall von Bremskraftverstärker und ABS.«

George wollte Red unterbrechen, doch dieser hob abwehrend die Hand. »Die roten Kreise auf der Karte sind deshalb so wichtig, weil hier erfahrungsgemäß auf Grund der Straßenverhältnisse die größte Wahrscheinlichkeit für einen tödlich endenden Unfall besteht. Leider haben wir nicht die Zeit und die Möglichkeit, uns für einen konkreten Unfallort zu entscheiden. In diesem Punkt muß ich alle Verantwortung dem Motorradfahrer übertragen. Aber ich glaube, es dürfte klar sein, welche Art von Umgebung wir brauchen: Straßen mit schnellem Gegenverkehr, Geländern, großen Straßenlaternen, Verkehrsinseln. Lieber einen Versuch rechtzeitig abbrechen und einen neuen Ort suchen, als die Aktion unbedacht zu früh einleiten. Ich habe noch eine große Bitte an Sie: Walter, sehen Sie zu, daß möglichst wenige Unschuldige mit in den Unfall hineingezogen werden.«

Als Red mit seinen Ausführungen fertig war, herrschte betroffene Stille in der Halle. Keiner traute sich, den anderen anzuschauen. Red hatte den Plan für einen brutalen Mord wie das Rezept für eine Sahnetorte vorgetragen. Doch nur ein Killer, dachte Edward, unfähig, auch nur ein Wort herauszubringen. George stand wie versteinert zwischen Edward und Arthur. Selbst Arthur schienen die Ausführungen an die Nieren gegangen zu sein. Walter drehte sich schweigend um, nahm den Stadtplan vom Tisch und faltete ihn langsam zusammen.

Jean-Luc war der erste, der das Schweigen brach. »Der Citroën steht zur Abfahrt bereit.«

»Ich glaube, es ist wichtiger, daß unsere Motorradfahrer aufbrechen«, entgegnete Red. »Ob mein Hubschrauber fünf Minuten früher oder später startet, spielt wohl keine große Rolle, oder?« Er schaute Edward an.

»Sie haben Recht, Red. Erst sollten Walter und George starten. Gibt es noch Fragen?« Beide schwiegen sichtlich betreten. »Dann los. Die Helme werden während der eigentlichen Aktion, egal was geschieht, nicht abgenommen. Jean-Luc gibt Walter die Fotoausrüstung. Sobald ihr am Ritz seid, meldet euch über das Handy. Ich werde mich mit Jean-Luc irgendwo in der Nähe aufhalten. Solltet ihr Unterstützung brauchen, sind wir da. Wenn alles vorbei ist, mit welchem Ergebnis auch immer, treffen wir uns wieder hier auf dem Vorplatz.«

Walter ging schweigend zu seinem Motorrad. George folgte ihm und half, die BMW aus der Halle zu schieben.

Jean-Luc wandte sich an Arthur: »Ich gebe Ihnen die Fotoausrüstung. Sie liegt in dem Renault. Vielleicht kommen Sie gleich mit.«

Er scheint ein sehr guter Beobachter zu sein und hat ein natürliches Gespür für bestimmte Situationen, dachte Edward und war sich sicher, daß Jean-Luc ihn bewußt mit Red alleine lassen wollte, damit sie noch ein paar Worte ungestört wechseln konnten.

Red sah sehr zufrieden aus. »Edward, wir haben es geschafft. Der Rest funktioniert garantiert. Machen Sie sich keine Sorgen. Walter und George sind ein gutes Team.« Er drehte sich um und schaute zum Hallentor. Dann trat er dicht an Edward heran. »Es wird funktionieren!« Triumphierend sah er den Engländer an.

»Ich habe den Wagen sofort erkannt. Der gehört oder

gehörte einem gewissen Musa oder so ähnlich. Ich hatte ihn bereits Anfang dieses Jahres einmal in Bearbeitung. Wahrscheinlich für eine ganz andere Sache. Ich sollte ihn komplett umbauen. Dumm war nur, daß die Polizei den Wagen eines Tages in unserem Versteck fand. Man hatte ihn gesucht, weil der Besitzer ihn als gestohlen gemeldet hatte. Wäre beinahe schief gegangen. Ich mußte alles abbrechen. Bin wie jetzt Hals über Kopf in die USA zurück. Und wissen Sie was? Vor einigen Wochen bekomme ich Unterlagen von einem Fahrzeug mit der Anfrage, ob man damit einen ›guten Unfall‹ machen kann. Sie verstehen? Und was glauben Sie? Es waren die Unterlagen von diesem Mercedes S 280. ›Killing Car‹, sage ich.«

Edward suchte nach Worten. »Dann haben Sie die ganze Zeit…«

»Es war heute ein Kinderspiel für mich, nachdem ich den Wagen bereits einmal zerpflückt hatte. Ihr Glück, sonst hätte die Zeit möglicherweise nicht gereicht. Ich gratuliere! Aber nach all den Pannen haben wir das Glück ja auch verdient, oder?«

Er schlug Edward freundschaftlich auf die Schulter und streckte ihm die Hand entgegen. »Wir sehen uns nächste Woche wieder, wenn Sie zu mir kommen. Sie wissen schon, mit dem kleinen schwarzen Köfferchen ... Dann werde ich Ihnen in Ruhe erklären, was ich hier gezaubert habe.«

»Grüßen Sie Lucy von mir«, sagte Edward tonlos und schaute Red zu, wie er mit seinem Koffer zum Ausgang der Halle ging.

73

Jean-Luc kam nach einiger Zeit aus dem Dunkel zurück. Auch er machte ein zufriedenes Gesicht. »Alle sind weg, Edward. Jetzt können wir nur noch warten und hoffen.«

Edward stand regungslos in der Halle, die Augen starr auf den Mercedes gerichtet. Er fühlte sich leer. »Kommen Sie, Edward, steigen Sie in mein Auto und ruhen Sie sich etwas aus. Es ist besser, wenn wir hier verschwinden.«

Jean-Luc packte Edward am Arm und zog ihn aus der Halle. Dort stand der weiße Renault auf dem Vorplatz. Jean-Luc öffnete die Beifahrertür und schob Edward auf den Sitz. »Ich komme gleich wieder.« Jean-Luc ging zum Kofferraum, öffnete ihn und entnahm aus einer kleinen Kiste ein paar Arbeitshandschuhe. Dann ging er zurück in die Halle, setzte sich in den Mercedes und startete ihn. Langsam rollte der Mercedes durch das Hallentor. Das Licht der Scheinwerfer streifte Edwards Gesicht, der immer noch völlig abwesend im Renault saß. Der Mercedes fuhr fast lautlos über den Vorplatz zur Ausfahrt. Jean-Luc parkte den Wagen unterhalb des Blechschildes, das Arthur vor einigen Stunden als Zielscheibe für die kleinen Steine benutzt hatte. Er schaltete das Licht aus und stellte den Motor ab, ließ aber den Schlüssel stecken. Dann stieg er aus und ging wieder über den dunklen Vorplatz zur Fabrikhalle. Er schaute sich um. Mit dem Fuß verwischte er die Reifenspuren des Mercedes und des Motorrades, was nicht nur einige Zeit in Anspruch nahm, sondern auch einigen Staub aufwirbelte. Dann warf er einen Blick über die Tische. Sie waren leer. Er ging noch einmal den beleuchteten Teil der Halle ab, in dem sich die Männer aufgehalten hatten. Dann schaltete er das Licht aus und stieg zu Edward in den Renault.

Schweigend startete er den Motor und fuhr den Wagen nur mit Standlicht zur Straße hinaus. Statt in Richtung City bog er nach rechts ab und folgte der Straße etwa zweihundert Meter. Kurz vor der Mauer wendete er und blieb stehen. Er schaltete das Standlicht aus und schaute die Straße hinab. Außer den Konturen des Mercedes und den bizarren Silhouetten der umliegenden Gebäude und Mauern war auf der unbeleuchteten Straße nichts zu sehen.

»Es hat wohl wenig Sinn, Sie jetzt nach dem Grund zu fragen, der zu dieser Mission führte?« meinte Jean-Luc leise. »Oder möchten Sie jetzt doch darüber sprechen?«

Edward räusperte sich leise. Er starrte immer noch geradeaus. Er hob den rechten Arm und stützte sich mit dem Ellbogen an einem kleinen Vorsprung der Beifahrertür ab. Dann lehnte er seinen Kopf seitlich auf die rechte Hand.

»Es geht mir so vieles durch den Kopf. Nicht nur die Mission selbst. Auch, wie die anderen damit fertig werden, was nach dem Unfall sein wird, was mit Red ist und natürlich seit Wochen das Warum. Sie haben Recht. Ich habe mich mehr als einmal gefragt: Ist das alles notwendig? Gibt es nicht eine andere Lösung? Ich hatte immer das Bedürfnis, einmal mit Lady Diana zu reden. Sie zu fragen: Siehst du denn nicht, in was du dich hineinmanövrierst?«

»Vielleicht würden wir Franzosen auch so reagieren, ich weiß es nicht. Gott sei Dank sind wir nicht in einer solchen Situation. Vielleicht hätten wir auch eine andere

Lösung gefunden. Schönen Frauen gegenüber sind wir großzügiger.« Er versuchte einen lockereren Ton anzuschlagen. »Ihr Engländer nehmt das alles immer viel zu ernst.«

Am anderen Ende der Straße tauchten zwei unruhige Scheinwerfer auf. Das Fahrzeug kam trotz der Schlaglöcher ziemlich schnell auf sie zu und hielt neben dem Mercedes an. Eine Gestalt lief vor den Scheinwerfern her. Dann wendete das Fahrzeug und entfernte sich. Im gleichen Moment leuchteten die roten Rücklichter des Mercedes auf, der jetzt dem anderen Fahrzeug folgte. Das Ganze hatte kaum zwei Minuten gedauert, dann war wieder alles dunkel und still.

Jean-Luc startete seinen Wagen und fuhr die ersten Meter langsam und ohne Licht. Nachdem aber alles dunkel blieb, schaltete er die Scheinwerfer ein und fuhr Richtung City. »Sagen Sie mal, wollten Sie nicht die Helikopterpiloten anfunken, wenn Red unterwegs ist?«

Schlagartig war Edward wieder voll da. Er holte den Zettel, den der Pilot ihm gegeben hatte, hervor und reichte ihn Jean-Luc. »Können Sie mir diese Frequenz einstellen?«

Jean-Luc überflog den Zettel und hielt den Wagen mitten auf der Straße an. Er schaltete das Funkgerät ein und drehte an zwei Knöpfen. Dann griff er nach dem Mikrofon und drückte die Sprechtaste: »Metro two nine eight ruft Hotel alpha india four zero zero one, bitte kommen.«

Als Antwort kam zunächst nur ein Rauschen aus dem Lautsprecher.

»Vielleicht müssen wir die andere Frequenz nehmen«, meinte Edward.

Jean-Luc schüttelte den Kopf. »Nicht so schnell. Die sitzen sicherlich nicht direkt neben dem Gerät.« Er drückte wieder die Sprechtaste. »Metro two nine eight ruft Hotel alpha india four zero zero one.«

Der Pilot meldete sich. Jean-Luc drückte Edward das Mikrofon in die Hand. »Sie müssen beim Sprechen die Taste drücken.«

»Ihr Gast ist unterwegs«, meldete Edward. »Bitte um Antwort, ob verstanden.«

»Hier Hotel alpha india four zero zero one. Haben verstanden, Ende.«

74

George drückte sich fest an den Rücken von Walter und hielt sich an den beiden Schlaufen von dessen Lederjacke fest. Sie hatten den kleinen grauen Kasten in einen schwarzen Nylonsack gesteckt, der sich im Motorradkoffer befunden hatte; George hatte ihn sich als Rucksack auf den Rücken gebunden. Die Fotoausrüstung befand sich im Motorradkoffer, sorgfältig in Georges Kleidung eingehüllt, um sie vor Erschütterung und Beschädigung zu schützen. Gegen zweiundzwanzig Uhr erreichten beide auf dem Motorrad die Pariser Innenstadt. Nachdem Walter in die Rue Royale eingebogen war, hielt er kurz an.

»Steig bitte einen Moment ab. Ich werde mir jetzt die Kamera umhängen.«

Walter nahm die Kamera aus dem Motorradkoffer, hängte sie sich um den Hals und drehte sich zu George um.

»Wie sehe ich aus?« fragte er.

»Ich überlege mir, wie glaubwürdig es ist, daß du fotografieren willst und dabei den Helm aufbehältst.«

»Darüber mache ich mir im Moment noch keine Gedanken. Außerdem werden wir erst mal langsam um den Block herumfahren und die Situation erkunden.«

Beide schwangen sich wieder auf das Motorrad, und Walter fuhr weiter. Nach wenigen hundert Metern erreichten sie über die Rue de la Paix die Place de Vendôme. Walter hatte sich den Platz nach der Karte von Jean-Luc viel kleiner vorgestellt. In der Mitte ragte eine mächtige, angestrahlte Säule, die Colonne de la Grande Armée, in den nächtlichen Himmel. Der Platz mit seinen vielen Laternen war umrahmt von einer imposanten alten Häuserfront. In vielen dieser Häuser befanden sich hellerleuchtete Juwelierläden mit allen Nobelmarken, die Walter kannte. Das Hotel Ritz nahm zur Rechten nur einen relativ bescheidenen Teil dieser Häuserfront ein. Es war nach außen weniger prunkvoll, als Walter erwartet hatte. Vor dem Eingang des Hotels standen bereits etliche Paparazzi. Motorräder und Autos parkten in zweiter Reihe und behinderten das Vorfahren der Hotelgäste in ihren Nobelkarossen. Neben den Fotografen hatten sich auch etliche Schaulustige eingefunden.

George hatte mit seiner Vermutung recht gehabt, denn keiner der Fotografen trug einen Helm. Walter fuhr langsam am Ritz entlang und dann weiter. Er hatte sich die Situation nach Reds Beschreibung etwas einfacher vorgestellt. Er fuhr über die Platzmitte um die Säule herum zurück zur Rue de la Paix, bog dann in die nächste Straße nach links und hielt an.

»Wir werden nicht die ganze Zeit vor dem Hotel warten können«, meinte er und zog den Helm ab. Er nahm das Handy aus seiner Jackentasche und wählte Edwards Nummer.

Edward meldete sich sofort.

»Wir sind jetzt am Zielort. Aber es sieht alles anders aus, als ich es mir vorgestellt habe. Unmöglich, sich hier in unmittelbarer Nähe längere Zeit unverdächtig aufzuhalten. Was soll ich tun?«

Walter wartete einen Moment. »Gut, dann kläre das bitte und melde dich wieder.«

Er schob das Handy in die Jackentasche und setzte den Helm auf, um unauffällig mit George sprechen zu können. »Edward wird jetzt erst einmal sondieren, wie die Lage im Ritz ist. Wir wissen ja nicht einmal, ob die beiden heute überhaupt noch das Haus verlassen. Im schlimmsten Fall müssen wir bis morgen früh warten, wenn Lady Diana zum Flughafen fährt.«

»Am hellichten Tag ...?« sagte George bestürzt.

Walter zuckte mit den Schultern. »Was sollen wir machen? Das spielt kaum eine Rolle.« Er setzte sich wieder auf sein Motorrad. »Komm, wir fahren die Gegend ab, das kann nichts schaden.«

Sie fuhren den Boulevard des Capucines entlang zur Place de l'Opéra. Hier herrschte um diese Zeit noch enormer Verkehr. Walter wählte die Strecke über die Rue de Rivoli bis zur Place de la Concorde und fuhr dann über die Place de la Madeleine zurück zur Rue de la Paix. Dort bog er wieder um die Ecke, fuhr um den Häuserblock herum, in dem sich das Ritz befand, und landete schließlich in der Rue Saint Honoré. Hier hielt er an, schaltete den Motor ab. Das Display seines Handys zeigte an, daß sich Edward während der Fahrt gemeldet hatte, ohne daß er es gehört hatte. Er wählte Edwards Nummer.

»Verdammt, Edward bekommt zu Henry keinen Kontakt«, erklärte er George nach dem kurzen Gespräch mit Edward. »Bleib du hier bei der Maschine, ich gehe rüber zum Ritz und schaue, ob ich bei den Paparazzi etwas in Erfahrung bringen kann.«

Walter drückte George seinen Helm in die Hand und verschwand mit seiner Kamera in einer hohen Marmorpassage, die zur Place Vendôme führte. Langsam, scheinbar gelangweilt schlenderte Walter auf das Hotel zu. Er zündete sich eine Zigarette an. Vor dem Hoteleingang hatten sich die Paparazzi versammelt. Irgendwer reichte eine Flasche Champagner herum. Walter schob sich durch eine Gruppe Neugieriger hindurch und stellte sich zu drei Fotografen, die sich miteinander unterhielten. Zwei waren eindeutig Italiener, der dritte Franzose.

»Gibt's was Neues?« fragte er wie beiläufig auf französisch und zog an seiner Zigarette. »War gerade was essen.«

»Nein, die sind immer noch beim essen. Guiseppe hat eben vom Küchenpersonal den Menüplan bekommen«, berichtete ihm der kleine Italiener. »Sie haben Eier mit Spargel und Pilzen serviert bekommen und eben gebratene Seezunge für Di und gegrillten Butt für Dodi.«

»Und was trinkt man dazu?« wollte Walter wissen.

»Was Dodi immer trinkt: Bollinger Champagner!« antwortete der Franzose sofort. »Bist wohl noch nicht auf ihn eingespielt?«

Gott, dachte Walter, was soll ich darauf antworten? Doch der Franzose fuhr ohne eine Antwort abzuwarten fort: »Alle Al-Fayeds lieben Bollinger. Ich stehe weniger auf Di. Ich bin immer hier am Ritz, Bristol oder George V. Das ist mein Revier. Bist du spezialisiert?«

»Di!« antwortete Walter wie aus der Pistole geschossen. Damit konnte er in diesem Moment keinen Fehler machen. Er betrachtete die drei Lilien im Wappen auf dem Boden des Hoteleingangs.

»Warst du mit drüben auf Sardinien?« fragte der, welcher offensichtlich Guiseppe hieß.

»Nein, hatte einen Job bei ihrem Ex in Schottland.« Walter wußte nicht, ob er den richtigen Ton angeschlagen hatte, erregte aber offensichtlich keinerlei Verdacht.

»Ich habe Bilder gesehen. Er und die Kinder. Wieviel waren da?«

»Kollegen?« fragte Walter. »Nicht viele, aber nur geladene, alles sehr formell.«

Guiseppe schaute an der Hotelfassade hoch. »Ricardo und ich hatten uns in Olbia ein Boot gemietet. Aber es gab nicht viel zu sehen. Ich hoffe, daß es wenigstens heute abend einen Schuß gibt. Ich habe einem der Kellner Geld und meine Handy-Nummer gegeben. Wenn er abserviert, ruft er mich an.«

»Wenn das Alain war«, lachte der Franzose laut, »dann war das eine Fehlinvestition. Alain legt alle rein. Der ruft niemals an, der kassiert immer nur bei Leuten, die ihn nicht kennen.«

»Abwarten«, erwiderte Guiseppe, »mich hat noch nie einer beschissen. Und wenn, dann hat er das hinterher bereut.«

In unmittelbarer Nähe der Drehtüre des Ritz entstand plötzlich Unruhe. Walter wollte sofort hin, merkte aber schnell genug, daß seine drei »Kollegen« keinerlei Anstalten machten, sich vom Platz wegzubewegen. Ricardo bot auch sofort die Erklärung: »Das wird wieder diese kleine blonde Mieze von Belmondo sein, die ab und zu hier auftaucht. Die sollte, nachdem die Affäre vorbei ist, langsam ihre Hoffnungen auf eine Filmrolle aufgeben. Jetzt hat sie keine Chance mehr. Ihr hättet sie im Sommer in Cannes erleben müssen. Peinlich. Keiner hat auch nur ein Foto von ihr gemacht.«

»Doch«, brüllte Guiseppe ausgelassen, »die Touristen!«

Ein paar Blitzlichter zuckten auf. Walter konnte über Guiseppes Schulter hinweg eine zierliche Blondine erspähen, die in ein Taxi stieg. Er konnte aber nicht erkennen, wie sie aussah.

»Ich glaube, das wird heute nichts mehr.« Walter schaute sich gelangweilt in der Hoffnung um, daß einer von den dreien ihm weitere Informationen geben würde. Doch sie zuckten nur mit den Schultern oder zogen Grimassen.

Walter und Guiseppe traten fast gleichzeitig ihre Zigaretten auf dem roten Teppich des Eingangs zum Ritz aus.

»So lange es nicht in Strömen regnet ...«

Nach den ersten Minuten im Kreis der Paparazzi hatte Walter eine gewisse Sicherheit gewonnen. »Weiß man schon, in welcher Suite die beiden übernachten?«

Der Franzose trat von einem Bein aufs andere und schaute Walter etwas mitleidig an.

»Junge, wenn ich das wüßte, läge ich inzwischen als Zimmermädchen verkleidet unter dem Bett. Es heißt zwar immer, sie übernachten in der Imperial Suite. Aber

Romuald ist es tatsächlich einmal gelungen, sich einzuschleichen, als es hieß, die beiden seien dort. War nichts. Die einen lügen zum Schutz der Gäste, die anderen für Geld, obwohl sie gar nichts wissen, so wie Alain. Du mußt es immer selber herausbekommen.«

»Romuald? Wer ist noch mal Romuald?« wollte Walter wissen und versuchte, sich die Namen merken zu können.

»Mann, du kennst Romuald nicht? Romuald Rat von ›Gamma‹!« Guiseppe stellte sich auf die Zehenspitzen und schaute sich um. »Eben auf den Champs Elysées habe ich ihn noch gesehen, zusammen mit Stephane Darmon, seinem Fahrer. Vielleicht sind die auch mal was essen.«

Zu gerne hätte Walter jetzt gefragt, wer oder was »Gamma« war, unterließ es aber, um nicht weiter aufzufallen. Er drehte sich kurzerhand um und tat, als habe er einen Bekannten entdeckt. Mit wenigen Schritten war er in einer Gruppe von Menschen untergetaucht und arbeitete sich von der anderen Seite wieder in Richtung Hoteleingang vor. Dort standen zwei andere Paparazzi beieinander. »Habt ihr Romuald gesehen?« fragte er.

Die beiden schauten sich in der Menge um. »Der war eben noch bei uns«, antwortete der kleinere freundlich.

»Ich bin James, vertrete heute Jack«, sagte Walter.

»Ich heiße Serge. Welchen Jack vertrittst du?« fragte Serge.

Walter schaute den anderen an, der sich gleich vorstellte. »Nicolas! Ich kannte mal einen Jack, so einen Dürren…«

»Genau den«, versicherte »James«, alias Walter.

»Den hab ich schon eine Ewigkeit nicht mehr gesehen«, sinnierte Nicolas. »Wo ist der denn jetzt?«

»Bei ›Gamma‹«, behauptete Walter frech.

»Bei ›Gamma‹? Das kann nicht sein«, rief Serge.

Verdammt, dachte Walter, jetzt habe ich mich zu weit vorgewagt. Er überlegte, wie er am schnellsten wieder aus der Falle herauskommen könnte. Da kam ihm der Zufall zu Hilfe, sein Handy piepste. Walter meldete sich, ohne seinen Namen zu nennen. Edward teilte ihm mit, daß der Mercedes inzwischen bei Henry angekommen sei und Lady Diana und Al-Fayed nicht beabsichtigen würden, im Ritz zu übernachten. »Danke«, sagte Walter und schob das Handy wieder in seine Jackentasche. »Di und Dodi werden nicht im Ritz übernachten«, informierte er die beiden Paparazzi.

Serge grinste. »Ist wohl eine der berühmten Falschmeldungen, für die man viel Geld zahlt. Wo soll's denn hingehen?«

»Das weiß ich noch nicht«, antwortete Walter und setzte eine geheimnisvolle Miene auf. »Aber sobald ich es erfahre, seid ihr die Ersten, denen ich es sagen werde.«

»Bist wohl neu im Geschäft?« fragte Nicolas. Walter merkte, daß es höchste Zeit war, das Gespräch zu beenden und den Standort zu wechseln. »Nein, wieso?« meinte er gelassen. »Hast du noch nie von einem Kollegen einen Tip bekommen?« Er drehte sich um, als sei er beleidigt, und beschloß, zunächst zu George zurückzukehren, der um die Ecke wohl schon ungeduldig auf ihn wartete. Walter zwängte sich wieder durch eine Gruppe von Touristen und ging an der Häuserfront des Justizministeriums vorbei, das unmittelbar neben dem Ritz liegt. Ihm war aufgefallen, daß die Fotografen offensichtlich nicht selbst Motorrad fuhren, sondern sich fahren ließen. Also mußte ab sofort George die Kamera übernehmen.

75

Kurz vor zweiundzwanzig Uhr wurde Lucy durch ein Poltern geweckt. Red stand neben dem Wagen und grinste durchs Fenster.

»Gib mir bitte die Wagenschlüssel«, rief er. »Ich muß an den Kofferraum.«

Lucy zog den Schlüssel aus dem Zündschloß und wollte aussteigen. Aber Red stand so dicht an der Tür, daß sie diese nicht öffnen konnte. Also drehte sie das Fenster herunter und reichte Red den Schlüssel. Offensichtlich wollte er nicht, daß sie ausstieg. Es hatte bei Red keinen Zweck, solch kleinen Signalen nicht Folge zu leisten. Früher hatte das sehr häufig in einem Streit geendet.

Nachdem der Kofferraum wieder zu war, stieg Lucy aus und umarmte und küßte Red. Er erriet ihre Gedanken und strich ihr übers Haar. »Jetzt nicht, Liebling. Ich muß noch eine Kleinigkeit erledigen. Es geht nur noch um eine Unterschrift, dann bin ich für dich da!«

Red warf seine Jacke auf den Rücksitz und nahm Lucys Platz hinter dem Lenkrad ein.

»Komm, steig ein. Je früher wir wegkommen, um so schneller haben wir füreinander Zeit.«

Das war überzeugend. Sie stieg auf der Beifahrerseite ein. Red gab Gas und fuhr wieder in Richtung Paris. Trotz der Baustellen hinter Saint-Nom ging die Fahrt relativ schnell. Als sie die Autobahn erreicht hatten, piepste das Handy. Red meldete sich. Er hörte dem Anrufer kurze Zeit zu und meinte dann: »Hinauszögern, nicht vor Mitternacht!« Dann unterbrach er die Verbindung und warf das Handy auf den Rücksitz.

»Na endlich«, freute sich Red, »den ganzen Tag haben wir verhandelt, immer wieder gab es Bedenken. Doch jetzt wollen sie so schnell wie möglich eine Unterschrift. Aber vor Mitternacht geht da gar nichts. Ich kenne eine nette Bar an der Place de la Madeleine, da fahren wir jetzt hin. Dort werde ich dich absetzen und fahre dann schnell den Vertrag unterschreiben.«

Er beugte sich zu ihr und gab ihr während des Fahrens einen Kuß. »Und dann, Lucy, beginnt das neue Leben.«

Lucy lehnte sich etwas verschlafen gegen das Seitenfenster und beobachtete, wie die Lichter der Straßenbeleuchtung über Reds Gesicht zogen.

»Ich dachte, du mußt noch eine zweite Sache erledigen, bevor wir dein neues Leben beginnen können.«

Red lachte. »Was meinst du, warum ich mich in den letzten Tagen so abgeschuftet habe? Ich konnte beide Geschäfte zusammenfassen. Ein ziemliches Stück Arbeit, aber es hat sich gelohnt.«

»Hast du dir das auch alles gut überlegt?« wollte Lucy wissen. »Ich meine, das ständige Zusammensein mit mir wird doch sicherlich langweilig für dich sein. Außerdem habe ich mich noch gar nicht entschieden, ob ich mitkomme, wenn du nach Frankreich ziehst.«

Red warf einen kurzen Blick auf die Straßenschilder und bog scharf rechts ab. »Da mache ich mir keine Sorgen. Wenn du erst mal die Bauernhöfe und Schlösser gesehen hast, die es in Südfrankreich zu kaufen gibt, möchtest du nirgendwo anders mehr wohnen.«

Red fuhr über eine breite, stark befahrene Straße und landete nach einer Kurve auf einem Parkstreifen. Sie standen direkt vor der Nachtbar »Le Forum«.

»Wir sind da. Laß uns aussteigen.«

Red schloß den Wagen ab und legte den Arm um Lucy. »Für einen Kuß muß noch Zeit sein.« Er scheint wirklich glücklich zu sein, dachte Lucy. Er wirkte plötzlich so bemüht um sie und war ganz anders als sonst, wenn er dabei war, seine Geschäfte abzuwickeln. Gern hätte sie gewußt, was sich dahinter wirklich verbarg.

Die Bar war nicht groß, hatte aber mit getäfelten Wänden und gedämpftem Licht viel Atmosphäre. Red entdeckte zwei freie Plätze an der Theke in einem abgeteilten Barraum, die gerade frei geworden waren. Er warf seine Jacke über den zweiten Hocker und entschuldigte sich: »Ich bin gleich wieder zurück, bestell mir bitte einen Bourbon mit viel Eis.« Er drückte ihr einen Kuß auf die Stirn und verschwand in Richtung Toiletten.

Zuerst merkte Lucy es nicht. Erst als ein junger Mann ihr ein Handzeichen machte, hörte sie, daß Reds Handy in der Jacke angefangen hatte zu piepsen. Ohne lange zu überlegen, zog sie das Gerät hervor und stellte die Verbindung her. Noch bevor sie sich melden konnte, hörte sie am anderen Ende eine aufgeregte Stimme, die schlechtes Englisch sprach.

»Di und Dodi sind fertig mit dem Essen. Was soll jetzt geschehen? Hallo … Red?«

Lucy drückte blitzschnell die Trenntaste und steckte das Handy wieder in die Jacke zurück. Di und Dodi? Di und Dodi! Was hatte Red mit Lady Diana und diesem Al-Fayed zu tun? Während sie fieberhaft überlegte, was diese Information wohl bedeuten konnte, sah sie Red, wie er sich in der Bar an den kleinen Tischen vorbeischlängelte und an die Theke zurückkam. Er blickte erstaunt auf den leeren Tresen. »Hast du noch nichts zu trinken bekommen?« fragte er.

»Du warst einfach zu schnell«, antwortete Lucy und spürte, daß sie leicht zitterte. Ob Red das Zittern bemerkte? »Ich habe noch nicht einmal bestellen können.«

Red ergriff seine Jacke und warf sie sich über die Schultern. »Dann trinke ich nachher etwas, bestell dir was Schönes und denk an mich! Ich bin etwa in einer Stunde wieder zurück.« Er warf ihr einen Kuß zu und stieß im Gehen fast mit einem Gast zusammen. »Bedienen Sie meine Frau gut!« rief er dem Barkeeper zu, der inzwischen hinter dem Tresen aufgetaucht war.

76

George wartete in der Rue Saint Honoré vor der Boutique »Most«. Er saß auf dem aufgebockten Motorrad und starrte geistesabwesend auf die rotierenden roten Lichter zweier Halteverbotsschilder an einer Toreinfahrt auf der gegenüberliegenden Straßenseite. Als Walter ihm die Hand auf die Schulter legte, schrak er aus seinen Gedanken auf.

»Wo warst du so lange? Das hat ja eine Ewigkeit gedauert.«

»Nur keine Hektik. Edward hat mich gerade angerufen, Diana und Al-Fayed übernachten nicht im Ritz. Das heißt, daß sie irgendwann aus diesem verdammten Hotel herauskommen.«

Er machte ein paar Kniebeugen neben dem Motorrad. »Ob Red schon in der Luft ist?«

George schaute auf seine Uhr. »Wahrscheinlich, hängt natürlich davon ab, wie schnell Arthur durchgekommen ist.« Er gähnte. »Hast du eine Idee, was wir jetzt machen sollen außer warten?«

»Nichts. Aber du mußt die Fotoausrüstung nehmen. Ist auch irgendwo logisch. Einer fährt und konzentriert sich auf die Straße, der andere ist der Fotograf. Andererseits hat noch keiner da drüben gesehen, wer von uns fährt. Also bleibe ich erst mal der Fotograf, die ›Kollegen‹ kennen mich schon.« Er überlegte, ob er nicht wieder zum Ritz zurückgehen sollte. Keiner wußte genau, wie lange sich das Abendessen hinzog oder wann man aufbrechen würde.

»George, ich habe ein komisches Gefühl. Laß uns zum Ritz zurückgehen. Wir schieben die Maschine die paar Meter durch den Hallendurchgang zur Place Vendôme und stellen sie so ab, daß wir schnell starten können, wenn es soweit ist.«

George schien von dieser Idee nicht besonders begeistert zu sein. Trotzdem setzte er sich sofort den Helm auf und half Walter beim Schieben der Maschine.

»Laß uns dort drüben hingehen.« Walter deutete zu einer Stelle am Ende der Hotelanfahrt. »Übrigens, wundere dich nicht, wenn mich der eine oder andere mit ›James‹ anspricht. Überleg dir auch schon mal einen Namen, falls du gefragt wirst.«

»John«, kam die Antwort von George. »Warum?«

»Hier reden sich die meisten Paparazzi mit dem Vornamen an, scheint in gewisser Weise eine eingeschworene Gemeinschaft zu sein, obwohl sie alle Konkurrenten sind.« Walter bockte das Motorrad auf. »Du bleibst am besten hier stehen. Erstens weiß ich dann, wo du bist, und zweitens ist hier das Risiko, angesprochen zu werden, relativ gering. Wenn dich jemand fragt, dann bist du der Fahrer von James.«

George schien mit seiner Aufgabe immer noch nicht klarzukommen. Walter wollte aber in diesem Moment nicht darüber nachdenken, was wohl in George vorging. Er wußte nur, daß er selbst Ablenkung brauchte. »Ich gehe jetzt mal«, sagte er deshalb schnell und vermied es, George dabei anzuschauen.

So schlenderte er wieder durch die Reihen der Wartenden und suchte nach den Paparazzi, mit denen er vorhin gesprochen hatte. Endlich entdeckte er Guiseppe. Er stand dicht neben dem Hoteleingang und hantierte an seiner Kamera.

»Probleme?« fragte Walter und schaute Guiseppe über die Schulter.

Guiseppe drehte sich kurz um. Er machte jetzt einen sehr mürrischen Eindruck. »Verschwinde!« fauchte er und richtete das Objektiv auf den Eingang des Hotels. Wußte Guiseppe mehr als er? Hatte ihm dieser Kellner Alain inzwischen doch einen Tip gegeben? Vielleicht herrschte oben in der Suite schon Aufbruchstimmung? Was würde geschehen, wenn sich nun plötzlich die Tür öffnen würde? Dann verwarf er den Gedanken. Bestimmt würde zuerst der Mercedes vorfahren, dann würden die Bodyguards eine Gasse bauen, und erst zum Schluß würden sie auftauchen: Lady Diana und Imameddin Al-Fayed.

77

Jean-Luc hatte sich verbissen durch den Verkehr in die Pariser Innenstadt gekämpft. Als sie am Ritz vorbeikamen, schaute Edward aus dem Fenster, konnte aber weder Walter noch George entdecken.

»Ist hier immer soviel Betrieb?« fragte er.

»Wenn Promis im Ritz sind, ja. Und es sind meistens Promis im Ritz.« Jean-Luc trommelte mit den Fingern auf das Lenkrad, seine Augen wanderten unruhig hin und her. Plötzlich gab er Vollgas, er hatte in der Rue de la Paix einen Wagen entdeckt, der gerade eine Parklücke freimachte.

Edwards Blick fiel auf die Uhr am Armaturenbrett. In diesen Minuten mußte Red beim Hubschrauber sein. Hoffentlich klappte in London der sofortige Transfer nach Heathrow.

»Bleiben wir sitzen?« fragte Jean-Luc.

Edward überlegte kurz. »Ich denke, ja. Es kann sein, daß wir Walter irgendwann helfen müssen. Ich habe ihn außerdem ...«

Edward wurde durch das Piepsen seines Handys unterbrochen. Es war Henry, der ihm meldete, daß der Mercedes bei ihm angekommen war und die Suite von Lady Diana und Dodi nur für das Essen reserviert worden sei, nachdem die beiden das Shopping wegen der ständigen Belästigung durch die Paparazzi abgebrochen hätten. Edward gab die Nachricht an Walter weiter.

»Möchten Sie so leben?« fragte Jean-Luc. »Wenn ich mir vorstelle, daß man vom Aufwachen bis zum Einschlafen, bei jedem Husten, jedem Blick immer erst überlegen muß, wo bin ich, wer schaut zu, ist das okay? Ihr Ex kennt das von Kindesbeinen an nicht anders. Deswegen ist der auch so verkniffen. Sie hat immerhin die Hälfte ihres Lebens ...«

»Jean-Luc, lassen Sie uns das Thema wechseln. Ich muß mich jetzt auf diese Aktion konzentrieren, wir dürfen keine Fehler machen. Jetzt nicht mehr.« Warum mußte dieser verfluchte Jean-Luc jetzt mit diesem Thema anfangen? Er dachte: Konzentriere dich jetzt auf das, was deine Aufgabe ist. Du darfst keinen Fehler machen. Du mußt entscheiden können, den Kopf frei haben für kurzfristige und vielleicht auch äußerst schwerwiegende Entscheidungen.

Edwards Augen klammerten sich an den Passanten fest,

an den Schaufenstern, an den Lichtern der Leuchtreklame. Dann öffnete er die Tür und sprang aus dem Wagen. Er stemmte sich mit beiden Armen gegen das Wagendach und starrte auf die gegenüberliegende Straßenseite. Sein Atem ging schwer.

Jean-Luc war überrascht ausgestiegen und schaute seinen britischen Kollegen an. Ahnte er, was in Edward vorging, so wie Red damals? Edward tastete nach seinem Handy in der Jackentasche. »Lassen Sie uns doch ein paar Meter gehen«, rief er Jean Luc zu.

Edward entschied sich für die Richtung zur Place Vendôme. Sie gingen schweigend nebeneinander her.

Die Rue de la Paix war um diese Uhrzeit noch voller Leben. Dies lag zum großen Teil an dem warmen Wetter, denn kaum einer wollte bei dieser schwülwarmen Luft des letzten August-Wochenendes früh ins Bett gehen. Das erlösende Gewitter ließ immer noch auf sich warten. Außerdem war es das letzte Ferienwochenende, das viele noch einmal richtig genießen wollten.

Am Ende der Rue de la Paix blieb Edward stehen und blickte auf den Pulk von Reportern und die neugierigen Touristen und Pariser vor dem Ritz.

Plötzlich entdeckte er in der Menge eine große, schlanke Figur im Motorraddress – Walter! Unwillkürlich duckte er sich etwas, um nicht gesehen zu werden. Er zupfte Jean-Luc am Ärmel und wandte sich zum Gehen um. Jean-Luc begriff sofort und folgte ihm. Schweigend gingen sie wieder die Straße hinauf, zurück zum Wagen. Edward stieg ein, lehnte sich zurück und drehte das Seitenfenster herunter, um mehr Luft zu bekommen. Jean-Luc folgte seinem Beispiel, und so saßen sie schweigend nebeneinander, bis das Piepsen des Handys sie aus ihren Gedanken riß. Edward griff in seine Innentasche. Als er das Handy herauszog, sah Jean-Luc, wie Edwards Hand zitterte. »Das Fenster!« flüsterte er.

Edward drehte eilig das Seitenfenster wieder hoch und nahm den Anruf entgegen. »Ja, bitte?« Wieder war es Henry, der mit wenigen Worten den neuesten Stand der Dinge durchgab. »Kann man das finden?« fragte Edward, dann nickte er. »Gut.« Er drückte die Trenntaste und ließ das Handy langsam sinken. Trotz der Dunkelheit konnte Jean-Luc erkennen, daß Edwards Gesichtshaut aschfahl geworden war und Schweiß auf seiner Stirn stand. »Es ist soweit«, flüsterte er Jean-Luc zu und tippte Walters Nummer in das Handy.

78

Walter hatte inzwischen Serge wiedergefunden, der mit einem Mann namens Christian Martinez zusammenstand und sich über einen neuen Kodak-Film unterhielt, der angeblich in Kürze auf den Markt kommen sollte und besonders für schwierige Lichtverhältnisse gedacht war. Walter hatte sich neben die beiden gestellt und gab sich den Anschein, als höre er dem Gespräch aufmerksam zu. Vielleicht konnte das Thema ihm in einer anderen Gruppe von Paparazzi noch nützlich sein.

Da kam Bewegung und Unruhe unter den Fotografen auf. Von der Hoteltür mußte irgendeine Information verbreitet worden sein. In diesem Augenblick piepste Walters Handy.

Edward teilte ihm mit, daß man dabei sei aufzubrechen. Henry habe ihn aber gewarnt, sich an den Wagen vor dem Hotel zu hängen. Der präparierte Mercedes würde Lady Di und Dodi am Hinterausgang erwarten.

Walter beendete blitzschnell die Verbindung und überlegte. Red hatte vom Hasen und seinen Jägern gesprochen. Sollte er jetzt wie alle anderen dem falschen Wagen hinterherfahren? Da Serge bereits zum Hoteleingang gelaufen war, zog Walter seinen »Kollegen« Christian zu sich und flüsterte ihm zu: »Ich habe gerade einen absolut zuverlässigen Tip bekommen. Der Wagen, der hier vorne gleich losfährt, ist ein Bluff. Di und Dodi fahren vom Hinterausgang weg.«

Christian schaute Walter fragend an. »Bist du sicher?«

»Absolut!« rief Walter und zwängte sich durch die Menge hindurch zu George und seiner Maschine.

George hatte die Unruhe unter den Reportern mitbekommen und sich seinen Nylonsack bereits vor die Brust gebunden. Als Walter auftauchte, hielt er ihm schon den Helm entgegen. Walter stülpte ihn über, setzte sich auf seine Maschine und startete den Motor. Nachdem Georg auf dem Soziussitz Platz genommen hatte, wendete Walter die BMW und fuhr mit Vollgas über die Place Vendôme. »Sie fahren vom Hintereingang weg«, erklärte er Georg über den Funk ihrer Helme. »Du weißt, was du zu tun hast. Wir behalten ab jetzt die Helme auf, egal was ist, verstanden?«

»Verstanden!«

Der Hinterausgang des Ritz befand sich in der Rue

Cambon. Insgesamt wurden dort drei Ausgänge von Videokameras überwacht. Der Eingang für das Personal verfügte über eine automatische Schiebetüre. Neben der Bar »Hemingway« befand sich der hintere Ausgang vom Hotelfoyer, und schließlich hatte der »Club Ritz« noch eine separate Tür. Welche dieser Türen würden Lady Diana und Al-Fayed benutzen?

Mit Befriedigung stellte Walter fest, daß ihm drei Motorräder gefolgt waren, ein viertes gesellte sich kurze Zeit später zu ihnen. Walter fuhr an den links parkenden Autos vorbei und stellte sich mit dem Motorrad in eine schmale Lücke zwischen zwei Fahrzeuge. Er schob das Visier seines Helms hoch und zog den Stadtplan hervor. Red hatte wirklich ganze Arbeit geleistet. Auf dem Plan waren rund um das Ritz in jeder Richtung mehrere rote Kreise eingezeichnet, welche die Innenstadt von Paris fast wie ein Raster überzogen.

»Halte dich in jedem Fall immer mit einer Hand fest, die Fahrt kann sehr schnell werden, je nachdem in welche Richtung es geht! Und halte den Sender so, daß du den Impuls nicht irgendwann versehentlich auslösen kannst.«

»Keine Sorge, Walter«, versicherte George. »Die Konstruktion ist genial. Egal, welche Kräfte auf das Kästchen einwirken – durch die Kombination von Knopf und Schalter, die nacheinander zu bedienen sind, kann es unter normalen Umständen zu keiner ungewollten Auslösung kommen.«

An einem der Hinterausgänge ging ein zusätzliches Licht an. Walter schob seine Maschine ohne abzusteigen ein Stück auf die Straßenmitte, um besser sehen zu können. Er hatte wie alle anderen Paparazzi den Motor nicht abgestellt.

Ein Mann trat aus einer der Türen – es mußte der Personaleingang sein -, zeigte den Wartenden eine Faust und verschwand wieder. Dann war wieder alles ruhig.

Walter studierte weiter die Karte. Wenn man Reds System verstand, brauchte man sich die Kreise gar nicht einzuprägen. Sie kennzeichneten immer eine bestimmte Straßensituation, vorrangig Kreuzungen oder Abzweigungen, gefolgt von Straßenabschnitten, bei denen mit statischen Hindernissen zu rechnen war, wie Ampelanlagen, Alleebäumen oder ähnlichem.

Da Red ein großer Frankreich-Fan war, durfte man annehmen, daß er auch Paris gut kannte und zumindest aus der Erinnerung Vorstellungen davon hatte, wie es im achten Arrondissement aussah.

George hielt die Augen geschlossen. Seine linke Hand krampfte sich um den Ledergriff an Walters Jacke, in der rechten, die er tief in dem Nylonsack vor seiner Brust vergraben hatte, hielt er das graue Kästchen fest umklammert. Er hatte die Wartezeit dazu genutzt, sich klarzumachen, wie er die Aktion durchziehen würde. Er hatte die Schenkel fest an den Sitz gepreßt. Sobald Walter mit der Maschine startete, würde er seinen Oberkörper dicht an den Rücken seines Kollegen drücken und dann nur noch das Kommando abwarten. Von den Geschehnissen um ihn herum wollte er nichts hören und nichts sehen. Irgendwann würde er aus diesem bösen Traum aufwachen und wie viele Millionen andere über den Hörfunk, das Fernsehen oder aus der Zeitung erfahren, was in dieser Nacht geschehen war.

Jedesmal, wenn er hörte, daß eines der anderen Motorräder anfuhr, um ein paar Meter vorzufahren, oder eine kleine Runde zu drehen, zuckte er zusammen und hoffte nur, daß Walter seine Anspannung nicht spürte. Immer wieder prüfte er, ob die Finger seiner rechten Hand sich noch bewegen ließen.

»Alles klar?« kam es aus dem kleinen Helmlautsprecher.

»Alles klar!« antwortete George in der Annahme, daß Walter nun Gas geben würde. Aber nichts geschah. Walter steckte die Karte wieder in seine Brusttasche und konzentrierte seinen Blick voll auf die Ausgänge.

In Gedanken suchte er Lücken und Schlupflöcher, um später der erste hinter dem Mercedes zu sein, spielte seinen Start, die Strecke der ersten zehn oder zwanzig Meter durch. Alles andere würde sich dann von selbst ergeben. Solche Situationen hatte er oft genug durchexerziert.

Wieder wurden an den hinteren Ausgängen Gestalten sichtbar. Dieses Mal waren es drei. Sie schauten die Straße entlang, unterhielten sich kurz und verschwanden wieder.

»Ich glaube, es geht los«, flüsterte Walter und merkte, daß sein Mund trocken geworden war. Kaum hatte er den Satz beendet, rannte ein Mann mit einem Funksprechgerät in der Hand quer über die Straße. Im gleichen Moment fuhr ein schwarzer Mercedes vor und hielt mit quietschenden Reifen an. Irgend jemand zog ein breites Sperrgitter scheppernd aus einer Hausnische. Dann zerriß ein Blitzlichtfeuer die Dunkelheit der Straße, Rufe wurden laut. Walter sah im Blitzlicht, von mehreren Männern abgeschirmt, wie Lady Diana und Al-Fayed mit schnellen Schritten in den Wagen einstiegen.

Dann schoß der Mercedes direkt auf Walter und George zu. Erneut flammten Blitzlichter auf. Der Wagen raste an Walter und George vorbei. Walter erkannte Lady Diana ganz deutlich. Sie hielt ihre Hand abwehrend zwischen Gesicht und Scheibe. Auch der Beifahrerplatz war besetzt. Wahrscheinlich ein Bodyguard, denn Dodi hatte sich hinten neben Diana gesetzt. Ihn konnte Walter jedoch auf die Schnelle nicht erkennen.

Walter fuhr los und spürte, wie sich Georges Körper fest an seinen Rücken preßte. Er beschleunigte und hatte bereits nach wenigen Sekunden den Mercedes bis auf wenige Meter eingeholt. Nein, hier war kein roter Kreis, erinnerte er sich, hier waren die Straßen zu eng, die Geschwindigkeit noch zu gering. Der Wagen fuhr über eine Kreuzung. Walter sah Fußgänger, die erschrocken zur Seite sprangen. Im Augenwinkel bemerkte er ein Motorrad fast auf gleicher Höhe. Also galt es, nicht nur den Mercedes im Auge zu behalten, sondern auch die Paparazzi.

Der Wagen vor ihm war zweifellos der präparierte Mercedes S 280. Walter hatte sich das Kennzeichen gemerkt: 688 LTV 75. Es würde alles so ablaufen, wie Red es geplant hatte. Walter wußte nicht, wohin er fuhr und wie schnell er fuhr. Er sah keine Häuser, keine Menschen mehr, nur die Rücklichter des Mercedes. Plötzlich leuchteten die Bremslichter auf, und Walter bremste scharf ab. Dann ging es in eine Kurve, wieder hörte er das Quietschen der Reifen, wieder spürte er Georges Oberkörper dicht an seinen Rücken gepreßt.

»Festhalten!«

Walter war irgend etwas ausgewichen. Er hätte nicht einmal sagen können, was es war. Es war aufgetaucht und vorbei gehuscht. Ein anderes Motorrad schob sich rechts an ihm vorbei. Der Fahrer machte ihm ein Handzeichen, doch Walter kümmerte sich nicht darum. Warum nur hatte er die Fotoausrüstung vorher nicht im Motorradkoffer verstaut? Jetzt behinderte sie ihn. Wieder die Bremslichter, wieder scharfes Abbremsen. Dichter Verkehr! Waren sie in der Rue de Rivoli oder in der Rue Royal? Walter gab Gas, und das andere Motorrad fiel wieder zurück. Auf der linken Straßenseite flammte ein Blitzlicht auf. War es Radar oder die Kamera eines Paparazzo? Walter erkannte jetzt den Obelisk zur Linken. Der Mercedes beschleunigte erneut. Hatte George vielleicht schon irrtümlich ausgelöst?

»George?«

»Ja, Walter?«

»Es ist noch nicht so weit.«

»Ich warte.« Georges Stimme klang gequält. Der Mercedes raste in einer langgezogenen Schleife zur Seine hinunter. Wie ging es weiter, geradeaus, rechts, links? Walter sah die roten Kreise vor sich. Wenn sie geradeaus fuhren, dann ging es über die Brücke! Dann mußte er George in den nächsten fünf, sechs Sekunden das Kommando geben. Walter gab Gas, um dichter an den Mercedes heranzukommen. Nein, der Wagen verringerte sein Tempo und bog rechts ab. Dann zog er von der äußeren rechten auf die mittlere Spur. Im letzten Moment konnte Walter ihm folgen, aber sein Abstand hatte sich etwas vergrößert. Sie fuhren nun auf der Seineuferstraße, bald mußte ein Tunnel kommen, und dann würde eine lange, gerade Strecke folgen. Irgendwo blitzte es schon wieder. Walter warf einen Blick ihn den Rückspiegel. Er sah zwei

Motorräder, dahinter einen Wagen, vielleicht auch mehrere. In Gedanken sah er den nächsten roten Kreis vor sich. Sie waren jetzt mitten im hellerleuchteten Tunnel.

»Achtung!« Walter drehte auf. Unter zwanzig Metern Abstand, hatte Red gesagt. Er sah, wie sich die Gestalt neben Lady Diana umdrehte. Jetzt erkannte er Al-Fayed, der einen kurzen Blick nach hinten aus dem Fenster warf und jungenhaft lachte. Walter hielt sich auf der rechten Fahrspur hinter dem Mercedes. Noch fünf Meter. Diese verdammte Fotoausrüstung!

Georges Finger tastete sich zum roten Knopf. Er spürte die Rundung, die kleine Erhebung. Zitterte sein Finger? Er fühlte nichts mehr. Hatte er überhaupt noch die Kraft, auf den Knopf zu drücken? Den Mittelfinger legte er gegen den Kippschalter, so wie er es die letzte halbe Stunde geübt hatte. Wo blieb Walters Kommando?

Das Tunnelende war jetzt in Sicht. Walter versuchte, noch etwas näher an den Mercedes heranzufahren. Er hatte keine Zeit, auf den Tacho zu schauen, war aber sicher, daß er noch genügend Reserven hatte. Er fuhr seitlich hinter den Wagen. Walter konnte Diana erkennen, die den Kopf an Al-Fayeds Schulter gelehnt hatte. Er sah ihr blondes Haar. Fünfzehn Meter. Der Tunnel war zu Ende.

»Jetzt!« schrie Walter.

Georges Zeigefinger drückte auf den kleinen Knopf. Warum bewegte sich der Knopf nicht? Er versuchte fester zu drücken. Nichts tat sich. Was war los? War der Knopf schon gedrückt? Erschrocken riß er die Augen auf. Etwa zehn Meter vor sich sah er zwei Köpfe. Das blonde Haar erkannte er sofort.

Walter sah eine Möglichkeit rechts abzubiegen.

»Was ist?« schrie er über den Lautsprecher. »Was ist los?« Er warf einen kurzen Blick in den rechten Rückspiegel, wechselte die Fahrspur und bremste scharf ab, trotzdem war es für ein Abbiegen zu schnell. Zwei, drei, vier Motorräder rasten an ihm vorbei, gefolgt von einigen Autos. Auch George blickte dem Mercedes nach. Er hatte den Kippschalter nicht umgelegt! Sein Mittelfinger tastete die Schmalseite des Senders ab. Tatsächlich: Der Kippschalter stand noch immer in der ursprünglichen Position!

Walter fuhr dem Mercedes mit gemäßigtem Tempo hinterher. Sekunden kamen ihm wie Stunden vor. Was hatte Red gesagt? Spätestens nach hundert Metern sollte der Wagen manövrierunfähig werden. Nichts geschah. Noch weitere fünfzig, hundert Meter. Nichts! Der nächste Tunnel kam in Sicht. Plötzlich sah Walter ein kleines, weißes Fahrzeug von rechts auf die Uferstraße kommen. Der Mercedes schob sich sofort auf die linke Fahrspur, aber der weiße Wagen schien ihn nicht gesehen zu haben. Er drängte ebenfalls nach links. Walter hielt den Atem an. Warum geschah denn nichts? Der Mercedes beschleunigte, kam ganz dicht an den hellen Wagen heran, Walter glaubte gesehen zu haben, daß sich beide Wagen für den Bruchteil einer Sekunde berührten. Dann schossen sie fast gleichzeitig in den Tunnel. Walter hielt sein Motorrad an, da es kurz vor dem Tunnel nur noch eine Möglichkeit gab abzubiegen.

»Was ist?« fragte George.

»Hast du ausgelöst?«

Es kam keine Antwort. Walter drehte sich zu George um.

»Hast du ausgelöst?«

»Nein«, flüsterte George.

Walter schaute wieder nach vorne. Was war geschehen? Was war mit George los, und was war dort vorne passiert? Er sah, wie die Paparazzi ihre Motorräder scharf abbremsten. Einer kam dabei ins Schleudern und konnte sich nur mit Mühe auf der Fahrbahn halten. Der vorderste ließ seine Maschine am Fahrbahnrand liegen und rannte in den Tunnel. Die anderen folgten ihm. Dann kam einer der Motorradfahrer aus dem Tunnel zurück und rief irgend etwas nach oben. Am Geländer versammelten sich Menschen. Autos hielten an. Der Tunnel schien blockiert. Einige rannten die Böschung hinunter. Im Tunnel zuckten Blitzlichter auf. Walter konnte trotz des Helmes Rufe hören. Er fuhr ein Stück vor, um einen Blick in den Tunnel zu werfen. Dort bot sich ihm ein Bild des Grauens.

»Was ist passiert?« fragte George.

»Ich glaube, es hat geklappt! Ich fahre noch etwas vor«, gab Walter zur Antwort. Inzwischen waren etliche Menschen in den Tunnel gelaufen. Walter konnte jetzt deutlich ein Autowrack erkennen. Es mußte der Mercedes sein. Von dem kleinen weißen Fahrzeug war nichts zu sehen.

»Das war ich nicht, Walter! Ich habe nicht ausgelöst«, schrie George. Er riß das graue Kästchen aus dem Nylonsack und hielt es Walter vor die Nase. Der packte den Sender und ließ ihn schnell in seiner Jackentasche verschwinden.

»Bist du wahnsinnig?« brüllte er. »Es hat geklappt, basta! Dir macht keiner einen Vorwurf. Du hast nach Befehl gehandelt. Sei froh, daß wir es hinter uns haben.«

Er zog sein Handy aus der Hosentasche, klappte das Visier hoch und wählte Edwards Nummer. Zuerst versagte ihm die Stimme. Er räusperte sich und nahm einen zweiten Anlauf.

»Es hat einen Unfall gegeben, unten an der Seine, in einem Tunnel.«

Weiter kam er nicht. Er spürte, wie George hinter ihm zur Seite kippte, und griff mit der freien Hand nach hinten, um ihn aufzufangen. »Mensch, George, mach nicht schlapp. Halt dich fest, hier, die Lederschlaufen an meiner Jacke, halte dich rechts und links fest. Ich muß weg von hier. Verstehst du, ich muß weg.«

Er spürte, wie Georges Hände sich an den Lederschlaufen festkrallten. Er legte den Gang ein und ließ vorsichtig die Kupplung los. Langsam setzte sich die schwere BMW in Bewegung. Walter warf einen letzten Blick in den Tunnel. Immer mehr Menschen hatten sich dort versammelt. Die hintere Fahrzeugtür des Mercedes war geöffnet worden. Jemand kniete daneben auf der Fahrbahn. Dann fuhr Walter hoch und bog in die Rue Jean Goujon.

79

Jean-Luc hatte nach Edwards Telefonat sofort seinen Wagen gestartet und ihn auf der Rue de la Paix gewendet. Langsam fuhr er auf die Place Vendôme zu. Die Paparazzi, die vor dem Haupteingang geblieben waren, hatten sich inzwischen an ein Fahrzeug gehängt, in dem sie Lady Diana und Dodi vermuteten. Es fuhr über die Place Vendôme.

»Wir werden da vorne an der Kreuzung warten«, meinte Jean-Luc. »Dann sehen wir, wohin der richtige Wagen fährt, und hängen uns einfach hinten dran.«

»Einverstanden. Ich kenne mich hier nicht aus.« Edward versuchte, das Zittern in seinem Körper und seiner Stimme zu unterdrücken. Krampfhaft umklammerte seine Hand das Mobiltelefon. Warum verging die Zeit so langsam? Was mochte sich hinter dem Ritz abspielen?

Jean-Luc hielt in der zweiten Reihe und ließ den Motor laufen. Er verstellte seinen Rückspiegel, um die rückwärtige Straße besser im Blick behalten zu können. Seine Augen wanderten zwischen den drei Kreuzungen, die er einsehen konnte, hin und her. Von hinten kam ein Motorrad angefahren. Offenbar hatte einer der Paparazzi gemerkt, daß der Wagen am Haupteingang ein Ablenkungsmanöver, bloß ein Bluff war. Er fuhr über die Place Vendôme und bog in die nächste Straße links ab.

Edward hatte den Motorradfahrer beobachtet. Bei schneller Fahrt würde man kaum den einen von dem anderen unterscheiden können. Vielleicht konnte er Walter und George an ihren Helmen erkennen. Er schaute unruhig auf die Uhr am Armaturenbrett. Sollte er Walter noch einmal anrufen und sich nach dem Stand der Dinge am Hintereingang des Ritz erkundigen? Er entschied sich, es nicht zu tun. Walter würde möglicherweise durch das Telefonat abgelenkt, und es ging wertvolle Zeit verloren.

Wieder tauchte von hinten ein Motorrad auf.

»Da!« rief Jean-Luc plötzlich und trat auf das Gaspedal. Der Renault schoß los. Edward sah in der nur wenige Meter entfernten Querstraße einen dunklen Wagen vorbeirasen, gefolgt von mehreren Motorrädern. Als Jean-Luc die nächste Kreuzung erreichte, konnten sie gerade noch zwei Motorräder um die Ecke biegen sehen.

»Es geht zur Place de la Concorde«, stellte Jean-Luc fest. Edward suchte nach einem Haltegriff, als Jean-Luc, ohne das Tempo zu drosseln, scharf in die Kurve ging.

»Wir sollten nicht zu nahe heranfahren«, meinte er. »Wir wissen ja, in welche Richtung die Fahrt geht.«

»Die werden wir sowieso gleich aus den Augen verlieren, wenn sie erst mal unten an der Seine sind. Die Quais und Avenues sind gut ausgebaut, da wird der Mercedes schon ganz schön Tempo machen.«

Jean-Luc hatte sich nicht getäuscht. Als sie an der Place de la Concorde die Uferstraße erreichten, war kein Mercedes oder Motorradfahrer mehr zu sehen. Jean-Luc fuhr den Wagen rechts an den Straßenrand und blieb stehen.

»Wir werden warten, bis sich Ihr Kollege meldet. Das kann nicht mehr allzu lange dauern.«

Edward nickte. »Hoffentlich!« Er bemühte sich, ruhig und gleichmäßig zu atmen. Sein Puls schlug heftig, und er spürte den Schweiß auf seiner Stirn. Er zog ein Taschentuch hervor und wischte sich über das Gesicht.

Wieder schoß ein Motorrad an ihnen vorbei. Es bog rechts in westliche Richtung ab.

»Aha, da hat noch einer gemerkt, daß er genarrt wurde. Es scheint also in Richtung Bois de Boulogne zu gehen.«

Jean-Luc überlegte kurz, ob es sinnvoll war, dem Motorrad auf Verdacht zu folgen, entschied sich aber dagegen.

Edwards Handy meldete sich. Jean-Luc konnte dem Gespräch entnehmen, daß von einem Tunnel die Rede war. Er gab Gas und bog nach rechts ab, fuhr oberhalb parallel der Straße, die vor wenigen Minuten der Mercedes und die verfolgenden Motorräder genommen hatten, den Cours Albert Premier entlang. Im ersten Tunnel war nichts zu sehen. Nach etwa einem Kilometer erreichten sie die Einfahrt zum zweiten Tunnel der Pont de l'Alma. Dort standen einige Fahrzeuge vor der Einfahrt, aufgeregte Menschen liefen hin und her, Blitzlichter zuckten. Jean-Luc hielt an.

»Bitte, warten Sie hier auf mich.« Edward stieg schnell aus und machte sich zu Fuß auf den Weg zum Tunnel. Dort sah er den völlig zerfetzten Mercedes. Ein paar Paparazzi fotografierten, Schaulustige standen herum. Einige weinten. Ein Mann wollte Edward zurückdrängen; Edward schob sich mit Gewalt an ihm vorbei. »Ich bin Arzt!« sagte er erst auf Englisch, dann auf Französisch. Dann hatte Edward den Mercedes erreicht. Der gesamte vordere Teil des Wagens war zusammengedrückt. Das Fahrzeug hatte sich offenbar überschlagen, war gegen einen Stützpfeiler gerast und hatte sich dann gedreht.

Eine der hinteren Türen stand offen. Dort sah Edward die Prinzessin. Sie lebte! Edward konnte deutlich sehen, wie sich ihre Lippen bewegten. Sie hatte die Augen geöffnet. Einer der Fotografen kniete neben dem Wagen und hielt ihren Arm. Dianas Körper hatte sich merkwürdig verrenkt. Vermutlich war sie im Wagen zwischen ihrem Sitz und dem Vordersitz eingeklemmt. Neben ihr sah Edward eine regungslose, blutüberströmte Hand, vermutlich Al-Fayed. Vom Fahrer konnte Edward nichts erkennen, aber auf dem Beifahrersitz lag ein weiterer Mann, auch er in einer verrenkten Haltung. Er blutete, sein Kopf lag regungslos an den Holm des Wagens gelehnt.

Edward fiel auf, daß an Lady Dianas Jacke, Bluse und Hose kein Blut zu sehen war. Vielleicht war die ganze Aktion umsonst gewesen! Es konnte natürlich sein, daß Al-Fayed tot war. Aber reichte der Tod von Al-Fayed?

In der Ferne hörte Edward das rasch lauter werdende Signal eines Rettungswagens. Er drehte sich rasch um und verließ den Tunnel im Laufschritt. Am Tunneleingang tauchten zwei Polizeifahrzeuge und ein Rettungswagen auf. Eines der Polizeifahrzeuge blieb oberhalb des Tunnels quer zur Straße stehen. Zwei Polizisten sprangen heraus und begannen, die Straße abzusperren und die Neugierigen zurückzudrängen. Weitere Rettungswagen fuhren vor.

Oberhalb des Tunnels auf dem Cours Albert Premier wartete Jean-Luc. Der Motor war schon gestartet, als Edward sich in den Renault fallen ließ.

»Zur Fabrikhalle«, sagte Edward, »auf dem schnellsten Weg.«

Jean-Luc schaltete das Radio ein und blickte auf die Uhr. Es war kurz nach halb eins. Er war gespannt, wann die ersten Meldungen im Rundfunk kommen würden. »Wie sieht's aus?« fragte er neugierig.

Edward konnte seine Nervosität und das Zittern nicht länger verbergen. Er schämte sich nicht, daß ihm Tränen übers Gesicht liefen. »Sie lebt!« sagte er dann. »Über die anderen kann ich nicht viel sagen. Der Mercedes muß gegen einen Pfeiler gerast und gegen die Wand geschleudert sein. Der Wagen ist ein einziger Trümmerhaufen. Aber Lady Diana lebt! Kein Zweifel, ich habe gesehen, wie sie gesprochen hat.«

»Dann war alles umsonst?«

»Ich hoffe nicht.«

80

Auf der Fahrt zur Fabrikhalle mußte Walter drei Mal anhalten. Er hatte sich verfahren und war gezwungen, sich immer wieder neu zu orientieren und den richtigen Weg zu suchen. Am liebsten hätte er sich einfach in den Straßengraben gelegt und geschlafen. Er spürte die Müdigkeit, die sich in den vergangenen vierundzwanzig Stunden angesammelt hatte, und seine Nerven waren am Ende. Doch er hatte das dumpfe Gefühl, daß mit dem Unfall keineswegs alles vorbei war. Und er mußte sich eingestehen, daß er die Bilder aus dem Tunnel nicht verdrängen konnte.

George war nicht besser dran, im Gegenteil. Walter hatte bereits seinen Empfänger im Helm abgeschaltet, da George ununterbrochen heulte und auch das Visier geöffnet hatte, was enorme Windgeräusche verursachte, die in Walters Helm übertragen wurden.

Endlich hatten sie das Fabrikgelände erreicht. Arthur, der hier auf sie warten sollte, war nirgends zu sehen. Der

Vorplatz lag dunkel und verlassen da. Auch Edward und Jean-Luc schienen noch nicht eingetroffen zu sein.

»Wir sollten uns doch alle hier treffen, oder nicht?« wollte Walter von George wissen. Aber er erhielt keine Antwort. Walter bockte das Motorrad auf und zog George den Helm ab. »Es ist vorbei. Komm zu dir. Wir haben es geschafft!« Er legte seine Hand auf Georges Schulter. Doch der schob sie wütend weg. »Laß das. Ich habe Lady Diana nicht getötet, ich habe den Sender nicht ausgelöst!« schrie er.

»Leiser, Mann«, ermahnte ihn Walter. »Soll dich alle Welt hören? Laß jetzt den Blödsinn. Natürlich hast du ausgelöst. Ich habe selbst gesehen, wie der Wagen beschleunigt hat. Beinahe wäre er noch mit einem anderen Fahrzeug kollidiert. Hast du das denn nicht gesehen?«

George ließ sich auf den Boden sinken und stammelte nur Wortfetzen. »Ich ... ich war's nicht, bitte glaube mir ... Ich habe sie nicht umgebracht. Nicht ich.«

Walter beschloß, George ausreden zu lassen. Er verstand Georges Reaktion, sie war im Grunde von Edward sogar gewollt gewesen, als er entschieden hatte, George solle statt Arthur mit ihm auf dem Motorrad fahren. Walter horchte in sich hinein. Wie stand es mit seinen Schuldgefühlen? Er konnte es nicht genau sagen. Er war nur dankbar, daß für sie alles bisher ohne Komplikationen über die Bühne gegangen war. Aus der Ferne hörte er ein Motorengeräusch, kurze Zeit später sah er Lichtkegel an den Mauern der gegenüberliegenden Straßenseite. Das mußte Arthur oder Edward sein. Ein Wagen bog in die Einfahrt und kam langsam näher.

Jean-Luc und Edward stiegen aus. Als Edward George

auf dem Boden sitzen sah, fragte er erschrocken: »Was ist los?«

»Laß ihn, George ist ziemlich fertig. Er bildet sich ein, den Auslöser nicht betätigt zu haben.«

»Habe ich auch nicht!« schrie George.

Edward zog Walter beiseite und deutete Jean-Luc an, bei George zu bleiben.

Sie machten ein paar Schritte in die Dunkelheit.

»Wie ist es abgelaufen?« wollte Edward wissen.

»Zunächst alles planmäßig. Sicher, ich habe George angemerkt, daß er nervös war. Aber als wir dann losgefahren sind, war alles in Ordnung. Ich habe ihm den Befehl zum Auslösen gegeben und im Rücken auch gespürt, daß er das Kästchen fest in die Hand genommen hat. Daß er nicht ausgelöst habe, dürfte nur eine Schutzbehauptung sein. Er hat natürlich auch in den Tunnel hineingeschaut und gesehen ...«

»Und wie ist es genau abgelaufen?« unterbrach ihn Edward.

»Wir sind seitlich dicht an den Mercedes herangefahren, unter zwanzig Meter. Dann kam mein Kommando, und George hat ausgelöst. Wir sind dann langsamer geworden. Allerdings hat es wesentlich länger gedauert, als Red vorhergesagt hat. Der Mercedes ist noch gut und gerne drei- oder vierhundert Meter weitergefahren, wäre dann beinahe mit einem kleinen weißen Wagen zusammengestoßen, der plötzlich auftauchte.«

»Was für ein Wagen?« erkundigte sich Edward.

»Keine Ahnung. Ein kleiner weißer Peugeot 204 oder ein Fiat Uno. Er tauchte plötzlich von rechts auf, drängte sich in die Spur. Ich hatte sogar den Eindruck, der will absichtlich den Mercedes rammen. Dann verschwanden beide im Tunnel, und alles ging sehr schnell. Die Paparazzi waren sofort dort. Sie hielten in der Abfahrt des Tunnels und rannten mit gezückten Kameras hinein. Warst du auch drin?«

»Ja. Es sah schrecklich aus, aber Lady Diana lebt!«

»Sie lebt?« rief Walter.

»Hör auf, hier herumzubrüllen. Du sagst, es hat länger gedauert, bis der Mercedes beschleunigte? Vielleicht hat George wirklich nicht ausgelöst.«

Walter hatte sich wieder gefangen. »Unsinn. Warum sollte er nicht ausgelöst haben? Außerdem ist der Unfall doch genau so abgelaufen, wie Red ihn beschrieben hat.«

Edward zögerte und blickte zu George und Jean-Luc, die im Abblendlicht des Scheinwerfers deutlich zu sehen waren. »Ich muß Gewißheit haben, ob George ausgelöst hat oder nicht. Vielleicht kann man das an dem Kästchen oder seinem Innenleben erkennen. Wo ist eigentlich Arthur?«

Walter zuckte mit den Schultern. »Ich habe mich auch schon gewundert. Er ist bisher nicht hier gewesen.«

»Merkwürdig«, murmelte Edward und ging zum Renault. Das Funkgerät war zwar nicht mehr eingeschaltet, stand aber auf der gleichen Frequenz, auf der er und Jean-Luc vor gut drei Stunden den Hubschrauber erreicht hatten. Edward griff hastig zu dem Mikrofon. »Metro two nine eight ruft Hotel alpha india four zero zero one.« Er ließ die Sprechtaste los.

Der Hubschrauberpilot meldete sich umgehend, als habe er bereits auf den Funkruf gewartet.

»Wie ist Ihr Flug und wo befinden Sie sich im Moment?« erkundigte sich Edward.

Nach einem kurzen Rauschen kam die Antwort: »Flug ist gut, wir warten immer noch auf unseren Gast. Wir versuchen Sie bereits seit zwei Stunden zu erreichen. Was sollen wir machen?«

Fieberhaft kreisten Edwards Gedanken. Warum war Red noch nicht am Hubschrauber angekommen? Was war passiert? Hatte Arthur einen Unfall gehabt?

»Metro two nine eight, haben Sie verstanden? Bitte kommen«, plärrte es wieder aus dem kleinen Lautsprecher. Edward drückte die Sprechtaste. »Wir stehen vor einem Rätsel und werden die Sache prüfen. Ende.«

Jean-Luc und Walter hatten das Funkgespräch durch das offene Fenster des Renaults mitbekommen.

»Was soll das denn?« fragte Walter. »Red müßte doch fast schon in London sein.«

Edward sprang aus dem Wagen. »Keine Ahnung.« Er hieb mit der Faust auf das Wagendach.

»Können wir den Citroën über Funk erreichen?«

Jean-Luc schüttelte den Kopf. »Nein, dazu müßte das Funkgerät im Citroën eingeschaltet sein.«

»Dann müssen wir sofort zum Hubschrauber. Im Zweifelsfall sogar sofort raus aus Frankreich. Der Learjet soll morgen früh alleine starten. Aber wo stecken Red und Arthur?«

»Arthur hat doch ein Handy dabei, oder?«

Edward schlug sich mit der flachen Hand an die Stirn. Er holte sein Handy aus der Jacke und tippte eine Nummer. Doch er bekam keine Verbindung. »Es bleibt dabei«, sagte er. »Wir fahren zum Hubschrauber.«

Walter lief zu George, der immer noch auf dem Boden saß und apathisch vor sich hinstarrte. Er zog ihn hoch, Jean-Luc kam ihm zu Hilfe. Gemeinsam brachten sie George zum Wagen und schoben ihn auf den Rücksitz. Edward versuchte noch einmal, Arthur zu erreichen. »Wie lange brauchen wir bis zum Hubschrauber?« fragte er.

Jean-Luc startete den Motor. »Um diese Zeit keine zwanzig Minuten.«

Edward blickte auf die Uhr. Es war kurz vor halb zwei. Er winkte Walter heran, der schon auf dem Motorrad saß. »Kommandoänderung«, rief er ihm zu. »Du fährst wieder zum Unfallort zurück. Schau dich um. Geh aber nicht zu nah ran. Wir bleiben in Telefonkontakt.«

81

Während Jean-Luc mit seinem Renault in westliche Richtung fuhr, nahm Walter wieder den Weg in Richtung City. Kurz vor zwei Uhr erreichte er die Avenue du Président Wilson. Dort stellte er das Motorrad in der Nähe des Palais de Tokyo ab und ging das letzte Stück zu Fuß, nachdem er festgestellt hatte, daß man rund um den Tunnel alles abgesperrt hatte. Überall blinkten blaue und gelbe Warn- und Signallichter. Viele Neugierige drängten sich an die Absperrbänder. Es war kaum möglich, so dicht an den Tunnel heranzukommen, daß man etwas sehen konnte. Walter zwängte sich durch die Menschen und arbeitete sich langsam bis zu der Tunnelausfahrt vor.

Er konnte einige Rettungswagen erkennen, Ärzte und Sanitäter. Offenbar wurde einer der Fahrzeuginsassen medizinisch versorgt. Als Walter sich über die Absperrung beugte, um etwas mehr zu erspähen, packte ihn eine feste Hand. Erschrocken schaute er auf. Neben ihm stand ein Polizist, der ihn unfreundlich ansprach. »Was meinen Sie, warum hier eine Absperrung ist? Gehören Sie auch zu den Pressefotografen?«

Verdammt, durchfuhr es Walter. Er hatte immer noch die Lederkluft an.

»Fotografen?« fragte er erstaunt. »Was für Fotografen?«

»Sehen Sie zu, daß sie weiterkommen«, herrschte ihn der Polizist an.

»Was ist denn dort passiert?« fragte Walter. »Ein Unfall?«

Der Polizist gab keine Antwort. Ein junger Mann, der hinter ihm stand, mischte sich in das Gespräch. »Es ist ein schwerer Unfall. Man spricht von Toten. Lady Di soll darunter sein, Sie wissen schon, die Exfrau von Prinz Charles.«

»Sind Sie sicher?« fragte Walter.

»Die ist nicht tot«, sagte ein anderer Mann. »Ich habe eben gehört, wie ein Reporter mit seiner Redaktion telefoniert hat. Der Fahrer soll tot sein und wahrscheinlich auch der Liebhaber. An Diana nimmt man gerade eine Notoperation vor, da im Wagen, hat der Reporter gesagt.«

»Und der andere Wagen?« fragte Walter.

»Welcher andere Wagen?« Walter zuckte mit den Schultern. »War nur so eine Idee. Normalerweise sind immer zwei Fahrzeuge an einem Unfall beteiligt.«

»Nein, der Wagen ist mit viel zu hoher Geschwindigkeit in den Tunnel gerast. Ein Taxifahrer, der den Unfall gesehen hat, meinte zu dem Reporter, der Wagen sei mindestens zweihundert Stundenkilometer schnell gewesen.«

Walter zog sich aus der Menschenmenge zurück. Vielleicht konnte er von der anderen Seite des Tunnels mehr sehen. Er ging langsam zur Brücke. Über dem Tunnel waren nur wenige Leute, denn von hier konnte man nicht sehen, was sich unten im Tunnel abspielte. Lediglich der Verkehr, der umgeleitet wurde, belebte das Bild.

Walter wollte die Straße überqueren, um zur Tunneleinfahrt zu gelangen, sah aber rechtzeitig, daß hier alles von der Polizei abgesperrt war. Deshalb kehrte er zur Ausfahrt zurück. Zwei Polizisten und ein Sanitäter kamen heraus. Ihr Winken konnte nur bedeuten, die Sperre aufzuheben und eine Gasse freizumachen. Also kam offenbar ein Fahrzeug aus dem Tunnel heraus. Als Walter sah, daß die Türen eines Rettungswagens geschlossen wurden, schob er sich schnell zurück durch die Menge und eilte zu seinem Motorrad.

Er hängte sich mit etwas Abstand hinter den Konvoi, der sehr langsam fuhr. Zu gerne hätte er gewußt, wer in diesem Wagen transportiert wurde. Vermutlich war es Lady Diana, wenn Edwards Beobachtungen und die Informationen des Mannes an der Tunnelausfahrt richtig waren. Die Fahrt dauerte etwa zehn Minuten, führte über eine Brücke in östlicher Richtung die Seine entlang. Im Vorbeifahren entzifferte Walter das Hinweisschild »Gare d'Austerlitz«. Wenige Meter dahinter endete die Fahrt vor einem großen Klinikzentrum, an dessen Einfahrt Walter den Namen »La Pitié Salpétrière« las.

Kaum war der Konvoi auf das Klinikgelände gefahren, tauchten hinter ihm die ersten Motorräder und Taxen auf. In kürzester Zeit hatten sich etwa hundert Menschen vor dem Klinikgebäude eingefunden. Es mußte Lady Diana sein, die im Rettungswagen hierher gebracht worden war. Walter stellte seine Maschine ab und mischte sich unter die Menge. Er sah Giuseppe und war froh, daß er seinen Helm aufbehalten hatte. Der Fotograf konnte ihn nicht erkennen. Trotzdem blieb Walter in seiner Nähe, in der Hoffnung, da oder dort ein paar Informationen aufschnappen zu können.

Guiseppe redete mit einem Mann, etwa Ende dreißig. Walter klappte das Visier hoch, um der Unterhaltung besser folgen zu können. Guiseppe nannte den anderen »Patron«. Der Patron telefonierte mit zwei Handys gleichzeitig. Es ging darum, Fotos zu kaufen oder zu verkaufen. Guiseppe schien mit den Preisvorstellungen des Patrons nicht einverstanden zu sein. »Du kriegst von keinem anderen bessere Fotos. Die haben alle ihre Apparate abgeben müssen. Einige wurden sogar festgenommen, glaube mir.«

»Wenn du nicht willst, kaufe ich bei Nicolas«, erwiderte der Patron.

»Vergiß Nicolas! Der hatte doch gar keinen Blitz dabei. Die Bilder kannst du nicht verkaufen. Außerdem war er viel zu spät da.«

Der Patron wollte gehen und schob Guiseppe beiseite. Der Fotograf hielt ihn am Ärmel fest. »Wenn du sie nicht haben willst, gehe ich zu ›Gamma‹. Romuald kam auch erst sehr spät und hat versucht zu helfen, bevor er fotografierte. Und dann war es zu spät. Die Absperrung, du verstehst.«

Der Patron riß sich los und verschwand in der Menge. Guiseppe fluchte vor sich hin und schaute sich in der Runde um. Walter zog unwillkürlich den Kopf ein, wandte sich rasch um. Er konnte es nicht riskieren, hier von Giuseppe erkannt zu werden.

82

Edward und George waren auf dem Rücksitz vor Erschöpfung eingeschlafen. Durch scharfes Bremsen wurden sie geweckt.

»Was ist?« schrie George. Jean-Luc legte den Rückwärtsgang ein und fuhr auf der dunklen und leeren Straße ein Stück zurück. Er hatte im Vorbeifahren seinen Citroën in einem Feldweg entdeckt.

Arthur saß am Steuer, die Hände mit breitem Klebeband an das Lenkrad gefesselt, den Kopf auf dem Lenkrad liegend und den Mund ebenfalls zugeklebt. Jean-Luc riß die Wagentüre auf. Vorsichtig entfernte er das Klebeband.

»Gott sei Dank«, stöhnte Arthur. »Ich dachte schon, ich müßte hier übernachten.«

»Was ist passiert?« fragte Edward.

»Dein Scheiß-Red ist ein Ganove. Ich habe es dir immer

schon gesagt. Wir fahren friedlich Richtung Chavenay, da sagt er plötzlich, ich solle mal kurz anhalten, ihm sei schlecht. Ich fahre also hier in den Feldweg, und er zieht mir eins über den Kopf. Als ich dann wieder zu mir komme, ist er längst über alle Berge und hat mich hier gefesselt zurückgelassen.«

»Wann war das?« wollte Edward wissen.

»Ich hatte mir ausgerechnet, daß wir etwa kurz nach zehn beim Hubschrauber sein würden.«

»Hat Red sonst irgendetwas auf der Fahrt gesagt?«

Arthur verneinte. »Wir haben unterwegs kaum ein Wort miteinander gesprochen.«

Edward ging um den Wagen herum und öffnete den Kofferraum. Der Metallkoffer und das Notebook waren nicht mehr da.

Was war nur mit Red los? So sehr sich Edward auch den Kopf zermürbte, er konnte es sich nicht erklären. Wohin war Red verschwunden? Was hatte er vor? Hatte Red ihn letztendlich doch gelinkt? Er hatte erzählt, daß ihm der Mercedes bereits zwei Mal begegnet war. In diesem Frühjahr – und erst vor kurzem. Hatte es für diesen Mord noch einen anderen Auftraggeber gegeben? Die Frage, ob Lady Diana noch lebte, mußte sofort geklärt werden. Edward zögerte keinen Augenblick und rief Walter. Von ihm erfuhr er, daß Diana inzwischen in ein Krankenhaus gebracht worden war. Red hatte also den Auftrag nicht erfüllt.

Aus dem Wagen hörte Edward, daß sich der Hubschrauberpilot meldete. Mit einem Satz saß er im Auto, nahm das Mikrofon und drückte die Sprechtaste.

»Hier ist eben ein kleiner heller Fiat vorgefahren«, meldete der Pilot. »Unser Gast wird gerade gebracht. Sollen wir dann starten? Bitte kommen.«

Edward verlor keine Sekunde. »Bitte nur einen Gast an Bord nehmen und sofort starten. Trotzdem weiter auf Empfang bleiben, ich melde mich in Kürze noch einmal. Ende.«

Edward lehnte sich zurück in den Sitz. Er versuchte, seine Erkenntnisse über Red wie ein Puzzle zusammenzusetzen. Red war ihnen von der CIA empfohlen. Er arbeitete frei. Er hatte großen Wert darauf gelegt, daß Edward nicht für die IRA arbeitete. Er war Einzelkämpfer, dem es nur auf das Geld ankam.

Wer hatte ihm mehr geboten? Edward erinnerte sich, daß ihm der Indianer beim zweiten Besuch erzählt hatte, ein paar Tage zuvor seien zwei Männer mit Ringen und Goldkettchen bei Red gewesen.

Hatten die ihm vielleicht auch einen Auftrag erteilt? Für wen hatte Red im Frühjahr den Mercedes S 280 auseinandergenommen, der nach Reds Aussage nicht zum Wagenpark der Al-Fayeds oder des Ritz gehörte? Wo war der Schlüssel zu all diesen Fragen?

Edward überlegte fieberhaft. Was war mit diesem mysteriösen weißen Fiat, den Walter gesehen hatte? War es das gleiche Fahrzeug, das Red zum Hubschrauber gebracht hatte? War Red am Ende doch kein Einzelkämpfer? Fragen, Fragen, Fragen ...

»Jean-Luc hat mir alles in Kurzfassung erzählt. Was machen wir jetzt?« Arthur stand neben dem Wagen. Seine Augen wirkten müde. Er deutete auf George, der sie beide mit leerem Blick anstarrte.

»George«, fragte Edward, »bist du wieder okay?«

»Ja, Edward.« Er wirkte völlig erschöpft.

»Wissen Sie, wo wir alle für ein paar Stunden schlafen können?« fragte Edward Jean-Luc. »An ein Zurückfahren zum Flugzeug ist im Moment wohl nicht zu denken.«

Jean-Luc antwortete ohne zu zögern. »Ihr könnt bei meiner Schwester schlafen. Ihr Haus liegt fast auf dem Weg in die Stadt.«

»Um diese Uhrzeit?«

Jean-Luc lachte. »Meine Schwester hat einen Nachtclub in Nanterre. Bei der ist jetzt die Hölle los. Ich habe dort schon oft jemanden kurzfristig untergebracht. Solange nicht jeder auf einem eigenen Bad besteht, ist das kein Problem.«

»Gut, dann lassen Sie uns zu Ihrer Schwester fahren. Georges und Arthur können dort schlafen. Ich muß mich noch mit Walter besprechen.«

Edward schaute Arthur zweifelnd an. »Bist du fahrtauglich?«

Arthur nickte müde. »Es wird noch gehen.«

»Nein«, entschied Edward, »Jean-Luc wird fahren, und ich komme mit dem Renault hinterher. Helft mir, George in den großen Wagen zu bugsieren.«

Jean-Luc stieg ein, und Arthur machte es sich im Fond neben George bequem.

Nachdem Edward mit der Lichthupe signalisiert hatte, daß er startklar war, fuhren die beiden Wagen in Richtung Nanterre. Wie benommen folgte Edward dem Citroën. Was würde mit George geschehen, wenn man in London erfuhr, daß er versagt hatte? Seine Karriere war zu Ende. Edward fragte sich, ob man in London überhaupt von der Sache erfahren mußte. Immerhin trug Red die gesamte Verantwortung für den Erfolg oder Mißerfolg der Aktion.

Red warf die meisten Fragen auf. Was würde er jetzt machen? Sich nach Heathrow bringen lassen oder in London untertauchen? Dieser Mann, mit dem er sich in den letzten Wochen beinahe angefreundet hatte, war mit einem Mal zum Sicherheitsrisiko geworden. Red hatte mit gezinkten Karten gespielt.

Edward starrte plötzlich wie gebannt in die aufleuchtenden Bremslichter des voranfahrenden Wagens. Arthur und George verschwanden in der Toreinfahrt des Clubs, Jean-Luc kam auf den Renault zu: »Wissen Sie, wie Sie jetzt in die Stadt kommen? Und wo das Krankenhaus ist?«

»Ich werde es schon finden«, antwortete Edward. »Ich finde auch wieder zurück. Lassen Sie nur die Neonschrift über der Tür des Clubs brennen.«

Er gab Gas und ließ den verdutzten Jean-Luc am Straßenrand stehen. Rücklichter! Rote Rücklichter. Die erste Geschichte, die Red ihm erzählt hatte, von diesen lächerlichen Rücklichtern auf dem Holzbrett, ging ihm nicht aus dem Kopf. ... »Einer der Befehlshaber dieses Treffens war offenbar außer Kontrolle geraten ...«, hatte Red gesagt. »Er war zu einem Sicherheitsrisiko geworden.«

Damals hatte Red sich entschlossen, den Mann zu eliminieren. War er nicht gezwungen, jetzt Red zu eliminieren? Konnte er es sich überhaupt leisten, ihn am Leben zu lassen? Je näher er der Innenstadt kam, um so klarer wurde Edward, daß er im Grunde gar keine andere Wahl hatte. Das war keine Laune, keine Übermüdung von ihm, sondern Verantwortung für alle Beteiligten und letztlich für den Ruf Großbritanniens. Er und nur *er* allein trug die Verantwortung.

Edward griff zum Funkgerät, das immer noch eingeschaltet war. Der Pilot meldete sich. Zwar störten viele Geräusche die Verbindung, doch Edward konnte die Stimme des Piloten trotzdem deutlich hören.

»Es hat einen Zwischenfall gegeben«, teilte Edward dem Piloten knapp mit. »Ihr Gast darf England nicht erreichen. Dies ist ein Befehl, haben Sie verstanden? Bitte wiederholen Sie.«

Der Pilot wiederholte den Befehl. Er war klar und unmißverständlich.

»Bitte bestätigen Sie, wenn der Befehl ausgeführt wurde. Ende.« Erschöpft lehnte Edward sich zurück.

83

Walter konnte die Augen kaum noch offen halten. Seit fast einer Stunde kämpfte er gegen den Schlaf an. Um den Kreislauf in Schwung zu halten, hatte er immer mal wieder ein paar Kniebeugen gemacht. Noch standen zahlreiche Reporter und Schaulustige auf dem Klinikgelände. Von Zeit zu Zeit kamen Rettungswagen vorgefahren, die Kranke oder Verletzte brachten.

Haben wir Fehler gemacht? überlegte Walter. Hatte George recht mit seiner Aussage, er habe das Signal nicht ausgelöst? Zuzutrauen war es ihm. Dann konnte man nur von Glück sagen, daß es durch Zufall doch einen

Unfall gegeben hatte. Vielleicht hatte Red den Wagen ja so präpariert, daß es in jedem Fall zu einem Unfall kommen mußte? Walter fand auf die vielen Fragen, die ihm durch den Kopf gingen, keine Antwort.

Plötzlich stand Edward neben ihm. Beinahe hätte Walter seinen Kollegen umarmt.

»Was gibt's Neues?« fragte Edward kurz. Auch er war am Ende seiner Kräfte.

»Nichts. Alle warten hier vergeblich auf eine Nachricht«, versicherte Walter. Schweigend gingen sie ein Stück den Boulevard de l'Hôpital entlang.

»Was macht George?«

»Jean-Luc hat uns alle bei seiner Schwester untergebracht. Arthur und George sind bereits dort.«

»Hat Arthur den Hubschrauber problemlos gefunden?« erkundigte sich Walter. Edward berichtete ihm kurz, was sich ereignet hatte. Als er den Fiat erwähnte, der Red zum Hubschrauber gebracht hatte, wurde Walter plötzlich sehr lebhaft.

»Fällt dir was auf?« fragte er aufgeregt. Edward nickte.

»Das ist doch kein Zufall, oder?«

»Ich glaube es auch nicht. Aber wer war der Fahrer?«

Edward blickte zum Hauptgebäude des Krankenhauses hinüber. »Hast du mal versucht, von irgendwoher einen Tee oder einen Kaffee zu bekommen?«

Walter schüttelte den Kopf. Edward überlegte, ob er Walter ins Vertrauen ziehen und ihm sagen sollte, welchen Befehl er dem Piloten des Hubschraubers gegeben hatte. Fast schien, als hätte Walter seine Gedanken lesen können. »Hast du dir schon überlegt, welchen Schaden dieser Red anrichten kann? Er ist ein Falschspieler, darauf wette ich.«

Edward blieb stehen. Walter spürte, wie schwer ihm das Reden fiel, trotzdem blickte er ihm direkt ins Gesicht.

»Walter, ich mußte dafür sorgen, daß Red England nicht erreicht.«

Vom Krankenhauseingang waren laute Stimmen und Rufe zu hören. Edward und Walter beachteten sie zunächst nicht, weil sie zu sehr mit sich selbst beschäftigt waren. Erst als sie angerempelt und zur Seite geschubst wurden, merkte Walter, daß irgendetwas geschehen sein mußte. Er sah, wie einige sich in die Arme fielen und weinten, Reporter hektisch in ihre Handys sprachen.

»Edward, was ist passiert? Schau dir mal die Leute an.«

Edward schaute sich um. Tatsächlich, irgendetwas mußte geschehen sein. Sie liefen den Weg zum Haupteingang des Krankenhauses zurück. Nach einigen Metern blieb er stehen. Eine Frau hatte ein Feuerzeug angezündet und hielt es weinend hoch. Sie rief mit tränenerstickter Stimme: »Diana ist tot. ... Mein Gott, sie ist tot.«

84

Als sich der Pilot vom Cockpit aus zu seinem Passagier umdrehte, sah er, daß dieser eingeschlafen war. Vorsichtig zog er den Stecker seines Kopfhörers aus dem Funkgerät und steckte ihn in seine Brusttasche. Er machte seinem Kollegen ein Zeichen. Dann erhob er sich von seinem Platz und griff nach einem kleinen Feuerlöscher, der in der Kabine an der Seitenwand befestigt war. Mit zwei Schritten war er bei Red. In seiner Kampfausbildung hatte er den Schlag oft genug geübt. Er holte weit aus und schlug mit aller Kraft zu. Für den Bruchteil einer Sekunde riß Red die Augen auf. Er starrte den Piloten an, dann sank er in sich zusammen.

Der Pilot klemmte den Feuerlöscher wieder in die Halterung und zog Reds schweren Metallkoffer zu sich heran. Er nahm einen der Stricke, mit dem man am Vortag Walters Motorrad festgezurrt hatte, und befestigte das eine Ende am Griff des Koffers. Das andere Ende schlang er um Reds Fußgelenke und verknotete es. Dann öffnete er mit die Schiebetür des Hubschraubers. Ein starker Wind blies ihm entgegen. Er hielt sich an den zwei Netzen fest, die als Gepäckhalterung dienten, und schob Red mit dem rechten Fuß bis an den Rand der geöffneten Tür. Mit einem kräftigen Tritt beförderte er den Koffer über den Rand der Türöffnung, dabei wurde der leblose Körper aus dem Sitz gezogen. Der Pilot umklammerte die Haltegriffe, die von der Decke herabhingen, und beförderte Red in die Dunkelheit der Nacht.

85

Nachdem Lucy Red zum Hubschrauber gebracht hatte, suchte sie sich in der Nähe des Bois de Boulogne ein Hotel. Am nächsten Morgen erfuhr sie, als sie sich im Bad schminkte, aus den Radionachrichten, daß Lady Diana und Dodi Al-Fayed bei einem schweren Autounfall in

Paris ums Leben gekommen waren. Von weiteren Unfallbeteiligten war keine Rede.

Sie wählte Reds Handynummer, doch er meldete sich nicht. Nach dem Frühstück bezahlte sie die Rechnung und ging zu ihrem Leihwagen. Sie schaute sich den Schaden am Fiat bei Tageslicht an. Außer dem defekten Rücklicht zogen sich zwei kleine schwarze Streifen über den Kotflügel. War der Schaden wirklich beim Einparken in eine Parklücke entstanden, wie Red ihr erklärt hatte? Neuntausend Francs wollte Red dem Verleiher Bastian dafür zahlen. Vielleicht befürchtete er, daß der Fiat irgendwo gesehen worden war, und das Geld sollte Schweigegeld sein.

Lucy stieg ein und fuhr in das Dorf zurück, in dem die kleine Werkstatt von Bastian war. Sie verfuhr sich einige Male, und es war bereits Mittag, als sie dort eintraf. Es regnete in Strömen. Das Tor zum Hof stand weit offen, aber von Bastian war nichts zu sehen. Sie läutete an der Haustür. Ein junges Mädchen öffnete, sie war noch im Morgenmantel und schien erst gerade aus dem Bett gestiegen zu sein.

»Kann ich Monsieur Bastian sprechen?« fragte Lucy.

»Der ist in der Kirche und anschließend bei Victor«, war die Antwort.

Den Schriftzug »Victor« hatte Lucy bereits im Vorbeifahren über einer Kneipe entdeckt. Sie bedankte sich und stieg wieder ins Auto. Als sie auf die Straße zurückfahren wollte, entdeckte sie Bastian mit einer Flasche in der Hand auf dem Heimweg. Lucy wartete, bis er am Tor angelangt war, und stieg aus.

»Monsieur Bastian, ich bringe Ihnen den Wagen

zurück. Leider hat ihn jemand auf dem Hotelparkplatz leicht beschädigt.« Sie deutete auf das defekte Rücklicht und die beiden Kratzer. Bastian fluchte und war nicht zu beruhigen. Er weigerte sich, Lucy auch nur einen Moment weiter zuzuhören. Schließlich zog sie die neuntausend Francs aus der Tasche, und Bastian wurde schlagartig still. Er starrte auf die Geldscheine, dann zog er den Korken aus der Flasche und genehmigte sich einen kräftigen Schluck. Er nahm Lucy das Geld einfach aus der Hand und sagte nur: »Es ist alles erledigt, Madame. Es wird alles erledigt!«

Lucy nahm ihre Sachen aus dem Wagen und überzeugte sich, daß nichts liegenblieb. Bastian hatte inzwischen aus seiner Brieftasche den Ausweis von Mrs. Broomfield gekramt. Er tauschte ihn gegen die Wagenschlüssel ein, die Lucy ihm entgegenhielt. Dann drehte sie sich schnell um, eilte zur nächsten Telefonzelle und rief sich ein Taxi.

86

Sir David betrat mit zufriedener Miene den Raum. Dieses Mal war er ohne Akten gekommen, außerdem trug er einen schwarzen Zweireiher und wirkte mit seinem weißen Haar und einer silbergrauen Krawatte sehr elegant. Mit einem fast väterlichen Lächeln blickte er Edward, Walter und Arthur an.

»Mein Herren, im Namen Großbritanniens darf

ich Ihnen für Ihren Einsatz und Ihre Entschlußkraft danken. Wir wollen mit der heutigen Sitzung das Abschlußgespräch dieser Mission führen.« Er rückte seine Krawatte zurecht. »Ich komme soeben aus Paris. Wir haben den Leichnam von Lady Diana zur Bestattung nach Großbritannien überführt. Die Untersuchungen der französischen Polizei sind selbstverständlich noch in vollem Gange. In einer Presseerklärung der Kommandantin der Brigade Criminelle, Madame Monteil, war zu lesen, daß man in alle Richtungen ermitteln wird.«

Sir Davids Gesichtsausdruck war inzwischen ernst geworden. »Ich nehme an, daß diese Ermittlungen keine neuen Erkenntnisse bringen werden. Die französische und die britische Presse hält sich Gott sei Dank mit Spekulationen und Gerüchten sehr zurück. Sie, meine Herren, sollten in erster Linie Ihre Aufmerksamkeit auf die Veröffentlichungen der Kairoer Zeitung ›Al-Ahram‹ und die Berichte der Agentur ›Mena‹ richten. Soweit unsere Informationen stimmen, wird auch das arabische Wochenblatt ›Al-Jadeedah‹ noch einen entsprechenden Bericht veröffentlichen. Prinz Charles ist, wie er mir vorhin im Flugzeug sagte, empört über die bisher in der arabischen Presse verbreiteten Spekulationen. Der französische Geheimdienst wird ebenso wie wir nicht auf diese Beschuldigungen reagieren, das hat mir mein Kollege in Paris ausdrücklich versichert.« Sir David räusperte sich und machte eine Pause. »Kommen wir nun zu dem, was uns unmittelbar bevorsteht. Das Haus Spencer wird die Beerdigung ausrichten. Das Königshaus berät zur Stunde, inwieweit es sich bei den Feierlichkeiten zeigen wird.

Wir haben angeregt, daß Buckingham Palace distanzierte Trauer zeigt, aber trotzdem die Fahnen auf Halbmast setzt. Allerdings wage ich zu bezweifeln, daß sich Ihre Majestät dazu bewegen läßt.«

Sir David hatte bemerkt, daß Edward etwas sagen wollte, und erteilte ihm mit einer Handbewegung das Wort.

»Wird Prinz Charles an den Trauerfeierlichkeiten teilnehmen?«

»Ja. Das heißt, unter dem Vorbehalt der Zustimmung seiner Mutter. Mit Sicherheit werden William und Harry dabei sein. Wenn Prinz Charles die Zustimmung der Queen nicht erhält, werden die Kinder von den Schwestern Lady Dianas begleitet. So wurde es besprochen.«

»Dann muß unbedingt die PR-Kampagne mit Prinz Charles fortgeführt werden«, warf Edward ein. »Dieser eine Termin am River Dee darf keine einmalige Aktion bleiben.«

Sir David nickte zustimmend und setzte seine Brille auf. »Mit diesen Fragen und Gedanken sind wir eigentlich schon bei einem anderen Thema. Ich möchte aber erst noch das bisherige abschließen. Wie Sie gemerkt haben, nimmt George heute nicht an der Besprechung teil. Er hat mich vor Antritt meiner Reise nach Paris in einem vertraulichen Gespräch darum gebeten, umgehend seinen Urlaub antreten zu dürfen. Ich habe diesem Wunsch selbstverständlich entsprochen. Gibt es noch irgendwelche Fragen?« Sir David deutete im Sitzen eine Art Verbeugung an. »Dann beende ich die Besprechung und darf Edward bitten, noch ein paar Minuten zu bleiben.«

Arthur und Walter schauten sich kurz an, standen

gleichzeitig auf und verließen den Raum. Nachdem sich die Tür hinter ihnen geschlossen hatte, blinzelte Sir David Edward zu. »Und Sie sind sicher, daß dieser Red ein doppeltes Spiel gespielt hat?«

Edward war bewußt, daß er diese konkrete Frage nicht ehrlich beantworten konnte. Er hatte sie sich in den vergangenen achtundvierzig Stunden selbst mehrfach gestellt und war immer zu dem gleichen Ergebnis gekommen. »Sir, beweisen kann ich es zum jetzigen Zeitpunkt noch nicht. Mir wurde in Paris nur klar, daß der Schaden, den Red unserem Land mit einem möglichen Doppelspiel zufügen könnte, unabsehbar wäre. Egal, wer sein zweiter Auftraggeber war und welches Ziel er verfolgte. Ich konnte nicht anders entscheiden.«

Sir David winkte ab und unterbrach ihn. »Edward, bitte glauben Sie mir, keiner macht Ihnen irgendwelche Vorwürfe. Wir stehen alle voll hinter Ihnen. Nicht auszudenken, wenn Red in dieser Sache auch mit Arabern Geschäfte gemacht hat. Ihre Entscheidung war absolut konsequent und richtig. Nur ...« Sir David machte eine Pause, »... sollten wir in Erfahrung bringen, ob Ihre Vermutungen zutreffend waren. Vor allem müssen wir wissen, wer Reds Fahrer und möglicher Komplize war. Wir haben den Auftrag, das herauszufinden, und ich gebe ihn hiermit an Sie weiter. Führen Sie die Untersuchungen möglichst allein durch.«

»Ja, das übernehme ich. Aber wir haben noch ein kleines Problem.«

Sir David schaute erstaunt auf.

»Wir schulden Red noch eine halbe Million Pfund. Nach unserer Vereinbarung müßte die Summe spätestens in der kommenden Woche von mir in die USA gebracht werden. Niemand weiß, wo Red geblieben ist. Die beiden Piloten sind Elitesoldaten, gehören zu uns und sind absolut zuverlässig. Es bleibt aber nicht aus, daß sein Verschwinden bemerkt wird. Ich sollte daher wie vereinbart nach Amerika fliegen. ... Sicher würde ein möglicher Komplize Reds sofort Verdacht schöpfen, wenn plötzlich das Geld ausbliebe.«

Er hat Recht, ging es Sir David durch den Kopf. Man mußte so tun, als wäre Red planmäßig nach London und dann in die USA zurückgekehrt.

»Was ist aber, wenn er hier in London bereits mit seinem Partner Kontakt hatte? Man wird schnell herausbekommen, daß Red nicht wie geplant mit dem Hubschrauber nach London zurückgekehrt ist.«

Edward richtete sich auf. »Red bietet uns in diesem Fall selbst die beste Argumentation: Wir haben uns in Paris getrennt, und er ist nicht wie vereinbart beim Hubschrauber aufgetaucht. Wir mußten nach seinem Alleingang in Cannes annehmen, daß er es sich aus uns unbekannten Gründen anders überlegt hat und mit einer Linienmaschine nach London zurückgekehrt ist. Nachdem er sich hier in London nicht gemeldet hat, fliege ich in die USA und bringe ihm außer dem Geld auch seine Kleidung mit ...«

Sir David stand auf und schaute Edward mit einem Lächeln an. »Einverstanden. Informieren Sie Walter und Arthur und auch die beiden Piloten umgehend. Und melden Sie sich bei mir, wenn Sie etwas in Erfahrung gebracht haben.«

87

Als Edward kurz nach Einbruch der Dunkelheit den schmalen Weg auf das Haus seiner Mutter zufuhr, fiel ihm auf, daß im Parterre alle Lichter eingeschaltet waren. Seine Mutter war eine sparsame Frau und begnügte sich in der Regel abends mit einer Stehlampe. Was mochte sie heute zu dieser Festbeleuchtung veranlaßt haben?

Edward parkte seinen Wagen vor dem Haus. Da entdeckte er neben dem Gebäude einen schwarzen Mercedes mit Londoner Kennzeichen. Red! Es mußte Reds Mietwagen sein. Edward überlegte, ob er erst vom Auto aus mit seiner Mutter telefonieren sollte. Was hatte Red vor? Doch er würde sich in Gegenwart seiner Mutter kaum an ihm rächen. Das traute Edward ihm nicht zu.

Als er das Haus betrat, kam ihm seine Mutter bereits entgegen. »Gut, daß du endlich kommst. Es wartet Besuch auf dich. Eine reizende Dame ...«

Edward warf ihr einen überraschten Blick zu. Noch bevor er etwas sagen konnte, hängte sich seine Mutter bei ihm in den Arm. »Ich bin betrübt, daß du mir ihre Existenz bisher verschwiegen hast ...«, plapperte sie fröhlich weiter.

»Mutter, vielleicht verrätst du mir, wer zu Besuch gekommen ist«, flüsterte Edward und hielt seine Mutter zurück, die offensichtlich vorhatte, ihn ins Wohnzimmer zu ziehen.

»Ann Webster, wer denn sonst?« lachte sie.

»Ann Webster? Ich kenne keine Ann Webster, Mutter.«

»Aber das ist doch nicht möglich. Sie sagte, ihr seid Kollegen und kennt euch schon lange.«

»Wie sieht die Frau denn aus?« fragte er.

»Schlank, sehr schlank, mit einem blonden Wuschelkopf«, beschrieb seine Mutter die Besucherin und fügte mit einem vielsagenden Augenaufschlag hinzu: »Und einer sehr guten Figur.«

Lucy, schoß es Edward durch den Kopf. Es mußte Lucy sein. Hier in London, auf der Suche nach Red. Edwards Gedanken begannen zu rasen. Woher wußte sie, wo er wohnte? Fieberhaft überlegte er. Sie hatte sich als seine Kollegin hier eingeschlichen. Es hatte keinen Zweck, dieser Begegnung auszuweichen. Aber er mußte Lucy so schnell wie möglich in seine eigene Wohnung bringen. Nur dort konnte er den wahren Grund ihres Besuches erfahren. Vielleicht war er sogar dichter an Reds Enttarnung dran, als er es jemals für möglich gehalten hätte.

Er zauberte ein Lächeln auf sein Gesicht. »Ann Webster«, rief er, »natürlich! Ich habe noch immer ihren Mädchennamen im Kopf. Jetzt fällt es mir ein. Natürlich kenne ich sie.« Er führte seine Mutter ins hell erleuchtete Wohnzimmer. Lucy saß auf der Couch, elegant gekleidet in einem grauen Kostüm mit einem roten Tuch in der Brusttasche. Darunter trug sie einen engen schwarzen Rolli, dazu schwarze Strümpfe und hohe Pumps. Sie hatte die Beine übereinandergeschlagen und streckte Edward mit einem strahlenden Lachen beide Arme entgegen.

»Edward, laß dich umarmen. Wie geht es dir?«

»Schön dich wiederzusehen. Ich hatte keine Ahnung,

wer mich hier erwartet, aber als meine Mutter dich beschrieben hat, war klar, das konntest nur du sein.«

Lucy warf ihm einen kessen Blick zu.

»Wollen wir nicht zu mir nach oben gehen?« fragte Edward. »Da können wir ungestörter von alten Zeiten reden. Politische Themen findet meine Mutter sterbenslangweilig.«

Lucy sprang auf. »Natürlich. Vor allem möchte ich mir anschauen, wie du hier lebst. Ich habe mich mit deiner reizenden Mutter schon wahnsinnig gut unterhalten.« Wirklich, an Lucy war eine Schauspielerin verlorengegangen. Sie griff nach ihrer kleinen Handtasche, winkte der völlig überrumpelten Gastgeberin zu und verschwand mit Edward aus dem Zimmer.

Wortlos folgte sie ihm die Treppen hinauf. Edward stieß die Tür zu seinem Wohnzimmer auf und ließ ihr den Vortritt. Sie setzte sich in einen Sessel und legte den Kopf in den Nacken. Was würde jetzt kommen?

Edward zögerte keinen Augenblick. Er ging sofort zum Angriff über: »Was wollen Sie hier? Und was soll dieses Theater?«

Lucy drehte ihm den Kopf zu und schaute ihn lächelnd an. »Wollen wir nicht bei dem vertrauteren ›Du‹ bleiben?« fragte sie leise.

»Ich sehe keine Veranlassung dazu«, gab Edward schroff zurück. »Wo ist Red? Was wollen Sie hier?«

Das Lächeln verschwand aus Lucys Gesicht. Sie zog die Stirne in Falten. »Also gut, dann werden wir sachlich.« Sie öffnete ihre Handtasche, zog einen kleinen Ausweis aus der Tasche und hielt ihn Edward entgegen. »Mein Name ist Ann Webster. Ich arbeite für die CIA unter dem Decknamen Lucy. Vor gut zwölf Jahren wurde ich auf Red angesetzt und arbeite seither als sein Schatten. Red war nach einem mysteriösen Auftrag für den Irak in Verdacht geraten, an einer miesen Sache beteiligt gewesen zu sein, bei der zwei CIA-Leute ums Leben kamen. Seither wollte die ›Firma‹ alles von Red wissen, was er tat und für wen er arbeitete.«

Edward blieb die Sprache weg. Er ließ sich in den Sessel fallen. Nun war es Ann, die sich vor ihm aufbaute und ihn von oben herab musterte. »Um Ihnen weitere Fragen zu ersparen: Ich war vorher schon geschieden. Ich hatte ein Verhältnis mit Red, und es hat Spaß gemacht, obwohl es für mich natürlich in erster Linie ein dienstlicher Auftrag war.«

Lucy eine CIA-Agentin! Und Red, der absolute Profi, hatte dies all die Jahre nicht geahnt oder gar gemerkt? Ann Webster kam Edwards Frage zuvor. »Red traf mich nicht rein zufällig, wie er immer glaubte. Es war ein vorbereitetes Spiel. Für ein paar Dollar gab ihm der Wirt in Roy's Bar ein paar Tropfen ins Glas, und ich stand ›rein zufällig‹ gegenüber der Bar, als er in sein Auto steigen wollte. Übrigens, der Indianer heißt in Wirklichkeit Billy. Er hat von Anfang an für mich gearbeitet, so wußte ich zu jeder Zeit, wer Red besuchte, wann Red für wie lange das Haus verließ, auch ohne, daß er mich darüber unterrichtete oder ich mit ihm reiste. Von ihm weiß ich auch, daß Sie beim zweiten Mal einen kleinen schwarzen Koffer dabei hatten.« Ann schaute sich in dem Zimmer um. »Kann ich etwas zu trinken bekommen?«

Edward erhob sich. »Entschuldigung, aber ich muß das alles erst einmal verdauen. Was darf ich Ihnen anbieten?«

»Vielleicht haben Sie einen Whisky oder einen Cognac?«

»Sie können beides haben«, meinte Edward.

»Dann lieber einen Cognac.«

Edward reichte Ann einen Cognacschwenker und füllte auch sich ein Glas. »Bitte, nehmen Sie doch wieder Platz. Wo ist Red jetzt?« fragte er. Er mußte herausbekommen, was Ann wußte.

»Die Frage wollte ich eigentlich Ihnen stellen.« Ihre Antwort schien ehrlich zu sein.

Edward wurde verlegen. »Wie haben Sie mich überhaupt gefunden?«

Ann lachte. »Nichts einfacher als das. Ich bin bereits vier Tage nach Reds Ankunft ebenfalls in London eingetroffen. Das hat er bei längerfristigen Aufträgen immer so gemacht. Er wollte nicht lange von mir getrennt sein, was meinem Auftrag natürlich sehr entgegenkam. Er brachte mich im Dorchester unter. Während Reds Treffen mit sogenannten Geschäftspartnern durfte ich grundsätzlich keinen Kontakt zur ›Firma‹ aufnehmen. Ich hielt dafür in der Zwischenzeit Augen und Ohren offen. So beobachtete ich auch, daß sich Red mit Ihnen im Hyde Park traf. Ich kannte Sie ja, und mir war klar, daß Ihr Besuch mit einem Auftrag in Verbindung stehen mußte. Als ich Sie sah, waren mir Reds sogenannte Geschäftspartner in London also nicht mehr unbekannt. Wenige Tage vor seiner Abreise waren allerdings noch ein paar andere Leute bei Red gewesen, und weder die CIA noch ich hatten eine Ahnung, wer ihn nach London geholt hatte. Nun war alles klar. Während Sie sich auf Ihrem Weg zum Büro und nach Hause großartige Mühe gegeben haben, daß Red Sie nicht verfolgen konnte, haben Sie gar nicht bemerkt, daß ich Ihnen gefolgt bin. Es ist wichtig für die CIA, rechtzeitig zu erfahren, welche Auftraggeber Red engagieren. Und wofür.«

»Was wissen Sie von meinem Auftrag für Red?«

»Wir wußten gar nichts. Man hat mir zwar gesagt, wer Sie sind und wer die zwei anderen Besucher waren, aber welcher Auftrag dahintersteckte, war uns nicht bekannt. Es war meine Aufgabe, herauszubekommen, welche Aufträge Red erledigen sollte. Bis letzten Samstagabend hatte ich nicht die geringste Vorstellung, was er diesmal vorhatte. Erst in Paris bekam ich eine Ahnung davon, worum es ging. Diese Ahnung wurde aber erst am nächsten Morgen durch die Radionachrichten zur Gewißheit.«

»Sie haben den weißen Wagen gefahren?« fragte Edward erstaunt.

»Nein. Jedenfalls nicht zur Zeit des Unfalls.« Ann Webster berichtete Edward, daß sie auf Reds Wunsch nach Paris geflogen war, den Fiat gemietet und schließlich abends in der Nähe von Chavenay auf ihn gewartet hatte. Dann erzählte sie ihrem britischen Kollegen von dem Anruf, den sie in der Bar entgegengenommen hatte. »Es war verrückt, was ich tat, aber mir war klar, es würde in der Nacht etwas geschehen. Nur wußte ich nicht was. Ich nahm einfach das Handy, und dann gab es keinen Zweifel mehr: ein Attentat auf Al-Fayed oder Lady Diana. Ich habe am ganzen Körper gezittert, als Red die Bar verlassen hatte. Der Barkeeper bemühte sich um mich und brachte mir ein Glas Champagner. Ich fragte ihn, wo denn Prominente wie Lady Diana oder Dodi in Paris absteigen würden, und er nannte mir das Ritz. Ich ließ mir ein Telefonbuch und das schnurlose Telefon der Bar bringen. Endlich hatte ich die Nummer des Ritz gefunden. Was dann geschah, können Sie sich sicherlich lebhaft vorstellen.«

Ann nahm einen Schluck Cognac, stand auf und ging im Zimmer auf und ab. »Zuerst meldete sich die Zentrale. Ich versuchte es mit Französisch, aber mein Vokabular reichte nicht aus. Dann mit Englisch. Doch verlangen Sie mal den prominenten Sohn des noch prominenteren Inhabers eines Hotels. Ich wurde irgendwie weiterverbunden, sagte, ich würde im Auftrag von Bill Clinton anrufen und müsse Lady Diana sprechen. Mir war eingefallen, daß Di und die Clintons sich erst vor kurzem getroffen hatten. Dann kam ein weiterer Mann an den Apparat, dem ich sagte, es ginge um Leben oder Tod. Das schien zu wirken, aber es dauerte bestimmt drei, vier, ich weiß nicht wieviel Minuten, bis sich Imameddin meldete. Ob er es wirklich war, kann ich nicht einmal mit Bestimmtheit sagen. Ich gab mich als CIA-Agentin zu erkennen und berichtete ihm, daß ich von dem Plan eines Anschlags erfahren hätte. Ich sagte ihm, er müsse umgehend mit Diana das Hotel verlassen. Er sagte nur ›Ja‹ und hängte ein.«

Ann schaute Edward mit traurigem Blick an. »Ich weiß nicht, ob ich durch diesen Anruf nicht sogar etwas ausgelöst habe. Aber verhindern konnte ich das Attentat nicht mehr, leider!«

»Nein.« sagte Edward. »Sie haben weder etwas ausgelöst, noch hätten Sie es verhindern können. Red hat Diana und Al-Fayed dank unserer Hilfe in eine Falle gelockt, aber ...« Er unterbrach sich und stand auf. »Ich bin überzeugt, daß wir Briten die beiden schlußendlich nicht auf dem Gewissen haben. Wir wollten den Tod von Lady Diana, das ist richtig. Aber es spricht einiges dafür, daß wir letztlich dafür doch nicht verantwortlich sind. ... Red kam also nach dem Attentat wieder zurück?«

»Ja, er trank einen Bourbon. Er wirkte plötzlich schlecht gelaunt und erzählte mir nur, es habe im letzten Moment noch Probleme mit dem Vertrag gegeben und er müsse noch in derselben Nacht nach London zurück. Ich solle ihn zu einem Hubschrauber bringen, der bereits auf ihn warte. Als ich vorschlug, mit ihm nach London zu fliegen, meinte er nur kurz, der Mietwagen müsse noch zurückgebracht werden. Auf dem Parkplatz vor der Bar entdeckte Red am Wagen ein defektes Rücklicht und kleine Lackkratzer. Er fluchte und bat mich, das finanziell mit dem Wagenverleiher zu regeln. Ich solle ihm die restlichen neuntausend Francs geben, die ich für den Paris-Aufenthalt umgetauscht hatte.«

»Sie haben Red dann zum Hubschrauber gebracht?«

»Ja. Auf der Fahrt war er sehr wortkarg. Von all unseren zärtlichen Gesten, den Liebesbezeugungen und den Träumen von einer gemeinsamen Zukunft war nichts mehr zu spüren. Als ich ihm vorschlug, ich könne in Paris bleiben, bis er seine Londoner Geschäfte beendet habe, um dann mit ihm in Südfrankreich auf Immobiliensuche zu gehen, wurde er recht unwirsch. Ich solle gleich New York buchen. Er werde am nächsten Tag in die USA zurückfliegen und meine restlichen Sachen aus dem Dorchester mitbringen.«

Edward hatte wieder im Sessel gegenüber von Ann Platz genommen. Bisher kannte er sie nur in Jeans, im eleganten Kostüm sah sie noch begehrenswerter aus. Er mußte herausfinden, ob sie wußte oder ahnte, was mit Red geschehen war. »Und warum sind Sie wieder nach London zurückgekommen und nicht direkt in die USA geflogen?«

Ann drehte das Glas in ihrer Hand und betrachtete den Cognac. »Beim Abschied geschah etwas Merkwürdiges. Red nahm völlig ungeniert seinen Metallkoffer und sein Notebook aus dem Kofferraum. Über Jahre hinweg hatte er es immer geschickt vermieden, daß ich diese Utensilien zu Gesicht bekam. Er stellte das Gepäck dicht neben mich, als erwartete er meine Frage, was das für ein Koffer sei.«

Ann nahm einen Schluck aus dem Glas. »Ich habe nicht gefragt. Vielleicht war das ein Fehler. Er küßte mich zärtlich, aber so, wie man seinem Kind einen Kuß gibt, ohne Begehren. Dann sagte er drohend: ›Geh bitte nie wieder an mein Handy!‹. Mir ist es heiß und kalt über den Rücken gelaufen. Ich wußte nicht, was ich sagen sollte. Er hat seinen Koffer genommen und ihn zum Hubschrauber geschleppt. Das war's. Ich bin dann sofort zurück in die Stadt gefahren. Ich habe nicht einmal gewartet, bis er gestartet war. Ich bin einfach umhergefahren und habe die ganze Fahrt über an diesen letzten Satz gedacht. Er mußte also erfahren haben, daß ich das Gespräch auf seinem Handy entgegengenommen hatte. Wußte er *alles*?«

Ann legte eine kurze Pause ein, in der sie eine Bewegung machte, als wolle sie einen unangenehmen Gedanken abschütteln. »Ich habe Red dann von einem Hotel aus angerufen. Er meldete sich sofort, aber wegen des großen Krachs in dem Hubschrauber konnte ich nichts verstehen. Ich habe nur gerufen ›Ich liebe dich!‹. Ob er es gehört hat, weiß ich nicht. Ich habe die ganze Nacht nicht geschlafen. Gegen Morgen habe ich wieder angerufen, er mußte längst irgendwo gelandet sein, aber er meldete sich nicht.«

Es entstand eine lange Pause. Edward überlegte, wie weit ihm Ann bei den Recherchen nach den anderen Auftraggebern helfen konnte. Immerhin wußte sie wesentlich mehr über Reds Vorleben, als er bisher angenommen hatte. »Wir haben einen Undercoveragenten dicht beim alten Al-Fayed. Über ihn konnten wir sämtliche Bewegungen des Paares verfolgen. Durch ihn war es auch nur möglich, das Ganze zu arrangieren.«

»Wußte Red das?« fragte Ann.

»Ja. Er hatte auch den Decknamen des Mannes mitbekommen, weil ich zwangsläufig in seiner Gegenwart telefonieren mußte.« Edward war klar, daß er Köder auslegen mußte, wenn er etwas in Erfahrung bringen wollte. Immerhin hatte ihm Ann von dem Telefonat mit Al-Fayed erzählt, wozu keinerlei Anlaß bestand. Vielleicht, schoß es ihm durch den Kopf, waren sein Verbindungsmann und der von Red identisch. Doch er verwarf diesen Gedanken sofort wieder, als ihm Anns Äußerung einfiel, der Anrufer habe schlechtes Englisch gesprochen. Das traf auf Henry nicht zu. »Hat Red in Ihrer Gegenwart einmal mit seinen Kontaktleuten telefoniert?«

Ann dachte nach. »Gelegentlich, so wie mit Ihnen, aber er war immer nur kurz angebunden.«

»Ist dabei der Namen Henry gefallen?« hakte Edward nach.

»Henry? Nein, Red hat niemals Namen in meiner Gegenwart genannt. Wer soll das sein?«

Edward beugte sich zu ihr vor und blickte sie forschend an. Er wollte jede Regung in ihren Augen sehen.

»Henry ist unser Undercoveragent.«

Nichts veränderte sich in ihren Augen. Sie schaute ihn direkt und ohne jede verräterische Regung an.

»Der Name sagt mir gar nichts. Ich bin auch sicher, daß ihn Red nie erwähnt hat.«

Ann schien die Wahrheit zu sagen. Er mußte also einen anderen Weg suchen, um herauszufinden, wer die Hintermänner bei diesem Geschäft waren.

Plötzlich sprang Ann auf. »Wie heißt Ihr Agent?« fragte sie aufgeregt.

»Henry, warum?«

»Wie dämlich und arrogant seid ihr Briten eigentlich?« rief sie fast hysterisch lachend. Edward deutete auf die Tür und machte ihr ein Zeichen, nicht so laut zu schreien.

»Ja, auf so etwas achtet ihr! Aber die einfachen Dinge, die klar auf der Hand liegen, nehmt ihr nicht einmal zur Kenntnis.«

Edward schaute Ann entgeistert an. Was, um alles in der Welt, hatten sie übersehen?

»Sagen Sie doch noch einmal, wie Ihr Agent heißt?«

»Henry!« wiederholte Edward etwas genervt.

»So, und jetzt sprechen Sie den Namen französisch aus!«

»Henri? Ja, Henri!«

»Ja, Henri«, äffte Ann ihn nach. »Und, dämmert es Ihnen langsam?«

Edward schaute Ann verzweifelt an. »Nein, warum?«

Ann stellte das Cognacglas auf den kleinen Glastisch neben ihrem Sessel und setzte sich. »Henri Paul, Jahrgang 1956, geboren in Lorient, Abitur, Wehrdienst bei der Luftwaffe, Fallschirmspringer, anschließend wahrscheinlich DST und DGSE. Muß ich Ihnen noch mehr aufzählen, oder hat an dieser Stelle Ihr Computer einen Rechenfehler? Henri Paul, der Fahrer des Mercedes, gestorben am einunddreißigsten August neunzehnhundertsiebenundneunzig, vermutlich null Uhr siebenundzwanzig!«

Edward brachte kein Wort heraus. War Henri Paul tatsächlich mit ihrem Undercoveragenten Henry identisch? Sicher, der Mann war dicht bei Al-Fayed, er hätte auch über den Einsatz der Fahrzeuge und den Fahrer bestimmen können. Als stellvertretender Sicherheitschef des Ritz, als Dodis Freund. Er hatte die Kontakte, ihm vertraute man blind.

»Aber warum sollte er sich selbst in den Tod fahren?« wollte Edward wissen.

»Wollte er das wirklich? Oder wollte er etwas verhindern?« fragte ihn Ann herausfordernd. »Er war Diener mehrerer Herren. Angestellt bei den Al-Fayeds, aber auch euer Mann, vielleicht sogar noch Söldner der Franzosen oder Araber. Wer weiß? Er ist tot!«

»Aber Red hatte ihm doch Anweisungen gegeben, den Fahrer betrunken zu machen und ihm Medikamente einzuflößen. Warum sollte Henri das alles tun, wenn er wußte, was geschehen würde?«

»Und wenn er Al-Fayed und Lady Diana schützen und das Attentat verhindern wollte?« Ann stand wieder auf und ging um den Sessel herum. Sie stützte sich mit beiden Händen auf die Lehne und starrte an die gegenüberliegende Wand. »Edward, wenn nicht ein Wunder geschieht, werden wir es nie erfahren. Entweder hat dieser Henri nichts mit eurem Henry zu tun. Oder er wollte seinen Chef und dessen Geliebte schützen, fuhr deshalb selber, weil er überzeugt war, daß nur er das Attentat verhindern konnte. Vielleicht war er es auch, der Trevor Rees-Jones riet, sich anzuschnallen. Oder haben Sie schon einmal einen Sicherheitsbeamten erlebt, der sich im Dienst anschnallt? Er trank den Alkohol und nahm die Medikamente, deren Wirkung ihm als Agent nicht unbekannt waren, damit er nicht aufflog, falls etwas schief gehen sollte. Doch Red hat ihm mit dem Fiat alles vermasselt.«

Ann hatte sich in Rage geredet. Aber sie wußte, daß das alles nur Spekulationen waren. Vielleicht war Henri Paul auch nur das arme Schwein, das von »Henry« mißbraucht worden war.

»Es ist alles vorbei«, sagte sie. »Der Unfall kann nicht ungeschehen gemacht werden. Ich habe keinen blassen Schimmer, wer Red den Hubschrauber geschickt hat. Da er sich nicht mehr meldet, muß ich annehmen, daß Red umgebracht wurde.«

Um dieses Thema schnell zu beenden, fragte Edward rasch: »Wie ging es bei Ihnen am nächsten Morgen eigentlich weiter?«

»Ich habe den Fiat Uno zurückgebracht. Am Abend bin nach London geflogen, da ich Red immer noch nicht erreicht hatte. In der Dorchester-Suite lag alles unberührt. Mr. Rosenzweig war nicht wieder aufgetaucht, wie mir der Portier versicherte.«

Edward bemerkte Tränen in Anns Augen. »Sie haben ihn sehr geliebt?« Er beobachtete genau ihr Gesicht, aber es zeigte wenig Regung. Sie zuckte die Schultern. »Ich weiß es nicht. Wahrscheinlich war es nur ein Job, vielleicht aber auch Liebe. Nach zwölf Jahren vermisse ich ihn einfach ...«

»Was haben Sie dann gemacht?« fragte Edward leise.

Ann blickte ihn an. »Zuerst bin ich vom ultrateuren Dorchester ins Churchill Inter-Continental umgezogen. Das entspricht eher meiner Spesenklasse. Ich warte jetzt auf Anweisungen aus Washington. Bis dahin werde ich in London bleiben. Und Sie?«

»Ich habe die Aufgabe herauszufinden, mit wem Red noch im Geschäft war und wer den weißen Fiat Uno gefahren hat«, antwortete Edward. Ann blickte ihn erwartungsvoll an.

»Wer hat Ihnen diesen Auftrag gegeben?« fragte sie, und alle ihre Gefühle für Red waren wie fortgeblasen. Jetzt saß vor ihm wieder die professionell neugierige CIA-Agentin Ann Webster.

»Mein Chef«, gab Edward ausweichend als Antwort. »Einen Teil der Frage kann ich ihm inzwischen beantworten: *Sie* haben den Fiat gefahren, zumindest zum Hubschrauber. Red fuhr ihn möglicherweise in den Tunnel. Aber auch das ist nur eine Vermutung. Wer waren Reds andere Auftraggeber? Waren es wirklich Araber? Oder Waffenschieber? Immerhin war Lady Diana in letzter Zeit auch sehr engagiert gegen Landminen. Ein hochbrisantes Thema, das die Waffenhändler von Washington bis Peking hat aufschrecken lassen.«

Ann schlug die Beine übereinander, dabei rutschte ihr

Rock eine Handbreit höher, was Edward keineswegs entging. Verlegen wandte er seinen Blick ab.

»Können Sie mir ein Gespräch unter vier Augen mit Ihrem Chef vermitteln?« fragte sie.

»Welchen Grund sollte ich haben, dieses Gespräch zu arrangieren?« fragte Edward erstaunt. Die Antwort traf ihn völlig unvorbereitet.

»Zum Beispiel, weil du mit mir schlafen willst.«

88

Am Abend nach den Trauerfeierlichkeiten für Lady Diana wurde Edward von Sir David in seinem Büro erwartet. Der Chef war sichtlich nervös.

»Ich muß Sie dringend sprechen«, begann er ohne Umschweife.

»Sir?«

»Wie weit sind Sie inzwischen mit Ihren Recherchen bezüglich des Fahrers und der anderen Auftraggeber gekommen?« Edward wußte, daß Ann mittlerweile ein Gespräch mit Sir David geführt hatte, bei dem er nicht dabei gewesen war. Er hatte jedoch keine Ahnung, ob Ann ihm gesagt hatte, daß sie die Fahrerin des Fiats gewesen war. Er zögerte einen Moment, doch Sir David kam ihm zuvor. »Ich nehme an, daß Sie wegen der Trauerfeierlichkeiten und der Vorbereitung der Sicherheitsmaßnahmen nicht sonderlich viel Zeit hatten, intensive Recherchen anzustellen?«

Diese Frage konnte Edward getrost und ohne jedes Zögern mit ›Ja‹ beantworten.

»Wie Sie wissen, hatte ich inzwischen ein sehr interessantes und ausführliches Gespräch mit der CIA …«

Aha, Ann Webster, dachte Edward, unterbrach seinen Chef aber nicht.

»…Wir sind zu der gemeinsamen Überzeugung gekommen, daß es aus internationalen Erwägungen sinnvoll, um nicht zu sagen notwendig ist, alle Nachforschungen unverzüglich einzustellen. Ihre Aufgabe ist also beendet. Es gibt genügend andere Dinge, denen wir uns jetzt widmen müssen.«

»Ja, Sir!«

»Gut, dann darf ich mich für alle Bemühungen in dieser Sache bei Ihnen bedanken und die Angelegenheit als erledigt betrachten.« Sir David nickte Edward freundlich zu und verließ das Zimmer.

89

Langsam ließ sich Edward in seinen Bürosessel sinken. Man wollte also gar nicht mehr wissen, warum Red möglicherweise ein falsches Spiel getrieben hatte. Möglicherweise … Edward überlegte, was jetzt zu tun war. Walter und Arthur wußten nichts von dem vertraulichen Auftrag an ihn. Aber George mußte er warnen. Wenn George aus dem Urlaub kam, würde er bestimmt sofort recherchieren, warum es doch zu dem Unfall gekommen war.

Edward schaltete seinen Computer ein und verschaffte sich über seine Codeworte und -zahlen Zugang zu den wichtigsten Speichern. Dann setzte er eine kurze Mitteilung an George ab mit der Absicht, sie in dessen Mailbox abzulegen. Doch der Computer teilte ihm mit, daß ihm eine solche Mailbox unbekannt war. Edward gab erneut Georges Codenummer ein, doch auch dieses Mal verweigerte der Computer die Zustellung. Edward wechselte die Datei und rief George in der Personalliste auf. Vielleicht hatten sich seine Daten geändert. Doch selbst in der Personaldatei, die nur wenigen Mitarbeitern zugänglich war, tauchte George nicht auf.

Edward wählte die Datei »Mission Lady Diana« in der Hoffnung, hier etwas über den Verbleib seines Mitarbeiters zu erfahren. Doch er erhielt nur die Nachricht, daß es keine Datei mit diesem Namen gebe. Auch als Edward versuchte, seine Protokolle abzurufen, die er in letzter Zeit in diesen Speicher eingegeben hatte, verweigerte der Computer den Zugriff.

Und seine eigenen Daten? Er fand alles rund um den Auftrag, die Trauerfeierlichkeiten abzusichern, er fand den Personenschutz eines gewissen Avraham Rosenzweig auf dem Flug nach Cannes. Weitere Daten und Informationen konnte Edward nicht mehr finden.

Sir David – oder wer auch immer hinter der ganzen Mission gestanden haben mochte – hatte ganze Arbeit geleistet. Alle Spuren waren verwischt.